RITA MARIA FUST

Der Kaufmann von Lippstadt

VERSPIELTES GLÜCK Die große Explosion am Wall der einst stärksten Festung zwischen Rhein und Weser im Jahre 1764 ist gewaltig und macht Lippstadt beinahe dem Erdboden gleich. Als sei der Schaden für den Kaufmann Ferdinand Overkamp nicht groß genug, verliert er binnen eines Jahres fast alles. Eine Prüfung Gottes?

Im Jahr 2010 fällt dem Lübecker Studenten Oliver Thielsen ein alter Brief in die Hände. Dieser wurde 1764 von einem Lippstädter namens Ferdinand an dessen Schwester geschrieben. Thielsen verbringt ein Urlaubssemester in Lippstadt, um das Geheimnis des Mannes zu lüften. Doch was hat er selbst damit zu tun? Als dann noch bei Renaturierungsarbeiten an der Lippe Granatenhülsen, Kugeln und ein Skelett gefunden werden, ist für den jungen Mann klar, dass das idyllische Lippstadt eine spannende Geschichte hat.

Rita Maria Fust ist 1971 in Paderborn geboren und studierte dort Literatur- und Medienwissenschaft. Seit 2000 lebt sie mit ihrer Familie in Lippstadt, wo sie als freiberufliche Autorin, Texterin und Referentin für Kulturelles und Literarisches arbeitet. Ihr Fokus richtet sich auf die (Stadt-)Geschichte Lippstadts und Stadtdarstellungen in der deutschsprachigen Gegenwartsliteratur. Mit dem historischen Roman »Der Kaufmann von Lippstadt« gibt sie ihr Debüt im Gmeiner-Verlag.

RITA MARIA FUST

Der Kaufmann von Lippstadt

Historischer Roman

GMEINER *Original*

Eventuelle Namensgleichheiten der fiktiven Figuren dieser Geschichte mit real lebenden oder verstorbenen Personen sind rein zufällig und nicht beabsichtigt.

Besuchen Sie uns im Internet:
www.gmeiner-verlag.de

Im Ehnried 5, 88605 Meßkirch
Telefon 07575/2095-0
info@gmeiner-verlag.de

1. Auflage 2014

Lektorat: Claudia Senghaas, Kirchardt
Herstellung: Julia Franze
Umschlaggestaltung: U.O.R.G. Lutz Eberle, Stuttgart
unter Verwendung des Bildes »Topographia Westphaliae« von Matthäus Merian, http://commons.wikimedia.org/wiki/File:De_merian_Westphaliae_121.jpg sowie »Boy Playing with Cards« von Jean-Baptiste-Siméon, http://commons.wikimedia.org/wiki/File:Chardin,_Jean-Baptiste-Sim%C3%A9on,_Boy_Playing_with_Cards_.jpg
Druck: GGP Media GmbH, Pößneck
Printed in Germany
ISBN 978-3-8392-1493-0

INHALTSVERZEICHNIS

1er Junij 1764 11
2ter Junij 1764 15
2ter Junij 1764 43
Februar 2010 52
3ter Junij 1764 60
4ter Junij 1764 70
12. April 2010 85
12ter Junij 1764 102
13. April 2010 107
19ter Junij 1764 109
22. April 2010 111
20ter Junij 1764 116
12. Mai 2010 119
23ter Junij 1764 122
14. Mai 2010 127
15. Mai 2010 131
24ter Junij 1764 137
17. Mai 2010 141
24ter Junij 1764 150
25ter Junij 1764 152
29. Mai 2010 158
7ter August 1764 161
11ter August 1764 167
23ter August 1764 170
4. Juni 2010 175
24ter August 1764 177
25ter August 1764 191
10. Juli 2010 195

12. Juli 2010 198
7ter November 1764 204
8ter November 1764 206
27ter November 1764 212
20ter December 1764 219
21ter December 1764 223
30. August 2010 227
9ter Januar 1765 230
24ter Februar 1765 237
7ter April 1765 241
11. September 2010 245
2ter Junij 1765 252
3ter Junij 1765 256
12. September 2010 268
13. September 2010 272
15. September 2010 277
15ter September 1765 289
19ter September 1765 296
20ter September 1765 304
14ter Oktober 1765 307
15ter Oktober 1765 309
15. Oktober 2010 312
9. November 2010 315
10. November 2010 318

Nachwort zum historischen Teil 326
Nachwort zur Gegenwart 328
Danke 329

Quellenangaben 331
Literaturverzeichnis 333

Stadtplan Lippstadt 1764
Avant-fossé
Weg nach Cappel
Hauptgraben
Cappel Thor
Cappel Straße
Soest Straße
Alte Soest Straße
Suester Straße
Der Calvinsche Weg
Soest Thor
← Lippe
Helfmanns Land
Avant-fossé
6
7
9
8

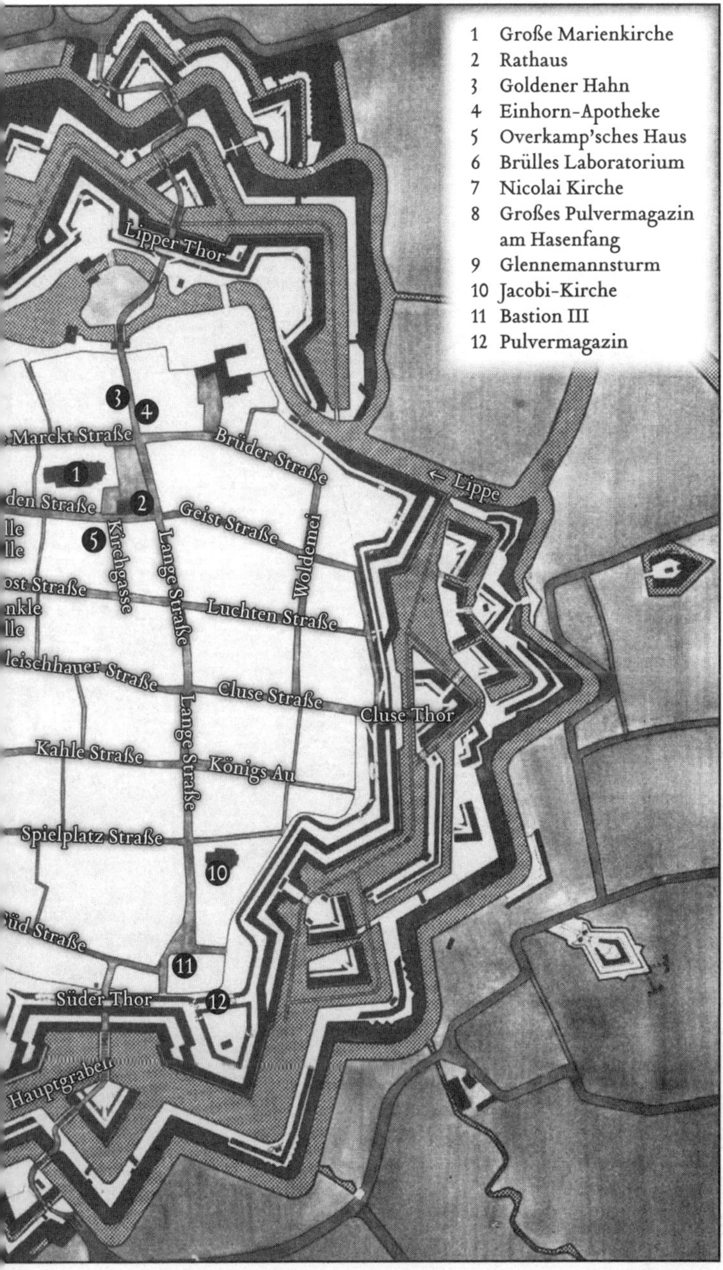
1 Große Marienkirche
2 Rathaus
3 Goldener Hahn
4 Einhorn-Apotheke
5 Overkamp'sches Haus
6 Brülles Laboratorium
7 Nicolai Kirche
8 Großes Pulvermagazin am Hasenfang
9 Glennemannsturm
10 Jacobi-Kirche
11 Bastion III
12 Pulvermagazin
Lipper Thor
Marckt Straße
Brüder Straße
Lippe
Geist Straße
Kirchgasse
Lange Straße
Woldemei
Luchten Straße
Cluse Straße
Cluse Thor
Kahle Straße
Königs Au
Spielplatz Straße
Süder Thor
Hauptgraben

1ER JUNIJ 1764

In der vergangenen Woche wurde im Hause des Kaufmanns Ferdinand Overkamp geputzt, gewaschen und gewienert. Die beiden Mägde hatten kaum eine Minute der Ruhe. Die Fenster wurden vom Staub befreit, sämtliche Gläser und das ganze Geschirr wurden gespült, Teppiche und Kissen wurden ausgeklopft und alle Kleidung wurde gewaschen. Der Kaufmannsdiener musste das Lager auf dem Dachboden aufräumen, um Platz zu schaffen für die Waren, die der Gast am morgigen Samstag mitbringen wird.

Seit Ende April ist nichts mehr wie es einmal war. Einige Tage lang bemerkte Ferdinand Overkamp, dass irgendetwas nicht in Ordnung war. Seine Gemahlin Johanna und seine älteste Tochter Elisabeth waren verändert, unruhig und schweigsam. Ja, es schien sie etwas zu bedrücken oder gar ernsthaft zu sorgen. Bislang war es ihm, dem erfolgreichen und angesehen Kaufmann stets gelungen, alle Sorgen und Nöte von der Familie fernzuhalten. Sie hatten ein prächtiges Haus, sehr gute Kleidung, ja, einfach alles, was ihr Herz begehrte.

Eines Abends, als draußen ein heftiges Gewitter wütete und dem April alle Ehre machte, klopfte Johanna an die Tür seines Kontors und bat um Einlass.

»Wenn Sie mögen«, bot Ferdinand seiner Gemahlin an, »können wir auch in die gute Stube gehen und dort reden.«

Johanna nickte stumm und ging voran in die Bel Etage. In der guten Stube stellte sie sich ans Fenster und blickte in Richtung des Turms der Großen Marienkirche. Nur im Licht des Blitzes wurde dieser sichtbar. Sonst lag er im Dunkeln. Starker Regen schlug an die Scheiben. Sie sah den am Glas herunterlaufenden Tropfen zu.

»Meine Liebe, was bedrückt Sie? Vertrauen Sie sich mir an. Ich werde mich des Problems annehmen«, begann Ferdinand Overkamp das Gespräch.

»Ach, Ferdinand. Wenn ich nur wüsste, wie ich beginnen soll«, sagte sie und schwieg eine Weile.

Er sah sie an. Eine gut aussehende und hübsche Frau, prächtig geputzt; die blonden Haare waren mit vielen kleinen Kämmchen zu einer kunstvollen Frisur gesteckt. Sie trug eines der neuen Kleider, die er für sie hatte anfertigen lassen. Es stand ihr wahrlich gut. Sie war sein ganzer Stolz, seine Familie war sein ganzer Stolz, seine Geschäfte und sein Erfolg waren sein ganzer Stolz.

»Ferdinand«, begann sie, »es ist etwas mit Elisabeth. Sie ist …«

»… krank?!«, vollendete er erschrocken ihren Satz. »Was hat sie? Ich lasse die besten Ärzte kommen, wenn unser Dr. Buddeus nicht weiter weiß. Was quält sie?«

»Sie ist nicht krank. Nicht direkt. Sie ist …« Johanna rang um die richtigen Worte. »Sie ist … sie trägt ein Kind unter dem Herzen«, brach es unter Tränen aus ihr hervor. Sie weinte und schlug die Hände vor ihr Gesicht. Die ersten Wochen hatte sie gemeinsam mit Elisabeth, ihrer ältesten Tochter, deren Schwangerschaft verschwiegen, weil sich doch manche Probleme von selbst lösten. Elisabeth wäre nicht die erste Frau, die ein Kind verlöre. Darauf hatten sie gehofft. Mutter und Tochter scheuten sich davor, ihn, Ferdinand Overkamp, ins Vertrauen zu ziehen, weil sie seine Entscheidung fürchteten, die er umgehend würde treffen, treffen müssen. Er ist ein Mann der Tat, der nicht zögern würde, das umzusetzen, was er für das Beste für die Familie hält. Johanna kannte ihren Gemahl gut genug, um zu wissen, dass in diesem besonderen Fall das Wohl der Familie nicht gleichzeitig Elisabeths Wohl sein wird.

Was taten andere Familien? Sie planten schnell eine Hochzeit und niemand stellte Fragen. So weit war es im Hause Overkamp noch nicht, denn trotz des Vertrauens, welches Elisabeth ihrer Mutter entgegenbrachte, verweigerte sie, den Vater des Kindes preiszugeben. Johanna hatte ihre Tochter gescholten und angefleht, hatte mit guten Gründen darzulegen versucht, warum es für alle das Beste sei, wenn sie sage, mit wem sie ein Stell-dich-ein gehabt habe. Doch Elisabeth schwieg. Sie schwieg und weinte, schwieg und weinte. Sogar als Ferdinand Overkamp nach mehreren Wutausbrüchen vor Verzweiflung ebenfalls zu weinen begann, weil er seinen guten Ruf in Lippstadt bereits verloren glaubte und unter diesen unschicklichen und unchristlichen Bedingungen fürchtete, keine Geschäfte mehr abschließen zu können. Sogar in solch entsetzlichen Augenblicken schwieg Elisabeth! Ihr Blick wurde starr, Tränen rannen durch ihr Gesicht, und ihr Körper begann heftig zu zittern.

Nur wenige Tage nach dem Gespräch mit Johanna entschloss sich Ferdinand Overkamp seinen Schwager und Geschäftsfreund Hinrich Jost Matthiesen nach Lippstadt einzuladen. Er hatte Weine bei ihm geordert und dieser Bestellung die schriftliche Bitte beigelegt, er, Matthiesen, möge ihn, Overkamp, in Lippstadt besuchen; es sei längst an der Zeit, einander kennen zu lernen, da man über zweierlei Wege – privat und geschäftlich – miteinander verbunden sei.

Als Ferdinand Overkamp seiner Gemahlin und seiner

Tochter mitteilte, dass er Matthiesen eingeladen hätte, damit dieser auf möglichst unverdächtige Art und Weise Elisabeth mit nach Lübeck nähme, brach Johanna in ihrer großen Verzweiflung in Tränen aus. Sie wollte ihre Tochter nicht verlieren, erkannte jedoch, dass es keine andere Möglichkeit gab. Elisabeth nahm die Entscheidung ihres Vater reglos hin. Auch als ihre Mutter sie nochmals anflehte, nun endlich den Vater preiszugeben, denn dann würde man sicherlich einen Weg finden, dass sie, Elisabeth, in Lippstadt bleiben könne. Ob sie das denn nicht wolle? Und wieder begann Elisabeth zu weinen und zu zittern, aber sie schwieg.

2TER JUNIJ 1764

Ferdinand Overkamp erwacht noch früher am Morgen als sonst. Heute wird sein Gast Matthiesen Lippstadt erreichen, ein paar Tage bleiben und dann Elisabeth mit nach Lübeck nehmen. Endlich. Dann wird langsam wieder Ruhe einkehren.

Leise schleicht er nach unten und geht durch die Küche in den kleinen Kräutergarten. Die Luft ist immer noch sehr warm und erinnert an die große Hitze, unter der Lippstadt tagsüber leidet.

Seit Wochen hat es nicht mehr geregnet. Der sandige Boden ist ausgetrocknet, und selbst bei leichtem Wind weht der Staub durch die Straßen und Gassen. Auf jedem Sims und jedem Absatz liegt eine dicke Schicht. Die Wäscherinnen hört man tagsüber schimpfen, dass das Wasser der Lippe kaum noch zum Durchspülen der Kleidung reiche und die Wäsche schon beim Trocknen wieder staubig werde. Weiter flussabwärts haben auch die Gerber in der Schabegrube mit dem Niedrigwasser zu kämpfen.

Overkamps Schläfen pochen und seine Augen tun ihm weh. Schon wieder plagen ihn diese unerträglichen Kopfschmerzen, die er beinahe täglich hat, seit er von Elisabeths Schwangerschaft weiß. Es quält ihn unermesslich, dass er seine Tochter fortschicken muss, doch es bleibt ihm keine andere Möglichkeit. Was sollten andernfalls die Leute denken?, fragt sich Overkamp immer und immer wieder. Was wird nur aus Elisabeth werden? Und was wird aus dem Kind? Nein, er durfte kein Mitgefühl zeigen. Er selbst hatte eine schöne Kindheit erlebt, trotz der unruhigen Zeiten, die Lippstadt hatte durchstehen müssen. Am Lippeufer, nahe dem Lipper Tor, hatte er mit anderen Jungen oft gespielt. Im Herbst warfen sie Stöcke in die Bäume, um die Kastanien zum Fallen zu bringen. Wie oft waren sie laut lachend vor den Alten geflohen, um dann schnell zurückzukehren? Das war lange vor dem Siebenjährigen Krieg gewesen, während die Festungswälle immer weiter ausgebaut wurden. Die Jungen heute kennen solche Spiele nicht mehr. Sie haben die vielen wechselnden Besatzer der Festung Lippstadt erlebt, die Franzosen, die Preußen und die Hannoveraner. Jahrelang waren sie und auch die Engländer bei den Familien einquartiert; eine große Belastung für die Lippstädter. Weder die Häuser noch die Stadt selbst boten genügend Platz für die Garnison; in manchen Zeiten waren es bis zu 5000 Mann. Und Brot brauchten alle. Die Stadt war über Jahre voller Mehlmagazine, um den hohen Bedarf zu decken. Selbst in den Kirchen-Gestühlen wurde Mehl gelagert. Später dann auch im Rathaus, in den Häusern der Ämter und sogar in Privathaushalten. Es wurden Feldbäckereien von den Franzosen eingerichtet, aber auch das reichte nicht aus. Die Besatzer nahmen zusätzlich auch die privaten Backöfen in Anspruch.* Mit der Zeit war das Holz knapp geworden, dass sogar Zäune und Planken verfeuert wurden.** Vor den Toren der Stadt waren *auf einen Kanonenschuß von der Festung* entfernt *alle Hecken* [und] *Bäume* auf Befehl der französischen Besatzer entfernt worden, um eine *feindliche Annährung* zu erschweren.*** Holz

* Gunter Hagemann: *Die Festung Lippstadt: Ihre Baugeschichte und ihr Einfluß auf die Stadtentwicklung.* Bonn: Habelt, 1985. (Denkmalpflege und Forschung in Westfalen, Bd. 8). S. 104f.
** Vgl.: Helmut Klockow: *Stadt Lippe – Lippstadt. Aus der Geschichte einer Bürgerschaft. Festschrift zum 50jährigen Bestehen der Volksbank Lippstadt.* 1964. S. 189.
*** Hagemann: *Die Festung Lippstadt.* 1985. S. 103.

gab es einfach nicht mehr in Lippstadt und so waren die Menschen *Herzog Ferdinand von Braunschweig* dankbar, dass er *unmittelbar nach Friedensschluß* der Stadt *Bauholz zur Reparatur der Brücken, die mehrere Male abgebrochen oder verbrannt waren* schenkte.* Auch die alten Kastanienbäume an der Lippe stehen nicht mehr. Wie schön wäre es, wenn dort wieder Kastanien gepflanzt würden, denkt Overkamp. Ja, es gibt so viel zu tun, um diese Stadt wieder zu einer ansehnlichen zu machen.

Im Nachbarhaus schlägt eine Tür laut zu. Anschließend hört Ferdinand Overkamp den alten Kerkmann vor Wut dessen Gemahlin anschreien. Worum es geht, kann Overkamp allerdings nicht verstehen. Dann schreit die Frau vor Schmerz auf – einmal, zweimal, dreimal. Overkamp hält sich die Ohren zu, um das unverkennbare Geräusch des ledernen Gürtels auf Haut nicht hören zu müssen. Wie oft verdrischt der alte Kerkmann Frau und Kinder dermaßen, dass diese das Haus für mehrere Tage nicht verlassen können? Es ist so entsetzlich, dass Overkamp es hier draußen im Kräutergarten nicht aushält, und obwohl er gerne noch ein wenig an der frischen Luft seinen Gedanken freien Lauf gelassen hätte, geht er nun doch lieber in die Küche und schließt die Tür von innen.

Auch hier findet Ferdinand Overkamp keine Ruhe. Agnes, die junge Magd, reißt die Küchentür auf, holt eine Emaille-Schüssel aus dem Schrank und rennt wieder nach oben, wo Elisabeth würgt und erbricht. Jeden Morgen ist ihr so entsetzlich übel, dass es Overkamp leid tun würde, wenn er sich Mitgefühl gestattete. Immerzu dieses würgen. Der Magen ist leer. Es wird nur noch Galle kommen, denkt Overkamp und schüttelt sich auf Grund seiner Vor-

* Klockow: *Stadt Lippe – Lippstadt*. 1964. S. 196.

stellung. Seine Kopfschmerzen werden immer schlimmer. Auch ein Glas Wasser und eine Tasse Kaffee, die er sich selbst hat zubereiten müssen, da beide Mägde Elisabeth anscheinend keinen Augenblick alleine lassen können oder möchten, helfen nicht. So beschließt Overkamp, sich in der Apotheke ein schmerzlinderndes Pulver zu besorgen.

Auf dem Weg zu Tilemann in der ›Einhorn-Apotheke‹ fürchtet Overkamp für einen Augenblick, dass es noch so früh am Tag ist, dass Tilemann noch gar nicht in seiner Offizin ist. Die Stadtuhr am Turm der Großen Marienkirche zeigt halb acht. Das ist wahrlich früh. Nun fällt Overkamp auch auf, dass sein Magen knurrt. Er hätte Brot essen sollen. Die Tür der ›Einhorn-Apotheke‹ ist zwar noch verschlossen, doch Tilemann räumt im Inneren bereits Standgefäße in ein Regal. Overkamp klopft, und Tilemann öffnet ihm.

»Guten Morgen! Ich habe entsetzliche Kopfschmerzen. Bitte geben Sie mir etwas Starkes«, fleht Overkamp und erklärt zwar, wie lange er schon unter derartigen Schmerzen leidet, verschweigt aber den Grund: Elisabeths Schwangerschaft.

»Da kann ich nur ein leicht stärkendes Hauptpulver anbieten«, sagt Tilemann. »Gehen Sie doch zu Dr. Buddeus, der könnte etwas mit Opium verordnen, das hilft gegen Schmerzen gut.«

»Ich nehme das Pulver«, beschließt Overkamp, bezahlt und macht sich auf den Weg nach Hause.

Als er in die Kirchgasse einbiegt – noch ist er nicht ganz um die Ecke – sieht er einen jungen Burschen vor seinem Haus stehen und nach oben blicken. Overkamp folgt dem Blick und sieht gerade noch, wie in Elisabeths Schlafkammer das Fenster von innen geschlossen wird. Wer ist der

Bursche? Was hat das alles zu bedeuten? Unzählige Fragen und Gedanken brechen auf Overkamp ein. Eine Antwort setzt sich in seinem schmerzenden Kopf durch: das ist der Vater des ungeborenen Kindes! Ja, das kann gar nicht anders sein. Wer sonst sollte unter dem Fenster seiner Tochter stehen, wenn nicht der Vater? Der Bursche scheint sehr jung zu sein. Aber Elisabeth ist auch jung. Nicht zu jung, aber unverheiratet. Was schwerer wiegt. Wer mag der Bursche sein? Käme er aus gutem Hause, wäre er bekannt. Aber allein seine Kleidung verrät, dass er arm ist. Und dreckig. Mein Gott!!! Mit so einem Burschen hat sich seine Tochter eingelassen? Das kann gar nicht sein. So ist sie nicht. Und doch ist sie schwanger. Das geschieht ja nicht, ohne … Overkamp verbietet sich, den Gedanken fortzuführen. Seine kleine Tochter. Mit so einem Kerl! Unglaublich. Wer mag er nur sein?

Der Bursche verlässt die Kirchgasse ohne Ferdinand Overkamp bemerkt zu haben. Dieser schleicht hinterher. Wer kann der Junge sein? Wo geht er hin? Wo wohnt dieser Bursche? Overkamp sieht gerade noch, wie der Junge von der Poststraße unten durch den Durchgang des Metzgeramtshauses huscht, die Fleischhauerstraße überquert und durch die Pfade in Richtung Süder Tor läuft.

Er will verschwinden, schießt es Overkamp durch den Kopf, der heimlich, wie ein Verbrecher, schnell aber vorsichtig, dem Burschen gefolgt ist. Der Junge will verschwinden. Das darf er nicht. Er muss für das Kind und Elisabeth einstehen. Das gehört sich so! Aber nein, ruft sich Overkamp zur Räson, nein, mit so einem kann er seine Tochter auf keinen Fall verheiraten. Das kommt nicht in Frage. Aber sich einfach so aus dem Staub zu machen, gehört sich nicht. Der Bursche will sich vor der Verantwortung drücken! Ein Feigling, ein dreckiger Feigling, der seiner Elisabeth etwas Unschickliches angetan hat. Dass sie sich freiwillig mit so einem eingelassen haben soll, kann Overkamp nicht glauben. Für ein Mädchen ist Elisabeth recht gebildet, sie kann nicht nur lesen und schreiben. Das alles passt so gar nicht zusammen, und doch scheint es so gewesen zu sein.

Als der Bursche kurz vor dem Süder Tor Richtung Bastion III abbiegt, beschließt Overkamp, diesen Kerl zur Rede zu stellen. Ein paar schnelle Schritte, und schon ist er neben dem Burschen. Dieser blickt ihn erschrocken an.

»Wer bist du«, bricht es viel zu laut aus Overkamp hervor.

»Wer will das wissen?«, entgegnet der Bursche respektlos.

»Antworte!«

»Ich bin Johann«, antwortet der Bursche.

»Was hast du mit meiner Tochter zu schaffen. Was hast du ihr angetan?«

»Wenn Sie feiner Herr nicht wissen, was Ihr Fräulein Tochter so treibt …«

Overkamp greift den Burschen an dessen Kragen und will ihm deutlich zu verstehen geben, wie ein Bursche niederen Standes mit einem Herrn wie ihm, Overkamp, zu sprechen hat, da stolpert der Bursche über seine eigenen Beine und stürzt zu Boden. Es fehlte nicht viel und Overkamp hätte mit dem Burschen im Dreck gelegen. Nicht auszudenken, wenn das jemand gesehen hätte! Es schickt sich einfach nicht. Schlimm genug, dass er sich überhaupt hier auf offener Straße mit so jemandem abgibt. Abgeben muss! Aber zu so früher Stunde ist noch nicht viel los auf den Straßen Lippstadts. Alle gehen ihren Arbeiten nach.

Wieso steht der Bursche nicht wieder auf?

»Steh auf«, fordert Overkamp.

Der Bursche rührt sich nicht.

»Los! Aufstehen!!!«

Keine Regung. Und die Augen des Burschen sind so merkwürdig geöffnet. Weit aufgerissen und doch ohne Blick. Der Bursche muss von der Straße, bevor jemand sieht, was geschehen ist. Ja, was ist geschehen? Wo kann er mit dem Burschen hin? In die Jacobikirche? Nein, das ist zu weit. Sollte er irgendwo klopfen? Nein, besser nicht. Er könnte den Burschen aus der Stadt schaffen. Da vorne ist das Süder Tor. Und dann? Keine gute Lösung. Der Schuppen in der Nähe der Bastion III. Da zieht er den Burschen hin. Die Fersen des Jungen hinterlassen auf dem trockenen Boden Schleifspuren. Mal gut, dass die Lippstädter diesen Schuppen nicht so verschließen, wie sie sollten. Overkamp muss lediglich zwei Bretter auseinander schieben, schon kommt er in den Schuppen. Drinnen legt er den Burschen auf den Rücken. Was ist nun zu tun? Was würde Dr. Buddeus machen? Puls fühlen. Ja, Dr. Buddeus fasst dann immer an den Hals und auch mal ans Handgelenk. Dort fühlt man dann ein Pochen. Das erinnert Overkamp an seinen Kopfschmerz und schon fühlt er diesen stärker als zuvor. Mit Ekel fasst er dem Burschen an dessen dreckigen Hals und findet keinen Puls. Auch am Handgelenk findet er nichts. Der Blick ist immer noch starr und ohne Leben. Der Bursche ist tot! Unglücklich gestürzt. Er sollte Dr. Buddeus holen. Schließlich kann er, Overkamp, erklären, dass es ein Unfall war. Auch Dr. Buddeus wird feststellen, dass Overkamp dem Burschen kein Haar gekrümmt hat. Ja. Dr. Buddeus muss her! Doch nein, wie sollte er, Overkamp, erklären, was er mit dem Burschen zu schaffen hat? Er konnte schließlich nicht sagen, dass dieser

Junge der Vater des ungeborenen Kindes ist. Er kann es auch selbst immer noch nicht glauben. Wie soll er all das erklären? Und warum hat er nicht sofort nach Dr. Buddeus gerufen, noch auf offener Straße? Warum kommt er erst hier in der Abgeschiedenheit auf diesen Gedanken? Kurzschlusshandlung. Könnte er doch den Burschen einfach in Luft auflösen, so als sei nie etwas geschehen! Einfach weg. Aus den Augen, aus dem Sinn. Doch wie?

Da erst wird Ferdinand Overkamp wirklich bewusst, wo er sich befindet. Im Munitionsschuppen. Er ist umgeben von Pulver, das seit Ende des Siebenjährigen Krieges hier gelagert wird, weil niemand so recht weiß, was nun damit zu tun ist. Es bräuchte nur zu explodieren und schon wäre er aller Sorgen ledig. Doch wie? Er darf sich nicht selbst in Gefahr bringen, schließlich hat er noch Großes vor in Lippstadt, und er hat eine Familie zu versorgen. Am besten flöge hier alles in die Luft, wenn er längst wieder zu Hause in seinem Kontor sitzt. Vielleicht würde nicht einmal jemand hinter diesem armen Burschen herfragen. Vielleicht hat er keine Familie. Overkamps Blick bleibt an eisernen Granatenhülsen und Zündschnüren hängen, die anscheinend einfach so in eine Ecke geworfen wurden, weil sie niemand mehr benötigte. Der Krieg ist schließlich vorbei.

Als Geschäftsmann und Ratsmitglied ist Ferdinand Overkamp mit solcherlei Dingen nicht vertraut. Kann man mit einer Zündschnur das Pulver zum Explodieren bringen? Und wie lange dauert das? Schafft er es, in der Zeit, die die Lunte ihrem Ziel entgegenglüht, nach Hause zu laufen? Er muss unbedingt in Sicherheit sein, und wenn dann noch jemand bei ihm ist, der zur Not bezeugen kann, dass er, Overkamp, tatsächlich Zuhause war, dann ist alles gut. Wieder gut.

Dieser verlockende Gedanke lässt Overkamp schnell handeln. Er rollt einen Teil der Zündschnur ab und wirft ein Ende so weit wie es ihm möglich ist zwischen das lose Pulver. Das andere legt er nahe des Ausgangs auf den Boden. Vorsichtshalber zieht er nun den toten Burschen näher an die Pulvervorräte, denn ob und wie diese in die Luft fliegen werden, ist Overkamp nicht bekannt.

Womit soll er die Zündschnur anstecken? Woher Glut oder gar Feuer nehmen? Er sieht sich um. Nirgends sind Feuersteine und Zunder zu sehen. Das wäre auch purer Leichtsinn. Aber jetzt bräuchte er es so dringend. Overkamp rennt Hals über Kopf los. Zuhause im Herd ist immer mindestens ein Glutbett, wenn nicht gar ein ordentliches Feuer. Er läuft hastig die Lange Straße entlang, Poststraße, Kirchgasse und stürzt durch sein Kontor in die Küche. Zum Glück ist niemand im Raum. Kurzerhand nimmt er sich eine dieser großen Emailletassen, öffnet die Luke am Herd und füllt Glut in die Tasse. Wie schnell der Griff heiß wird! Wo ist ein Lappen? Overkamp nimmt sich ein Trockentuch, eines von den guten mit Monogramm und wickelt es um den Griff, sodass kaum zu erkennen ist, was er in der Hand hält. Im Kontor greift er sich noch schnell eine Kerze; einen von diesen dicken Stumpen, die Johanna gar nicht mag. Overkamp rennt zurück. Zwei- oder dreimal verliert er ein Stückchen Glut auf der Langen Straße.

Als Overkamp im Schuppen ist, fällt ihm ein Stein vom Herzen, dass der Bursche immer noch unverändert neben dem Pulver liegt. Er stellt die Gluttasse auf den Boden und muss erst mal wieder zu Luft kommen. Er beugt sich vorne rüber und stemmt die Hände auf die Beine.

Draußen bellt ein Hund. Kommt jemand? Overkamp lugt durch den Ausgang. Niemand ist zu sehen. Er sollte sich lieber beeilen, mahnt er sich selbst. Er hat keine Zeit zu verlieren. Gleich kommt auch noch sein Besuch aus Lübeck.

Das Ende der Zündschnur hält er in die Glut, sie soll brennen. Warum dauert es so lange? Die Zündschnur will kein Feuer fangen. Vielleicht ist sie feucht? Overkamp pustet leicht in die Glut, die augenblicklich tiefer zu glühen beginnt. Doch der Funke springt nicht über! Diese vermaledeite Glut! Er greift zur Kerze und hält den Docht in die Glut. In Sekundenschnelle fängt dieser Feuer. Die Kerze brennt. Auch gut, denkt Overkamp und stellt den Stumpen inmitten des Pulvers. Es ist hoch gefährlich, weiß Overkamp. Sein Herz schlägt ihm vor Angst und Aufregung bis zum Hals. Overkamp hält die Luft an, um das Pulver nicht aufzuwirbeln und ragt loses Pulver um die Kerze. Wenn diese umfällt oder abgebrannt ist, fängt das Pulver Feuer und explodiert. Overkamp rennt, als sei der Teufel hinter ihm her – auch, weil er sich keinerlei Vorstellung machen kann, wie lange es nun dauern wird, bis der Schuppen explodiert. Dann werden alle denken, dass der Bursche selbst mit dem Feuer gespielt hat, was ja im übertragenen Sinne auch gar nicht falsch ist, und dann hat er sich selbst in die Luft gesprengt.

Overkamp merkt, wie eine immer größer werdende Angst in ihm aufsteigt.

Zuhause angekommen, wäscht er sich mehrmals Hände und Gesicht, zieht sich frische Kleidung an und erfährt von seinem Diener, dass die Waren, die Hinrich Jost Matthiesen aus Lübeck mitbringen sollte, bereits im Kontor eingetroffen sind. Der Lübecker Kutscher habe bestellt, dass sein Herr zu Pferde in etwa einer Stunde in Lippstadt ankommen werde. Diese sei aber bereits fast um, meint der Kaufmannsdiener und erhält von Overkamp den Auftrag, das Glas der Flaschen und die Aufschriften zu sichten. Ferdinand Overkamp macht sich umgehend auf den Weg Richtung Lipper Tor, um seinen Lübecker Besuch persönlich in Empfang zu nehmen. Er läuft über das Kieselsteinpflaster des Marktplatzes*, den Blick nach unten gerichtet, um nicht über die lockeren Steine und Schlaglöcher zu stolpern. Die Glocken der Großen Marienkirche läuten. Es ist 12 Uhr Mittag. Aber jeder in der Stadt weiß, dass die Uhr nie oder nur selten richtig geht.

Overkamp betritt kurz die Schänke ›Goldener Hahn‹.

»Guten Tag, Franz. Ist mein Geschäftsfreund und Schwager Matthiesen aus Lübeck schon eingetroffen?« Overkamp ist außer Atem. Der Verlauf des Vormittags und die große Eile setzen ihm zu.

»Bedaure zutiefst, Herr Overkamp. Der werte Herr Matthiesen ist noch nicht hier. Darf ich Ihnen etwas zu trinken anbieten, gnädiger Herr? Bei dieser Hitze braucht man viel Flüssigkeit!«

»Ist schon richtig, Franz. Aber jetzt habe ich keine Zeit. Ich komme gleich mit Matthiesen. Dann haben wir uns einen Schluck verdient.«

Als Overkamp wieder auf die Lange Straße hinaustritt, schlägt ihm die Hitze entgegen. Die Stadt braucht dringend Abkühlung. Overkamp wendet sich nach links, stadtauswärts und hat die Sonne im Rücken. So kann er sehen, wer ihm entgegenkommt. Am Lipper Tor schreitet er über die ersten beiden der insgesamt sieben** Brücken, die durch die Festungsanlage über die Lippe führen. Auf

* Erst in den 1980er Jahren wurde der Platz vor dem Lippstädter Rathaus von Markt- in Rathausplatz umbenannt.
** Hagemann: *Die Festung Lippstadt*. 1985. S. 117.

der Zugbrücke über dem Hauptgraben bleibt er stehen und blickt zurück zur Stadt. Vermutlich ist im Pulverschuppen schon die Munition hochgegangen, denkt Overkamp. Er hat zwar nichts gehört, das wundert ihn ein wenig, aber es ist besser, wenn sich die Angelegenheit ohne viel Aufhebens von selbst erledigt. – Was habe ich getan? Diese Frage macht sich erst jetzt in seinem Kopf breit. Wie hat es so weit kommen können? Die vielen Munitionsmagazine in den Türmen, den Festungsanlagen und den Schuppen hätten aber auch längst geräumt werden müssen, findet Overkamp. Nur einen kleinen Augenblick haben ihn die Umstände schwach werden lassen, der Verlockung des Pulvers hat er nicht standhalten können, muss sich Ferdinand Overkamp eingestehen.

Er hat ein Verbrechen begangen! Er hat einen Menschen getötet, wenn auch einen armen Schlucker, aber eben einen Menschen.

Das schlechte Gewissen bricht mit voller Wucht auf ihn ein.

Mein Gott, denkt Overkamp, ich habe einen jungen Burschen getötet. Das hätte ich nicht tun dürfen! Ob ich es noch ändern kann? Vielleicht ist der Schuppen doch noch nicht explodiert? Dann könnte ich hineilen und die Kerze aus dem Pulver nehmen, und so die Explosion verhindern. Aber nein, das ist zu gefährlich. Was ist, wenn der Schuppen ausgerechnet dann in die Luft fliegt, wenn ich drin bin? Oder kurz davor bin? Es geht nicht. Ich kann nicht hin. Außerdem ist der Bursche ja ohnehin schon tot, erinnert sich Overkamp. Über seine eigenen Beine ist er gestürzt und hat sich vermutlich so stark am Kopf oder besser im Kopf verletzt, dass er daran gestorben ist. Das war ein Unfall, da trägt er, Overkamp, gar keine Verantwortung und keine Schuld. Das war Pech für den Jungen. Und für Overkamp selbst auch, denn nur wegen des unglücklichen Sturzes quälen ihn diese entsetzlichen Gedanken. Er hat einen Menschen getötet. Nein, es war ein Unfall. Aber er hat ihn verursacht. Was ist, wenn der Bursche doch nicht tot, sondern nur ohnmächtig ist? Vielleicht hätte er doch Dr. Buddeus holen sollen? Dieser hätte für den Burschen vielleicht noch etwas tun können. Aber dann hätte er erklären müssen, was er mit dem Jungen zu schaffen hat. – Eigentlich müsste er doch die Explosion verhindern. Man weiß ja nicht, ob und wie das Pulver hoch geht. Ob es noch einen Schaden anrichten kann? Wohl kaum, beruhigt sich Overkamp, es ist schließlich schon älter und bestimmt ebenso feucht, wie die Zündschnur. Es wird schon nichts weiter geschehen! Der Bursche ist und bleibt tot. Das kann Overkamp nicht mehr ändern. – Und wenn er doch hinläuft, um sich zu vergewissern, dass …

»Werter Herr Overkamp?! Guten Tag?! – Herr Overkamp, hören Sie mich?«, fragt Hinrich Jost Matthiesen, der hoch zu Pferd neben Overkamp steht. Overkamp erschrickt. Seine Gedanken hatten sich selbstständig gemacht. Wie lange Matthiesen wohl schon neben ihm steht?

»Seien Sie gegrüßt, Herr Matthiesen. Hatten Sie eine angenehme Reise?«, empfängt der Lippstädter Kaufmann seinen Geschäftsfreund und Schwager. Overkamp hat große Mühe, seine verstörten Gedanken zu verdrängen und sich ausschließlich seinem Gast zu widmen.

»Guten Tag, lieber Freund. Diese Hitze macht eine Reise beschwerlich. Selbst die Pferde laufen nicht so wie sonst. Aber jetzt bin ich ja hier. Die Waren sind doch auch eingetroffen?«, erkundigt sich der Lübecker.

»Ja, sind sie«, antwortet Overkamp. »Willkommen in Lippstadt! Unser Lipper Tor ist ja bei Weitem nicht so imposant wie Euer Holsten Tor. Aber unsere vier anderen sind noch schlichter«, erklärt er. Die beiden Männer verlassen die Brücken am Lipper Tor und gehen über die Lange Straße in die Stadt.

»Nicht so bescheiden«, widerspricht Matthiesen. »Eure Stadt war immerhin die stärkste Festung zwischen Rhein und Weser!«

»Sie sagen es, sie *war!* Glauben Sie mir, unsere Stadt ist heute in denkbar schlechtem Zustand. Alles marode. Wir sind froh, dass seit dem letzten Jahr der Krieg endlich vorbei ist.« Nur mit Schrecken erinnern sich die Lippstädter an den Siebenjährigen Krieg, der von 1756 bis 1763 auch in ihrer Stadt das Leben schwer gemacht hatte.

»Ich hörte, Friedrich II. war hier«, meint Matthiesen.

»Ja, Friedrich der Große war sogar mehrere Male in Lippstadt. Auf dem Weg nach Cleve machte er hier Rast und übernachtete beim preußischen Festungskommandanten. Ein prächtiges Gebäude, welches Sie gesehen haben müssen. Wenn wir uns gestärkt haben, zeige ich Ihnen unsere Stadt. Die sollten Sie ein wenig kennenlernen, schließlich kommt Ihre Schwägerin, meine kleine Schwester Katharina, von hier«, erklärt Ferdinand Overkamp. »Als Ihr Bruder im letzten Jahr meine Schwester heiratete, konnten Sie nicht kommen, nicht wahr?«

»Ja, leider. Ich lag mit hohem Fieber zu Hause und habe eine imposante Hochzeitsfeier verpasst, wie mir später berichtet wurde«, erinnert sich Matthiesen.

»Fürwahr. Aber heute und in den nächsten Tagen werden Sie unsere Stadt kennenlernen«, sagt Overkamp. Eine Weile hat er überlegt, ob es überhaupt gut sei, seinen Besucher durch Lippstadt zu führen. Viele Häuser stehen leer und verfallen, weil die Bewohner die besetzte Stadt verlassen hatten.

»Und Sie, werter Freund, werde ich auch kennenlernen. Man sollte immer wissen, mit wem man Geschäfte macht«, ergänzt Hinrich Jost Matthiesen mit einem Lächeln.

Ich bin ein Mann, der einen Menschen auf dem Gewissen hat, schießt es Overkamp durch den Kopf. Er ringt um Fassung und sagt: »In der Tat. Sie höchst selbst sind ja zum ersten Mal hier, aber unsere Familien kennen sich schon seit der Hansezeit. Überlegen Sie, wie lange das her ist!«

»Das fragen Sie mich? Jeder Lübecker weiß, dass der letzte Hansetag im Jahre 1669 in unserer Stadt abgehalten wurde. Und Lippstadt war nie so sehr Hansestadt wie meine Heimatstadt«, berichtet der Lübecker in eigener Sache.

»Aber immerhin, wir waren stets über die Hanseangelegenheiten im Bilde und bis zum Ende der Hansezeit dabei«, stellt der Lippstädter Kaufmann fest. »Aber kommen wir zurück ins gute Jahr 1764.«

»Was meinen Sie damit, *gutes* Jahr 1764?«, fragt Matthiesen.

»Der Krieg ist seit einem Jahr vorbei, und unsere Festung wird geschleift. Es wurde schon an einigen Stellen mit den Arbeiten zum Abbruch der Mauern und Bastionen begonnen. Aber bis die ganze Festung dem Erdboden gleichgemacht ist, dauert es vermutlich Jahre. Das Leben der Lippstädter kann nur besser werden«, erklärt Overkamp und hat dabei vor allem das Wohl und Ansehen seiner eigenen Familie im Blick. »Bitte treten Sie ein, mein Freund! Dies ist unsere Schänke, der ›Goldene Hahn‹.«

»Franz, ist in der Stadt etwas geschehen«, fragt Overkamp und erschrickt über seine unbedachte Frage. Macht ihn das verdächtig?

»Nein, werter Herr Overkamp, seit Sie sich eben kurz erkundigt haben, ob ihr Gast schon eingetroffen sei, ist nicht passiert«, antwortet Franz und wundert sich über diese Frage. Was sollte schon in Lippstadt geschehen? Sie alle wussten zu schätzen, dass eben nichts mehr geschieht und alle zur Ruhe kommen können nach dem Krieg.

Knapp zwei Stunden später treten Ferdinand Overkamp und Hinrich Jost Matthiesen gestärkt aus der Schänke auf die Lange Straße hinaus. Im Schatten vor dem Hause atmen sie tief durch. Drinnen war es stickig und düster gewesen. Die kleinen bleigefassten Scheiben lassen kaum Licht hindurch. Die Luft vor dem Hause riecht übel. Die Abwässer laufen durch kleine Weihen an der Straße. Durch die Hitze fault und modert der Unrat.

Mit einem Kopfnicken grüßt Ferdinand Overkamp den Besitzer der ›Einhorn-Apotheke‹, der soeben aus der Tür getreten ist.

»Was machen Ihre Kopfschmerzen?«, erkundigt sich Tilemann.

»Besser«, antwortet Overkamp knapp und wendet sich umgehend wieder seinem Geschäftsfreund zu, der auf den Abfall blickt. »Hoffentlich bringt der Regen bald Abkühlung und spült unsere Stadt wieder frei.«

Die beiden Männer gehen einige Schritte über die Lange Straße stadteinwärts und kommen zum Marktplatz.

»Was ist denn mit eurem Rathaus passiert?«, fragt Matthiesen erschrocken.

»Sie sehen, es ist marode. So ist die ganze Stadt. Aber was drinnen geschieht, ist weit schlimmer als der bauliche Zustand. Stellen Sie sich vor, unsere landesherrliche Regierung zu Detmold wünscht, einen stabilen Oberbürgermeister einzusetzen. Aber unsere beiden Bürgermeister und der Rat wehren sich dagegen. Wir wollen – ich bin auch im Rat, wie Sie vielleicht wissen –, dass in Lippstadt wie immer sowohl ein lutherischer als auch ein reformierter Bürgermeister jährlich von uns gewählt werden. *Quod omnis mutatio sit periculosa* – Dass jede Veränderung gefährlich ist, denken viele Ratsmitglieder.« Overkamp sieht das anders. »Sehen Sie lieber rechts hinüber zu unserer Großen Marienkirche. Wir haben auch noch eine Kleine Marienkirche, an der wir auch gleich noch vorbeikommen werden. Aber selbst unsere Große Marienkirche ist nicht so imposant wie Ihre Lübecker Große Marienkirche«, nimmt Ferdinand Overkamp an.

»Wussten Sie als alter Hansefreund, dass die zentralen Kirchen in Hansestädten meist der Maria geweiht sind? Und in vielen Hansestädten gibt es auch Nicolai- und Jacobi-Kirchen*«, ergänzt Hinrich Jost Matthiesen.

»Sie kennen sich gut aus. Lassen Sie uns hier entlanggehen.« Overkamp zeigt über die Judenstraße hinweg zu einer engen Gasse. »Die Helle Halle ist einer der kleinen, schmalen Pfade, die sich durch unsere Stadt ziehen. Es sind Verbindungswege, auf denen die Lippstädter im Falle eines Angriffs schnell und vom Feind ungesehen von einem Ende der Stadt zum anderen gelangen können.« Auch ich wurde heute Morgen nicht von dem Burschen gesehen, als ich ihm gefolgt bin, denkt Overkamp und sieht seine Worte damit bestätigt.

* Sybille Klose. *Die Hanse. Kaufleute erobern Europa. Ein Heft für den Unterricht.* Hg. v. KWL Kultur und Werbung Lippstadt GmbH in Zusammenarbeit mit der Arbeitsgemeinschaft Historische Stadtkerne in NRW. Beiblatt: Lippstadt und die Hanse.

In der Hellen Halle erinnert sich der Lübecker: »Ihre Schwester Katharina hat mir erzählt, dass Lippstadt als älteste Gründungsstadt Westfalens gilt.«

»Viele sagen das«, bestätigt Ferdinand Overkamp. »Wir haben hier ein ganz geregeltes, klares Wegenetz. Unsere Hauptstraßen, die Lange Straße und die Cappel Straße verlaufen von Nord nach Süd. Verbunden sind sie durch kleine Querstraßen. Wie eine Leiter mit ihren Sprossen. Da vorne zum Beispiel ist die Poststraße.« Mit ausgestreckter Hand weist er auf eine dieser Querstraßen, wenige Schritte von ihnen entfernt.

»Das ist ja wie bei uns in Lübeck. Wir haben auch diesen leiterartigen Grundriss mit unseren beiden Hauptstraßen. Eure Stadt scheint gar nicht so alt zu sein. Hier sind viele recht große Grundstücke. An der Ecke zur Judenstraße steht ein kleineres Gebäude, aber die meisten Häuser scheinen mir groß zu sein«, beobachtet Matthiesen interessiert.

»Wir hatten in Lippstadt fünf große Brände. Allein drei davon waren im 17. Jahrhundert. Der letzte Brand war 1676, also knapp 100 Jahre her. Die Flammen haben unvorstellbar gewütet und alles zerstört. Es gab viele Tote. Fachwerk brennt ja so schnell. Hunderte Häuser brannten nieder. Schade, dass Häuser aus Stein so teuer sind. Wir haben hier nur einige wenige Steinbauten. Einen an der Langen Straße, den zeige ich Ihnen gleich, wenn Sie es wünschen«, sagt Ferdinand Overkamp und erschrickt. Ist das nicht viel zu nah am Pulverschuppen?, überlegt er.

»Ja, gern.«

In den vergangenen Jahren hatte Ferdinand Overkamp viel Erfolg als Geschäftsmann und es so zu hohem Ansehen und großem Wohlstand gebracht. Wenn seine Geschäfte auch weiterhin so gut laufen, wird er – so Gott will – in den nächsten Jahren ein eigenes Haus aus Stein bauen können. In ein paar Tagen hat er alle Widrigkeiten aus dem Weg geräumt, sodass diesem Ziel nichts mehr im Wege steht.

»Was für prächtige Verzierungen in den Querbalken des Fachwerkes. Ich kann es kaum entziffern bei den starken Schwüngen und Schnörkeln der Buchstaben.« Konzentriert blickt Hinrich Jost Matthiesen nach oben. Prächtig sieht die goldene Schrift aus. Overkamp und Matthiesen gehen durch die Helle Halle, an deren Ende die Poststraße nach links und rechts abgeht.

»Hier in der Poststraße sehen Sie noch mehr Inschriften. Als nach dem Brand neu gebaut wurde, hat man kleine Grundstücke zusammengelegt. So konnte man größer und imposanter bauen. Da vorne ist das Metzgeramtshaus der Zunft.« Overkamp weist mit der Hand auf das ihnen gegenüberliegende Gebäude.

»Kann man da durchgehen?«, fragt Hinrich Jost Matthiesen überrascht.

»Ja, die Dunkle Halle verläuft wie ein Tunnel ebenerdig durch das Haus, ganz offen. Auch einer dieser Pfade, von denen ich eben sprach. Dahinter liegt die Fleischhauerstraße«, erklärt der Lippstädter.

»1574 steht über dem Durchgang des Hauses. 200 Jahre alt. Die hatten wohl Glück beim Stadtbrand«, stellt Matthiesen fest.

»Nein, gar nicht«, berichtigt ihn Ferdinand Overkamp. »Das Vorgängerhaus wurde beim Brand völlig zerstört. Dieses größere Gebäude ist also nach 1656* erbaut, und der Zimmermann hat auf Wunsch der Metzgerzunft 1574 statt

* Vgl.: Helmut Kockow, Adolf Sommerkamp: *Zur Geschichte des Lippstädter Metzgeramtes*. Herausgegeben vom Lippstädter Metzgeramt aus Anlaß seines 400jährigen Bestehens. Lippstadt 1974, S. 46.

1658 in den Balken geschrieben. Unten im Gebäude sind die Schlachtanlagen, die von den Metzgern genutzt werden, und oben sind der Amtssaal und die Amtsstube. Dort werden die Fleischpreise immer für ein Jahr festgesetzt.«

»Ja, das ist bei uns auch so. Aber wieso will die Zunft ein falsches Baujahr im Balken über dem Durchgang haben?«, fragt der Lübecker.

»Deren ›Nottuln‹, also die Satzung der Metzgerzunft, stammt aus dem Jahre 1574«, erläutert Ferdinand Overkamp das Verwirrspiel der Zunft. »Sie dachten wohl, es passe dann besser zusammen. Nottuln und Gebäude, beides aus einem Jahr.« Nachvollziehen kann Overkamp das nicht.

»Es ist zuweilen schwierig mit den Zünften. Die begrenzten Aufnahmen …«, überlegt Hinrich Jost Matthicsen laut.

»Ja, ein Metzger pro Jahr wird hier nur aufgenommen«, fällt ihm sein Freund ins Wort. »Das muss man sich mal vorstellen. Und er muss der Besitzer eines bebauten Grundstücks in Lippstadt sein.« Overkamp schüttelt den Kopf. Die Regeln der Zunft gefallen ihm nicht.

»Bei Ihnen gibt es bestimmt auch ein Vorkaufsrecht für Ratsmitglieder und Bürger?« Hinrich Jost Matthiesen weiß, dass es in den meisten Städten auch so gehandhabt wird wie in Lübeck.

»Ganz genau«, antwortet Ferdinand Overkamp. »Es wird überlegt, ob man nicht den Zunftzwang lockern sollte, damit mehr freie Meister in die Stadt kommen können.«

»Warum ist das denn so wichtig?« Die Notwendigkeit erschließt sich dem Lübecker Gast nicht.

»Lippstadt hat nur noch gut 2000 Einwohner. Vor dem

Siebenjährigen Krieg und den vielen Toten der Seuchen waren es etwa 2500.* Es ist gut für unsere Stadt, wenn hier wieder mehr Menschen leben. Schauen Sie sich um, bei diesem desolaten Zustand der Straßen und Häuser wundert es nicht, wenn immer mehr Menschen abwandern und niemand zuzieht. Auch die Bautätigkeit lässt zu wünschen übrig.** Denken Sie nur an das Rathaus. Wir bräuchten ein Neues!«, wünscht sich Ferdinand Overkamp.

»Was ist denn mit euren Straßen passiert, dass das Kieselsteinpflaster so defekt ist?«, erkundigt sich Matthiesen.

»Im Siebenjährigen Krieg gab es unvorstellbar viele Transport- und Artilleriefuhren*** der Besatzer. Oft waren in Lippstadt mehrere Tausend Mann in den Familien einquartiert. Und vor den Toren der Stadt waren in Feldlagern noch mehr Männer untergebracht. Da waren dann viel mehr Menschen zu versorgen als vor der Besatzung. Um nur ein Beispiel zu geben: *1200 Wagen kamen täglich, um Brot für die Armee zu holen. Sie fuhren zum Cappeltor hinein und, mit Brot beladen, zum Lippertor heraus.***** Und sie waren nicht die Einzigen, die in Lippstadt ein- und ausfuhren. So einer Belastung hält kein Pflaster stand. Bei jedem Schritt muss man aufpassen, dass man nicht stürzt. Hoffentlich werden die Schäden bald ausgebessert. Schauen Sie sich lieber die schönen Fachwerkfassaden hier in der Poststraße an«, rät Ferdinand Overkamp seinem Besuch. Die schönen Seiten der Stadt sollen im Vordergrund stehen.

»Die meisten Gebäude sind aus der Zeit nach dem Brand, oder?«, vergewissert sich Matthiesen.

---

* Hagemann: *Die Festung Lippstadt*. 1985. S. 131.

** Vgl.: Hagemann: *Die Festung Lippstadt*. 1985. S. 131.

*** Vgl.: Hagemann: *Die Festung Lippstadt*. 1985. S. 131.

**** Heimatblätter. Organ für heimatliche Belange von Lippstadt und Umgebung. Hg. v. C. Laumann. Nr. 1. Januar 1946.

»Ja. Hier rechts auf der Ecke zur Langen Straße sehen Sie, wo Friedrich II. genächtigt hat: Es ist der Wohnsitz des preußischen Festungskommandanten Graf Retberg, 1720 gebaut. Oben soll ein Festsaal im Rokokostil sein«, berichtet Overkamp und fährt fort: »Wir gehen jetzt gen Süden die Lange Straße entlang. Dann zeige ich Ihnen gleich auch das Steinhaus, von dem ich eben sprach. Wie geht es eigentlich meiner Schwester? Erzählen Sie, lieber Freund«, fordert Ferdinand Overkamp seinen Lübecker Besuch auf.

»Katharina ist wohlauf. Sie hat die Niederkunft gut überstanden. Der kleine Jacob ist ganz wohlgenährt. Letzte Woche traf ich sie mit meinem Bruder Torge bei einem Spaziergang an der Trave. Sie waren sehr vergnügt. Ihre Schwester hat ja auch viel Hilfe durch die Familie und die Amme. Katharina hat sich gut eingelebt«, berichtet der Lübecker über seine Schwägerin und seinen Bruder.

»Das ist gut zu wissen. Schade, dass Lübeck so weit weg ist, ich würde sie gerne besuchen«, sagt Ferdinand Overkamp mit Wehmut.

»Das würde Katharina bestimmt freuen. Heimweh kennt ja jeder, ungeachtet, wie gut er sich eingelebt hat«, weiß Hinrich Jost Matthiesen aus eigener Erfahrung. Geschäftlich reist er viel in fremde Städte und sogar in andere Länder. Am liebsten ist er aber zu Hause in seiner Hansestadt. Hinrich Jost Matthiesen hängt ein wenig seinen Gedanken nach.

»Von der Lippe an die Trave«, nimmt der Lippstädter das Gespräch nach kurzer Zeit wieder auf. »Lübeck nutzte doch die Trave zur Stadtsicherung? Ihr wart doch eine Festung?«, vergewissert sich Overkamp.

»Ja, ganz richtig«, bestätigt Matthiesen. »Es scheint mir ähnlich zu sein wie in Lippstadt. Aber zuerst hatten wir im 12. Jahrhundert eine Burg. Davon steht heute nur noch das Tor – unser Holsten Tor. Das kennen Sie ja.«

»Ich habe es leider noch nie gesehen«, meint Ferdinand Overkamp.

»Besuchen Sie uns doch tatsächlich einmal. Seien Sie mein Gast. Oder der Ihrer Schwester Katharina«, lädt der Lübecker den Westfalen ein. »Die Trave und die Wakenitz sicherten Lübeck.* Sie haben ja nur die Lippe«, überlegt Matthiesen.

»Die Lippe führt aber normalerweise genug Wasser für die Gräben der Stadt. Wir haben den zick-zack-förmigen ›Avant-fossé‹, also den Vorgraben, dann den Hauptgraben und die eigentliche Lippe. Sternförmig könnte man sagen. Nur in dieser Trockenzeit steht das Wasser überall niedrig. In der Nähe des Lipper Tores ist übrigens ein Steinwehr. Gar nicht so alt. Etwa 50 Jahre. Früher war es aus Holz. – Lassen Sie uns schnell weitergehen. Da vorne sehen Sie ein Lippstädter Steinwerk. Links, das Eckhaus** zur Spielplatzstraße. Anno Domini 1633«, liest Ferdinand Overkamp die über der Tür in Stein gehauene Jahreszahl ab und merkt, wie er immer unruhiger wird, je näher sie dem Pulverschuppen kommen. Die Explosion scheint keine Spuren hinterlassen zu haben. Alles unverändert.

»Bei den vielen Bränden, die Sie hier hatten, ist ein Steinhaus sicher eine gute Entscheidung«, meint Hinrich Jost Matthiesen.

»Und eine teure«, ergänzt Overkamp.

Matthiesen nickt. »Welche Kirche ist das, mein Freund?«, fragt er und zeigt auf die andere Straßenseite.

---

* *Hansestadt Lübeck. UNESCO Weltkulturerbe*. Schöning Verlag, S. 20 und Wikipedia: *Lübecker Stadtbefestigung*. [gesehen am 07.05.2010].

** Heute: Haus Rose, Lange Straße 69, [Lott].

»Das ist unsere Jacobi-Kirche«, setzt Ferdinand Overkamp an, über das Gotteshaus zu berichten. Doch da fällt Matthiesen ihm ins Wort: »Ich habe es ja gesagt! Hansestädte haben meistens eine Jacobi-Kirche. Können wir sie von innen betrachten?«

»Gerne. Die Kühle dort wird uns guttun. Haben Sie den Wehrturm dieser Kirche gesehen?«, fragt Overkamp und hofft, dass Matthiesen seine Unruhe nicht bemerkt. Im Inneren der Kirche atmen sie die kühle Luft. »Wir befinden uns hier ganz nah an den Festungswällen – Bastion III ist dort vorne – und dem Süder Tor. Diese Kirche diente den Menschen als Zufluchtsort. Sie ist ja auch aus Stein«, erzählt er seinem Besucher.

»Und sie lag am Jakobsweg, wie ich gehört habe«, erinnert sich Hinrich Jost Matthiesen dunkel.

»Ja, habe ich auch gehört, aber mehr weiß ich nicht«, antwortet Ferdinand Overkamp und fügt geheimnisvoll hinzu: »Man munkelt auch, dass es hier unterirdische Verbindungsgänge geben soll.«

»Sagen Sie bloß!« Der Lübecker zieht überrascht die Augenbrauen hoch.

»Lassen Sie uns weitergehen. Es ist schon nach halb vier, vielleicht schon Viertel vor«, drängt Ferdinand Overkamp, da er sich im südlichen Teil der Stadt nicht wohlfühlt. »Wenn wir die Spielplatzstraße entlanggehen, kommen wir zum Calvinschen Weg. Dort wird viel gebaut, seit die Festung geschleift wird. Abgeschlossen ist das Schleifen natürlich noch nicht. So etwas dauert Jahre.« Kurze Zeit später fährt er fort: »Dort drüben ist die Nicolai-Kirche. Sie ist die älteste, die wir in Lippstadt haben.«

»Dann haben wir ja alle im Hansegebiet verehrten Heiligen: Maria, Jacob und Nicolaus. Der Heilige Nicolaus ist ja auch der Schutzpatron der Kaufleute. Also von uns«, freut sich Hinrich Jost Matthiesen.

Einen Schutzpatron hätte ich heute Vormittag gut gebrauchen können, denkt Overkamp und sagt: »Hier soll auch schon vor der Stadtgründung ein Marktort gewesen sein.«

»Aber jetzt nicht mehr?«, hakt Matthiesen nach.

»Nein, wir haben natürlich einen Wochenmarkt und auch acht Jahrmärkte. In knapp zwei Wochen, am Donnerstag nach Pfingsten, ist der nächste«, berichtet der Lippstädter Kaufmann. »Die finden aber heutzutage vor dem Rathaus auf dem Marktplatz statt.«

»Acht Jahrmärkte für so eine kleine Stadt? Das ist wahrlich viel«, wundert sich Hinrich Jost Matthiesen.

»Ja. Kommen Sie, wir gehen einen Schritt schneller«, fordert Overkamp seinen Geschäftsfreund ungeduldig auf. »Sie haben bestimmt auch Durst!«, erklärt er.

»Und wie«, stimmt ihm Hinrich Jost Matthiesen zu. »In diesen engen Gassen hier staut sich die Hitze. Wie haben Sie sich den Verlauf des Tages weiter vorgestellt?«, erkundigt er sich.

»Ich dachte, wir machen unseren Stadtrundgang zu Ende und lassen dann den Tag im ›Goldenen Hahn‹ ausklingen. Agnes, unsere Magd, hat schon für Sie die Kammer gerichtet, doch vorher möchte ich noch etwas mit Ihnen besprechen«, kündigt Ferdinand Overkamp an.

»Ist mir recht, mein Freund«, meint Hinrich Jost Matthiesen.

»Wenn wir hier die Kurze Straße entlanggehen, kommen wir zur Alten Soeststraße.* Da ist das Feickardsche Haus. Wir sagen, das ›Brüllesche Laboratorium‹.«

* Heute Kolpingstraße. Vgl.: Heinrich Scholand. *Lippstadt einst und jetzt.* Hg. v. Volksbank Lippstadt eG. Lippstadt 1985. S. 93.

Overkamp weist mit der Hand den Weg.

»Laboratorium?«, fragt der Lübecker nach.

»Ja. In Lippstadt gibt es viele Munitionsmagazine. Das Große Pulvermagazin am Hasenfang* zum Beispiel. Das ist ganz in der Nähe des Süder Tores«, erklärt der Lippstädter Kaufmann und muss an den toten Burschen denken, der inmitten des Pulvers liegt. Oder lag? Was hat die Explosion angerichtet? Es scheint nicht gebrannt zu haben. Schade, denkt Overkamp und ruft sich selbst zur Räson. So darf man nicht denken! Doch nur ein Brand, ein kleiner Brand an der richtigen Stelle würde dafür sorgen, dass die Leiche für immer verschwindet.

»Diese Pulvervorräte sind aber recht gefährlich. Der Krieg ist doch vorbei«, wendet Matthiesen ein.

»Ja, zum Glück«, pflichtet ihm Overkamp bei. »Hier im Brülleschen Laboratorium *wurden Granaten hergestellt und mit Pulver gefüllt.*** Leichtfertig, alles in den Magazinen liegen zu lassen. Aber wohin sollte man es schaffen?«, fragt Overkamp, ohne eine Antwort zu erwarten.

Matthiesen zuckt mit den Schultern. »Es wird zunehmend schwüler. Es ist kaum noch zum Aushalten«, klagt er.

»Wir sind schon auf dem Rückweg zum ›Goldenen Hahn‹«, tröstet Ferdinand Overkamp den erschöpften Gast. »Dieses ist die Cappel Straße, unsere zweite Hauptstraße. Dort links an der Ecke zur Soeststraße ist das Haus der Familie Zurhelle. Seit dem vorigen Jahrhundert ist das eine der einflussreichsten Familien unserer Stadt. Wenn wir jetzt hier von der Soeststraße rechts durch diese Gasse gehen, kommen wir zur Kleinen Marienkirche und zum Damenstift«, sagt der Lippstädter. Auch er wünscht sich,

---

* Vgl.: Hagemann: *Die Festung Lippstadt*. 1985. S. 117.
** Vgl.: Hagemann: *Die Festung Lippstadt*. 1985. S.117.

schon im ›Goldenen Hahn‹ zu sitzen und einen ordentlichen Schluck zu trinken. Irgendjemand würde schon in der Schänke von der Explosion erzählen, und dann wüsste er Bescheid. Diese Ungewissheit kann Overkamp gar nicht gut aushalten. Und dann muss er auch noch das heikle Gespräch mit Matthiesen führen.

»Hier im Schatten der Kirche ist es angenehm. Die Luft geht ein wenig. Können wir uns einen Moment setzen?«, bittet Hinrich Jost Matthiesen.

»Natürlich, aber wohin?«, fragt Ferdinand Overkamp, obwohl es ihm nicht recht gefällt.

»Was möchten Sie denn mit mir besprechen?«, erkundigt sich der Lübecker, der sich im Schatten an die kühle Kirchenmauer lehnt.

»Es ist eine sehr delikate Angelegenheit, die meine Familie betrifft«, beginnt Ferdinand Overkamp. »Lange habe ich über eine Lösung nachgedacht und bin dann zu dem Ergebnis gekommen, dass ich mich Ihnen – und nur Ihnen – anvertrauen kann. Niemand, aber auch wirklich niemand in Lippstadt darf davon erfahren! Hören Sie? Niemand!«, sagt Ferdinand Overkamp eindringlich.

»Sie können auf mich zählen«, versichert ihm Matthiesen.

»Es käme einem Todesurteil gleich, wenn es sich herumsprechen würde. Aber seien Sie unbesorgt, ich werde Sie um nichts Unehrenhaftes bitten. Gehen wir lieber weiter. Es ist bestimmt schon nach vier Uhr«, drängt er seinen Besuch und beendet vorerst das unangenehme Thema.

»Wo sind denn eure Uhren?«, fragt Matthiesen.

»Eine ist an der Jacobi-Kirche. So ganz genau gehen unsere Uhren nicht. Die andere, unsere Stadtuhr, ist an der Großen Marienkirche. Da kommen wir wieder vorbei.« Mit einer nachdrücklichen Geste fordert Ferdinand Overkamp seinen Gast auf, ihm zu folgen. »Das letzte Stück bis zum ›Goldenen Hahn‹ schaffen wir auch noch. Dann haben wir uns einen ordentlichen Schluck verdient.«

»Ja«, pflichtet der Lübecker seinem Gastgeber bei.

Schweigend gehen die Geschäftsfreunde nebeneinander her. Ferdinand Overkamp wiederholt in Gedanken immer wieder seine Bitte, die er an Hinrich Jost Matthiesen richten muss. Derweil überlegt Matthiesen, worum es sich bei dem angedeuteten Geheimnis handeln könne. Vielleicht ist Overkamp in Geldnöten und kann die gelieferten Waren nicht bezahlen?

2TER JUNIJ 1764

Plötzlich bebt mit einem gewaltigen Getöse die ganze Stadt. Es knallt und kracht unaufhörlich. Explosionsgeräusche. Overkamp und Matthiesen werfen sich auf das Steinpflaster des Marktplatzes, die Hände schützend über den Kopf gelegt. Sie hören Glas bersten und Holz splittern. Steine platzen und schlagen auf. Ohrenbetäubender Lärm erfüllt Lippstadt. Die beiden Männer hören Fachwerk auf das Pflaster krachen. Der Boden überträgt die Erschütterungen, sie spüren jede Detonation am ganzen Körper. Die Männer zittern. Angstschweiß steht ihnen auf der Stirn. Ferdinand Overkamp blickt vorsichtig unter seinem Arm hervor. Ihm graut vor dem, was er sehen wird. Die Fensterscheiben der Großen Marienkirche zerspringen und fallen heraus. Auf der Stadtuhr am Kirchturm ist es fünf Uhr. Hinrich Jost Matthiesen schreit vor Angst. Overkamp traut sich kaum zu atmen. Sein Herz rast und poltert. Aufgewirbelter Staub macht das Atmen beinahe unmöglich. Overkamp hustet. Matthiesen röchelt. Lippstadt scheint zusammenzufallen. Immer neue Explosionsgeräusche erschüttern Mark und Bein. »Der Krieg ist doch vorbei!«, schreit Matthiesen atemlos. »Was ist hier los?« Overkamp antwortet nicht. Angst und Staub haben ihm die Kehle zugeschnürt. Feuergeruch zieht ihnen in die Nase. Overkamp wagt nicht einmal, seinen Kopf zu heben. Mit so einer gewaltigen Explosion hat er nicht gerechnet. Niemand hat damit gerechnet. »Was ist das, so sprechen Sie! Was geschieht hier?«, kreischt Matthiesen. Overkamp liegt weiterhin still auf dem Pflaster. Unfassbar, denkt er, unfassbar. Es muss eine andere Ursache für dieses Unheil geben!

Die auf das Explosionsgetöse folgende Stille ist beinahe genauso schlimm. Angespannt lauschen die beiden Männer und hoffen inbrünstig, dass nichts auf sie herunterkracht. Ferdinand Overkamp erhebt sich schwankend. Benommen blickt er zur Großen Marienkirche und kann durch Rauch und Staub nur mit Mühe das Zifferblatt am Turm erkennen: drei Minuten nach fünf Uhr. Ihm scheint, die Stadt habe eine Ewigkeit gezittert, einem Erdbeben gleich. Doch es waren nur wenige Minuten. »Was war das?«, fragt Matthiesen wieder. Overkamp schüttelt nur ungläubig den Kopf. »Eine Explosion«, sagt er tonlos. »Eine gewaltige Explosion.« Die beiden Männer klopfen den Staub aus ihrem Haar und ihrer Kleidung. Sie hören Menschen etwas rufen, doch weder der Lübecker noch der Lippstädter können verstehen, was sie rufen. Nach und nach kommen die Bewohner aus ihren Häusern. Auch sie sind verschreckt und wissen nicht, was geschehen ist. Die beiden Bürgermeister, Dr. Johann Conrad Rose und Johann Heinrich Schmitz, rennen aus dem Rathaus, dicht gefolgt von Stadt-Syndicus* Clüsener. Dr. Rose blickt um sich. Verwirrt läuft er auf die Große Marienkirche zu. Auf halbem Wege bleibt er stehen, dann ändert er seine Richtung und läuft in die Lange Straße. Stadt-Syndicus Clüsener rauft sich sein Haar, fuchtelt wild mit den Armen und folgt Dr. Rose. An der Ecke steht der Bäcker Buddeberg, auch er ist ratlos und verwirrt. Dr. Rose ruft ihm etwas zu, worauf der Bäcker mit den Schultern zuckt. Der Lipper Tor-Pförtner hat seinen Posten verlassen, da die

* Rechtsvertreter der Stadt.

Gefahr von innen zu kommen scheint. Draußen vor dem Tor ist alles ruhig. Nichts Verdächtiges. Keine Angreifer, niemand. Das Unheil kommt vom anderen Ende Lippstadts. Es vergehen wenige Minuten, bis der Laufbursche des Metzgers Adolph Brülle die Nachricht verbreitet, dass das Munitionslager am Festungswall nahe des Süder Tores in die Luft gegangen sei. Man hat einst mehrere Bretterschuppen errichtet, in denen *eine Menge Fässer theils mit losem Pulver, theils mit gefüllten Patronen** liegen. »Feuer!«, schreit der aufgeregte Laufbursche. »Der Munitionsschuppen nahe Bastion III brennt.« Er läuft weiter, so schnell er kann. Jede Minute zählt. *»Bretter, Palissaden, Steine und Erdklumpen flogen wie Schneeflocken in der Stadt umher und fielen zum Theil weit in die Feldmark nieder***«, ruft er den Lippstädtern zu und japst nach Luft. »Feuer! Es brennt! Kommt und helft!« Noch lange hören sie ihn in der Ferne um Hilfe rufen. Auch noch, als sich längst eine Menschenkette zwischen Brandherd und dem Hauptgraben der Lippe gebildet hat. Mit Ledereimern versuchen zig Helfer, das Feuer zu löschen. Ihnen bleibt keine Zeit, über die große Gefahr nachzudenken. Jeden Augenblick könnte eine neue Explosion die Männer zerreißen. Das Krameramt und das Metzgeramt rücken mit ihren hölzernen Feuerspritzen an. Die davor gespannten Zugpferde scheuen, als sie die hochschlagenden Flammen sehen. Die Männer bringen das schwere Gerät in Position. Jeweils 20 Mann pumpen mit einer Hebelstange das

* Chalybaeus, Dr. Robert: *Lippstadt. Ein Beitrag zur Deutschen Städtegeschichte*. Verlag von Aug. Staats. Lippstadt 1876. S. 226. [Faksimiledruck, Hg. v. Laumanns Druck- und Verlagsgesellschaft mbH, Lippstadt, 1990]

** Chalybaeus: *Lippstadt. Ein Beitrag zur Deutschen Städtegeschichte.* 1876. S. 226. [1990]

Lippewasser durch ein Holzrohr. »Zu-gleich!«, rufen sie. »Zu-gleich!« Alle Männer der Stadt helfen; Overkamp und Matthiesen sind auch dabei. Das Löschen muss schnell gehen, denn die Fachwerke brennen wie Zunder, wenn erst einmal ein Funke übergesprungen ist, das haben die großen Stadtbrände gezeigt.

Erst vor vier Jahren ist Lippstadt nur knapp einer Katastrophe entkommen. Im Brülleschen Laboratorium an der Alten Soeststraße war ein Feuer ausgebrochen.

Dort [...] *lagen über tausend gefüllte Granaten* [und] [...] *50 Fässer, theils gefüllt mit Pulver, theils mit Flintenpatronen angefüllt. Ebenso lag in den gewölbten Kellern eine Menge gefüllter Bomben. Die benachbarte Nikolaikirche war mit Pulvervorräthen angefüllt. Doch gelang die Rettung. Die Artilleristen wagten sich an die Granaten, die Bürgerschaft arbeitete wacker und unerschrocken an den Spritzen, herzhafte Kanoniere warfen die Pulverfässer aus den Fenstern, Andere brachten sie sofort in Sicherheit. Nur zwei Artilleristen verloren durch springende Granaten das Leben.**[*]

Alle Bewohner der Stadt fürchten sich nun vor weiteren Explosionen, denn es ist bekannt, dass viele Tonnen an rohem Pulver, Mousquet-Patronen und fertigen Granaten aus dem Brülleschen Laboratorium in Vertiefungen des Hauptwalls in Schuppen lagern. Frauen und Kinder verkriechen sich in den hintersten Ecken ihrer Häuser. Sogar das Vieh ist unruhig. Schafe blöken. Pferde scharren mit den Hufen und wiehern. Kühe reißen sich los.

Die qualvolle Angst der Menschen wird noch schlimmer, als sich herumspricht, dass eine brennende Palisade

---

*Chalybaeus: *Lippstadt. Ein Beitrag zur Deutschen Städtegeschichte.* 1876. S. 222. [1990]

durch das Holzdach des Großen Pulvermagazins am Hasenfang geschlagen ist. Dort lagern Hunderte Pulverfässer aufgetürmt. Würden sie zünden, würde die ganze Stadt mit ihren Einwohnern zertrümmert.* Niemand würde es überleben. Die einst stärkste Festung zwischen Rhein und Weser wäre ausgelöscht. Lippstadt würde von den Landkarten verschwinden. Nicht auszudenken, ein solcher Schicksalsschlag!

Es dauert viele lange Stunden, bis die letzte Gefahr einer weiteren Explosion überwunden zu sein scheint. Mutige Männer haben sich zum Schuppen vorgewagt und können Entwarnung geben. »Kein Feuer, kein Funke. Alles in Ordnung!«, rufen sie den Menschen zu. In ihrer bangen Furcht haben die Lippstädter die Verwüstungen um sie herum nicht wahrgenommen. Sie hatten Angst vor dem, was hätte kommen können. Entsetzt und wie betäubt sehen sie sich nun um.

»Der Herr steh uns bei!« Hinrich Jost Matthiesen bekreuzigt sich. »Wie hat ein solches Unheil Eure Stadt treffen können?«, fragt er.

»Ein fürchterlicher Unfall! Das hätte nicht geschehen dürfen. Wir hätten alle zugrunde gehen können«, meint Overkamp tonlos. »Sehen Sie sich um. Alles verwüstet. Die ganze Stadt ist ruiniert.« Er seufzt. Das blanke Entsetzen ist ihm ins Gesicht geschrieben. Die Häuser der nächstgelegenen Straßen im südlichen Teil der Stadt sind

---

*Vgl.: Johann Anton Arnold Möller: *Special Geschichte von Lippstadt eine nunmehro geschlossene periodische Schrift unter der Rubrik alte Nachrichten von Lippstadt und deren Gegenden.* 1788. S. 260. [Faksimiledruck. Hg. v. Verlag C. Jos. Laumanns Lippstadt. Oktober 1973 zum 125jährigen Jubiläum der Heimatzeitung „Der Patriot“] Im Folgenden wird diese Ausgabe mit Möller: *Alte Nachrichten von Lippstadt* angegeben.

durch die terrible* Erschütterung so stark beschädigt, dass sie nur schwerlich wieder aufzubauen sein dürften. Die Dächer und Gefache sind zerschlagen. Ebenso sind in der Süd-Straße**, der Spielplatzstraße und sogar bis zur Mitte der Langen Straße alle Fenster und Dächer verdorben. Das steinerne Gewölbe und der Turm der evangelischen Jacobi-Kirche sind durchgehend geborsten. Auch die neue Turmhaube von 1755 ist weitgehend zerstört.***

»Auf dem Wall liegt ein Toter!«, schreit ein Helfer. »Ein Toter!« Einige Männer eilen dorthin. Doch die meisten Lippstädter sind zu erschöpft und zu erschüttert, als dass sie diese Neuigkeit auf den Festungswall laufen lässt. Fassungslos stehen sie vor den Trümmern ihrer Häuser; der Schaden ist unermesslich groß.

»Der Stadt-Physicus**** soll kommen! Holt den Physicus!«, ruft einer der Männer und hustet. »Dr. Buddeus muss kommen!«, ruft ein anderer. »Er muss uns sagen, wer der Tote ist und wodurch er ums Leben kam.« Hilflos starren sie den leblosen Körper an und warten.

»Dr. Buddeus, gut, dass Sie da sind. Kommen Sie, da vorne liegt der Tote«, sagt einer der Männer.

»Vor lauter Rauch sieht man schlecht. Und man kann ja kaum atmen!« Energisch bahnt sich Dr. Buddeus den Weg durch die Schaulustigen. »Hier am Unglücksort werde

---

* St.R. A (Chalybaeus) A 505, S. 2, Acta wegen aufgeflogenen Pulver Schoppens 1764 No. 1.

** Süd-Straße: Auch Süderstraße oder Glennemannsstraße. Seit Ende des 18. Jahrhunderts Blumenstraße. Vgl.: Scholand: *Lippstadt einst und jetzt.* 1985. S. 89.

*** Vgl.: St.R. A (Chalybaeus) A 505, S. 2.

**** Amtsarzt

ich nicht viel sagen können. Macht Platz und lasst mich durch!«, fordert er die Umstehenden barsch auf.

Nach geschehener Visitation kommt er zu einem ersten Urteil. »Es handelt sich um einen Burschen von ungefähr 15 Jahren. Ihm wurden die Eingeweide durch Granaten oder durch Kugelwurf zerschmettert.«* Ein Raunen geht durch die Menge. »Wer kann es sein?«, fragen sich die Männer.

Ferdinand Overkamp eilt mit seinem Besuch nach Hause in die Kirchgasse. Schon von Weitem sieht er den Schaden. Die Ziegel sind vom Dach geflogen und liegen zerbrochen vor dem Haus auf dem Pflaster. Drinnen fegt Berta, die alte Magd, die Scherben der Fenster und des Geschirrs zur Seite. »Wir haben kaum noch Teller und Tassen. Sogar das edle Porzellan der gnädigen Frau ist zersplittert«, klagt sie und schüttelt den Kopf. »Dass ich das noch erleben muss! Sehen Sie nur, das zerborstene Glas hat die Vorderseite des Schrankes zerkratzt. Das wird der gnädigen Frau nicht gefallen.«

Unten im Kontor wischt der Kaufmannsdiener Bernhard Buersmeyer die edlen Tropfen auf, die noch nicht zur Lagerung in das Dachgeschoss gebracht worden sind. Vor der zerschmetterten Tür liegen die Scherben der Flaschen, in denen all die kostbaren Destillate, Weine und Biere abgefüllt waren. Der Besen lehnt noch am Türrahmen. In der Gasse wringt Buersmeyer immer wieder die Lappen aus. Es duftet nach süßem Alkohol und der Hefe der Biere. »Herr, der Schaden ist groß. Nur die Flaschen hier unten in den Holzkisten sind unversehrt. Hier vorne im Kontor ist vieles zersprungen. Auf dem Dachboden bin ich noch

*Vgl.: St.R. A (Chalybaeus) A 505, S. 1.

nicht gewesen, aber ich fürchte, dort wird alles geborsten sein. All Ihre Ware wird ruiniert sein. Flaschen geborsten. Die ausgelaufenen Flüssigkeiten werden den anderen dort gelagerten Hausrat verderben. Alles ist hin. Auch die Fenster. Sehen Sie nur!« Buersmeyer deutet auf all das Zerstörte und dreht sich dabei um sich selbst. »Räumen Sie auf!«, befiehlt Overkamp barsch und wendet sich ab. Die Zerstörung grämt ihn sehr; das hätte nicht geschehen dürfen. Nicht geschehen müssen, wenn nur ... Wie groß wird nur der Schaden für unsere Stadt sein?, überlegt er, und wie hoch mein Verlust? Mit Schrecken denkt er an die nun unbrauchbaren Waren aus Lübeck, die er noch bezahlen muss. Hoffentlich ruiniert mich diese Explosion nicht, fürchtet Overkamp besorgt.

»Herr Matthiesen, lieber Freund, wo sind Sie denn? So treten Sie doch ein!«, ruft er seinem Gast zu. Dieser ist draußen in der Kirchgasse stehen geblieben und sieht dem Kaufmannsdiener beim Auswringen der Lappen zu. Wie betäubt rührt Matthiesen sich nicht von der Stelle. »So kommen Sie doch herein«, bittet Overkamp. »Ich helfe Ihnen die Treppe hinauf in unsere gute Stube. Hat es Ihnen die Sprache verschlagen?« Ferdinand Overkamp fasst Hinrich Jost Matthiesen am Arm, hilft ihm in die Bel Etage und führt ihn zu einem Stuhl. »Setzen Sie sich doch!«, fordert er seinen Gast auf. »Agnes, bringe ihm ein Glas Wasser!«, ruft er zur Küche hinunter. »Und einen Branntwein, dann geht es ihm gleich besser.«

Matthiesen ist kreidebleich. Schon die tagelange Hitze und die Strapazen der Reise haben ihm zugesetzt. Seine Augen brennen vor Rauch, Staub und Müdigkeit. Von Lübeck bis Lippstadt hat er zwei Tage länger gebraucht als vorgesehen, weil die Pferde wegen der Hitze nicht so schnell liefen. Und nun das noch. Kaum in Lippstadt angekommen, fliegt ihm buchstäblich die Stadt um die Ohren. Erschöpft und fassungslos schüttelt er immerzu den Kopf.

»Hier! Trinken Sie! Das bringt Sie wieder auf die Beine«, rät Overkamp und hält ihm eine der wenigen heilen Flaschen hin. »Gläser haben wir anscheinend keine mehr. Trinken Sie aus der Flasche!« Hinrich Jost Matthiesen nimmt einen ordentlichen Schluck und reicht Overkamp wortlos die Flasche zurück. Auch er trinkt einen großen Schluck Branntwein. Und noch einen, auf den Schreck.

FEBRUAR 2010

Das Jahr 2010 lief für Oliver Thielsen bisher nicht so, wie er sich das auf der großen Silvester-Party seines Freundes in Lübeck noch gewünscht hatte. Dieser hatte im Verlauf des Abends verkündet, seine langjährige Freundin zu heiraten. Alle hatten gepfiffen, gejohlt und geklatscht. So oder so ähnlich hätte Oliver sich das auch gut vorstellen können. Sechs Jahre war er mit Imke Meierbrook zusammen gewesen. Auf einer Abi-Party hatten sie sich kennengelernt und waren sofort ein Paar geworden. Das waren sie nun nicht mehr. Noch im Januar hatte Imke sich von ihm getrennt. Sie brauche Zeit für sich und wolle sich über ihre Zukunft klar werden. Sie könnten doch Freunde bleiben, meinte sie. Aber Freundschaft im platonischen Sinne war nicht das, was Oliver sich vorstellte. In all den Jahren hatte es für ihn nur das Paar Imke–Oliver gegeben. Selten war er mit seinen Freunden losgezogen, sondern hatte lieber mit ihr den Tag oder Abend verbracht. Auch seine Familie – seine Eltern, seine Schwester und seinen Bruder – hatte er kaum besucht. Nur wenn es nicht anders ging, wie zu Weihnachten oder am 80. Geburtstag seiner Oma im letzten Jahr, dann kam er – mit Imke.

Kurz nach der Trennung von Imke starb seine Oma. Oliver ging ohne ihre Begleitung zur Beerdigung. Wie schade, dass er die alte Dame nicht öfter besucht hatte. Bestimmt hätte sie sich gefreut. Sie hatte – wie alle Omas – gerne von früher erzählt. Alte Lübecker Geschichten; niemand wusste, ob sie wahr oder erfunden oder beides waren. Ihre Lieblingsgeschichte, die sie immer wieder erzählte, war die eines reichen Kaufmanns, der aus Westfalen nach Lübeck kam, damit die ganze Familie zusammen sein konnte. Immer wieder hatte seine Oma die Kaufmanns-Geschichte neu ausgeschmückt. Mal brachte der Kaufmann aus Westfalen sein Vermögen mit, mal war er verarmt, mal mit Frau und Kindern, mal von allen verlassen. Aber immer kam er nach Lübeck, weil hier eine Schwester – oder war es eine Tante? – lebte. Am Ende waren alle glücklich und zufrieden, mit oder ohne Vermögen. Oliver erkannte, dass man durchaus aus alten Geschichten etwas lernen konnte: Die eigene Familie ist das Wichtigste.

Nach der Beerdigung der Oma ging die Familie Thielsen zu Olivers Eltern nach Hause. Der Himmel war mit dunklen Wolken verhangen, es regnete ununterbrochen. Drinnen saßen sie bei Kerzenschein, Kaffee und Kuchen und nach einer Weile unterhielten sie sich angeregt. »Erinnert ihr euch an die unterschiedlich großen Socken, die sie mir gestrickt hatte?«, fragte Daniel, Olivers Bruder. »Oder an die gehäkelten Topflappen? Letztens habe ich in einem angesagten Trendladen fast genau die gleichen gesehen. Stellt euch vor, sie sind jetzt top aktuell«, erinnerte sich seine Schwester Svenja. »Am besten gefielen mir ihre Geschichten«, meinte Oliver. »Die Kaufmanns-Geschichte oder auch die mit dem Kapitän, der aus dem Lübecker Hafen nicht mehr fort wollte. Man sollte sie aufschreiben«, überlegte er. Lange hätten sie noch so in Erinnerungen schwelgen können, bis jeder gestrickte Schal, jedes gestickte Bild und jede ihrer Geschichten erwähnt worden waren. Doch Cornelia, Olivers Mutter, hatte etwas anderes auf dem Herzen. »Wir müssen uns um Omas Nachlass kümmern. Da brauche ich eure Hilfe.« Sie blickte Oliver an. »Auch deine. Sie hat immer davon gesprochen, dass du ihren Sekretär nehmen sollst. Oma hat genau festgelegt, wer was bekommen soll.«

Ein paar Tage später schleppte Oliver mit seinem Vater den schweren Sekretär in seine Wohnung. Den Inhalt, nur Papiere, Postkarten und ein paar Fotos, hatten sie zuvor in Schuhkartons umgepackt. Oliver wollte in aller Ruhe sichten, was seine Oma ihm hinterlassen hatte. »Wie gut, dass Imke ausgezogen ist und ihre Möbel mitgenommen hat«, meinte er bitter. »Jetzt habe ich Platz für Omas Sachen.« Seine Ironie wog schwer. Er hatte die Trennung noch lange nicht überwunden.

Am Abend öffnete Oliver eine Flasche Wein, legte eine CD ein und schaute sich alte Fotos von Menschen an, die er nicht kannte. Männer in steifen Anzügen, Frauen in schönen Kleidern, immer in Festtagsstimmung. Alltagsfotos machte früher niemand. Heute knipst man so viele Bilder, dass man den Überblick verliert, dachte er. Die Urlaubsfotos von Imke und ihm hat er auf CD gebrannt. Abzüge auf Fotopapier hat er nicht machen lassen. Nur seine Kinderfotos sind in ein Album eingeklebt und werden die einzigen sein, die es in seinen Nachlass schaffen werden. Auch Briefe werden seine Enkel und Urenkel nicht finden, weil er lieber telefoniert, statt zu schreiben. Und wenn er schreibt, dann sind es E-Mails, die über kurz oder lang gelöscht werden. Von Nachhaltigkeit keine Spur. Wir bringen uns mit unserer Umweltverschmutzung um und löschen auch noch unsere Spuren, dachte Oliver und nahm sich vor, am nächsten Tag die Briefe seiner Oma zu lesen.

In der Nacht schlief Oliver schlecht, aber es war nicht nur der Wein, der ihm zu schaffen machte. Jetzt, nach dem Tod seiner Oma, wurde ihm bewusst, wie sehr er sie geliebt hatte, denn als Kind verbrachte er mit seinen Geschwistern viel Zeit bei ihr. Später, als Jugendlicher und Erwachsener, betonte er immer, sein eigenes Leben führen zu wollen, und kümmerte sich weder um seine Oma noch um andere Familienmitglieder.

Als er am nächsten Morgen aufwachte, lag Lübeck immer noch unter einer dicken, dunklen Wolkendecke. Es regnete. Alles war trüb. Auch Olivers Stimmung. Eine ganze Flasche Wein war definitiv zu viel gewesen. Sein Kopf schmerzte. Gut, dass die Vorlesung erst am Nachmittag stattfand. Mit einer Tasse Kaffee setzte er sich an *seinen* Sekretär. Es kam ihm falsch vor, sich Omas Papiere genauer anzusehen. Schließlich gab es das Briefgeheimnis, eine preußische Erfindung, wenn man es so nennen mochte. Er blätterte durch die Postkarten. Die mit dem Porträt eines Schwarzwaldmädels drehte er um.

Frau
Margarethe Thielsen
2400 Lübeck

Liebe Margarethe,
wir sind auf dem Feldberg. Es ist ganz kalt hier.
Viele Grüße an Euch alle,
Gerda

Er steckte die Karte wieder an die richtige Stelle und nahm die nächste. Norderney – eine Dünenlandschaft. Wieder las er ›*Liebe Margarethe*‹. Wie fremd es ihm vorkam. Natürlich hatte er immer nur ›Oma‹ gesagt, wie seine Geschwister. Seine Eltern nannten sie Mutter, manchmal sagte sein Vater Mami. Dann lachten alle. Aber Margarethe, das sagten nur die alten Tanten, Omas Schwestern. Nach und nach schaute Oliver alle Karten durch. Sie waren ausnahmslos chronologisch geordnet. Die meisten aus den 1950er und 60er Jahren. Schade, dass er nicht lesen konnte, was seine Oma selbst geschrieben hatte. Das wäre für ihn interessanter als die Urlaubsgrüße fremder Menschen. Er hätte viel über sie erfahren können, was sie gemacht und gedacht hatte. Oliver wurde bewusst, dass er die Zeit hatte verstreichen lassen, in der er seine Oma besser hätte kennenlernen können. Schade.

Kontoauszüge, Versicherungsbriefe und Quittungen räumte Oliver unbesehen wieder ein. Ebenso die Ausschnitte aus alten Zeitungen. Sie waren schon ganz gelb und spröde. Einige hatten Stockflecke und rochen muffig.

Zu guter Letzt nahm Oliver noch das Päckchen mit den Briefen. Ein fein gehäkeltes Band mit eingezogenem Seidenstreifen. Altrosa. Genau so sollten alle Großmütter der Welt ihre Briefe binden, dachte er und musste lächeln. Seine Oma wollte doch, dass er ihren Sekretär bekam. Also wollte sie auch, dass er ihre Briefe las. Was er nicht sehen sollte, hatte sie bestimmt aussortiert. Er öffnete die Schleife. Ein zarter Hauch Lavendel strich ihm um die Nase. Umschlag für Umschlag schaute er an und legte sie nach und nach zur Seite. Der unterste Brief war viel älter als die anderen. Viel, viel älter. Er konnte es am vergilbten Papier erkennen. Eine Adresse stand auf der Rückseite des Briefbogens:

Frau
Katharina So________ M________sen
Lübeck

Oliver hatte den Namen der Frau noch nie gehört. Katharina. Vorsichtig faltete er den Briefbogen auseinander. An den Faltstellen war er leicht eingerissen, und die Ecken waren rund gestoßen. Der rote Wachsfleck zeigte, wie der Brief einst verschlossen war: mit einem Siegel. Einem Familiensiegel?

Liebste Katharina,

ẞ_____________

Nur einzelne Wörter konnte er lesen oder erraten, denn es war eine schwungvolle und ausladende Handschrift. Am wenigsten lesbar war die Unterschrift. Was wohl in dem Brief steht?, fragte sich Oliver. Seine Neugier war geweckt. Die letzte Zeile konnte er mit Mühe entziffern. *L____st_dt, im Mai 1764.* Oliver tippte L*stadt bei Google ein und überflog kurz die ersten Einträge. Nein, das half nicht weiter. Er zog seinen Dierkes-Schulatlas aus dem Bücherregal und schaute im Inhaltsverzeichnis nach. Vorne ein L und hinten ein -stadt oder -stedt. Lahstedt, Lamstedt, Lebenstedt, Leibstadt, Lennestadt, Lippstadt, Loxstadt, Ludwigsstadt, Lunestadt. Eine dieser deutschen Städte musste es sein. Oliver vermutete Lippstadt, wegen der Doppel-p, die unter die Schreiblinie gingen. Lippstadt. Er schlug im Atlas die entsprechende Seite auf. D 2. Da lag Lippstadt. Eine kleine Stadt. Und direkt darüber stand Nordrhein-Westfalen.

Oliver tippte ›lippstadt‹ bei Google ein und fand www.lippstadt.de. Ganz oben auf der Seite sah er das Ereignis des Jahres:

1185 achthundertfünfundzwanzigjahre 2010

LIPPSTADT *

Oliver klickte ein bisschen auf der Homepage der Stadt herum und sah, dass die Tageszeitung der Stadt *Der Patriot* anlässlich des Jubiläums ein Tagebuch-Projekt ins Leben gerufen hatte. Jeden Tag konnte ein Bürger einen Artikel zu einem Ereignis verfassen. Er erfuhr, dass es ab dem Sommer in Lippstadt eine Gesamtschule geben würde. Per Webcam schaute er sich das Rathaus und den Rathausplatz an. Dann klickte er ›Kultur‹ an. Ein langer Text erschien, Oliver las:

Lippstadt – mit allen Sinnen erleben

Heute ist Lippstadt die größte Stadt im Kreis Soest und ein dynamisches Mittelzentrum. Wandeln Sie auf den Spuren der Vergangenheit …[**]

Wandeln Sie auf den Spuren der Vergangenheit – Wandeln Sie auf den Spuren der Vergangenheit. Dieser Satz kreiste Oliver wieder und wieder durch den Kopf. Da kam ihm eine Idee. Er könnte nach Lippstadt reisen. Er könnte herausfinden, von wem der Brief stammte und wieso ihn seine Oma aufgehoben hatte. Er würde in Lippstadt recherchieren und so Licht in die Sache bringen. Vielleicht würde er sogar ein Geheimnis aufdecken können. Gleichzeitig würde ihm der Abstand zu Lübeck, zu seinem Studium und zu Imke Meierbrook guttun. Er könnte sein Leben neu ordnen.

---

* Mit freundlicher Genehmigung der KWL – Kultur und Werbung Lippstadt.

** www.lippstadt.de/kultur [gesehen am 01.06.2010]

Die Idee, nach Lippstadt zu fahren, gefiel Oliver so gut, dass er kurzerhand den Brief einsteckte und sich auf den Weg ins Lübecker Stadtarchiv machte. Er musste sich vergewissern, dass es sich tatsächlich um einen Lippstädter Absender handelte. Dort sprach er mit einem Archivar, der ihm zusagte, dass Oliver am späten Nachmittag eine Abschrift des Briefes abholen könne.

Spontan ging Oliver ins Studentensekretariat und meldete ein Urlaubssemester an. Er müsse Schulden begleichen und daher viel arbeiten, log er. In der Cafeteria traf er einige seiner Kommilitonen, denen er auch das ›Schulden-Märchen‹ erzählte. Sie wunderten sich, denn die Thielsens waren als sehr wohlhabend bekannt. Oliver verabschiedete sich und ging.

Im Lübecker Stadtarchiv erhielt Oliver die Abschrift *seines* Briefes. Getipptes konnte er entschieden besser lesen als die schwungvolle Handschrift des Briefschreibers. Er las den Brief mehrere Mal und fühlte sich, als sei er in einen historischen Roman hineingeraten. Dort werden oft alte Briefe gefunden, die ein Geheimnis offenbaren. Dieser Brief enthält ein Geheimnis, ein Leben und ein Schicksal.

Anfang März bekam Oliver Thielsen die Zusage der Lippstädter Tages Zeitung LTZ, dort von April bis Oktober ein Praktikum absolvieren zu dürfen.

Ende März bezog Oliver eine kleine Einzimmerwohnung im Dichterviertel Lippstadts.

3TER JUNIJ 1764

In der Nacht kommt Regen auf und bringt die erhoffte Abkühlung. Doch die Lippstädter können sich an diesem Morgen nicht darüber freuen. Der Schrecken des gestrigen Abends steckt ihnen in den Gliedern. Nichts ist mehr so wie zuvor. Schon vor dem Unglück war die Stadt durch den Siebenjährigen Krieg in einem baufälligen, maroden Zustand. Jetzt ist auch das Letzte verwüstet. Die Wucht der Detonation hat Dächer abgedeckt, und der Regen tropft ungehindert auf den Hausrat und verdirbt ihn zur Gänze. Die Dächer müssten zügig neu gedeckt werden, doch so schnell kann der städtische Ziegelofen nicht brennen.

In der ersten Bestürzung hat niemand nach dem Ursprung des Unglücks gefragt. Dem kommandierenden Offizier der Stadt, Herrn Major von Drach, ist eine schriftliche Anzeige über den Vorfall des gestrigen Abends vorgelegt worden. Weil der zur Aufsicht über die vielen englischen Pulvermagazine bestellte englische Commissaire de Wyer abwesend ist, wird in der Anzeige er – Major von Drach – und der zur Inspektion über die englische Munition hier anwesende Herr Leutnant Schlüter angesprochen. Die Anzeige fordert, sämtliche Pulvermagazine zu überprüfen und durch deren Bewachung alle möglichen Vorkehrungen zu treffen, damit die Bevölkerung Lippstadts nicht noch einmal einer solchen Gefahr und solchem Schrecken ausgesetzt werde. Auch solle die Fortschaffung der Pulvervorräte ohne Zeitverlust von hier stattfinden. Herr Major von Drach veranlasst, dass alle neun Pulvermagazine der Stadt schon in der bevorstehenden Nacht von 36

Mann als beständige Posten ohne Ablösung bewacht werden. Er selbst stellt 18 Mann seines Moselschen Regiments, und auch der Magistrat kommandiert 18 Bürger zur Bewachung ab. Darüber hinaus sind 50 der principalesten Bürger Lippstadts aufgerufen, die Wachposten zu unterstützen.*

Im Hause Overkamp laufen, wie überall in Lippstadt, die Aufräumarbeiten. Wo bis gestern das edle Porzellan der gnädigen Frau gestanden hat, steht nun altes Emaille-Geschirr. Schon beim Frühstück schimpft Johanna Overkamp. »Es mundet mir gar nicht recht von diesem Geschirr. Das Emaille ist abgestoßen, und diese hässlichen dunklen Stellen verderben mir den Appetit. Auch meinen Kaffee möchte ich aus diesem … diesem … nicht trinken.«

»Ach, meine Liebe. Seien Sie froh, dass uns nicht mehr zugestoßen ist. Wir kaufen neues Porzellan. Alles, was wir brauchen, und noch mehr, wenn es Ihr Herz erfreut. Zum Glück gedeihen die Geschäfte zum Besten«, besänftigt Ferdinand Overkamp seine Gemahlin und trinkt einen Schluck Tee.

Die Geschäfte gedeihen zum Besten?, denkt Hinrich Jost Matthiesen, der mit am Tisch sitzt. Und ich vermutete, Overkamp wolle Schulden machen wegen der gelieferten Ware. Was kann er gestern nur von mir gewollt haben?

»Helfen Sie im Kontor und sehen meinem Diener auf die Finger, mein lieber Matthiesen?«, reißt ihn Ferdinand Overkamp aus seinen Überlegungen. »In der Stadt gibt es viel zu tun. Ich höre mich um, wo ich helfen kann. Zum Mittagessen bin ich zurück, dann speisen wir gemeinsam im ›Goldenen Hahn‹. Ich muss unbedingt mit Ihnen sprechen. Auch in so großer Not erlaubt mein Anliegen keinen Aufschub.«

*Vgl.: St.R. A (Chalybaeus) A 505, S. 4.

Als Ferdinand Overkamp in die Lange Straße kommt, hört er schon aufgeregte Stimmen. Was ist jetzt schon wieder geschehen?, überlegt er. Es war doch in der Nacht alles ruhig. Kurz vor dem Süder Tor kommt ihm der Stadt-Syndicus Clüsener entgegen und ruft ihm zu: »Am Pulvermagazin liegen zerschmetterte Gebeine. Ganz scheußlich. Zwischen all dem Schutt und der aufgeflogenen Erde von gestern. Blut und Staub. Ekelhaft.«

»Noch ein Toter?«, fragt Overkamp ungläubig.

»Ja«, bestätigt Clüsener, »jetzt muss der vermaledeite Buddeus noch mal kommen.«

»Streiten die Herren immer noch? Wie lange geht das schon so?«, erkundigt sich Ferdinand Overkamp. Es ist überall bekannt, dass Stadt-Syndicus Peter Henrich Clüsener und Stadt-Physicus Dr. Johann Philipp Buddeus um das Erbe ihres gemeinsamen Halbbruders streiten.

»Wie lange? Zu lange! Aber den Johann Philipp mache ich fertig!«, gibt sich Clüsener kämpferisch. »Zur Gänze!«, ruft er im Weitergehen.

Der Anblick, der sich Overkamp am Festungswall bietet, ist weit schlimmer, als er es sich vorgestellt hat. Ein Stück Arm mit einer schwarzen, verkohlten Hand. Ein Bein mit einem Stück zerrissener Hose. Etwas weiter auf dem Wall liegt ein Schuh, aus dem noch der Fuß bis zum Knöchel mit weißen Sehnen herausragt. An manch geschützter Stelle sitzen trotz des Regens Fliegen im dunklen Blut. Sie summen und schillern bunt. Für solch einen Anblick finden die beiden Männer, die die Leichenteile bei ihrem Kontrollgang entdeckt haben, keine Worte. Overkamp hebt zum Gruß die Hand. Auch er weiß nichts zu sagen. Der Regen läuft ihm hinten in den Kragen, er ist tropfnass und doch bleibt er bei diesem grausigen Anblick wie betäubt stehen. Hier und da liegt etwas, von dem niemand sagen kann, was es ist. Holz oder Mensch?

Nach unendlich langen Minuten kommt der Stadt-Physicus Dr. Buddeus. Er nickt den Männern zu, stellt seine Tasche ab und hockt sich neben etwas. Overkamp hat nicht erkannt, dass es der Brustkorb eines Menschen ist. Mit einem Stock dreht Dr. Buddeus diesen um. »Wo ist der Kopf?«, fragt er die beiden Männer. »Habt ihr ihn gesehen?« Tonlos und bleich schütteln sie ihre Häupter. »Overkamp, helfen Sie mir, die Gebeine müssen auf den Karren!«, fordert Dr. Buddeus. »Was machen Sie eigentlich hier, Herr Overkamp? Immer wenn ich komme, sind Sie schon da«, stellt er fest und wendet sich wieder dem Brustkorb zu. Er scheint keine Antwort zu erwarten, doch Overkamp ist die Frage durch Mark und Bein gegangen. Angst beschleicht ihn. »Nun machen Sie schon!«, fährt Dr. Buddeus Overkamp an. »Hier tatenlos stehen und starren hilft nicht. Fassen Sie mit an, Herr Overkamp. Wir müssen alle menschlichen Teile einsammeln. Da vorne der Schuh … Irgendwo muss ja noch einer sein. Zählen Sie mit, damit wir alles haben. Sonst fressen es die Hunde. Zwei Beine, zwei Füße, zwei Arme, zwei Hände. Sie wissen schon.« Dr. Buddeus nimmt den Arm, an dem die verkohlte Hand hängt, und wirft ihn in den Karren. Overkamp verzieht angewidert sein Gesicht. Ein Schauer läuft ihm über den Rücken. Dann nimmt er das Beinstück, legt es vorsichtig in den Karren und wendet sich schnell ab. Nach und nach sammeln sie die Körperteile ein und bringen sie zur Soeststraße in Dr. Buddeus' Behandlungsraum.

Die beiden anderen Männer, die die Leichenteile entdeckt haben, sind wortlos verschwunden. In der Stadt finden sie ihre Sprache wieder und erzählen von ihrem Fund.

»Warum hat gestern niemand die zweite Leiche gefunden?«, will Metzger Adolph Brülle wissen. »Da waren doch so viele zum Helfen. Und in der Nacht wurde patrouilliert. Gerade dort am Pulvermagazin musste doch aufgepasst werden«, fordert der Metzger. Sein Lehrling nickt zustimmend.

»Ich glaube, das liegt an dem dichten Rauch, der erst im Verlauf der Nacht etwas abgezogen ist. Noch immer behindert er die Sicht. Bei dem Qualm gestern Abend konnte man kaum die eigene Hand vor Augen sehen, geschweige denn eine entstellte …«, der Mann erschrickt über seinen eigenen Satz und beendet ihn tonlos, »… verkohlte Hand. Überall einzelne Körperteile; der Wall ist voller Blut, in dem die Fliegen sitzen. Es ist widerwärtig. So entsetzlich ekelig.« Sogar dem Metzger, dem der Anblick von Blut und Fleisch vertraut ist, läuft ein Schauer über den Rücken. Sein Lehrling ist ganz bleich geworden, wendet sich ab und geht ins Haus.

Nach der Untersuchung der Körperteile verfasst der Stadt-Physicus Dr. Buddeus einen schriftlichen Bericht an den Rat und die Bürgermeister. Darin gibt er an, dass die *gefundene*[n] *menschliche*[n] *todte*[n] *Gebeine von einer Persohn, so noch nicht völliger männlicher Stärcke, sondern so etwa 14 a 15 Jahre gewesen*[*] seien.

Es sind die schlimmsten Verwüstungen, die Lippstadt seit Langem erlebt hat. Es muss nicht nur die Höhe des Sachschadens ermittelt werden, sondern auch, wer die beiden Toten sind. *Die Ehe-Frau des Stadts-Dieners Pape zeigt an, daß sie seit der Zeit des gestrigen Unglücks den bey ihrem Rindvieh gehabten Kuhhirten, einen Jungen von ohngefehr 15 Jahren, vermisset* und weil *dieser Junge an dem*

* Vgl.: St.R. A (Chalybaeus) A 505, Seite 4.

Walle mit dem Jungen des Stadtsdiener Schülpke, der gestern todt gefunden worden, in Gesellschaft das Vieh gehütet [habe], *so seye nicht anders zu glauben, als daß die sich heute auf dem Platze gefundenen einzelne menschliche Gebeine die Überbleibsel ihres mit verunglückten Kuhhirten seyn müßten.**

Frau Pape ist nicht die Einzige, die klagt. Zum Leidwesen aller waren die beiden Jungen verunglückt, doch sind die Lippstädter Gott dankbar, nicht mehr Tote betrauern zu müssen. So beklagen sie den gewaltigen Sachschaden, fegen vorerst die Trümmer zur Seite und versuchen, ihre Dächer notdürftig abzudichten.

Ferdinand Overkamp und Hinrich Jost Matthiesen sind die einzigen Gäste im ›Goldenen Hahn‹. Normalerweise hätte auch Overkamp zu Hause und in der Stadt genug zu tun, doch die Dringlichkeit seines Anliegens lässt ihn nun hier sein.

»Was kann ich für Sie tun, lieber Freund?«, beginnt Matthiesen das lang angekündigte Gespräch. »Sie können sich mir anvertrauen, ich halte mein Wort als Ehrenmann und schweige.«

»Danke, Herr Matthiesen, das weiß ich. Deswegen sehe ich auch keinen anderen Weg, als mit Ihnen zu sprechen. Meiner ältesten Tochter Elisabeth ist etwas Schändliches zugestoßen. Ich will es frei heraussagen, sie trägt ein Kind unter dem Herzen. Sie erwartet ein uneheliches Kind! Der Vater des Kindes war – ist«, berichtigt sich Overkamp schnell, »ein Taugenichts, er hat nichts, er kann nichts. Sie wissen schon. Noch weiß es niemand in Lippstadt, und ich wünsche, dass das auch so bleibt. Man sieht noch

* St.R. A (Chalybaeus) A 505, S. 3 und 4.

nichts, wissen Sie«, flüstert Ferdinand Overkamp. Er ist immer leiser geworden, obwohl niemand sonst im Schankraum ist.

»Verstehe, doch wie kann ich helfen?«, fragt Hinrich Jost Matthiesen, der nicht erkennen kann, welche Rolle er nun spielen soll.

»Ich habe meine Schwester Katharina in Lübeck benachrichtigt. Sie ist bereit, Lieschen vorübergehend bei sich aufzunehmen. Meine Bitte an Sie, werter Herr Matthiesen, ist, nehmen Sie Elisabeth mit nach Lübeck zu Ihrer Schwägerin Katharina. Dann habe ich die Gewissheit, dass Lieschen dort gut ankommt. Eine junge Dame kann man ja nicht allein reisen lassen.« Er atmet schwer ein und wieder aus. Nun ist es heraus, was ihn so lange belastet hat. Nächtelang hatte er gegrübelt, um eine Lösung für dieses delikate Problem zu finden. Dann war ihm sein Geschäftsfreund und Schwager Hinrich Jost Matthiesen eingefallen. Noch in derselben Nacht war er aufgestanden und hatte seiner Schwester Katharina Matthiesen einen langen Brief geschrieben, in dem er erklärte, was seiner Tochter geschehen sei, und dass er hoffe, dass Katharina einen guten Ort für sein Lieschen zum Entbinden finden werde. Dass nun am gestrigen Tag gleich eine doppelte Lösung des Problems ins Haus stand, konnte er da noch nicht wissen. Jetzt ist sicher, dass der Vater des ungeborenen Kindes schweigt wie ein Grab; Overkamp läuft ein Schauer über den Rücken, als er sich der doch allzu gut passenden Redewendung bewusst wird.

»Ja, das ist doch selbstverständlich. Ich bringe Fräulein Elisabeth sicher nach Lübeck. So eine reizende junge Dame. Ist sie denn ausreichend bei Kräften für die Strapazen einer so langen Reise?«, sorgt sich Matthiesen.

»Sie muss, sie muss. Auf ihr Wohlbefinden kann ich keine Rücksicht nehmen. Ich für meinen Teil habe getan, was ich konnte. Jetzt ist es an ihr. Stellen Sie sich die Schande vor, wenn herauskäme, dass die unverheiratete Tochter des größten und erfolgreichsten Kaufmanns der Stadt ein Kind erwartet. Und das von einem Taugenichts. Wenn ein anständiger Mann der Vater wäre, hätten wir sofort eine Hochzeit gefeiert. Dann fragt niemand mehr. Aber meine Tochter schweigt; sie gibt nicht preis, wer der Vater ist.« Ferdinand Overkamp ist sichtlich aufgebracht. »Aber das muss sie nun auch nicht mehr. Ich habe es auch so erfahren.«

Beide verstummen umgehend, als Franz, der Wirt, den Schankraum mit Dickemilch betritt. Zucker und Zimt sind bereits darauf gestreut. »Diese Nachspeise ist einer der wenigen Vorteile von schwülem Wetter«, sagt Ferdinand Overkamp.

»Ja, stimmt. Und ich kann herausschmecken, dass die Lippstädter Kühe anderes Gras fressen als die Lübecker«, scherzt Hinrich Jost Matthiesen. Beide lachen und merken, dass die Spannung gewichen ist. Ferdinand Overkamp hat sein Anliegen vortragen können, und Matthiesen ist erleichtert, dass es Overkamp bei diesem Gespräch nicht um die Bezahlung der Destillate und Weine gegangen ist. Hoffentlich bleibt es so, denkt Matthiesen, denn diese Explosion hat einen Schaden angerichtet, der noch nicht zu ermessen ist. Sicher ist, dass dieses Unheil viele Lippstädter ruiniert hat. Ob das auch bei Overkamp der Fall sein wird, kann Matthiesen nicht beurteilen.

Während Ferdinand Overkamp seine familiäre Angelegenheit regelt, sitzen die Amtsleute Lippstadts und der

Magistrat im großen Rathaussaal zusammen und verfassen einen Bericht, der nicht nur den beiden königlichen Dicasterii zu Cleve, sondern auch dem höchsten königlichen General Directorio zu Berlin und der hochgräflichen Lippischen mitlandesherrlichen Regierung überreicht werden soll:

Hochgebohrner Graf
Gnädigster Graf und Herr!
Ewer hochgrafflichen Gnaden müßen wir mit
vieler Wehmuth unterthänigst melden, daß der
Höchste unsere durch die viele Calamitaeten des Krie-*
ges bereits sehr verwüstete und verminderte
Stadt und Bürgerschafft an dem gestrigen Nach-
mittage solchergestalt heimgesuchet, daß das
unter der Wall-Bastion 3 gestandene En-
glische Pulver-Magazin so mit ein paar hun-
dert Tonnen scharffer Mousquet-Patronen
auch geladenen Grenaten und anderm Pulver an-
gefüllet gewesen, in Feuer aufgegangen,
welcher unglückliche Vorfall dann fast
alle Gebäude der südseitigen Helffte
der Stadt dermassen verwüstet und
ruiniret hat, daß fast alle Dächer dieser
Häußer zerschmettert, alle und jede
Fenster durch die grausame Zerschütte-
rung mit ihren Gefachen und Glasern ausgefallen,
die zunechst gelegene Häußer in ihren
Wänden und substantial Stücken ausgewichen
und verrücket, die ohnweit der bemelten Ba-
stion stehende Evangelisch-Lutherische Kirche

* Übelstand, Missstand, Notstand

zu St. Jacob dermassen vorzüglich ruiniret worden, daß das Gewölbe und der Thurm gantze Riße empfunden, die Pfeiler verwichen, die Orgell und Uhr in einander gefallen, also dieses Kirchen-Gebäude vor der Hand gantz unbrauchbar geworden. Von allen übrigen Häußern und Kirchen der gantzen Stadt ist kein eintziges ohnbeschädiget geblieben, indem ohne Ausnahme die Fenster in allen Gebäuden eingestürzet, und übrigens alle gebrechlichen effecten an Spiegeln, Gläsern und porcellain und auch an dergleichen Geschirr, bevorab in dem Südseitigen Theil der Stadt durch die terrible algemeine Erschütterung zu nichte gegangen.

*[…]**

* Landesarchiv NRW, Abteilung Ostwestfalen Lippe, L 36, E Section IV Nr. 2a. Der durch ein in Brand geratenes Pulvermagazin der Stadt Lippstadt zugefügte Schaden.

4TER JUNIJ 1764

Stadt-Syndicus Peter Henrich Clüsener, Ratsherr Dr. Berninghausen und die Amtmänner Johann Caspar Drüdeke und Johann Anton Arnold Möller treffen sich im Rathaus, um die schriftliche Schadensaufnahme infolge der Explosion vorzubereiten.

»Jeder visitiert einen der vier Teile der Stadt. Herr Clüsener nimmt den Markt Hofen, Dr. Berninghausen den Nicolai Hofen, Herr Möller den Jacobi Hofen und Herr Drüdeke, Sie übernehmen hier den Stifts Hofen. Nehmen Sie sich Meister mit. Herr Clüsener, wen nehmen Sie mit?«, erkundigt sich Bürgermeister Dr. Johann Conrad Rose.

»Zimmermeister Herson, Mauermeister Jacob Voß und Glasmacher Steinbicker. Ich habe sie bereits angewiesen. Sie warten vor der Tür«, berichtet Clüsener.

»Gut. Machen Sie sich an die Arbeit. Es ist viel zu begutachten. Schreiben Sie eine Designation des Schadens nieder*«, fordert Dr. Rose.

Vor dem Rathaus bilden sich die Gruppen und gehen in die Hofen. Das Rathaus und seine nahe Umgebung gehören zum Stifts Hofen.

»Wo beginnt Ihr die Visitierung?«, erkundigt sich der Senator des Stifts Hofens Caspar Ernst Mattenklodt.

»Wir gehen zuerst in die Kirchgasse. Der Overkamp hat sich so aufgeregt. Er habe einen wichtigen Gast und so einen Schaden könne er gar nicht gebrauchen. Dass es

---

* Vgl.: St.R. A (Chalybaeus) A 506. Designation des Schadens, so durch das den 2ten hujus aufgeschlagene englische Pulvermagazin an den Kirchen und Gebäuden verursachet worden ist. [1764 Juni 2]

so weit kommen musste, würde ihm doch sehr zu schaffen machen. Nun sei alles ruiniert, sein Haus, seine Waren, ja sogar sein Leben, hat sich Overkamp in Rage geredet«, erinnert sich Drüdeke. »Niemandem gefällt, was geschehen ist. Dabei ist es hier im Stifts Hofen gar nicht so schlimm. Overkamp soll mal im Jacobi Hofen schauen, wie dort alles zerschmettert ist.«

»Den Overkamp habe ich gestern Morgen mehrmals im Jacobi Hofen bei den Festungswerken gesehen«, fällt Glasermeister Friedrich Wilhelm Strenger auf. »Was der dort zu erledigen hatte?«

»Ich weiß es nicht. Aber dass der Overkamp glaubt, sein Leben sei ruiniert, scheint mir doch übertrieben. Ja, er hat einen Schaden zu beklagen, aber es trifft in seinem Falle keinen armen Mann. Er hat Geld«, weiß Drüdeke.

Sie überqueren die Judenstraße und biegen in die Kirchgasse ein. Das imposante Eckhaus gehört der Familie Overkamp. Drüdeke notiert: ›Hausnummer 561‹* und liest die goldene geschwungene Inschrift im Querbalken: ›Caspar Theodor Overkamp – Maria Theresia Upschulte – Anno 1657 – Soli Deo Gloria – Einzig zur Ehre Gottes‹. Darunter verlaufen eine kunstvoll geschnitzte farbige Fächerrosette und eine weitere Inschrift: ›Wer Godt Vertrauet Fest Auf Ihn Bawt den will er nicht verlassen‹**.

»Diese Hausinschrift hat doch noch jemand in Lippstadt, oder? Sie kommt mir so bekannt vor«, überlegt Drüdeke. Noch bevor ihm jemand antworten kann, tritt Overkamp aus der Tür seines Kontors.

»Herr Drüdeke, wie gut, dass Sie schon hier sind. Bitte

---

* Vgl.: Möller: *Alte Nachrichten von Lippstadt.* 1788. [1973]. S. 344: »Anno 1756 als die Häuser von Nr. 1 bis Nr. 542 nummeriert wurden [...]« Das fiktive Overkamp'sche Haus erhält eine fiktive Nummer.
** Scholand: *Lippstadt einst und jetzt.* 1985. S. 74.

treten Sie ein. Hier rechts in mein Kontor. Da können wir in Ruhe alles besprechen«, fordert Overkamp die Gutachter auf.

»Herr Overkamp, seien Sie gegrüßt. Sie hatten darum gebeten, dass wir zuerst zu Ihnen kommen. Schön haben Sie es hier – wenn wir mal von dem Schaden absehen. Stuckarbeiten sogar im Kontor, das macht Eindruck. – Lassen Sie uns zur Sache kommen«, beginnt Johann Caspar Drüdeke. »Zimmermeister Kestner schaut sich den Dachstuhl und die Fachwerke an. Viele Ziegel liegen zusammengefegt in der Gasse, das haben wir gesehen. Glasermeister Strenger zählt die zerschmetterten Fensterscheiben.«

»Steinwerk haben Sie keines, richtig?«, fragt Mauermeister Scharper.

»Nein.« Overkamp schüttelt den Kopf. »Leider«, fügt er an. »Das wäre schön. Aber was nicht ist, kann ja noch kommen. Bitte folgen Sie mir nach oben«, fordert er die Gutachter auf.

Die hölzerne Treppe knarzt unter dem Gewicht der sechs Männer. Als Ferdinand Overkamp die Tür zur guten Stube öffnet, stockt den Männern der Atem. Die großen Fenster lassen viel Licht in den farbenfroh getünchten Raum fluten, in dessen Mitte ein großer, glänzend polierter Eichentisch steht. Die zwölf barocken Stühle sind mit dunkelblauem besticktem Samt bezogen; auf einem von ihnen sitzt Johanna Overkamp und blättert durch das Buch, welches der Gast Matthiesen mitgebracht hat. Hin und wieder wirft sie einen Blick auf die alte Magd Berta. Diese räumt die Scherben des zersprungenen Goldrand-Porzellans und der geschliffenen Gläser in einen Ledereimer. »Ich mochte die mit zarten Pinselstrichen gemalten Vögelchen am Tellerrand so gerne«, jammert Berta.

»Johanna, verlassen Sie und Berta bitte beide den Raum!«, befiehlt Overkamp seiner Frau. Als Johanna aufsteht, stockt den Männern der Atem. Eine wunderschöne und auf das Vortrefflichste geputzte Dame von Welt in zauberhaften Kleidern. Ihr blondes Haar ist mit Kämmchen kunstvoll gesteckt und glänzt im Licht wie gesponnenes Gold. Erst nachdem Johanna Overkamp die Tür von außen geschlossen hat, beginnt Ferdinand Overkamp in der guten Stube das Gespräch mit den Gutachtern.

»Herr Sittrig, was sagen Sie als Tischlermeister zu diesem Schrank? Können Sie seine Front aufarbeiten? Die Scherben des Fensters haben sie so zerkratzt«, erklärt Overkamp.

»Ein schönes Stück, fürwahr. Das ist Nussbaum, richtig? Und Einlegearbeiten aus Nussbaumwurzel. Es ist ein kostbares Möbelstück.« Sittrig nickt anerkennend. »Sie haben einen edlen Geschmack. Machen Sie sich keine Gedanken, wenn ich mit dem Schrank fertig bin, ist er wie neu«, verspricht der Tischlermeister.

Nach und nach besprechen die Männer alles, was zu erledigen ist. Die Halterung des großen gläsernen Kronleuchters soll überprüft werden, damit nicht eines Tages dieser mit seinen zwölf Kerzen abstürzt und einen neuen großen Stadtbrand verursacht. Das wäre dann der sechste in Lippstadt. Ferdinand Overkamp ist Gott dankbar, dass die barocke Stuckdecke mit ihren farbenprächtigen Blumen und den biblischen Motiven ebenso unversehrt ist wie das übrige Gebäude.

»Das Dach muss teils neu gedeckt werden, neue Fensterscheiben müssen eingesetzt werden, zwei Türen und mehrere Läden gilt es zu erneuern. Das Glas des großen Spiegels muss ersetzt werden; der mit Blattgold versehene

Rahmen ist unversehrt. Das Porzellan und die Gläser sind zersprungen; da müssen Sie wohl Neues beschaffen. Um den Schrank kümmert sich Sittrig«, fasst Drüdeke zusammen. »Was ist mit Ihren Waren?«, erkundigt er sich weiter.

»Unter dem Dach, in meinem Lagerraum, ist beinahe alles zu Bruch gegangen. Unsere Mägde und Knechte haben die halbe Nacht nach der Explosion ohne Unterlass gefegt und gewischt. Herr Kestner, Sie haben gesehen, wie es oben aussieht. Mein Gast, der werte Herr Matthiesen, hat kostbare Destillate und Weine mitgebracht. Diese standen noch unten im Kontor. Ich wollte erst ein neues Seil in den Lastenaufzug ziehen lassen, bevor wir die edlen Tropfen von außen am Hause hochziehen können. Die Flaschen in den Holzkisten sind heil, aber einige hatte ich herausgenommen, um sie zu prüfen. Sie sind alle zersprungen. Diese kostbaren Flüssigkeiten sind hier in die Dielenfugen gelaufen, sodass es nun wie in einer Schänke riecht. Ein unermesslicher Schaden!«, regt sich Ferdinand Overkamp auf. »Unermesslich! – Sämtliche der unter dem Dach gelagerten Waren sind ruiniert. Ich werde davon nichts verkaufen können. Nichts! Gar nichts. Es schmerzt mich so sehr; es tut mir so Leid«, spricht das schlechte Gewissen wegen der verursachten Explosion und der toten Burschen aus Ferdinand Overkamp. Die Männer beziehen seine Äußerung allerdings ausschließlich auf seinen Verlust.

»Herr Overkamp, wir müssen jetzt weitergehen. Ihr Haus ist nicht das einzige, das Schaden genommen hat«, beendet Drüdeke die Designation. Alles in allem hat Overkamp doch noch Glück gehabt, denkt er.

Als die Männer draußen in der Kirchgasse außer Hörweite sind, bestaunen sie die edle und stilvolle Ausstattung des Hauses.

»Der Overkamp hat es weit gebracht«, bemerkt Drüdeke nicht ohne Neid. »Seine Geschäfte müssen sehr, sehr gut laufen, sonst könnte er sich so etwas nicht leisten! Wie viel mag das Haus wert sein? 2000 Reichstaler?* Oder mehr?«

»Eher mehr«, vermutet Sittrig, der Tischlermeister. »So prächtig!«, staunt er. »Diese Ausstattung im Inneren! Sehr imposant. Die Supraporte muss neu sein. Das hat man jetzt so, ein Bild über der Tür. Und dieser neue Stil. Ja, der Overkamp muss wahrhaftig ein erfolgreicher Kaufmann sein. Vielleicht sogar der erfolgreichste, den Lippstadt in diesen Zeiten hat«, schwärmt Sittrig.

»Haben Sie auf seine Kleidung geachtet? Und was die gnädige Frau trägt? Sehr elegant und in so tadellosem Zustand, dass ich denke, es ist alles neu. Wenn dem so ist, wird ein Schneider eine große Rechnung ausstellen können«, vermutet Drüdeke.

»Ihr wisst ja, je näher man in Lippstadt an der Großen Marienkirche lebt, desto wohlhabender und angesehener ist die Familie«, ergänzt Zimmermeister Kestner. »Schaut euch um, die meisten Gebäude hier sind nach dem letzten Brand errichtet worden. Alle größer und repräsentativer als vorher. Auch das Overkamp'sche Gebäude nimmt jetzt so viel Raum ein wie vorher mehrere.«

Die Lippstädter interessiert neben der Schadensaufnahme vor allem der Ursprung, der Grund des Unglücks. Man erzählt sich, dass der Kaufmannsdiener der Witwe Heistermann namens Plange gesagt habe, dass die beiden toten

* Die Summe orientiert sich an den im Jahre 1782 taxierten Häusern. Vgl.: *Lippstadt. Beiträge zur Stadtgeschichte*. Im Auftrage der Stadt. Hg. v. Wilfried Ehbrecht. Lippstadt, 1985. Bd. 2. S. 511.

Jungen, Johann Diethrich Musculus und Hermann aus Bockenforde, Pulver aus dem Magazin feilgeboten hätten. Und am Unglückstage hätten sie wohl neues Pulver stehlen wollen, doch sei ihnen ein Funke entsprungen, als sie geraucht hätten. Um die Stadt und ihre Bewohner wieder zu beruhigen, wird Johann Peter Ernst Plange von Bürgermeister Dr. Johann Conrad Rose und dem Stadt-Syndicus Peter Henrich Clüsener ins Rathaus vorgeladen. Ein für alle Mal soll geklärt werden, wie dieses Unglück geschehen ist.

»Herr Plange«, beginnt der Bürgermeister Dr. Rose die Befragung, »Sie haben in der Stadt verlauten lassen, das Unglück des 2. Juni könne von den beiden Jungen, die am Festungswall das Rindvieh gehütet haben, gekommen sein, weil diese dem Bäckerburschen Thiemeyer, der bei dem ehrenwerten Ratsherrn Buddeberg im Dienste steht, Pulver zum Kauf angeboten haben. Entspricht das der Wahrheit?«

»Ja, gnädiger Herr Bürgermeister«, antwortet Plange ehrfürchtig. »Die Burschen hatten Dreck am Stecken. Das weiß doch jeder in Lippstadt. Das stand denen doch auf der Stirn geschrieben. Den ganzen Tag lungerten sie rum und lagen im Gras«, regt er sich auf.

»Haben Sie mit eigenen Augen gesehen, dass die beiden toten Burschen mit dem jungen Thiemeyer gesprochen haben?«, fragt Dr. Rose.

»Nein, nicht ich selbst, Herr Bürgermeister«, antwortet Plange. »Aber der …«

»Wer?« Stadt-Syndicus Clüsener war aufgesprungen. »Wer hat das behauptet?«, fragt er mit lauter Stimme.

»Buersmeyer. Bernhard Buersmeyer hat es mir im Vertrauen gesagt«, antwortet Plange zögerlich.

»Im Vertrauen? Und Sie laufen durch die Stadt und stellen solche Behauptungen auf?« Clüsener kann es nicht fassen. »Das darf doch nicht wahr sein. Als ob wir nichts anderes zu tun hätten, als unsere Zeit mit einem Wichtigtuer zu verbringen, der auch noch das Vertrauen eines anderen missbraucht. Dr. Rose, wir vergeuden unsere Zeit!«, schimpft Clüsener.

»Herr Clüsener, bitte gehen Sie doch eben hinüber zum Overkamp'schen Kontor und bringen Sie Bernhard Buersmeyer her. Er steht doch dort im Dienst? Buersmeyer hat eine Menge zu erklären. Herr Plange, Sie sind für heute entlassen.« Dr. Rose nickt und wendet sich seinen Akten zu.

Plange geht im Rathaus ohne ein Wort am Stadtdiener und Clusepförtner Küchenmeier vorbei, doch sein abschätziger Blick spricht Bände. Sieh an, sieh an, denkt Küchenmeier. Diese Vorladung habe ich dem Schandmaul Plange zu verdanken. Was der für Gerüchte verbreitet! Heimzahlen sollte man es ihm!

»Rudolph Küchenmeier, bitte treten Sie ein«, fordert Bürgermeister Dr. Rose. »Wir beginnen schon. Stadt-Syndicus Clüsener ist noch unterwegs, kommt aber unverzüglich zurück. Ich werde Sie zu dem Unglücksfall am Pulvermagazin am Süder Tor befragen und nach der Ursache für dieses Unglück suchen. Sie stehen unter Eid und müssen die Wahrheit sagen! Haben Sie das verstanden?«

»Ja, Herr Bürgermeister.« Küchenmeier nickt leicht. Er fühlt sich sichtlich unwohl bei dieser Befragung.

»Ist es richtig, dass Johann Diethrich Musculus Ihr Viehhirte war?«, beginnt Dr. Rose.

»Ja, Herr Bürgermeister«, antwortet Küchenmeier knapp.

»Wie alt war der Junge?«

Es klopft leise. Stadt-Syndicus Clüsener betritt den Raum, nickt dem Clusepförtner zu und setzt sich ans Pult, um Küchenmeiers Aussage aufzuschreiben.

»Wie alt war der Junge?«, wiederholt Dr. Rose seine Frage.

»Zwölf oder 13 Jahre, Herr Bürgermeister. So genau weiß ich es nicht. Ich hatte nie viel mit dem Burschen zu schaffen. Der Junge hat das Vieh gehütet und keine Schwierigkeiten gemacht – bis jetzt«, berichtet Küchenmeier.

»Hat Ihr Hirte das Vieh in der Nähe des Unglücksortes gehütet?«, setzt Dr. Rose die Befragung fort.

»Soweit ich weiß, ja, Herr Bürgermeister«, antwortet Küchenmeier pflichtgemäß.

»Hat sich der Bursche mit Pulver beschäftigt und dergleichen bei sich getragen oder gar im Haus aufbewahrt?«

»Nein, Herr Bürgermeister. Ich habe nicht bemerkt, dass Johann gemahlenes Pulver bei sich getragen hat. Er hat nicht damit hantiert«, gibt der Clusepförtner zu Protokoll.

»Hat der Junge Tabak geraucht? Hat er Rauchgeschirr besessen?«, fragt Stadt-Syndicus Clüsener aufgeregt.

»Nein, mein Bursche hat niemals geraucht und auch kein Tabak-Geschirr besessen. Er hat nicht einmal andere Kleidung gehabt als die, die er am Leibe trug«, erklärt Küchenmeier. »Der Junge hat in den letzten Tagen mit seinem Kameraden Hermann das Rindvieh am Wall und in den Festungswerken gehütet und …«

Clüsener springt auf. »In den Festungswerken?«, unterbricht er. »In den Festungswerken?«

»Ja, dort. Jeder hat von Herrn Major von Drach die Erlaubnis dazu gehabt«, erläutert Rudolph Küchenmeier.*

*Vgl.: St.R. A (Chalybaeus) A 505, S. 6 und 7.

»Haben Sie noch etwas hinzuzufügen?«, erkundigt sich Bürgermeister Dr. Rose. »Wenn nicht, dürfen Sie gehen.«

Auf der Treppe stampft Bernhard Buersmeyer wutschnaubend an Rudolph Küchenmeier vorbei und betritt ohne Aufforderung die Amtsstube. Das gibt Ärger, denkt Küchenmeier und überlegt, was der Buersmeyer mit dieser unangenehmen und unangebrachten Vorladung zu tun hat. Ob Plange und Buersmeyer gemeinsame Sache machen, schließlich sind sie beide Kaufmannsdiener? Der eine bei der Witwe Heistermann und der andere bei Overkamp.

»Herr Bernhard Buersmeyer, ist es richtig, dass Sie beobachtet haben, dass die beiden toten Burschen dem jungen Thiemeyer Pulver zum Kauf angeboten haben?«, beginnt Dr. Johann Conrad Rose die Befragung.

»Nein, Herr Bürgermeister«, antwortet Buersmeyer.

»Sie stehen unter Eid!«, ruft Stadt-Syndicus Clüsener und springt von seinem Pult auf. »Sie müssen dem Herrn Bürgermeister und mir die Wahrheit sagen!«

»Ich sage die Wahrheit, Herr Bürgermeister«, gibt Bernhard Buersmeyer zurück und blickt Dr. Rose an.

»Sie sagen, Sie haben weder den Hirten Musculus vom Stadtdiener Küchenmeier noch den Burschen vom Stadtdiener Pape – wie heißt er gleich …«, fragt Clüsener mit hochrotem Kopf. Er kann nicht glauben, was er hört.

»Hermann aus Bockenforde«, liest Dr. Rose aus seiner Akte. »Der zweite tote Bursche heißt Hermann aus Bockenforde.«

»Ja, ja, Hermann aus Bockenforde«, wiederholt Clüsener fahrig, »… nie zusammen gesehen? Nie zusammen mit Johann Diethrich Thiemeyer gesehen?« Er rauft sich die Haare. »Hier erzählt jeder, was er will.« Clüsener schüttelt den Kopf.

»Die beiden Hirten habe ich des Öfteren gesehen. Ich bin ja oft für den gnädigen Herrn Overkamp in Lippstadt unterwegs. Botengänge. Die Burschen sah ich mal hie und mal da, Herr Bürgermeister«, gibt sich Buersmeyer unschuldig.

»Ich frage jetzt ein letztes Mal«, sagt Dr. Rose ruhig. »Haben Sie gesehen, wie die beiden toten Burschen irgendjemandem Pulver zum Kauf angeboten haben?«

»Nein, Herr Bürgermeister!«, gibt Bernhard Buersmeyer abschließend zu Protokoll.

Clüsener schlägt mit der flachen Hand auf den Tisch. »Das darf doch nicht wahr sein! Dr. Rose, hier wird gelogen, dass sich die maroden Balken des Rathauses biegen.«

»Herr Buersmeyer, Sie dürfen gehen«, erlaubt Bürgermeister Dr. Rose.

Der Stadtdiener Pape ist sichtlich überrascht, als er Bernhard Buersmeyer und nicht Johann Peter Ernst Plange aus der Amtsstube kommen sieht.

»Hermann Pape, schwören Sie, uns nur die Wahrheit zu sagen? An Eides statt müssen Sie uns Auskunft geben«, beginnt Dr. Rose die Befragung.

»Ich schwöre, Herr Bürgermeister«, sagt Stadtdiener Pape feierlich.

»Hat Ihr Hirte Hermann aus Bockenforde ständig in Gesellschaft des Kuhhirten Johann Diethrich Musculus das Vieh gehütet?«, möchte Dr. Rose wissen.

»Ja, Herr Bürgermeister«, lautet Papes Antwort.

»Wie alt war er?«, fragt Stadt-Syndicus Clüsener, um alle Angaben für das Protokoll zu haben.

»So etwa 13 Jahre alt. Seit dem Unglück vorgestern habe ich den Hermann nicht mehr gesehen«, beginnt Pape.

»Berichten Sie«, fordert Dr. Rose.

»Mein Vieh ist gleich nach dem Unglück ohne Hermann nach Hause gelaufen. Es hatte wohl Lunte gerochen, Herr Bürgermeister. Die über die Hörner gebundenen Stricke waren an den Köpfen verbrannt. So kann ich nicht anders, als zu glauben, dass mein Bursche bei dem Feuer im Pulvermagazin mit draufgegangen sein muss«, berichtet der Stadtdiener Hermann Pape.

Die Befragung zieht sich lange hin. Dr. Rose wünscht ganz genaue Angaben. Der Stadt-Syndicus Clüsener regt sich wegen jeder Kleinigkeit auf, wird laut und rauft sich seine Haare. Pape verflucht insgeheim den Kaufmannsdiener Plange. Hätte dieser sein loses Mundwerk gehalten, wäre der Vormittag ruhig gewesen. Jetzt hat er diese Unannehmlichkeiten.

Als Letzter wird der Bäckerbursche Johann Diethrich Thiemeyer in die Amtsstube gerufen, und nachdem ihm die Lage erklärt worden ist, fragt Dr. Rose: »Wer hat dir das Pulver zum Kauf angeboten? Und wann und unter welchen Umständen?«

Thiemeyer beantwortet die Fragen so gut wie möglich. »Vor sechs bis sieben Wochen ist mir ein unbekannter Bursche im Cappel Tor begegnet, Euer Hochwohlgeboren. Dieser hat mich im Geheimen und unter vier Augen gefragt, ob ich ihm Pulver abkaufen wolle …« Er stockt.

»Sag: ›Herr Bürgermeister‹«, berichtigt Stadt-Syndicus Clüsener den Burschen.

»Sprich weiter«, fordert Dr. Rose.

»Ich fragte, woher das Pulver komme, Herr Bürgermeister. Der Bursche erwiderte: ›Das kann dir gleich sein, woher es kommt!‹ Ich sagte ihm, ich verlange und brauche auch kein Pulver.« Thiemeyer macht wieder eine Pause.

»Kannst du mutmaßen, wer der Junge gewesen ist?«, will Stadt-Syndicus Clüsener wissen.

»Nein«, antwortet der Bäckerbursche. »Ich kann nichts weiter sagen, als dass er wie ein Bauernjunge gekleidet war.«

Clüsener ereifert sich: »Ist nicht noch jemand zugegen gewesen, der den Umstand mit dem Verkauf des Pulvers angehört hat?«

»Nein!«, gibt Thiemeyer zu Protokoll.

»Weißt du denn, ob der besagte Junge noch jemand anderem Pulver zum Kauf angeboten hat?« Clüsener lässt nicht locker. Es gefällt ihm nicht, dass es nur der Musculus gewesen sein soll.

»Nein! Das weiß ich nicht!«, schreit Thiemeyer.*

Er ärgert sich über sich selbst. Hätte er nicht seinem Herrn, dem Ratsherren und Bäckermeister Bernhard Buddeberg, von dem Kaufangebot erzählt, müsste er nicht dieses Verhör über sich ergehen lassen. Was hat sich dieser Hurensohn von Plange nur gedacht?, flucht Thiemeyer in Gedanken und überlegt, woher der Plange von diesem Vorfall am Cappel Tor weiß.

Auf dem Weg zur Backstube erscheint ihm die ganze Angelegenheit immer undurchsichtiger. Durchnässt vom Regen, kommt er beim Bäcker Buddeberg an.

»Da bist du ja. Wieso dauert das so lange? Das Mehl kommt nicht von allein aus dem Lagerraum. Mach gefälligst deine Arbeit!«, schimpft Meister Buddeberg. »Los, zügig!«, schreit er Thiemeyer an. Wütend schleppt der Bäckerbursche einen Sack Mehl in die Backstube. Der Plange hätte sein Maul halten sollen.

*Zum Verhör vgl.: St.R. A (Chalybaeus) A 505.

Wie ein Lauffeuer verbreitet es sich in der ganzen Stadt: Die beiden Burschen, die Hirten, haben Pulver gestohlen. Sie haben es zum Kauf angeboten, einmal, mindestens einmal. Jemand sagt, wer das einmal macht, der macht es auch öfter. Ja, bestimmt, wer weiß denn, ob sie nicht schon mehr Pulver verkauft haben? Haben sie bestimmt getan. Hatten sie nicht auch Geld? Wo sollte es herkommen, wenn nicht aus den Verkäufen? Es muss aus den Diebstählen stammen. Ja, habe man die Burschen nicht auch mit Fremden vor den Toren der Stadt gesehen? Der Plange sagte, am Cappel Tor sei der Bäckerbursche Thiemeyer angesprochen oder gar bedroht worden. Oft trieben sich die Jungen auch vor dem Cluse Tor, dem Süder Tor und dem Soest Tor herum. Kühe hüten. Jetzt wisse man es besser. Diebesgut veräußert haben sie auf verbrecherische Art. Gestohlen haben sie! Ein Wort ergibt das andere, und noch vor dem Abend haben die Lippstädter ihr Urteil über die beiden Burschen gefällt: Schuldig! Da sei es nur die gerechte Strafe, dass nun beide tot seien.

Beim Abendessen berichtet Ferdinand Overkamp seiner Gemahlin Johanna von dem Gerede und den Gerüchten in der Stadt. Er lässt sie glauben, dass die allgemeine Meinung der Leute seine eigene ist. »Die beiden Burschen sind selbst schuld. Was hatten die beiden dort in den Pulvermagazinen auch zu schaffen? Jeder in Lippstadt weiß, dass immerzu Pulver gestohlen wurde, seit der Krieg vorbei ist. Das meiste wohl von den toten Kuhjungen«, ereifert sich Ferdinand Overkamp und wünscht, seinen eigenen Worten glauben schenken zu können. Dass die Wahrheit ihn zunehmend quält, versucht er zu übergehen.

»Seien Sie nicht so hart in Ihrem Urteil. Waren die Magazine nicht gesichert?«, setzt Johanna ihm entgegen.

»Doch, man hatte sie zur Vorsicht mit Palisaden umgeben, die man einfach auseinander schieben kann «, erklärt Ferdinand und erschrickt. Das weiß er ja nur, weil …

»Mehr nicht?«, fällt sie ihm ins Wort, ohne etwas bemerkt zu haben. »Da sollten Wachen stehen. Nicht erst jetzt. Immer schon hätten sie dort sein sollen. Am besten, die ganze Munition wird aus der Stadt geschafft«, fordert Johanna.

»Wenn das so einfach wäre«, gibt Ferdinand zu bedenken.

Als der Tisch abgedeckt ist und Berta, die alte Magd, den Raum verlassen hat, ergreift Ferdinand Overkamp das Wort. »Liebe Johanna, liebe Elisabeth, ich habe gestern mit Freund Matthiesen über unser delikates Problem gesprochen.« Er weist mit der Hand zu seinem Geschäftsfreund. »Er hat sich auf mein dringliches Bitten bereit erklärt, dich, Elisabeth, mit nach Lübeck zu Tante Katharina zu nehmen.« Ferdinand blickt seine Tochter streng an.

»Vater!« Ihre Stimme versagt. »Bitte verzeihen Sie mir!«, fleht sie unter Tränen.

»Pack deine Sachen, deine Mutter hilft dir. Und verlass das Haus bis zu deiner Abreise nicht«, befiehlt er kalt und steht auf. Hinrich Jost Matthiesen gibt er ein Zeichen, ihm zu folgen. »Was sagen Ihre Termine? Wann müssen Sie Lippstadt verlassen?«, erkundigt sich Overkamp und bietet Matthiesen einen ordentlichen Schluck an. Nach dem Essen tut das gut. Am liebsten wäre ihm, Overkamp, wenn Elisabeth sofort aus Lippstadt verschwinden würde. Doch die Höflichkeit verbietet, den Geschäftsfreund heimzuschicken. »Wenn dieser sintflutartige Regen aufhört und es die Straßenverhältnisse zulassen, verlasse ich Lippstadt«, meint Matthiesen und fügt hinzu: »In Begleitung Ihres reizenden Fräulein Tochter.«

12. APRIL 2010

Der Professor hat die Einführung in die Geschichtswissenschaft nicht pünktlich beendet. Er ist bei der Frage ›Was ist Aufklärung?‹, hängen geblieben und hat immer wieder Immanuel Kant zitiert:

»Sapere aude – Habe Mut, dich deines eigenen Verstandes zu bedienen«, hat er in den Hörsaal gerufen. »Sapere audete! Haben auch Sie – liebes Erstsemester – Mut, sich Ihres Verstandes zu bedienen. Denken Sie mit, seien Sie kritisch und arbeiten Sie hart!«, hat er zum Schluss gefordert. »Und lesen Sie die ersten beiden Kapitel aus unserem Buch. Gewöhnen Sie sich gut ein. Bis zur nächsten Woche!«, hat er gerufen und ist gegangen.

Annika Austerschmidt packt eilig ihre Unterlagen zusammen und läuft zur Bushaltestelle am Südring. Die Unilinie ist schon weg, doch die Linie 4 – Heinz Nixdorf Wendeschleife – fährt auch zum Hauptbahnhof und kommt in drei Minuten. Sie nimmt ihr Handy aus der Tasche und ruft Oliver in Lippstadt an. »Hi, ich bin noch in Paderborn, der nächste Zug nach Lippstadt fährt erst in 35 Minuten. Holst du mich dann ab?«

»Ja, mach ich. Du kommst auf Gleis 1 an, oder?«, vergewissert sich Oliver.

»Genau, bis gleich dann«, verabschiedet sich Annika.

»Bis gleich. Ich freue mich.« Oliver legt auf und steckt sein Handy in die Hosentasche.

In Lippstadt geht Oliver Thielsen schnell durch die Unterführung am Bahnhof, die zu den Bahnsteigen führt. Die weißen Kacheln sind beschmiert, es riecht nach Urin. Das Licht ist zu grell. Auf den Stufen zu Gleis 1 liegt Müll. Viele der Sitzbänke an beiden Gleisen sind abgeschraubt und werden anscheinend nicht ersetzt. Lange Zeit war auch der einzige Laden im Bahnhofsgebäude geschlossen. Jetzt gibt es einen kleinen DB-Store, wo man das Nötigste kaufen kann. Eine kaum verständliche Durchsage: »Der Z… in Richt… …nster hat ca. fünf Minuten V…ung.«

Früher gab es hier in Lippstadt einen schönen Bahnhof. Als er in die Jahre gekommen war, bot die Deutsche Bahn an, ein neues und modernes Bahnhofsgebäude zu errichten. 1967 wurde das alte Gebäude abgerissen und mit dem Neubau begonnen. Und jetzt ist das Gebäude seit langem da – zum Leidwesen vieler Lippstädter. Wieder ein in die Jahre gekommenes Bahnhofsgebäude im 70er-Jahre-Stil. Heruntergekommen. Hässlich.

Der Zug fährt ein und hält. Annika steigt aus und winkt schon von Weitem.

»Hi, schön, dass du da bist.« Oliver umarmt sie zur Begrüßung.

»Hi, das ist ein Tag heute! Erst überzieht der Prof die Vorlesung, dann verpasse ich den Bus, und der Zug hat Verspätung. Was machen wir denn jetzt?«, fragt Annika und macht einen gehetzten Eindruck.

»Ich dachte, wir gehen ein bisschen, und ich zeige dir die schönsten Ecken Lippstadts«, schlägt Oliver vor.

»Der Bahnhof gehört hoffentlich nicht dazu«, meint Annika und sieht sich um.

»Nein, bestimmt nicht!« Mit einer abwertenden Handbewegung tut Oliver das Thema ›Lippstädter Bahnhof‹ ab. »Wenn du in schöner Umgebung in Lippstadt ankommen willst, musst du mit dem Kanu über die Lippe fahren«, rät er Annika scherzhaft. Mit einer einladenden Geste fordert er sie auf, ihm zu folgen. »Wir haben hier verschiedene Kanu-Strecken entlang der Lippe. Du kannst dir dann ein Kanu mieten und in die Stadt paddeln. Das macht Spaß.«

»Wo fließt denn die Lippe?«, fragt Annika.

»Der größte Teil verläuft durch die nördliche Kernstadt. Aber nicht weit von hier ist die südliche Umflut. Am Samstag hat noch in der Zeitung gestanden, dass die Umflut ein Stück des Festungsgrabens ist, und jetzt sollen Bäume gepflanzt werden, damit der Verlauf der Festungsmauer sichtbar wird. Aus der Luft wäre der alte sternförmige Verlauf wieder erkennbar«*, berichtet Oliver. Seit er in Lippstadt ist, liest er jeden Tag die Lokalteile der beiden regionalen Zeitungen *Der Patriot* und ›Lippstädter Tages Zeitung‹, kurz LTZ.

»Ich kenne das noch aus dem Geschichte-Leistungskurs. Im 17. und 18. Jahrhundert waren solche Festungen immer sternförmig«, erinnert sich Annika. In einem Exkurs hatte sie viel über die zweite Hälfte des 18. Jahrhunderts und die vielen kleinen Staaten gelernt, die später Deutschland werden würden.

»Lippstadt hat noch ganz viel Altes zu bieten, weil es im Zweiten Weltkrieg kaum zerstört wurde«, berichtet Oliver auf dem Weg zur Langen Straße.

»Oh, das war in Paderborn ganz anders. Die ganze Stadt lag in Trümmern.« Annikas Oma hatte die beiden großen Bombenangriffe im Zentrum von Paderborn erlebt und immer wieder davon erzählt.

---

* *Die Umfluten erlebbar machen. Stadt will einstigen Festungsgraben stärker in den Blick rücken und via Grüngürtel und Wegenetz miteinander verbinden.* In: Der Patriot, 10. April 2010.

»Schau, das hier ist unser Bernhardbrunnen. Bernhard II. hat 1185 diese Stadt gegründet, und deswegen feiern wir 2010 das 825-jährige Jubiläum. Aber lies mal, was da draufsteht«, fordert Oliver sie auf.

»*Die dankbare Vaterstadt ehrt ihre im Weltkrieg 1914-20 gefallenen Soehne mit diesem Denkmal.* Der Erste Weltkrieg 1914 bis 1920? Das ist ja ganz was Neues. Bisher kannte ich nur die Daten von 1914 bis 1918«, wundert sich Annika.

»Ja, das ist natürlich auch so«, bestätigt Oliver. »Wie diese falsche Jahreszahl zustande kam, kann heute niemand erklären. Vielleicht sind die letzten Verwundeten aus Lippstadt 1920 verstorben«, mutmaßt er.

»Oder die letzten Gefangenen sind zurückgekehrt«, rät Annika. »Nein, ich weiß es: 1920 ist der Friedensvertrag von Versailles in Kraft getreten und hat den Ersten Weltkrieg offiziell beendet. So kann es gemeint sein«, sagt Annika. »Was ist das für eine Kirche?«, fragt sie, als sie sich der Spielplatzstraße nähern.

»Eine ganz besondere. Vor drei Jahren hat man angefangen, in der Jacobi-Kirche auch Kulturveranstaltungen zu machen. Aber es werden auch noch Gottesdienste dort gefeiert. Erzähl doch mal, wie war es am ersten Tag in der Uni?«, erkundigt sich Oliver.

Sie schlendern über die Lange Straße, Lippstadts Haupteinkaufsstraße, in Richtung Norden.

»Es ist schon schwierig, sich in der Uni zurechtzufinden. Erst sucht man den Hörsaal, dann einen Sitzplatz. Aber das richtige Chaos ist ausgebrochen, als sich alle in eine Anwesenheitsliste eintragen sollten. Morgen habe ich den ganzen Tag Seminare. Da kommt was auf mich zu«, befürchtet Annika und erzählt weiter von ihrem Tag.

»Das wird schon werden. Als ich angefangen habe zu studieren, war es bei mir ähnlich«, spricht Oliver ihr Mut zu. »Wenn wir in der Poststraße einen Kaffee trinken wollen, müssen wir hier links abbiegen. Hier das Eckhaus ist übrigens das ›Haus Köppelmann‹. Dort hat Friedrich der Große schon residiert. Aber damals hieß das Haus noch nicht ›Köppelmann‹. In der Poststraße siehst du noch alte Fachwerkhäuser. Das mit dem Bastelladen und da vorne die Nr. 16 auch. Sollen wir uns nach draußen vor das Café setzen?«, fragt Oliver und weist mit der Hand auf die vielen Tische und Stühle, die unter großen Sonnenschirmen auf der Poststraße stehen. Dieser Teil der Straße gehört zur Fußgängerzone, genau wie die Lange Straße.

»Nein, lieber nicht. Drinnen am Fenster ist noch Platz«, meint Annika. So warm ist es nicht, als dass sie es vor der Tür aushalten würde.

»Okay.« Oliver gibt nach. »Wo liegt denn der Schwerpunkt bei deinem Studium?«, fragt er Annika.

»Auf der frühen Neuzeit. Das ist in etwa die Zeit vom Spätmittelalter bis zum Ende der Moderne, also Ende des 18. Jahrhunderts. Französische Revolution. Erst wollte ich Neueste Geschichte nehmen, aber …«, Annika wird unterbrochen.

»Was darf ich Ihnen bringen?«, fragt die Kellnerin.

»Einen Cappuccino bitte«, bestellt Annika.

»Für mich auch, danke«, sagt Oliver. »Weißt du, ich finde es richtig nett, dass du heute gekommen bist. Da können wir einfach mal ein bisschen reden. Am Samstagabend in Paderborn ging das ja kaum bei der lauten Musik. Aber hör mal, im Radio läuft wieder Lena Meyer-Landruth mit ihrem Hit ›Satellite‹.«

Erinnerungen werden wach: Am Samstagabend hatten Annika und Oliver sich auf der ›First Party‹ der Uni Paderborn kennengelernt und sich dann lange miteinander unterhalten. Bei dem Song ›Satellite‹ waren sie auf die Tanzfläche gegangen und dort geblieben. Erst als es langsam hell wurde, verabschiedeten sie sich voneinander, nachdem sie sich für Montagnachmittag, also für heute, verabredet und die Handy-Nummern ausgetauscht hatten. Oliver hatte geglaubt, der gestrige Sonntag würde ewig dauern und war mehrmals kurz davor, Annika anzurufen. Nur mit Mühe konnte er sich davon abhalten, schließlich wollte er weder aufdringlich noch lästig sein. Zur Erinnerung an diesen wunderschönen Abend hat Oliver aus der Zeitungsbeilage die orangefarbene Spalte ›Party‹ ausgeschnitten: Paderborn – First Party – Uni-Gelände – 21 Uhr. Als er heute Vormittag in die Redaktion der LTZ kam, war er froh, dass dort noch wenig los war. So konnte er seinen Gedanken nachhängen. Annika hatte es ihm richtig angetan mit ihren blauen Augen und dem dunklen Haar. Wie selten so etwas ist. 20 Jahre ist sie alt, hat ein halbes Jahr in Australien verbracht und ist nun pünktlich zum Sommersemester nach Paderborn zurückgekehrt.

»Hör zu!«, mit dieser Aufforderung reißt Annika Oliver aus seinen Gedanken. »Im Radio!«

»Was? Ich – äh – habe nichts mitgekriegt«, stottert Oliver.

»Das habe ich gesehen. Du hast wohl an etwas Schönes gedacht. Dein Lächeln hat dich verraten«, meint Annika.

»Ich habe an dich gedacht«, erwidert Oliver, lächelt und trinkt von seinem Cappuccino.

Jetzt muss Annika auch lächeln. »Im Radio hieß es gerade, dass die Arbeiten an der Lippe unterbrochen wurden, weil man Sprengstoff gefunden habe. Was wird denn da gearbeitet?«, erkundigt sie sich.

»Sprengstoff gefunden? Im Ernst?« Oliver kann es nicht glauben.

»Meinst du, ich denke mir das aus?«, entgegnet Annika und trinkt einen großen Schluck.

»Nein, natürlich nicht«, gibt Oliver entschuldigend zurück. »Die Lippe wird renaturiert. Es geht um Hochwasserschutz und um mehr oder besseren Lebensraum für Pflanzen und Tiere. Seit Langem wird dort gebaggert. Ein richtiges Großprojekt. Auf dem Gelände des ehemaligen Tiergartens soll ein Auenzentrum errichtet werden«, berichtet er.

»Aber wo kommt dieser Sprengstoff her? Du hast doch gesagt, im Krieg wären in Lippstadt keine Bomben gefallen«, erinnert sich Annika.

»Eine nur, glaube ich«, sagt er und ruft nach der Kellnerin. »Ich würde gerne zahlen! Zusammen.«

»Oh, danke«, sagt Annika etwas verlegen.

»Gerne.« Wieder muss Oliver lächeln. Wie schön, dass sie hier ist. Gemeinsam verlassen sie das Café und biegen am Metzgeramthaus rechts in die Helle Halle ein. An deren Ende überqueren sie die Rathausstraße.

»Bis 1933 hieß die Rathausstraße ›Judenstraße‹«, erklärt Oliver. »Hier ist die steinerne Stele, die an die Juden erinnert. Und das ist die Große Marienkirche. Da vorne ist der Marktplatz.«

Sie gehen rechts an der Großen Marienkirche vorbei weiter zum Rathausplatz.

»Das ist unser Rathaus!« Oliver präsentiert das helle Gebäude, als ob es sein Eigentum wäre. Am Rathaus ist eine große Treppe, die zur Eingangstür in der ersten Etage führt. »Über der Tür dort oben steht 1773, siehst du?«

»Wieso kennst du dich so gut aus?«, fragt Annika. »Du bist doch kein Lippstädter, oder?«

»Ja und nein«, antwortet er. »Aber es interessiert mich eben. Es gibt eine Broschüre, die heißt ›Lippstädter Stadt-Rundgänge‹.* Da gibt es den Altstadt-Rundgang und den Wasser-Rundgang. Die habe ich gelesen und die Rundgänge gemacht«, erklärt er.

»Okay, dann führ mich mal weiter«, fordert Annika ihn auf.

»Wenn wir die Lange Straße weiter stadtauswärts gehen, kommen wir am ›Goldenen Hahn‹ vorbei und etwas weiter, am Lipper Tor, ist die Lippe mit der Kanu-Strecke. Dann siehst du schon mal, wo du das nächste Mal ankommst«, sagt Oliver mit einem Lachen.

»Meinst du, ich komme noch mal nach Lippstadt?«, neckt ihn Annika.

»Das hoffe ich. Ich zeige dir so lange schöne Stellen, bis du gar nicht mehr weg willst von Lippstadt – und mir.« Oliver malt sich in Gedanken viele zauberhafte Stunden aus, die er mit Annika verbringen wird.

»Dann fang mal an und zeige mir *dein* Lippstadt!«, fordert sie erneut.

Die beiden sind am anderen Ende des Rathausplatzes angekommen.

»Liebe Annika!«, ruft er. »Ich habe die große Ehre, dir den Lippstädter Bürgerbrunnen mit seinen beweglichen Bronzefiguren präsentieren zu dürfen! Darf ich vorstel-

---

* *Lippstädter Stadtrundgänge. Das historische Lippstadt entdecken.* Altstadt-Rundgang. Wasser-Rundgang. Hg. v. Stadt Lippstadt, Fachbereich Stadtentwicklung und Bauen. 2008.

len: Das ist Bernhard II., der Edle Herr zur Lippe. Hier haben wir Friedrich den Großen. Er war öfter in Lippstadt als du! Drei Mal ... Jetzt muss ich aus der Broschüre ablesen: Dieses ist der Bürgermeister Friedrich Bertram. Er brachte die Eisenbahn nach Lippstadt und ist – wenn du so willst – für die Art und Weise deiner Anreise verantwortlich, denn ohne ihn wäre Lippstadt nicht ans Schienennetz angeschlossen worden, sondern Erwitte, und du hättest nicht mit dem Zug kommen können. Die Nächste ist Amalie Elisabeth von Hessen-Kassel. Und hier, das ist Herr Dr. Johannes Westermann. Er brachte die Reformation nach Lippstadt. Und hier, ein Grimmelshausen-Held: Simplizius Simplizissimus, der hier angeblich gegen seinen Willen verheiratet wurde. Stell dir vor, es heißt, er sei in flagranti vom Vater seiner Liebsten erwischt worden. Der habe sofort den Pfarrer geholt, und schon sei Simplizissimus verheiratet gewesen. Wenn heute von ›Lippstädter Heirat‹ gesprochen wird, meint man die auf ihn hier zurückgehende Zwangsheirat.* So, kommen wir zu den drei letzten Bronzefiguren; sie stehen für die drei Stände, die in der Stadt vertreten waren: die Kaufleute, die Ackerbürger uuuund die Handwerker!« Oliver wird immer lauter.

»Du spinnst. Die Leute gucken schon alle.« Es ist Annika etwas unangenehm, dass er so viel Aufhebens macht. Aber es fühlt sich auch gut an, dass er sich diese Mühe ihretwegen gibt.

»Die sind nur neidisch«, meint Oliver. »Lass uns hier die Marktstraße entlanggehen, dann kommen wir an einem

---

* Vgl.: Willi Kröger: *Hans Jakob Christoffel von Grimmelshausen* (1622-1676). In: Lippstädter Spuren. Schriftenreihe des Heimatbundes Lippstadt. Literaten und Literatur aus Lippstadt. 14/1999.

Ackerbürgerhaus vorbei. Ich werde dir höchstpersönlich aus der Broschüre vorlesen«, verspricht er mit einem Strahlen im Gesicht.

»Sehr freundlich. Aber du liest doch nicht alles vor?« Annika ziert sich; natürlich zum Spaß, denn sie fühlt sich in Olivers Gegenwart sehr wohl. Sie stehen vor dem Ackerbürgerhaus, Marktstraße 24. Oliver hält seinen Rücken übertrieben gerade, wie ein Schauspieler auf der Bühne. Die Broschüre hält er in der linken Hand am ausgestreckten Arm. Mit der rechten Hand macht er eine feierliche Geste, um das historische Gebäude zu präsentieren. Jede seiner Bewegungen ist überdeutlich. Es macht ihm Freude, sich für Annika so ins Zeug zu legen.

»Nein, ich lese nicht alles vor. Nur einen Satz. Hör zu: ›*Ackerbürger waren bis ins 19. Jahrhundert Bürger der Stadt, die teilweise oder überwiegend von der Landwirtschaft lebten und ihre meist angepachteten Felder und Wiesen vor den Stadttoren bewirtschafteten.*‹* «

»Also Bauern«, fasst Annika zusammen.

»Ja. Komm, wir überqueren jetzt die Cappelstraße und gehen zur Stiftsruine«, schlägt Oliver vor.

»Was sagt deine Broschüre zur Stiftsruine?«, will Annika wissen.

»Sie sagt, 1831 wurde die Kleine Marienkirche – so hieß die Ruine, als sie noch keine war – wegen Einsturzgefahr geschlossen. Heute gilt sie als eine der schönsten Kirchenruinen Westdeutschlands«, referiert Oliver. Nachdem sie die eindrucksvolle Kulisse bewundert haben, fragt er: »Wie wäre es mit einem Eis? Wir können unseren Rundgang so machen, dass wir an einer Eisdiele vorbeikommen. Also, wie wär's?«

---

* *Lippstädter Stadtrundgänge*, S. 14, Nr. 4 Ackerbürgerhaus.

»Gerne«, freut sich Annika.

»Gut, dann machen wir uns auf den Weg. Wenn wir hier durch diese Gasse gehen, kommen wir zur Soeststraße. Da ist das Stadtarchiv. Auch dieses Gebäude hat etwas Besonderes: Früher war eine Druckerei drin. 1981 hat man das Haus saniert und dabei ein sogenanntes Steinwerk gefunden, also einen Gebäudeteil aus Stein. Das war früher ganz selten. Meist baute man Fachwerk. Man geht davon aus, dass dieser Teil aus dem 15. Jahrhundert stammt«, berichtet Oliver mit der Broschüre in der Hand.

»Warum baute man aus Stein, wenn Fachwerk üblich war?«, will Annika wissen.

»Steinwerke dienten als Lagerort für teure Waren, zum Schutz vor Feuer und Diebstahl«, antwortet Oliver. Sie gehen am Archiv vorbei, überqueren die Cappelstraße und stehen vor der Eisdiele an der Kreuzung. »Jetzt setzen wir uns aber nach draußen«, beschließt er. »Hier kann ich dir so viel erzählen.«

»Gut, ich höre«, nimmt Annika das Gespräch wieder auf, als sie einen Sitzplatz gefunden haben.

»Lass uns erst bestellen. Was möchtest du?«, fragt Oliver.

»Ich nehme einen Eiskaffee«, meint Annika.

»Okay, wir nehmen einen Eiskaffee und einen Früchtebecher«, sagt Oliver zum italienischen Kellner und führt seine Lippstadt-Informationen weiter aus. »Wir sitzen hier auf dem Zurhelle-Platz. Vor ein paar Jahren hat diese Kreuzung hier, also Post- bzw. Soeststraße und Cappelstraße, ihren Namen bekommen. Gegenüber, da, wo jetzt ›Alte Reichsbank‹ steht, war früher das Stammhaus der Familie Zurhelle. Es waren reiche Kaufleute, Bankiers und Politiker«, berichtet er.

Annika kann ihm kaum noch zuhören. Es sind so viele Details, die Oliver ihr stolz erzählt, als wäre er *der* Lippstädter schlechthin. Ein Urgestein. Ihre Gedanken schweifen ab. »Was ist jetzt eigentlich mit dem gefundenen Sprengstoff an der Lippe?«, fragt Annika und verrät, dass sie Oliver nicht mehr zugehört hat. »Das ist ja schon spannend. Wir werden womöglich evakuiert«, spinnt sie den Faden der Ereignisse weiter.

»Oder es darf niemand die Stadt verlassen, bis geklärt ist, wer das Zeug in die Stadt gebracht hat. Dann bleibst du bei mir …«, wünscht sich Oliver. Lächelnd schaut er ihr in die Augen.

»Ja, das würde dir gefallen. Aber mal im Ernst. Könnte es ein Terror-Anschlag sein?«, überlegt Annika.

»In Lippstadt?«, ruft er gespielt bestürzt. »In Lippstadt doch nicht! Die Stadt ist von der wichtigsten und stärksten Festung zwischen Rhein und Weser zu einer wunderschönen, aber recht unbedeutenden Stadt geworden. Lippstadt hat knapp 71.000 Einwohner. Die größte Stadt im Kreis Soest. Hier werden keine Terroranschläge verübt. Ich gehe später in die Redaktion der LTZ. Wenn es schon im Radio läuft, wissen unsere Lokalreporter, was los ist. Wie lange kannst du bleiben?«, erkundigt er sich.

»Nicht mehr lange. Ich habe ja erzählt, dass ich morgen einen anstrengenden Tag vor mir habe. Lass uns zahlen und zum Bahnhof gehen«, beschließt Annika.

»Wie schade!« Oliver spielt den Untröstlichen.

Sie gehen die Cappelstraße in Richtung Süden entlang. Oliver erzählt ihr, dass dort das Haus Nr. 44 abgerissen wurde und man unerwartet zwei historisch wertvolle Eichenholz-Decken aus dem 17. Jahrhundert mit wunderschöner Malerei gefunden hat. In Lippstadt gebe es viel Deckenmalerei zu besichtigen, weil noch etliche Häuser aus der Zeit erhalten seien. Sein Lippstädter ›Fachwissen‹ hat Oliver sowohl aus den Lokalteilen der LTZ als auch aus Artikeln in *Der Patriot*[*], und er hat an mehreren Stadtführungen teilgenommen, die in diesem Jahr wegen der 825-Jahr-Feier vermehrt stattfinden.

Am Bahnhof verabschieden sie sich. Annika fährt mit dem Bus nach Paderborn zurück, weil die Bahnstrecke wegen des Bombenfundes gesperrt ist. Der Busfahrer hält in jedem Dorf und an jeder Milchkanne.

Oliver will herausfinden, was es mit dem Sprengstoff auf sich hat, denn schließlich hat er Annika versprochen, ihr davon zu berichten. Dass er noch weit mehr in Lippstadts Vergangenheit sucht, soll sie vorerst nicht wissen. Er schließt sein Rad neben der Radstation am Bahnhof auf und fährt in die Redaktion der LTZ.

»Was ist denn an der Lippe los?«, fragt Oliver den Chefredakteur, als er in der Redaktion angekommen ist. »Ich habe es nur so halb im Radio gehört.«

»Sie haben Sprengstoff gefunden. Beim Baggern. Wenn du am Jahnplatz unter der Unterführung hergehst, kommst du in die ›Stiftsmersch‹.[**] Das ist der Bereich, wo der Stadtfluss in die Auenlandschaft übergeht. Da wird im Moment am meisten gebaggert. Renaturierung. Naherholung für Menschen und damit es den Tieren, Pflanzen – und sogar dem Wasser!– besser geht«, antwortet der Chef abfällig.

»Findest du das nicht gut?«, erkundigt sich Oliver.

»Doch, muss man ja. Aber was das kostet! Lippstadt

---

*Vgl.: *Unter Rigips versteckt.* In: Der Patriot, 30. Januar 2010.

** Vgl.: *Vor den Toren der Stadt wartet ein Naturparadies*. In: Der Patriot, 03. April 2010.

hat ohnehin kein Geld mehr.« Der Chefredakteur schüttelt den Kopf.

»Na ja, ist aber doch auch Hochwasserschutz«, beschwichtigt Oliver.

»Ja, ja, du hast ja recht. Auf jeden Fall ist mal wieder was los in Lippstadt. Da gibt es was zu schreiben. Feuerwehr und Ordnungsamt haben großräumig abgesperrt. Udener Straße, Bückeburger Straße, Hellinghäuser Weg, Jahnplatz, alles dicht. Auch die Zugverbindung wurde unterbrochen. Am Bahnhof ist tote Hose – noch mehr als sonst. Und die Anwohner sind evakuiert worden. Das hat's hier noch nie gegeben.«

»Wo kommt der Sprengstoff denn her?«, fragt Oliver.

»Das weiß ja keiner. Jetzt kommen die Experten, halten den ganzen Betrieb auf und machen einen auf schlau.«

»Haben die dir was getan?«

»Ach, die …« Der Chefredakteur winkt ab und geht in sein Büro.

Wie nicht anders zu erwarten, ist in Lippstadt ein Verkehrschaos ausgebrochen. Die Autos stauen sich in alle Richtungen, als wären am Bahnübergang Südertor die Schranken geschlossen. Oliver fährt mit dem Rad los, um sich selbst ein Bild von dem zu machen, was an der Lippe geschieht. Aber schon am Freibad an der Bückeburger Straße wird er angehalten. Hier gehe es nicht weiter, er solle umdrehen und am besten durch die Möllerstraße fahren, rät jemand vom Ordnungsamt.

»Ich bin von der LTZ«, erwidert Oliver, zeigt seinen Presseausweis und wird durchgelassen.

Von Weitem sieht der Fundort des Sprengstoffs aus wie ein Standbild. Die schweren Traktoren mit ihren Anhängern fahren nicht. Der Ausleger des Baggers zeigt bewegungslos nach oben. Die Fahrer und Arbeiter sind nicht zu sehen. Feuerwehr und Krankenwagen stehen bereit. Nur das Blaulicht kreist ununterbrochen, und sechs Männer in Schutzanzügen begutachten den Fund im Boden. KMRD steht in großen weißen Buchstaben auf ihren dunklen Jacken. Kampfmittelräumdienst. Sprengstoffspürhunde stehen bei Fuß und Detektoren sind im Einsatz.

Um auf die andere Seite der Lippe, zum Hellinghäuser Weg, zu kommen, muss Oliver einen weiten Bogen über die Brücke der Udener Straße machen. Nach wenigen Metern wird er wieder vom Ordnungsamt aufgehalten. »Ich bin von der LTZ«, sagt Oliver und hält wieder seinen Presseausweis hin.

»Und? Schützt der vor Explosionen? Macht unverwundbar? Sehen Sie zu, dass Sie wegkommen. Hier kann gleich alles in die Luft fliegen«, regt sich der Mann auf.

Missmutig fährt Oliver wieder zur Redaktion der LTZ. Es ärgert ihn, das Szenario an der Lippe nicht beobachten zu können. Aber in der Redaktion erfährt er am ehesten alle Neuigkeiten.

Einige Stunden später gibt der Pressesprecher der Stadt im Stadthaus am Ostwall zusammen mit einem Vertreter der Lippstädter Polizei und dem Leiter des KMRD eine Presseerklärung ab: Die heutige Großsperrung im Bereich Jahnplatz sei wegen eines Bombenfundes vorgenommen worden. Auf der Beckumer Straße stadteinwärts habe es in Höhe des REWE einen Auffahrunfall gegeben. Dort seien fünf Autos ineinander gefahren. Ein Fahrer wurde verletzt ins Krankenhaus gebracht – das nur nebenbei.

Bei Bombenfunden sei es meistens so, dass es sich um sogenannte Blindgänger aus dem Zweiten Weltkrieg handle. Das sei bei dem heutigen Fund nicht so. Die Leiterin des Stadtarchivs, Frau Dr. Becker, habe versichert, dass laut Aktenlage im Zweiten Weltkrieg nur eine einzige Bombe auf die Kernstadt gefallen sei, und zwar am 10. März 1945 im Bereich Stirper Straße-Weingarten-Hasenfang. Heute habe man Granatenhülsen, Kugeln und Beschläge, die vermutlich von Holzkisten stammen, gefunden. Die Holzkisten selbst seien natürlich verrottet. Das Archäologische Bodendenkmalpflegeamt Münster kläre nun, aus welcher Zeit die eisernen Objekte stammen. Nachdem mit Hilfe von Hunden und modernstem technischen Gerät sichergestellt worden sei, dass es sich lediglich um leere eiserne Hülsen handle, die eben nicht oder nicht mehr mit Sprengstoff gefüllt seien, werde der Fund nun geborgen. Ohnehin habe jahrhundertealtes Pulver keine oder nur ganz, ganz geringe Sprengkraft.

Interessanterweise habe man unter den Granatenhülsen ein Skelett gefunden, welches nun ebenfalls nach Münster in die Pathologie gebracht werde. Mehr wolle man dazu zum jetzigen Zeitpunkt nicht sagen.

Während auf die Untersuchungsergebnisse gewartet werde, werde die Fundstelle in Kürze wieder freigegeben, sodass die Renaturierungsarbeiten fortgesetzt werden können.

Die drei Männer danken für das Erscheinen der Presse und verabschieden sich. Die Reporter springen auf: »Sagen Sie noch was zu dem Toten!«

»Ist das Skelett so alt wie die Granaten?«

»Handelt es sich um einen Mann oder eine Frau?«

»Ist er durch die Granaten gestorben?«

Alle rufen ihre Fragen, doch weder der Pressesprecher der Stadt Lippstadt noch der Vertreter der Polizei oder der Leiter des KMRD gehen darauf ein.

12TER JUNIJ 1764

Elisabeth Overkamp steigt kreidebleich in die Kutsche. Nur ihre Augen und ihre Nase sind rot. Die ganze Nacht hat sie geweint; wie gerne würde sie in Lippstadt bleiben. Aber ihr Vater hat verfügt, dass sie mit Matthiesen nach Lübeck zu fahren habe. Ihre Mutter, Johanna Overkamp, unterdrückt ihre Tränen und steht bewegungslos neben der Kutsche.

»Auf Wiedersehen und vielen Dank für Ihre Gastfreundschaft«, verabschiedet sich Matthiesen.

»Ich habe Ihnen zu danken, werter Freund.« Overkamp reicht Matthiesen die Hand. »Großen Dank! Und gute Fahrt.« Ohne ein weiteres Wort zu Elisabeth geht Ferdinand Overkamp zur Eingangstür.

»Pass auf dich auf, meine Kleine. Und grüße Tante Katharina. Und schreibe mir. Alles, alles Gute!« Johanna Overkamp winkt der Kutsche noch lange nach und bleibt vor der Tür stehen.

»So, nun sind sie weg. Jetzt können wir wieder normal leben. Kommen Sie doch rein, meine Liebe. Trinken Sie eine heiße Schokolade«, fordert Ferdinand seine Frau auf. Langsam geht sie ins Haus.

»Heda, Overkamp!« Anton Köpner macht auf sich aufmerksam, bevor Ferdinand Overkamp wieder ins Haus tritt. »Ich habe Euch vor der Explosion des Pulverschuppens mehrmals die Lange Straße entlang rennen sehen, als sei der Teufel hinter Euch her. Ihr seid von dort gekommen und nur wenig später wieder dorthin gelaufen. Wollt Ihr mir nicht sagen, was Ihr dort zu schaffen hattet?«, erkundigt sich Köpner mit breitem Grinsen. »Und erst die Schleifspuren im Staub der Straße – die lassen doch nur einen Schluss zu!«

Overkamp gefriert das Blut in den Adern. Er ist beobachtet worden! Das hätte nicht geschehen dürfen. Was soll er Köpner sagen? Ihm fällt nichts ein, was er entgegnen könnte, und so wendet er sich ab und geht ins Haus.

»Ja, ja, geht Ihr nur einfach in Eure gute Stube. Ihr werdet schon sehen, was Ihr davon habt. Ich könnte es hie und da erzählen. Ihr bekommt schon Eure Strafe!«, ruft Köpner hinter Ferdinand Overkamp her.

»Ferdi, was glauben Sie, wann wird unser Haus wieder in einem passablen Zustand sein?«, erkundigt sich Johanna beim Abendbrot. »Ferdi? Hören Sie mir eigentlich zu?«

»Was? Ja. Was haben Sie gesagt, meine Liebe?« Overkamp ist mit seinen Gedanken ganz woanders gewesen.

»Ich fragte, wann unser Haus wieder in einen passablen Zustand versetzt wird. So kann man doch nicht leben. Überall zieht es. Thereschen hat schon einen Sommerschnupfen. Sie müssen etwas tun!«

»Ja, der Glaser kommt. Ich sorge dafür. Zerbrechen Sie sich nicht Ihr schönes Köpfchen«, beruhigt er sie.

»Und das Dach?«, hakt sie nach. »Vor dem nächsten Regen sollte es dicht sein. Sonst verdirbt noch mehr!«

»Wir gehören zu den Allerersten in Lippstadt, die neue Ziegel bekommen. Versprochen. Möchten Sie gleich noch ein wenig an die frische Luft gehen?«, lenkt Overkamp seine Frau ab und legt sein Mundtuch auf den Teller.

»Gerne, Ferdi«, sagt sie und wendet sich zur alten Magd. »Berta, du darfst abräumen.«

Eingehakt gehen die Eheleute Overkamp die Lange Straße entlang. Johanna erzählt ihrem Mann vom Porzellan aus Meißen. »Es soll so fein und schön sein«, schwärmt sie. »Seit ein paar Jahren gibt es ein Zwiebelmuster, weißes Porzellan mit blauer Malerei. Das wünsche ich mir, mein Lieber. Wir benötigen ohnehin neues. Wir könnten doch auch noch unsere gute Stube blau streichen, dieses prächtige, farbintensive Blau, Sie wissen, was ich meine – Ferdi, träumen Sie? Hören Sie mir gar nicht zu? Was ist denn mit Ihnen?«, fragt Johanna besorgt. »Denken Sie an Elisabeth? Ich muss auch immerzu an unser Lieschen denken. Hoffentlich geht es ihr gut.«

»Schauen Sie, der Küchenmeier und der Pape streiten wie die Kesselflicker. Die muss man wohl zur Räson bringen. Lassen Sie uns kurz hinübergehen«, entscheidet Ferdinand Overkamp.

»Können wir nicht einmal über die Familie sprechen? Immer haben Sie anderes im Sinn«, beschwert sich Johanna. »Bitte, Ferdinand!«

»Liebe Johanna, ich habe geregelt, was ich konnte, um die Familienehre zu retten! Mehr kann ich nicht tun!« Sein Ton lässt keine Widerworte zu. »Sie ahnen gar nicht, was ich alles …«

»Guten Abend, die Eheleute Overkamp.« Küchenmeier und Pape sind ihnen entgegengekommen. »Gnädige Frau«, beide verbeugen sich.

»Guten Abend«, sagt Johanna Overkamp.

»Guten Abend. Was hat Euch so in Rage gebracht? Ich sagte noch zu meiner Gemahlin, man solle Euch zur Räson bringen. Was ist denn?«

»Ach, der Plange bringt Unruhe in die ganze Stadt. Was der alles erzählt. Lügen, nichts als Lügen«, meint Pape.

»Woher wollen Sie das wissen?«, fragt Overkamp. »Haben Sie die Viehhirten gesehen? Das wird Leichtsinn gewesen sein. Dummheit. Schade um die beiden jungen Burschen. Aber ich bin sicher, dass sich die beiden an den Pulvervorräten zu schaffen gemacht haben. Und dann – ein Funke und alles geht in die Luft.« Je häufiger Overkamp diese Behauptung wiederholt, um so mehr beginnt er zu glauben, dass es tatsächlich so war. Es macht ja auch alles Sinn – bis auf die Sache mit dem Funken. Wo sollte dieser hergekommen sein? Welche Schwierigkeiten es zuweilen macht, ein Feuer zu entfachen, hat Overkamp erfahren müssen. Seit heute weiß er, dass er beim Glutholen auch noch gesehen worden ist.

»Das glaube ich nicht. Der Johann hat nie geraucht. Er war ein guter Junge«, verteidigt der Clusepförtner Küchenmeier seinen Hirten.

»Meiner hat auch nicht geraucht«, pflichtet ihm Pape bei. »Für den Hermann lege ich die Hand ins Feuer.«

»Na, dann passen Sie auf, dass Sie sich nicht verbrennen. Den Burschen guckt man nur vor den Kopf. Was da für Flausen drin sind, weiß doch niemand. Ich wünsche den Herren einen schönen Abend.« Overkamp nickt zur Verabschiedung. Als sie in der Fleischhauerstraße sind, sagt Ferdinand Overkamp: »Ich weiß gar nicht, warum die ihre Burschen so verteidigen. Sind doch ohnehin tot.«

»Ferdinand, bitte!«, ruft Johanna empört.

»Ach, meine Liebe, ist doch wahr! Warum müssen die sich nur so aufregen. Die Schuldigen sind tot. Was soll man noch länger im Dreck wühlen und unbescholtene Bürger behelligen? Man sollte die leidige Sache auf sich beruhen lassen«, fordert Overkamp entschieden. In Gedanken berichtigt sich Overkamp selbst: Der Schuldige ist tot. Wie es dazu gekommen ist, dass noch ein weiterer Bursche bei der Explosion umgekommen ist, weiß Overkamp nicht.

13. APRIL 2010

DER LEICHEN- UND Granatenfund ist der Aufmacher der beiden Lippstädter Zeitungen. Im Hellweg–Radio gibt es kein anderes Thema, und auf WDR 2 kam bereits am frühen Morgen ein ausführlicher Beitrag.

Oliver hat am Vormittag einen Termin im Stadtarchiv. In der letzten Woche hat er einer Mitarbeiterin den Brief aus dem Besitz seiner Oma gezeigt und gefragt, ob der Name Overkamp in Lippstadt bekannt sei oder war. Im Telefonbuch ist kein Eintrag zu finden, das hatte er sofort geprüft.

Oliver stellt sein Rad im Carl-Laumanns-Weg ab und betritt das Archiv. Er hat um Dokumente gebeten, die ihm helfen könnten, mehr über einen Mann namens Ferdinand Overkamp zu erfahren. Eine Mitarbeiterin hat verschiedene Original-Dokumente aus dem Bestand geholt, die sie ihm nun im Lesesaal vorlegt. Wenn er Hilfe bräuchte, solle er sich melden, bietet sie ihm an und will den Raum verlassen.

»Bitte, ja«, sagt Oliver. »Ich kann kaum etwas lesen. Diese geschwungene Schrift. Beinahe wild.« Er lacht verlegen. Die Archivmitarbeiterin setzt sich zu ihm und liest ihm vor:

Stadtarchiv Lippstadt, St.R. ...
Actum Lippstadt, den 11ten December 1764
In hodierno primo termino referirt Pedellus Strenger
das Land des Kauffmanns Overkamp um gesagt zu haben
1 Morgen Land im Wein Garten ist aufgeboten zu 50 Rt.
*soll secundus terminus abgehalten werden**

* In Anlehnung an: Stadtarchiv Lippstadt, St.R. B 1618. Verkauf von Buddeus'schen Ländereien zur Tilgung der Schatzungrückstände sowie Pfändung von Hausrat. 1780.

Stadtarchiv Lippstadt, St.R. ...

Actum Lippstadt, den 4ter April 1765

[...] und Overkamps Mobilien noch heute gepfändet werden

[...] zur Sicherheit arestiren

sind folgend in der Großen Stube rechterhand ein großer Spiegel, ein Nußbaum-Schranck mit edlem porcellain, ein großer Eichtisch nebst samtenen Sitzmeubles, und geschliffenes Glas [...]

*Strenger Pedellus Curialis**

Stadtarchiv Lippstadt, St.R. ...

Actum Lippstadt den 2ten Junij 1765

*[...] durch den Pedellen Strenger die Meubles des Overkamps verkaufen zu laßen und demnächst aus den daraus zu lösenden Geldern seine Schulden bezalen.***

Stadtarchiv Lippstadt, St.R. ...

Actum Lippstadt den 15ter October 1765

[...] wie Overkamp sich genöthigt sehe zur Tilgung seiner Schulden sein Haus an den meistbietenden zu verkauffen. ***

---

* In Anlehung an: Stadtarchiv Lippstadt, St.R. B 1618. 1780.

** In Anlehnung an: St.R. B. 1351. Vergleich der Witwe des Schneiders Stiens mit ihren Gläubigern. 1781.

*** In Anlehnung an: St.R. B 1232. Freiwilliger Verkauf von Grundstücken Lippstädter Bürger. 1794-1796.

19TER JUNIJ 1764

»Was wünschen Sie?« Ferdinand Overkamp ist sichtlich aufgebracht. »Was lungern Sie vor unserer Tür herum?«

»Geben Sie mir eine Kiste Wein!«, fordert Anton Köpner.

»Warum soll ich Ihnen Wein geben?«, fragt Overkamp verständnislos.

»Ich werde sonst allen erzählen, was Sie gemacht haben!«, sagt Köpner kühn.

»Was habe ich denn gemacht?« Overkamp schlägt das Herz bis zum Hals.

»Wollen Sie wirklich, dass ich das hier herausposaune?«, fragt Köpner und ruft laut die Gasse hinunter: »Overkamp war am Munitionslager und hat …«

»Sei still!«, zischt Overkamp. »Du … du … du elender Hundsfott. Ich gebe dir eine Flasche und dann hältst du dein dreckiges Maul. Warte hier,« sagt Overkamp streng und geht ins Kontor. »Gehen Sie mir aus dem Weg! Raus hier!«, herrscht er Bernhard Buersmeyer an, der drinnen neben der Tür steht und nichts zu tun zu haben scheint.

Anton Köpner wartet breit grinsend vor dem Hause Overkamp, als Johanna in die Gasse einbiegt. Was macht der denn hier?, wundert sie sich und sieht, wie ihr Mann dem Köpner eine Flasche gibt.

»Einen so guten Geschmack hätte ich dem Köpner gar nicht zugetraut. Seit wann hat dessen Familie denn Geld für edle Weine?«, fragt sie später in der guten Stube ihren Mann.

»Weiß nicht«, antwortet dieser knapp.

»Herr Overkamp, der Magistrat, also Dr. Rose, Herr Schmitz, Stadt-Syndicus Clüsener und die beiden Amtmänner, hat beschlossen, dass morgen früh das Pulver aus der Stadt gebracht wird. Der Amtmann Möller plant schon, was wohin soll. So geht es ja nicht mehr. Helfen Sie?«, fragt Herman Heister.

»Das ist doch Ehrensache. Ich glaube zwar, dass es nicht notwendig ist, die Granaten aus der Stadt zu bringen. Die beiden Hirten sind tot, und allen anderen Burschen wird es eine Lehre gewesen sein. Aber gut. Wann und wo soll ich helfen?«

»Wir treffen uns am Süder Tor. Morgen früh um zehn Uhr«, sagt Heister und geht.

22. APRIL 2010

Oliver sitzt im Zug nach Paderborn. Auf der kurzen Fahrt denkt er immer wieder an die alte Lippstädter Familie, über die er im Archiv gelesen hat. Nach und nach haben sie alles verloren. Erst den Garten, dann Inventar und Möbel, zu guter Letzt das Haus. Sie haben ihre ganze Existenz aufgeben müssen.

»Hi, schön, dass du da bist!«, begrüßt Annika Oliver am Paderborner Bahnhof. »Das war ja eine nette Überraschung.« Oliver hatte am Vormittag eine sms geschickt und gefragt, ob sie Zeit habe. Die beiden durchqueren die Großbaustelle vor dem Bahnhofsgebäude.

»Um 14 Uhr habe ich einen Leseplatz im Archiv des Erzbischöflichen Generalvikariats reserviert«, erzählt Oliver. »Weißt du, wo das ist?«

»Ja klar, am Dom. Aber lass uns erst mal einen Kaffee trinken; im ›Kump‹ am Westerntor ist es ganz nett. Jetzt erzähl erst mal, was bei euch in Lippstadt los ist. Das ist ja der Wahnsinn!« Annika ist gespannt.

»Ja, das kannst du laut sagen. Aber es scheint noch nichts Neues zu geben. Es wurden Granaten, Kugeln und Beschläge gefunden – ganz harmlos – und ein Skelett. Das soll genauso alt sein«, berichtet Oliver.

»Das hattest du schon am Telefon erzählt. Gibt es nichts Neues?«, hakt Annika nach.

»Nichts. Die Arbeiten an der Lippe gehen weiter, als wäre nichts geschehen. In Münster wird alles untersucht. Ich weiß nicht, wie lange so etwas dauert«, sagt Oliver. »Wie schön, dass du heute Zeit für mich hast«, freut er sich.

»Ja, finde ich auch. Kannst du bis heute Abend bleiben? Um sieben treffe ich mich mit Sara, und dann gehen wir zu Freunden, um unsere Australienfotos anzugucken.«

»Sara?«

»Das ist die, mit der ich ein halbes Jahr in Australien war. Wir haben viel gemeinsam erlebt. Das war total krass. Die Freundin von Saras Mutter hat dort eine Schwester, und bei ihr haben wir gewohnt. Nördlich von Brisbane. Sie besitzt ein großes Haus, eigentlich könnte man sagen, eine Villa. Mit Garten und Gärtner und Pool. Sara hat auf die beiden Kinder aufgepasst und so das Geld für ihren Aufenthalt verdient. Mir hatte Kate, so heißt die Australierin, eine Stelle als Kellnerin besorgt, was aber doof war, weil ich immer abends und nachts gearbeitet habe, wenn Sara die Kinder im Bett hatte. So konnten wir anfangs kaum etwas unternehmen. Nach ein paar Wochen ergab sich dann, dass ich in einer Surfschule aushelfen durfte«, erinnert sich Annika.

»Du kannst surfen?«

»Jetzt schon. Ein bisschen jedenfalls«, erklärt sie. »Aber ich war dort nur für die Ausleihe der Boards zuständig, habe die Kasse gemacht und eine Menge gelernt, über Strömung, Brandung, Wellen und Wasserwalzen. Über Wind- und Kitesurfen, worauf es dabei ankommt, und dass die Freaks immerzu auf eine Monsterwelle warten. Theoretisch habe ich es jetzt voll drauf, praktisch trieb ich meist kopfunter im Südpazifik. Die Jungs haben sich irrsinnig über mich kaputtgelacht. Manchmal haben wir abends Lagerfeuer am Strand gemacht und Coopers oder Heineken getrunken. Das war total schön. Colin, dem gehört die Surfschule, hat dann oft auf seiner Gitarre gespielt. Ich werde nie vergessen, wie er an unserem vorletzten Abend immer wieder ›Yellow Submarine‹ gespielt hat«, lacht Annika, »so lange, bis Marc sich das gelbe Bord genommen hat und sich in den Pazifik gestürzt hat, als wäre er ein U-Boot. Wir haben Tränen gelacht«, erinnert sich Annika und kann sich auch jetzt vor Lachen kaum halten. »Ich kann dir noch so viel erzählen. Über unser Bungee-Jumping, unsere Survival-Tour ins australische Outback zu den Aborigines, die war allerdings im Vorfeld von uns gebucht worden, bei so einem Online Reisebüro. Dann haben wir mehrere Male Shopping in Brisbane gemacht. Und wir sind Kanu gefahren. Auf einem Fluss, reißender als deine Lippe.«

»Na ja, man kann ja eine Menge über die Lippe sagen, aber ein reißender Fluss ist sie nun wirklich nicht«, muss Oliver zugeben und blickt auf seine Uhr. »Ich glaube, ich muss jetzt leider los.«

»Ja, ich weiß. Deine Lippstadt-Mission ist wichtiger als alles andere«, meint Annika und findet es schade, dass Oliver beinahe wie besessen immer nur dieses eine Thema im Kopf hat.

»Überleg es dir mit heute Abend. Es wird bestimmt schön, und ich könnte dich meinen Freunden vorstellen«, versucht Annika, gegen *das* Thema anzukommen.

»Ja, mal gucken«, verspricht Oliver und lässt sich deutlich anmerken, dass er mit seinen Gedanken nicht bei Annika ist.

Nachdem sie den Kaffee bezahlt haben, gehen Annika und Oliver die Westernstraße entlang zum Dom. Vor dem Erzbischöflichen Generalvikariat verabschieden sie sich. Oliver geht hinein.

»Guten Tag, mein Name ist Oliver Thielsen. Ich habe ab 14 Uhr im Lesesaal einen Platz reserviert.«

»Unser Archiv ist im Konrad-Martin-Haus untergebracht. Sie gehen am besten rechts am Gebäude vorbei, über den Kleinen Domplatz und dann sehen sie es schon«, sagt die Dame am Empfang.

Im Lesesaal angekommen, bittet Oliver um die Einsicht in die Lippstädter Kirchenbücher aus den Jahren 1740 bis 1770. Er möchte über die Lippstädter Familie recherchieren, um sich so nach und nach ein Bild von ihnen zu machen. Doch der Referent für Kirchenbücher erklärt ihm, dass in Lippstadt bis 1807 ein protestantischer Pfarrzwang bestanden habe. Alle Amtshandlungen – z. B. Hochzeiten, Taufen und auch Beerdigungen – mussten die Lippstädter Katholiken von einem evangelischen Pfarrer vornehmen lassen. Es gebe also keine katholischen Kirchenbücher, er solle es bei der evangelischen Kirchengemeinde in Lippstadt oder im Archiv des westfälischen Landeskirchenamts in Bielefeld versuchen. Das erste Lippstädter Kirchenbuch, das er hier in Paderborn einsehen könne, sei von 1807 aus St. Nicolai.

Im Café am Dom bestellt Oliver einen Espresso. Er ärgert sich über sich selbst, weil er gar nicht auf die Idee gekommen ist, dass die Lippstädter Familie evangelisch gewesen sein könnte. Das kommt davon, wenn man von sich auf andere schließt, denkt er. So was Blödes.

Oliver ist hin und her gerissen. Natürlich möchte er den Abend mit Annika verbringen. Ob er ihre Freundinnen dabei kennenlernt, ist ihm allerdings nicht so wichtig wie Annika selbst. Und gleichzeitig möchte er alleine zu Hause seinen Gedanken freien Lauf lassen, sprich: über die Familie Overkamp nachdenken. Was denen wohl geschehen ist? Da er allerdings ohne neue Fakten auch keine neuen

Erkenntnisse über die Familie bekommen wird, nimmt Oliver sein Handy und ruft Annika an. Sie müsse noch einkaufen, sagt sie, er könne ja mitkommen. Für heute Abend wolle sie noch Tortellini-Salat machen.

»Gerne, wo holst du mich ab?«, fragt Oliver.

»Am Domplatz? In 20 Minuten?«, schlägt Annika vor.

»Okay, ich freu mich.«

Den späten Nachmittag verbringen Annika und Oliver in der Küche. Sie kochen Tortellini, schneiden Paprika und gekochten Schinken in kleine Würfel und rühren ein Dressing mit viel Curry an.

»Kommt da wirklich Aprikosenmarmelade rein?«, fragt Oliver unsicher.

»Ja, mach das Glas leer«, empfiehlt Annika. »Das ist echt lecker.«

»Glaube ich nicht«, sagt Oliver und wirft mit einem Trockentuch nach ihr.

»Hey, vertrau mir!«, fordert Annika.

»Immer«, sagt Oliver und sieht ihr tief in die Augen. »Immer! – Du bist das Beste oder besser, die Beste überhaupt.«

»Weil ich Tortellini-Salat mit Aprikosenmarmelade machen kann?«, versteht Annika absichtlich falsch.

»Ja, genau. Nur deswegen. Gibt es sonst noch einen Grund?«, fragt er lachend.

»Doofmann!«, schimpft Annika lachend.

»Tortellini-Tante!«, gibt Oliver zurück.

20TER JUNIJ 1764

Am frühen Morgen taucht Anton Köpner wieder vor dem Hause Overkamp auf. Es dauert nicht lange, da tritt Ferdinand Overkamp aus dem Kontor zu ihm in die Gasse.

»Was?«, fragt Overkamp wütend.

»Der Wein mundete ausgezeichnet. Ich nehme eine Kiste davon.«

»Wissen Sie, wie teuer der ist?«, fragt Overkamp empört und erschrickt bei dem Gedanken, dass er ja kaum noch Ware hat, die er verkaufen kann. Das meiste ist bei der Explosion geborsten. Den Verlust hat er noch nicht ermittelt. Und jetzt kommt auch noch Köpner und verlangt den Wein, ohne seinen Wert ermessen zu können.

»Wie viel kostet denn der Wein?«, fragt Köpner scheinheilig.

»Ach, unwichtig. Das Maul sollte man Ihnen stopfen«, gibt Overkamp ärgerlich zurück.

»Legen Sie sich nicht mit mir an. Sie werden für die Explosion des Schuppens büßen. Sie …« Als Johanna aus der Tür tritt, sagt Anton Köpner schnell: »Guten Morgen, gnädige Frau. Wünsche einen angenehmen Tag.« Er verbeugt sich leicht und lächelt hämisch.

»Halte meine Frau da raus!«, fordert Overkamp.

»Gut, dann geben Sie mir Geld. Sagen wir, fünf Reichstaler. Am besten jetzt gleich. Ihr Weib sieht's ja nicht. – Und denken Sie immer an die Schleifspuren im Staub …«

»Sie sind nicht bei Trost. Ich verspreche Ihnen, damit kommen Sie nicht durch.« Aus dem Kontor holt Overkamp die verlangte Summe und eine Kiste billigen Wein. »Hier!« Ohne weitere Worte reicht er Köpner, was dieser verlangt hat.

Nach und nach treffen die Lippstädter Männer am Süder Tor ein.

»Guten Morgen, Männer!«, ruft Amtmann Johann Anton Arnold Möller zur Begrüßung. »Heute sind wir hier zusammengekommen, um Lippstadt wieder sicher zu machen. Die Granaten, die vielen Fässer mit dem Pulver, die unzähligen Kugeln, alles müssen wir wegschaffen. Das ist viel Arbeit. Wir ...«

»Lassen Sie uns endlich anfangen!«, schreit einer aus der Menge, »wir wollen am Samstag fertig sein!«

»Am besten teilen wir uns auf«, ruft Möller. »Die einen gehen hier vorne zum Pulvermagazin am Hasenfang, andere daneben zum Glennemannsturm, wieder andere zum Torturm des Alten Soest Tors. Es müssen auch kräftige Männer den Buelsturm räumen. Dann haben wir die Türme leer. Aber es lagern ja noch Vorräte in den Pulverschuppen der Bastionen und Außenwerke. Das Brüllesche Laboratorium dürfen wir auch nicht vergessen.* Und, Männer, passen Sie ...« Wieder wird Möller das Wort abgeschnitten.

»Wo soll das Zeug denn hin?«

»Wenn Sie mich ausreden lassen, erkläre ich es.«

Die Männer johlen. Einige pfeifen. »Heda, aus dem Möller wird noch mal was«, witzeln sie. »Bürgermeister oder so.«

---

* Vgl.: Hagemann: *Die Festung Lippstadt.* 1985. S. 117.

»Männer! Jetzt reißen Sie sich zusammen. Nur wenn wir alle mit anfassen, können wir die Munition zügig aus der Stadt schaffen. Wir sammeln alles auf Helfmanns Land. Das Pulver aus den Fässern schütten wir in die Lippe, den Rest vergraben wir dort vor Ort.«

12. MAI 2010

BEIM FRÜHSTÜCK LIEST Oliver in *Der Patriot:* ›*Güterbahnhof: Bagger kommen frühestens 2011. Bahnanlagen werden im Herbst abgebaut, und eine europaweite Ausschreibung für das Güterbahnhof-Gelände wird nun doch noch geprüft*‹.* In dem Artikel wird mit keinem Wort erwähnt, dass man um die Jahrhundertwende bei Ausschachtungsarbeiten für einen Keller in der Nähe des Güterbahnhofs bereits 42 schmiedeeiserne Handgranaten in Kugelform gefunden hat.** *Offenbar sind die gefundenen Granaten identisch mit diesen den Engländern, die bekanntlich während des 7jähr. Krieges preußische Bundesgenossen waren, abgekauften Granaten, die – 8000 an der Zahl – in einen Festungsgraben versenkt wurden. Da bis jetzt erst 543 gefunden sind, kann man wohl annehmen, daß noch weitere umfangreiche Funde gemacht werden. Herr Gastwirt Steffen* [bei dem der Fund gemacht worden ist] *will einen Teil dem Lippstädter Museum abtreten, weitere sind verkäuflich,* war 1907 in *Der Patriot* zu lesen.*** Die LTZ hat in ihrem Artikel einen Zusammenhang zwischen dem alten und dem aktuellen Fund hergestellt und fragt in der Überschrift: ›Wie viele Granaten liegen noch in Lippstadt?‹

Um diesen Artikel schreiben zu können, hat Oliver im Auftrag der Tageszeitung die Geschichte Lippstadts recher-

---

* *Güterbahnhof: Bagger kommen frühestens 2011. Bahnanlagen werden im Herbst abgebaut und eine europaweite Ausschreibung für das Güterbahnhof-Gelände wird nun doch noch geprüft.* In: Der Patriot, 12. Mai 2010.

** Vgl.: Hagemann: *Die Festung Lippstadt.* 1985. S. 122.

*** *Lippstadt, 1. Aug. Ein hochinteressanter Fund.* In: Der Patriot, 02. August 1907.

chiert. Da der aktuelle Munitionsfund auf die zweite Hälfte des 18. Jahrhunderts datiert worden ist, hat Oliver viel über den Siebenjährigen Krieg gelesen. Nach Gesprächen mit der Stadtarchivarin Frau Dr. Becker und dem Leiter des Stadtmuseums hat sich Oliver verschiedene Lippstädter Geschichtsbücher aus der Stadtbücherei geliehen. Er hat Hagemanns ›Die Festung Lippstadt‹[*], die gelben ›Beiträge zur Stadtgeschichte‹[**] und Johann Anton Arnold Möllers ›Alte Nachrichten von Lippstadt‹[***] gelesen. Seine besondere Aufmerksamkeit hatte darin das ›*Zwölfte Capitel: Von der Geschichte der Stadt Lippe während des französischen Krieges von 1757 bis 1763*‹ geweckt.[****] Aber auch andere Kapitel hatte Oliver mit großem Interesse studiert:

›Funfzehntes Capitel: Von Vermächtnissen, Schenkungen und Stiftungen.

Edelgesinnte Menschen die durch Vermächtnisse, Schenkungen und Stiftungen ihre Namen unvergeßlich gemacht haben, verdienen zur Aufmunterung anderer aufgesucht und angezeigt zu werden. […]

Heinrich Brinckmann aus Lippstadt. Er stiftet laut Fundations-Briefes im Rathäuslichen Archiv vom 23sten October […][*****]

Dietrich Epping Bürgermeister, schenkte an die Schule 25 Rthlr. […][******]

Catharina Margaretha Berens vermachte 1753 40 Rthlr. und starb im Armenthal.[*******]

* Hagemann: *Die Festung Lippstadt*. 1985.
** *Lippstadt. Beiträge zur Stadtgeschichte*. Lippstadt, 1985.
****Möller: Alte Nachrichten von Lippstadt. 1788.* [1973]
**** Möller: *Alte Nachrichten von Lippstadt*. 1788. [1973]. S. 221 ff.
***** Möller: *Alte Nachrichten von Lippstadt*. 1788. [1973], S. 308
****** Möller: *Alte Nachrichten von Lippstadt*. 1788. [1973]. S. 311.
******* Möller: *Alte Nachrichten von Lippstadt*. 1788. [1973]. S. 312.

Caspar Engerling, Schuster, schenkte 1773 die großzügige Summe von 75 Rthlr. der Stadt für den Neubau des Rathauses und 20 Rthlr. an die Hausarmen.

Amtmann Friederich Wilhelm Drüdeken vermachte 20 Rthlr.‹*

Weiter hinten in Möllers ›Alte Nachrichten von Lippstadt‹ hatte Oliver über das Gewerbe in Lippstadt gelesen.

›*Die Handlung in holländischen Waaren, besonders in Kaffee, Zucker, Oel etc. ist sehr ansehnlich, und wird von verschiedenen Kaufleuten direct gezogen.*** Bis zum Jahre 1765 wurden von Hr. Ferdinand Overkampen auch französische Weine und Destillate angebothen. Derselbe verließ ruiniret die Stadt. […] *Der Hr. Philipp Wilhelm Buddeberg fabricirt, und versendet allerlei Sorten Chocolade, welches derselbe in Amsterdam erlernt.*‹***

---

* Möller: *Alte Nachrichten von Lippstadt.* 1788. [1973]. S. 312.
** Möller: *Alte Nachrichten von Lippstadt.* 1788. [1973]. S. 354.
*** Möller: *Alte Nachrichten von Lippstadt.* 1788. [1973]. S. 354.

23TER JUNIJ 1764

Mit Spaten und Spitzhacken haben im Wechsel immer vier Männer drei Tage lang eine Grube in Anton Helfmanns Land gegraben, während die anderen Helfer die Lager leergeräumt haben.

»Graben Sie tief genug«, hat Amtmann Johann Anton Arnold Möller immer wieder gefordert. »Sie wissen, jedes Lippehochwasser flutet diese Wiese. Nicht, dass hier dasselbe wie beim jüdischen Kirchhof passiert. Da werden immer wieder Teile der Uferböschung weggespült.* Manche behaupten, dass schon Grabsteine und sogar Gebeine davon fortgeschwemmt wurden. Also, graben Sie tief, damit die Granaten und die Kugeln bis zum Jüngsten Gericht hier liegen bleiben.«

»Köpner, warten Sie hier, wenn die Männer gehen. Wir müssen reden«, flüstert Ferdinand Overkamp im Vorbeigehen.

Als die Grube endlich groß und vor allem tief genug ist, stapelten immer zwei Männer die schweren Kisten mit Granaten auf- und nebeneinander. Die Säcke mit den Kugeln haben sie hinuntergeworfen und verteilt.

»Männer, es waren lange und anstrengende Tage. Wir

* Vgl.: Hans Christoph Fennenkötter: *Die jüdischen Friedhöfe in Lippstadt. Tot ist nur, wer vergessen wird!* Lippstädter Spuren. Schriftreihe des Heimatbundes Lippstadt, 4/1989, S. 17.

machen Montagmorgen die Grube zu. Jetzt wird es gleich dunkel. Gehen Sie nach Hause!«, ruft Amtmann Möller.

Die meisten Helfer gehen wortlos und erschöpft Richtung Süder oder Soest Tor, um in die Stadt zu gelangen. Gerne wären sie heute fertiggeworden, dann hätten sie den heiligen Sonntag im sicheren Lippstadt verbringen können.

»Herr Overkamp, was ist? Kommen Sie?«, ruft Caspar Engerling, der es nicht richtig findet, einen Mann alleine auf Helfmanns Land zurück zu lassen. Sie sind alle zusammen gekommen, haben zusammen malocht und nun sollten auch alle zusammen in die Stadt zurückkehren.

»Gehen Sie doch schon vor. Ihre Frau wartet bestimmt. Ich suche noch meinen Spaten. Der muss hier irgendwo sein«, gibt Ferdinand Overkamp zurück

Viele Schritte entfernt sitzt Anton Köpner hinter der dicken Weide auf dem Boden. An den Stamm gelehnt, wartet er, bis auch der Letzte der Männer gegangen ist. Vorsichtig lugt er nun seitlich des Baumes hervor. »Pssst! Ist der Engerling weg?«, flüstert Köpner.

»Nein, warten Sie noch!«, rät Overkamp leise. Anton Köpner lehnt sich wieder an den Weidenstamm und sieht den letzten Sonnenstrahlen zu, wie sie weit hinter dem Stift Cappel verschwinden. Overkamp nimmt seinen Spaten und schleicht seitlich zur Weide.

Er holt weit aus, und mit Schwung trifft die seitliche Kante des Spatens Köpners Kehlkopf. Zur Hälfte steckt das Spatenblatt vorne im Hals. Mit einem Ruck reißt Overkamp das Blatt heraus, das Blut spritzt. Der Kopf fällt vorne rüber auf die Brust. In Windeseile greift Overkamp zu dem leeren Kugelsack, den er sich beim Aufräumen in den Hosenbund gesteckt hat. Er drückt den Sack fest auf die Wunde, damit er keine Spuren hinterlässt, doch das Blut quillt zwischen seinen Fingern durch. Es ist fast dunkel. Kurzerhand schleppt Overkamp Köpner zur Lippe und legt ihn so, dass das ausströmende Blut vom Wasser weggespült wird. Dann läuft er zur Munitionsgrube hinüber und springt hinein. Das Herz schlägt ihm bis zum Hals. Die Wut auf Köpner, der ihn wegen dieser unseligen Angelegenheit erpresst hat, und das Entsetzen über seine eigene Tat lassen ihn voll zorniger Kraft Kiste um Kiste zur Seite stemmen, bis genügend Platz für den Toten ist.

Ferdinand Overkamp eilt zurück zur Lippe. Wolken sind vor den Mond gezogen und machen es so dunkel, dass er kaum die eigene Hand vor Augen sieht. Er stolpert und schlägt lang hin. Als er sich aufrafft, erkennt er Köpner, der mehr tot als lebendig aus dem Wasser gekrochen ist. Nun liegt er endgültig leblos zwischen Lippe und Munitionsgrube im plattgetretenen Gras. Die Wolken ziehen fort, und der Vollmond scheint hell. Overkamp wuchtet den Toten hoch, schleppt ihn zur Grube und lässt ihn unsanft hineinfallen. Mit einem dumpfen Geräusch schlägt Köpner auf eine Granatenkiste auf. Ein Ast knackt. Erschrocken blickt Overkamp sich um und springt schnell in die Grube. So kann Köpner nicht liegen bleiben. Die Leiche muss bis auf den Erdboden. Overkamp zerrt und reißt, doch Köpners Kleidung hat sich an einem der Beschläge der Kiste verfangen. Mit einem Ruck reißt der Stoff, und der Tote fällt neben der Kiste auf den Erdboden. Overkamp legt ihn gerade auf den Rücken und wuchtet die erste Granatenkiste auf Anton Köpner. Diese steht jetzt höher als die anderen. Am Montag würden die Männer wiederkommen und sich fragen, warum die Kisten so schief stehen. Er wuchtet die Granatenkiste von der Leiche hinunter, zerrt den Toten zur Seite und klettert wieder aus der Grube hinaus. Einen Augenblick später kommt er mit Spaten und Spitzhacke zurück. Wie im Rausch rammt er wieder und wieder die Spitzhacke in den Boden der Grube, bis er mit dem Spaten das Erdreich zur Seite schaufeln kann. Es dauert lange, bis Overkamp ein Loch für Anton Köpner gegraben hat. Der liegt jetzt tiefer und sicherer als alle Juden auf dem hiesigen Friedhof zusammen, denkt Overkamp bitter, als er mit Fußtritten den Toten in die Vertiefung stößt. Den Köpner spült kein Lippe-Hochwasser fort. Und wenn doch ... Sei's drum. Tot bleibt tot. Er füllt das Loch mit Erde auf, tritt sie fest, füllt noch einmal nach, tritt erneut fest. Dann stapelt er die schweren Holzkisten so, wie sie zuvor gestanden haben.

Erschöpft steigt Overkamp aus der Grube, seine Glieder schmerzen. Im ersten Tageslicht blickt er an sich herunter und sieht die nassen, dunklen Flecken an seiner Kleidung. Blut! Das Blut auf der Wiese, wo Köpner gelegen hat, fällt ihm ein. Mit aufsteigendem Grausen läuft Overkamp zu der Stelle und beginnt, die Grasbüschel auszureißen und in die Lippe zu werfen. Der Fluss soll alles mit sich nehmen. Immer wieder und wieder läuft er, beladen mit blutigem Gras, von der Wiese zum Wasser. Blind vor Zorn, dass Köpner noch einmal aus der Lippe gekrochen ist, zerrt Overkamp aus dem Boden, was er zu fassen bekommt. Wie von Sinnen stolpert er immer wieder zum Ufer und schleudert die Büschel in den Fluss. Kurz bevor es ganz hell ist, kratzt Overkamp mit aufgeschürften Händen die letzten blutigen Halme vom Boden. Auch sie wirft er ins Wasser, wo sie lautlos davontreiben. An seiner Kleidung kleben blutige Grashalme und bezeugen seine Tat. Hastig steigt er in die Lippe, um alles abzuspülen. Mit hohlen Händen lässt er sich das kühle Wasser über das Gesicht laufen. Eine Höllenangst befällt ihn; der Teufel ist über ihn gekommen. Overkamp bekreuzigt sich. »Herr Christ, erbarme dich meiner!«, ruft er, sackt zusammen und schlägt die Hände vor sein Gesicht. »Herr Christ, erbarme dich meiner! Was habe ich nur getan?«

14. MAI 2010

An diesem Wochenende findet – wie in jedem Jahr – in Lippstadt das Altstadtfest statt. Es gibt kulturelle Veranstaltungen, viele Aktionen und einen verkaufsoffenen Sonntag.

Am Abend holt Oliver Annika vom Lippstädter Bahnhof ab und schlendert mit ihr Richtung Rathausplatz. Er erzählt ihr vom Güterbahnhof, einem heruntergekommenen Gelände, wo nun alles abgerissen werden soll, um ein Geschäftszentrum zu errichten, von den früheren Munitionsfunden und seiner Befürchtung, dass noch mehr gefunden werden könnte. »Ob das immer alles so harmlos ist, wie sie sagen, weiß doch niemand«, ergänzt er. »Stell dir vor, das schöne Lippstadt fliegt doch noch in die Luft.«

»Ja, wäre zu schade um dich«, meint Annika trocken und lacht.

»Schau mal, das Haus hier an der Ecke Kirchgasse/Rathausstraße, gehörte der Familie Overkamp, mit der ich mich beschäftigte. Lies mal dort oben, was im Balken steht«, fordert er Annika auf.

»Caspar Theodor Overkamp – Maria Theresia Upschulte – Anno 1657«, kann Annika mit Mühe entziffern. »Ein schönes Haus.«

»Ja. Manchmal fahre ich hier mit dem Rad vorbei und stelle mir vor, wie es früher war«, beginnt Oliver, unterbricht sich dann aber selbst. «Komm, ich lade dich zu einem Cocktail ein«, sagt Oliver und zieht Annika an der Hand über die Straße zum Rathausplatz. »Wenn wir drei

Longdrinks trinken, bekommen wir einen Strohhut gratis. Wie wär's?«

»Prima, ich würde einen pinkfarbenen Hut nehmen. Und du?«, fragt Annika.

»Einen normalen, also naturfarbenen. Sechs Cocktails schaffen wir wohl nicht. Sonst hätten wir beide einen Strohhut. Wir könnten dann im Partner-Look gehen«, freut sich Oliver und drückt Annika schnell einen Kuss auf die Wange.

»Was hat es mit dem Haus da drüben auf sich? Erzähl doch mal!«, fordert Annika ihn auf.

»Nicht jetzt«, wehrt Oliver das Thema ab. »Ich glaube, diese Cocktails haben es in sich. Superlecker, süß und Alkohol, den man erst bemerkt, wenn es zu spät ist.«

»Nein, drei schaffe ich auf gar keinen Fall. Dann kannst du mich hier wegtragen«, sagt Annika und nimmt sich vor, das Thema Overkamp für den heutigen Abend ruhen zu lassen. Ist schon komisch, dass Oliver darüber nicht sprechen will, wo er doch sonst mit seinem historischen Wissen nicht hinterm Berg hält.

»Ich würde dich sogar wegtragen, wenn der Alkohol dir zu sehr zusetzt. Dann lege ich dich über meine Schulter und trage dich zu mir nach Hause. Was hältst du davon?«, fragt Oliver lachend.

»Nein, nein. Wenn, dann möchte ich freiwillig mit zu dir kommen. Wir sind schließlich nicht in Rom!«

»Rom? Italien? Ich kann dir nicht folgen«, gesteht Oliver.

»Raub der Sabinerinnen«, erklärt Annika. »Rom. Kurz nach seiner Gründung. Es gab zu wenig Frauen, also wurden sie geraubt.«

»Ach ne, komm lieber freiwillig mit. Das wäre eher

nach meinem Geschmack. Die Zeiten haben sich geändert, und wir können froh sein, heute zu leben«, findet Oliver.

»Das sagst ausgerechnet du? Du bist doch mit deinen Gedanken immer in der Vergangenheit!«, wirft Annika Oliver vor. »Nur wenn ich dich nach dieser ominösen alten Geschichte frage, dann herrscht schweigen.«

»Heute möchte ich mit dir hier das Konzert genießen!«, beschwichtigt Oliver und ahnt, dass Annika nicht locker lassen wird. ›Luxuslärm‹ finde ich total super – und dich natürlich.«

Die Newcomerband ›Luxuslärm‹ ist der Top-Act an diesem Abend. Auf dem Rathausplatz tanzen die Menschen dicht an dicht – nach und nach haben viele pinkfarbene Hüte auf. Annika steht dicht vor Oliver, er hat die Arme um sie gelegt. Sie tanzen. Als die Sängerin ›1000 Kilometer bis zum Meer‹ anstimmt, bekommt Oliver einen Anflug von Heimweh und vergräbt sein Gesicht in Annikas braunem Haar. »Ich liebe dich«, sagt er im selben Moment, in dem die Menschenmenge, › *... bis zum Meer ... bis zum Meer ...*‹ grölt. Annika tanzt weiter als hätte sie ihn nicht gehört. Erst nach dem Konzert stellt sie Oliver zur Rede.

»Was genau machst du eigentlich hier in Lippstadt?«, fragt Annika. »Irgendwie kommt mir das alles so seltsam vor. Du gräbst in alten Geschichten ... und verlierst kein Wort darüber, warum dich das derart beschäftigt.«

»Ich kann dir das jetzt nicht erklären«, wehrt Oliver ab, obwohl er ahnt, dass es ein Fehler ist.

»Das solltest du aber! Du bist komisch. Von dir erzählst du nie etwas. Immer nur Lippstädter Geschichten, früher – heute – früher ... Du bist wie besessen!« Annika ist genervt. »Weißt du, du kannst mir nicht einfach sagen, dass du mich liebst. So geht das nicht! Ich weiß nichts von dir.

Ich kenne dich eigentlich gar nicht. Wo kommst du her? Warum machst du mit 25 Jahren noch so ein Praktikum? Wozu ist das gut? Warum interessiert dich diese olle Lippstädter Familie? Kannst du mir das sagen?« Annika stehen Tränen in den Augen.

»Nein, kann ich jetzt nicht. Ich werde es dir erklären. Später. Wenn ich mehr weiß. Wenn ich mir sicher bin. Versprochen. Ich muss mich erst noch um einiges kümmern«, versucht Oliver, sie zu vertrösten, ohne selbst so genau zu wissen, warum er ihr nicht einfach sagt, was er weiß, was er vermutet, was er hofft und was er befürchtet. Das 18. Jahrhundert ist so oder so vorbei. Egal, was damals war, er hat damit nichts zu tun!

»Gut, wenn du mir nichts sagen willst, dann weiß ich Bescheid«, reagiert Annika wütend. »Ich fahre nach Hause. Bemühe dich nicht, ich finde euren wunderschönen Bahnhof auch alleine. Kümmere du dich um dein Lippstadt, dann machen sie vielleicht auch noch eine Oliver-Thielsen-Bronze-Figur an diesen Bürgerbrunnen.« Enttäuscht löst Annika sich aus der Umarmung und geht. Nach wenigen Schritten ist sie zwischen den vielen Menschen schon nicht mehr zu sehen.

»Scheiße!«, flucht Oliver und ist mehr auf sich selbst sauer als auf Annika. »Ich bin so ein Idiot!«

Oliver läuft durch die Lange Straße zum Bahnhof, doch Annika ist nicht zu finden.

»Scheiße, Scheiße, Scheiße!«, flucht er laut. »Scheiße!«

Mehrmals versucht Oliver, Annika auf ihrem Handy zu erreichen. Zwei Mal drückt sie ihn weg, dann hat sie das Handy ausgeschaltet: The person you have called is temporarily not available. Funkstille – vorübergehend, hofft Oliver.

15. MAI 2010

OLIVER IST FRÜH AUFGESTANDEN, hat das Nötigste gepackt und ist nun auf dem Weg nach Lübeck. Der gestrige Abend war absolut nicht so, wie er es sich gewünscht hatte. Nach dem Lied ›1000 Kilometer bis zum Meer‹ ist alles schiefgelaufen. Er hat Annika verärgert, ja sogar beleidigt, denn weil er ihr nichts hat erzählen wollen, glaubt sie, er würde ihr nicht vertrauen, er hätte Geheimnisse vor ihr. Dabei ist Annika die Einzige, mit der er überhaupt über dieses Thema gesprochen hat. Aber das weiß sie nicht. Oliver muss unbedingt offen mit ihr über alles reden. Über sich, sein Leben und den Grund, warum er in diesen alten Geschichten gräbt.

In der vergangenen Nacht hatte er seit Langem wieder von Imke geträumt. Auch das noch! Dabei hat er doch sein Leben in Lippstadt neu ordnen und so ganz nebenbei noch ein Geheimnis aufdecken wollen. Und jetzt? Das Chaos in seinem Leben nimmt eher zu. Aber ein Geheimnis scheint es wirklich zu geben. Allein die Sache mit dem Sprengstoff-Fund und dem Skelett ist spannend. Er muss dran bleiben!

Am Abend sitzt Oliver mit seinem Bruder Daniel im Lübecker Traditionsbrauhaus ›Brauberger‹ neben dem kupfernen Sudwerk. Nach ein paar Bieren erzählt Oliver von der alten Lippstädter Familie, die alles verloren hat, von Lippstadt während des Siebenjährigen Krieges und vom heutigen Lippstadt mit dem Granaten- und dem Skelett-Fund.

»Soll ich dir mal verraten, wie diese Lippstädter Familie hieß?«, fragt Oliver.

»Sag!«

»Overkamp.«

»Ach. – Wie Omas Mädchenname?«

»Ganz genau.«

»Wie bist du drauf gekommen?«

»Ich habe einen Brief gefunden, in ihrem alten Sekretär. Den habe ich mir hier im Archiv übersetzen lassen.«

»Übersetzen? Spricht man in Lippstadt kein Deutsch?«, sagt Daniel spitz.

»Doch, natürlich. Aber die Schrift war so fremd und verschnörkelt. Hier, lies mal.« Oliver zieht die getippte Abschrift aus der Hosentasche.

Liebste Katharina,

sicher bist du überrascht, so schnell von mir, deinem großen Bruder Ferdinand, zu hören. Aber bei uns ist eine delikate Situation eingetreten, und ich muß dich um deine Hülfe bitten. Ja, ich werde dich anflehen, mir, uns, zu helfen.

Stell dir vor, Elisabeth trägt ein Kind unter dem Herzen. Durch eine Unachtsamkeit erfuhr ich, wer der Vater ~~war~~ ist, denn sie schweigt und weint. Ohne Unterlaß. Ich nenne seinen Namen nicht, denn dieser ist ohnehin nicht mehr von Bedeutung, und falls dieser Brief in falsche Hände gerät, bleibt wenigstens die Vaterschaft geheim.

Das Einzige, was ich für mein liebes Lieschen noch tun kann, ist, sie aus der Stadt zu bringen. Noch wissen die

Leute nichts, aber stelle dir das Gerede vor. Eine solche Schande könnte die Familie Overkamp nicht verkraften. Meine Geschäfte laufen hervorragend, und ich möchte wegen ihres Fehltritts nicht alles verlieren. Bitte, liebste Katharina, nimm Lieschen bei dir in Lübeck auf. Suche einen Platz, wo sie entbinden kann. Und hoffentlich findest du eine Familie, die das Kind annimmt und aufzieht. Du weißt, ich habe das Geld, ich kann es mich etwas kosten lassen. Wichtig ist einzig, daß gar niemand in Lippstadt von Lieschens Umständen erfährt. Ob sie nach der Geburt nach Hause zurückkommen kann, wird die Zeit zeigen. Bitte nimm sie auf, ich flehe dich an, meine geliebte Katharina.

Ich werde eine Depesche zu deinem Schwager, meinem Lübecker Geschäftsfreund Hinrich Jost Matthiesen, schicken, bei ihm eine große Menge Destillate und französische Weine bestellen und ihn hier nach Lippstadt einladen. Bestimmt kommt er gerne; er deutete einst an, Lippstadt kennenlernen zu wollen. Ich hoffe, daß er mir so verbunden ist, daß er Lieschen mit nach Lübeck zu dir nimmt.

Bitte, bitte, liebste Katharina, du mußt uns helfen. Wir verlieren sonst alles!

Dein dich liebender Bruder Ferdinand
Lippstadt, im Mai 1764

Daniel liest den Brief ein zweites Mal.

»Noch zwei Bier, bitte«, ruft er der Kellnerin zu. »Das ist ja ein Ding. Mir ist allerdings nicht klar, was Oma mit der Sache zu tun hat.«

»Oma ist eine geborene Overkamp, eine Lübecker Familie, dachten wir bisher immer. Ich stelle mir vor, dass Oma von diesem unehelichen Kind abstammt, um das es im Brief geht. Das Lieschen hat scheinbar das Kind hier in Lübeck bekommen und ist hiergeblieben. Vielleicht ging es ihr hier viel besser als den Overkamps in Lippstadt. Wenn das die richtige Familie ist, dann hat sie alles verloren. Nach und nach alles weg. Ich weiß nur nicht, wieso«, erläutert Oliver seine Überlegung.

»Jetzt sag nicht, deswegen bist du nach Lippstadt gegangen? Das kann doch wohl nicht wahr sein. Weil vielleicht Omas Vorfahren in grauer Vorzeit daher kamen? Ist doch total egal«, empört sich Daniel.

»Nein, ist es eben nicht. Mir ist es wichtig, zu wissen, wo die Overkamps und auch die Thielsens herkommen. Was haben sie gemacht? Was für Berufe hatten sie?«, ereifert sich Oliver.

»Oliver Thielsen, unser Hüter der Tradition! *Reiche das Feuer weiter, nicht die Asche!*«, spottet Daniel.

»Jetzt sei doch mal ernst. Du interessierst dich kein Stück für Geschichte, oder?«

»Nein. Ich lebe heute. Im Hier und Jetzt. Wie du ja weißt, studiere ich Physik und erkläre mir die Welt anders. Was irgendwelche Steinzeitmenschen gemacht haben oder auch nicht, interessiert mich nicht. Kein Stück«, versichert Daniel.

»Mit dir kann man gar nicht vernünftig reden. Stell dir vor, ich finde heraus, dass ein früher Thielsen oder Overkamp den Physik-Nobelpreis bekommen hat. Das würde dir doch auch gefallen …«

»Ja klar, das ist auch was anderes.«

»Ach ja? Wieso denn?«, will Oliver wissen.

»Weil wissenschaftliche Beweise belegbar sind. Bewiesen ist bewiesen. Und – weil Intelligenz vererbbar ist«, grinst Daniel breit.

»Vielleicht hast du deine Sturheit von diesem Overkamp aus Westfalen geerbt. Das sagt man denen nach.«

»Westfalen? Kam da nicht Omas Kaufmann aus ihrer Geschichte her?«

»Deswegen ja. Ich bin ganz sicher. Der muss das sein. Und die Geschichte war ja so, dass der Kaufmann nach Lübeck kam. Der muss hier gewesen sein. Familienzusammenführung oder so.«

»Ja klar. Mit Greencard und allem Pipapo.«

»Quatsch, eine Greencard ist doch ganz was anderes. – Ich gehe morgen, nein, Montag, hier ins Archiv. Die müssen doch was wissen.«

»Jo-o, das ist deren Job. Mach das. – Ey, ich bin total fertig von deinen Geschichten und den leckeren Bieren. Lass uns gehen«, meint Daniel.

»Ist gut. Wenn du wieder einen klaren Kopf hast, denke mal über Omas Geschichte nach, vielleicht fällt dir noch was ein. Jedes Detail ist wichtig! Überleg und ruf mich an«, verlangt Oliver.

»Du musst mir jetzt deine Karte geben«, fordert Daniel.

»Was?« Oliver kann ihm nicht folgen.

»Ja, das geht im Film so. Der Hauptkommissar gibt dem Zeugen seine Visitenkarte, nachdem er genau dasselbe wie du gesagt hat. Guckst du sonntags keinen Tatort?«

»Doch, natürlich!«

»Komm morgen Abend, also eigentlich schon heute Abend, vorbei, dann gucken wir zusammen. Es kommt ein Münster-Tatort. – Oh, das trifft sich gut. Ist nicht deine tote Leiche von den Baggerarbeiten jetzt auch in Münster?«, freut sich Daniel.

»Das ist nicht meine Leiche.« Oliver ist genervt.

»Und du bist der Kommissar Thiel, Axel Prahl. Thiel statt Thielsen. – Super, wie das passt. Ich bin Professor Dr. Karl Friedrich Boerne – gestatten.« Mit einer korrekten Verbeugung verabschiedet sich Daniel und schiebt sein Fahrrad die Straße hinauf.

24TER JUNIJ 1764

Sämtliche Kirchenglocken der Stadt bleiben heute stumm. Ferdinand Overkamp geht mit seiner Gemahlin und den drei Kindern in den sonntäglichen Gottesdienst der dem Hause Overkamp gegenüberliegenden Großen Marienkirche. Er kann sich kaum erinnern, welches Ammenmärchen er seiner Frau und der alten Magd erzählt hat, um seine nasse und blutige Kleidung zu erklären. Johanna ist darüber sehr verärgert und straft ihn mit Schweigen.

Der zweite Prediger, Peter Johan Friederich Dreckmann*, begrüßt die Gläubigen vor dem Gotteshaus. »Heute feiern wir den Gottesdienst nochmals hier draußen. Die Verwüstungen der Explosion sind noch nicht beseitigt. Das Gebälk ist stark beschädigt. Wir wissen nicht, ob es hält. Schon allein wegen der schweren Glocken. Wir beginnen mit dem Lied ›Aus tiefer Not schrei ich zu dir‹**«

Aus tiefer Not schrei ich zu dir,
Herr Gott, erhör mein Rufen.
Dein gnädig Ohren kehr zu mir
Und meiner Bitt sie öffnen.
Denn so du willst das sehen an,
Was Sünd und Unrecht ist …

Sünd und Unrecht. Sünd und Unrecht. Overkamps innere Stimme übertönt den Gesang. Sünd und Unrecht. Er hat drei Menschen getötet!

*Möller: *Alte Nachrichten von Lippstadt*. 1788. [1973]. S. 269.
** Aus tiefer Not schrei ich zu dir (Evangelisches Kirchengesangbuch 299), Der 130. Psalm: »De profundis clamavi«

Bei dir gilt nichts denn Gnad und Gonst,
Die Sünden zu vergeben.

Auf hinterhältige Art und Weise. Wie von allein war es geschehen. Ohne nachzudenken. Die Gunst der Stunde genutzt. Erschlagen. Halb geköpft. Köpners Anton ist tot. Mausetot.

Es ist doch unser Tun umsonst
Auch in dem besten Leben.

Umgebracht und verscharrt von ihm, dem angesehenen Lippstädter Kaufmann Ferdinand Overkamp. Einst unbescholtener Bürger der stärksten Festung zwischen Rhein und Weser. Stolz waren sie auf Lippstadt gewesen. Anfang letzten Jahres noch feierten die Lippstädter, als ›[…] *zwischen Preußen einerseits und Oestreich, Sachsen wie dem deutschen Reiche anderseits […] der für Preußen so glorreiche Friede zustande kam. Mit der größten Freude feierten damals Lippstadts […] Einwohner das Dankesfest, welches auf Befehl des Preußischen Königs in allen Westfälischen Besitzungen desselben am 13. März abgehalten wurde. An diesem frohen Tage wurde des Morgens der Friedensschluß unter dem Donner von 100 Kanonen auf hiesigem Marktplatz feierlich proklamirt, darauf zogen die Königlichen und Gräflichen Beamten, der Magistrat, der Rath und die Vorsteher der Bürgerschaft in feierlichem Zuge in die große Marienkirche, in welcher der jüngere Herr Pfarrer Dreckmann über Psalm 35, […] 27 u. 28 eine erhebende Predigt hielt. Ebendasselbe geschah in den übrigen Kirchen der Stadt. Am Nachmittag wurde wieder feierlicher Gottesdienst gehalten und der Festtag unter feierlichem Geläute sämmtlicher Glocken und Abfeuern der Geschütze beschlossen. Am 14. und 15. versammelten sich die Bürger in verschie-*

denen Räumen zu festlichen Mahlzeiten, am Abend war die ganze Stadt illuminirt. [...]‹*

Das war ein Fest, das Overkamp stets in Erinnerung bleiben würde. Doch nach den Feierlichkeiten zum Ende des Siebenjährigen Krieges blieb eine marode Stadt zurück. Da half auch die geschenkte namhafte Summe von Herzog Ferdinand nicht viel. Und als Friedrich der Große den städtischen Behörden verkündete, die Festungswerke würden geschleift**, wurde der Ruhm Lippstadts mit seinen Mauern dem Erdboden gleichgemacht. Lippstadt verlor sein Ansehen, wie auch er, Ferdinand Overkamp, sein ehrenhaftes Ansehen verlieren wird; und mit ihm wird die ganze Familie Overkamp alles verlieren, wenn herauskommen würde, was er getan hat. Wie viele Generationen der Overkamps hatten hier gelebt? Sein Vater und auch schon sein Großvater waren tüchtige Kaufleute in Lippstadt gewesen. Beide waren sie im Rat gewesen, wie auch er jetzt im Rat der Stadt ist. Bestimmt hätte sein ältester lebender Sohn voll Stolz das Erbe der Familie angetreten und Kaufmann und Ratsmitglied werden wollen. Doch nun – Ferdinand Overkamp blickt auf seine gefalteten aufgeschürften Hände. Sie schmerzen ihn, wie auch das ruinierte Lippstadt ihn schmerzt. Herr Christ, erbarme dich meiner. Für diese Schuld gibt es keine Strafe. Ebenso wie für die andere, denkt Overkamp. Bis zum Jüngsten Gericht werde ich schuldig sein. Wie hat es so weit kommen können? Früher war wirklich alles besser gewesen. Aber in heutigen Zeiten glaubten Menschen niederen Standes, einen Ehrenmann wie ihn erpressen zu können! Das

*Chalybaeus: *Lippstadt. Ein Beitrag zur Deutschen Städtegeschichte.* 1876. [1990]. S. 225.

** Vgl.: Chalybaeus: *Lippstadt. Ein Beitrag zur Deutschen Städtegeschichte.* 1876. [1990]. S. 228.

hätte es in Lippstadts glorreichen Zeiten nicht gegeben. Niemand hätte es gewagt ... Aber Köpner hat bekommen, was er verdient hat. Diese vermaledeite Angelegenheit mit den beiden toten Hirten, und dass die marode Stadt noch mehr zerstört würde, das hatte er nicht gewo...

»Amen.« Pastor Dreckmann beendet seine Predigt. »Wir singen das Lied: ›Eine feste Burg ist unser Gott‹ von Martin Luther.«

Overkamp zuckt zusammen. Wo war er nur mit seinen Gedanken? ›*Eine feste Burg ist unser Gott, ein gute Wehr und Waffen. Er hilft uns frei aus aller Not, die uns jetzt hat betroffen.*‹ – Auch hier an der Großen Marienkirche sind die Schäden der Explosion deutlich zu sehen. Mit welcher Wucht die Ziegel vom Dach gerissen worden sind! Hier muss dringend aufgeräumt werden. Seine Gedanken entgleiten ihm.

›*Vater unser im Himmel, geheiligt werde dein ...*‹ – Die vielen feinen Risse seiner gefalteten Hände hat er nicht zur Gänze reinigen können. – ›*Wie im Himmel also auch auf Erden ...*‹ – Was für eine Plackerei mit Spitzhacke und Spaten in der Er... – Wo ist mein Spaten? Wo? Ferdinand Overkamp bricht der Schweiß aus. Das Herz schlägt ihm bis zum Hals. Wo ist dieser gottverdammte Spaten? – Dieser verfluchte Hurensohn Köpner bringt nur Unheil. – ›*Und vergib uns unsere Schuld ...*‹ – Herr Christ, vergib mir. Ich hatte keine Wahl. Ich musste doch meine Familie vor der Schande bewahren! – ›*... sondern erlöse uns von dem Übel ...*‹ – Köpners Anton! – ›*Amen*‹.

17. MAI 2010

Am Montagmorgen leiht sich Oliver das Fahrrad seiner Mutter und fährt An der Untertrave entlang. Am Holsten Tor hält er an. So etwas Eindrucksvolles gibt es in Lippstadt nicht, obwohl dort auch noch viele alte und gut erhaltene Häuser stehen, denkt er. Und die alten Salzspeicher hier … Er radelt weiter. An der Obertrave, Dankwartsgrube. Diese schönen Giebel. Wie konnte ich nur von hier weggehen? Da, der Dom mit seinen beiden Türmen. So alt wie die Stadt selbst. Am Mühlendamm stellt er das Rad ab und betritt das Archiv.

Oliver erzählt dem Archivar von seiner verstorbenen Oma, dem alten Brief von 1764 aus dem Sekretär, dass im selben Jahr eine große Explosion Lippstadt beinahe dem Erdboden gleichgemacht hätte und dass er vermutet, dass etwa 1765 oder spätestens 1766 ein oder mehrere Overkamps nach Lübeck gekommen seien.

»Was sagten Sie, woher kamen die Overkamps?«, fragt der Archivar.

»Aus Lippstadt. Das liegt in Nordrhein-Westfalen.«

»Lippstadt … Lassen Sie mich nachdenken. Wir hatten mal was, wo Lippstadt erwähnt wurde …«, grübelt der Archivar. »Ach ja! Anfang des Jahres bekamen wir zwei handgeschriebene Seiten von einem Restaurator. Er hatte eine Rokoko-Kommode zur Aufarbeitung in seiner Werkstatt. Ein ganz kostbares Stück. Die Alterspatina hatte sie unansehnlich werden lassen, die Schubladen klemmten und so weiter. Der Restaurator kommt aus Süddeutschland und hat das Möbelstück ersteigert. E-Bay womöglich;

ich weiß es gar nicht mehr so genau. Er erzählte, dass er die Kommode komplett auseinandernehmen musste und dabei diese Papiere gefunden habe. Hinten an einer der breiteren Schubladen war eine doppelte Wand. Anfangs habe er gedacht, dort sei das gute Stück in früheren Zeiten schon einmal repariert worden. Bei genauerer Betrachtung stellte er dann fest, dass es ein Geheimfach war. Der Mann war ganz aufgeregt vor Freude, denn diese Papiere sind mit 1765 datiert. Für ihn bestätigt der Fund die Authentizität der Kommode. Ich meine, allein der Stil, Rokoko, lässt eine Datierung zu. Aber diese Papiere! Wunderbar. Ich glaube, am liebsten hätte er sie behalten. Kann ich auch verstehen. Eine wunderschöne Handschrift, kostbares Hadern-Papier, hervorragend erhalten. Es ist ja so, dass viele alte Dinge von ihren Findern einfach weggeworfen werden. Die meisten Menschen erkennen weder den Wert noch ahnen sie, wie wir Archivare und Erforscher der Vergangenheit Stückchen für Stückchen damit alte Zeiten und ihre Ereignisse rekonstruieren können. Es tut mir in der Seele weh, wenn ich daran denke.«

»Was sind das denn für Papiere?«, fragt Oliver.

»Entschuldigen Sie, da sind wohl die Pferde mit mir durchgegangen. Holsteiner.« Er lacht über seinen eigenen Witz. »Bitte warten Sie einen Moment. Ich hole die Papiere. Setzen Sie sich doch.«

Oliver schaut sich im Lesesaal um. Zwei ältere Herren sitzen an den Mikrofiche-Lesegeräten und studieren etwas. Die anderen Plätze sind leer. Es ist ganz still. Kein Laut ist zu hören. Auch von draußen nicht. Es ist wie eine andere Welt, eine vergangene.

Der Archivar kommt zurück.

»Schauen Sie sich diese wunderschöne Handschrift an.

Ich vermute, es hat eine Dame aus gutem Hause geschrieben. Dafür spricht unter anderem die Qualität des Papiers. Sie wissen, dass im 18. Jahrhundert noch lange nicht alle Menschen lesen und schreiben konnten? Das nahm erst mit der bürgerlichen Aufklärungsbewegung langsam zu. Das Lesen und Schreiben galt damals als kulturelle Beschäftigung für Frauen aus dem Besitz- und Bildungsbürgertum. Denken Sie nur an die Autorinnen der Romantik. Ich liebe die Dichtungen von Karoline von Günderode, Bettina von Arnim, Rahel Varnhagen und den anderen Damen der literarischen Berliner Salons. Wunderbar, einfach wunderbar! – Entschuldigen Sie, ich komme vom Thema ab. Diese beiden Dokumente sind wahrscheinlich keine Briefe – obwohl das 18. Jahrhundert in Deutschland als das Jahrhundert des Briefes gilt. Denken Sie nur an Goethes Briefroman ›Die Leiden des jungen Werthers‹. 1774. Das passt ja in etwa in die Zeit, die Sie interessiert. Also, diese beiden Seiten stammen vermutlich aus einem Tagebuch. Ich habe hier die Abschriften. Wenn Sie sie lesen möchten?«

»Ja gerne.« Oliver raucht der Kopf. Dieser Mann kommt von Hölzchen auf Stöckchen.

»Sehen Sie, hier im Original können Sie erkennen, dass die beiden Seiten herausgerissen wurden. Der Text hat auch keinen Anfang.«

Stadtarchiv Lübeck, C 2754, Fragment, Folio 1*

Strapazen der Reise gewesen, die die beiden so müde aussehen lassen. Doch es handelt sich anscheinend eher um Sorgenfalten. Und dünn ist er worden. Ausgemergelt,

* Fiktiv

voller Gram, verbittert. J ist unglücklich und wäre gerne in L geblieben.

Zwölf Tage sind sie unterwegs gewesen. F sagt, Gott stand uns nicht bei, und bekreuzigt sich. Er weint. Ein gebrochener Mann. Es schmerzt mich, das mit ansehen zu müssen.

Sie hatten unterwegs sintflutartige Regenfälle, manchmal sogar Schnee, unpassierbare Wege, erst ein gebrochenes Rad, später eine gebrochene Achse und stets diese feuchte Kälte. Als sie gestern durch unser Holsten Tor fuhren, lahmten die Pferde.

T hat eine Lungenentzündung und fiebert, sie hustet und ist entkräftet. Es ist so elendig anzusehen. F hat binnen weniger Monate beide Söhne verloren.

Die Familie hat nur die Wäsche mitgebracht. Js hölzerne Koffertruhe, in der einst ihre Aussteuer war. JME Anno 1745 steht in getriebenen Buchstaben darauf und erinnert an gute Zeiten. Die andere ist die alte Koffertruhe unserer Familie, die bei Feuer als Erstes in Sicherheit gebracht werden musste. Als Kind mochte ich die reich verzierten Eisenbänder so gern und klapperte mit den beweglichen Seitengriffen bis unsere Frau Mutter schimpfte.

All ihr anderes Hab und Gut haben sie in L gelassen. Zur Gänze. Heute Morgen lieh sich J von mir einen Handspiegel und sagte, ihr silberner sei mit dem anderen Hausrat gepfändet worden. Tränen liefen ihr über das Gesicht. Ihre Augen sind immer gerötet, die Haut ist rau und die Lippen rissig. Mit nur drei Kämmchen hat sie sich ihre Haare hochgesteckt. Sie scheint keinen Schmuck mehr zu besitzen und kann sich nicht putzen. Auch ihren zauberhaften Perlmutt-Fächer hat sie nicht mehr. Es ist so entsetzlich!

Wenn ich nur wüßte, was ihnen widerfahren ist!

KM, 18ter Oktober 1765

Stadtarchiv Lübeck, C 2754, Fragment, Folio 2*

Mir steigen die Tränen in die Augen, wenn ich bedenke, was in Lippstadt alles geschehen ist. Man habe ihm alles abgenötigt, wegen einer leidigen Angelegenheit, sagt F und geht täglich in die Kirche, um zu beten. Er müße es tun, obwohl Gott ihm nicht helfen könne. ›Für meine Schuld gibt es keine Strafe‹, sagt er immerzu. Doch wenn ich ihn ansehe, erkenne ich, daß er seine Strafe bereits erhalten hat. Die Kleine wurde vor drei Tagen auf dem St.-Lorenz-Friedhof begra-

* Fiktiv.

ben. Als wir am Pestkreuz vorbei gingen, brach F zusammen. ›Mein Kind auf einem Armenfriedhof! Was ist nur aus uns geworden?‹ klagte er. Und immerzu hat er Zahnweh, immer dieses Zahnweh! Die Qual wird ihn dahinraffen.

J liegt nur im Bett, sie ißt nicht, sie trinkt nicht. Lissi kommt jeden Tag. Sie fühlt sich verantwortlich und tut, was sie kann. Manchmal streitet sie mit ihrem Vater, wer die Schuld trägt, und am Ende sitzen beide weinend in der guten Stube. Doch am schlimmsten trifft es die Unschuldigen; die Kleine hat das Fieber dahin gerafft, J verhungert bei gefüllter Speisekammer und auch Lissis Sohn hat seit seiner Geburt eine schwache Lunge – und das bei unserer guten Luft!

KM, 10ter November 1765

»Wie gesagt, wir können es keiner Familie zuordnen. Leider. Genau das hat die Dame wohl bezwecken wollen«, erklärt der Archivar. »Zum Glück, so könnte man sagen, ist ihr ein Fehler unterlaufen, einmal hat sie Lippstadt ausgeschrieben.«

»Das F passt. Ferdinand. – Overkamp. FO. Nicht KM. … KM. … KM. Katharina Matthiesen! Genau«, fällt Oliver ein.

»Wie kommen Sie denn darauf? Die Matthiesens gehörten zu den einflussreichsten Kaufleuten in Lübeck, wie später die Niederegger. Sie wissen schon, die mit dem Marzipan. Auch heute gibt es noch Matthiesens in der Stadt. Ist nicht einer sogar der Vorstandsvorsitzende dieser Stiftung … ich komme jetzt nicht drauf. Scheint mir auch unwichtig zu sein. Zumindest, was Ihr Vorhaben anbelangt. – Die Matthiesens haben auch heute noch Einfluss in der Stadt; sie sind bekannt wie das Holsten Tor.«

Oliver zieht den Original-Brief von Ferdinand Overkamp an seine Schwester aus einer Kladde und reicht diesen dem Archivar.

»Wo haben Sie den denn her?«, fragt dieser überrascht. »Ein kostbares Stück. Wunderbar. Und so gut erhalten. Die Tinte ist ordentlich, man kann es noch gut lesen.«

»Na ja, mal abgesehen von der Handschrift«, räumt Oliver ein. »Der Brief stammt aus dem Sekretär meiner Oma und ist hier transkribiert worden. Meine Oma ist – war eine geborene Overkamp. 1764 schreibt Ferdinand Overkamp aus Lippstadt an seine Schwester Katharina Matthiesen in Lübeck und bittet sie, seine schwangere Tochter aufzunehmen. Und die Auszüge aus dem Tagebuch zeigen, dass dann in Lippstadt irgendetwas Schlimmes geschehen ist. Ich habe Abschriften im Lippstädter Archiv gelesen, aus denen hervorgeht, dass er, also Ferdinand Overkamp, nach und nach alles verloren hat. Pfändungen und Verkäufe, um Schulden zu begleichen. Im Oktober 1765 hat er dann sein Haus verkauft, wahrscheinlich verkaufen müssen. Dann verliert sich seine Spur in Lippstadt. Anscheinend ist er mit Frau und Kindern hier nach Lübeck zu seiner Schwester gekommen«, fasst Oliver zusammen. »Also, es ist wahrscheinlich, dass er 1765 hier angekommen ist. Was sollte er sonst gemacht haben? Und wo sollte er sonst gelebt haben? Jetzt, wo ich so darüber nachdenke, vermute ich, dass ihm nicht viele Kinder geblieben sein können, die mit nach Lübeck gekommen sind. Ich weiß von vier toten Söhnen, und in diesem Tagebuchauszug steht, dass eine seiner Töchter, hier nur genannt ›T‹, 1765 auf dem hiesigen Armenfriedhof bestattet wurde. Fünf tote Kinder, das muss man sich mal vorstellen!«

»Mein Gott, der arme Mann! Wie entsetzlich! Allerdings müssen Sie sich darüber im Klaren sein, dass Kindersterblichkeit im 18. Jahrhundert noch recht häufig vorkam. Es waren andere Zeiten. Andere medizinische und hygienische Voraussetzungen. Denken Sie an die preußische Königin Luise. Von zehn Kindern haben sieben überlebt. Das war sensationell zur damaligen Zeit – und das war schon zu Beginn des 19. Jahrhunderts. Sie befinden sich ja gedanklich in der zweite Hälfte des 18. Jahrhunderts«, erinnert ihn der Archivar.

»Ja, so kann man das sagen«, räumt Oliver lächelnd ein und denkt an Annika. Das ist Wasser auf ihre Mühlen.

»Also, dieser Brief ist das Erste, was Sie von Ihrem Overkamp haben, richtig?«, vergewissert sich der Archivar.

»Ja.« Oliver nickt. ›Mein Overkamp!‹, als ob Annika hier wäre. Er musste sie unbedingt gleich anrufen. Unbedingt.

»Eine unverheiratete und dennoch schwangere Tochter war damals eine große Schande für die ganze Familie. Heute würde man von einem Super-GAU sprechen. Obwohl es heute natürlich niemanden mehr interessiert, ob jemand ehelich oder unehelich geboren wird. Zum Glück. Ich kann aber nicht erkennen, was Ihren Overkamp ruiniert hat«, überlegt der Archivar.

»Ich weiß es auch nicht. Irgendetwas muss er getan haben. Hier steht: ›Für meine Schuld gibt es keine Strafe‹«, rätselt Oliver. »Wie oder wodurch ist er bloß schuldig geworden?«

»Am besten sprechen Sie im Lippstädter Archiv noch mal vor. Schauen Sie sich alles an, was zwischen Mai 1764 und Oktober beziehungsweise November 1765 dort passiert ist. Nein, warten Sie. Von wann ist die erste Aktennotiz, also, dass Overkamp etwas verkaufte?«

»Auswendig weiß ich es nicht«, gibt Oliver zu.

»Es muss etwas geschehen sein zwischen Mai 1764 und der ersten Aktennotiz«, überlegt der Archivar. »Also noch vor Mai 1764. Vielleicht hat sich Ihr Overkamp verspekuliert. Wenn wir in Hollywood wären, hätte er seinen Gegner eiskalt abgeknallt. Peng. Tot. Thema erledigt – oder auch nicht.«

»Wir sind im beschaulichen Lippstadt. 1764 oder '65. Da knallte man niemanden ab. Ich stelle mir die Menschen in Westfalen so friedlich vor. Preußische Tugenden – und stur. Aber nein, das sagt man ihnen nur nach, so sind sie gar nicht«, erzählt Oliver und denkt wieder an Annika. Stur. Ist Annika stur? Sie ist verletzt, und sie weiß, was sie will. Oder besser: sie weiß, was sie nicht will: Olivers Geheimniskrämerei.

24TER JUNIJ 1764

AUF DEM KURZEN Weg von der Großen Marienkirche zur Kirchgasse begegnet die Familie Overkamp dem Schuster Caspar Engerling.

»Guten Morgen, Madame, gnädiger Herr«, grüßt dieser freundlich in die Runde. »Gestern war ein kräftezehrender Tag an der Lippe«, und mit einem bedeutungsvollen Blick zu Ferdinand Overkamp fügt er hinzu: »Manche haben sogar noch nach Einbruch der Dunkelheit geschuftet.«

»Fürwahr«, antwortet Overkamp knapp. Sein Herz beginnt zu rasen.

»Es gibt ja so viel zu tun. Und wenn man schon einmal dabei ist und sich ohnehin die Hände schmutzig gemacht hat, warum sollte man nicht gleich alles erledigen? Nägel mit Köpfen machen, könnte man sagen.« Engerling scheint zu plaudern, doch Overkamp ahnt, dass mehr dahintersteckt. Ihm bricht der Schweiß aus.

»Schuster, bleib bei deinen Leisten!«, zischt Ferdinand Overkamp und wirft Caspar Engerling einen warnenden Blick zu.

»Ich komme morgen früh zu Ihnen ins Kontor, wir haben etwas zu besprechen. Einen angenehmen Sonntag wünsche ich!« Mit einer Verbeugung und einem hämischen Grinsen geht Caspar Engerling Richtung Cappelstraße.

»Was haben Sie denn mit dem Engerling zu schaffen?«, fragt Johanna ihren Mann, als Engerling außer Hörweite ist.

»Nichts. Er hat auch bei der Räumung der Munitionslager geholfen. Das ist ein Großmaul ohnegleichen. Überheblicher Abschaum, dieser dahergelaufene …«, ereifert sich Overkamp.

»Ferdinand! Bitte nicht vor den Kindern!«, fällt ihm Johanna ins Wort. »Was ist nur los mit Ihnen. Ihre Manieren? Bitte …«

»Wie sprechen Sie eigentlich mit mir? So nicht. So nicht!«, empört sich Ferdinand Overkamp.

»Entschuldigen Sie bitte«, sagt Johanna leise.

»Ist schon gut«, beschwichtigt er seine Gemahlin. Sie ist immer noch ungehalten über sein gestriges Verhalten, die späte Rückkehr von Helfmanns Land und die ruinierte Kleidung. Berta, die alte Magd, hatte lange mit kaltem Wasser das Blut aus seiner Kleidung zu waschen versucht, doch es ist ihr nicht zur Gänze gelungen.

25TER JUNIJ 1764

In aller Herrgottsfrühe treffen sich die Männer, um endlich die Grube zu schließen. »Es ist noch nicht alles Pulver aus der Stadt!«, ruft Amtmann Möller. »Aber das meiste ist weg. Über das Pulver, das jetzt noch da ist, muss der englische Commissaire de Wyer verfügen.* Vielleicht kann es der Magistrat kaufen, um es dann fortzuschaffen. – Männer! Jetzt packt alle noch mal kräftig an, wir verschließen die Grube endgültig. Es kommt nichts mehr rein!«

... und raus!, denkt Ferdinand Overkamp und ist froh, dass niemandem aufgefallen ist, dass hier ein Blutbad angerichtet worden ist, obwohl man deutlich hat erkennen können, dass an der Lippe etwas geschehen ist. Auch seinen Spaten hat er an einen Baum gelehnt gefunden. Das Blut ist dank des daran klebenden Sandbodens kaum zu erkennen gewesen.

Nun stehen Spaten und Spitzhacke gereinigt dort, wo auch das andere Werkzeug im Hause Overkamp lagert. Overkamp selbst sitzt in seinem Kontor und versucht, die Bilder des toten Köpner aus dem Kopf zu bekommen und zum Tagesgeschäft überzugehen, als jemand mit dem Messingklopfer an der Tür um Einlass bittet. Er ahnt, dass es Engerling ist, der Unheil bringt. Dennoch bittet Overkamp ihn hinein.

»Guten Tag, was kann ich für Sie tun?«, fragt Overkamp der alten Gewohnheit zufolge.

**Lokales und Provinzielles*. In: Der Patriot, 2. August 1907.

»Viel. Sehr viel«, antwortet Caspar Engerling aufgekratzt und reibt sich die Hände. »Ich hätte gerne …«, er sieht sich um. »Ich hätte gerne …«, beginnt er von vorne. Und weil Caspar Engerling keinen Plan geschmiedet hat und ihm auch nicht augenblicklich etwas einfällt, fordert er schlicht: »Alles!«

»Alles?«, fragt Overkamp erschrocken. »Was meinen Sie?«

»Ich möchte alles, was Sie besitzen«, verlangt Caspar Engerling.

»Sie sind ja nicht bei sich. Das geht doch nicht. Ja haben Sie denn genügend Geld?«, erkundigt sich Overkamp.

»Das brauche ich nicht. Sie geben es mir ohne Bezahlung«, erklärt Engerling.

»Warum, um Himmels willen, sollte ich das denn machen?« Er hofft, dass dieser armselige Schuster sich lediglich einen Scherz mit ihm erlaubt. Doch er ahnt schon, dass es nicht so ist.

»Warum? Ich könnte bei Dr. Rose und Herrn Schmitz vorsprechen. Die beiden ehrenwerten Herrn Bürgermeister möchten bestimmt wissen, wo Anton Köpner ist«, lässt Engerling die Katze aus dem Sack. »Und bestimmt möchten die Herren Bürgermeister auch wissen, welch grausames Schicksal den armen Herrn Köpner, der nie einer Fliege etwas zuleide tat, ereilt hat. Sie verstehen?«

Overkamp ist bleich geworden. Hört denn dieser Fluch nie auf? Immer, wenn er glaubt, jetzt werde es besser, jetzt habe er alles geregelt, taucht von irgendwoher neues Unheil auf. Sollte er diesen Fiesling Engerling auch noch beseitigen? Schlimmer konnte es ohnehin nicht werden. Wenn er jetzt hier direkt – nein, hier scharwenzelt sein Kaufmannsdiener Buersmeyer herum. Ein ehrenwerter Lippstädter Kaufmann darf sich von einem einfachen Schuster nicht die Karten aus der Hand nehmen lassen, ruft er sich selbst zur Räson und nimmt eine aufrechte Haltung an.

»Was schlagen Sie vor?«, erkundigt sich Caspar Engerling.

»Lassen Sie mich überlegen. Geben Sie mir Zeit. Ich brauche einen Plan«, gibt Overkamp vor. »Alles will wohl überlegt sein.« Ihm gefällt die Doppeldeutigkeit. Die Angelegenheit Köpner wurde durch eine glückliche Fügung beendet, und für eine ähnliche Lösung würde Gott schon sorgen, dessen ist sich Overkamp sicher, denn ›*Wer Godt Vertrauet Fest Auf Ihn Bawt den will er nicht verlassen*‹. Ob er den toten Köpner aus der Grube holen sollte, um ihn an einem anderen Ort zu verscharren? Dann könnte der Engerling behaupten, was er wollte, ihm, Overkamp, wäre nichts anzuhaben. Er könnte alle Anschuldigungen von sich weisen und ganz unschuldig tun. Overkamp huscht ein Lächeln über sein Gesicht, als er sich vorstellt, wie überrascht der Schuster wäre, wenn er Dr. Rose zu verstehen gäbe, dass der arme Engerling wohl verwirrt sei und er, Overkamp, selbstverständlich nichts, aber auch gar nichts mit dem Verschwinden des Anton Köpner zu tun habe. Dann sollte der Engerling mal das Gegenteil beweisen! Doch wie sollte er allein die Grube wieder öffnen? Viele Lippstädter Männer haben sie mit vereinten Kräften ausgehoben und wenige Tage später wieder verschlossen. Allein würde es Stunden, ach Tage!, dauern. Von wie vielen Menschen würde er, Overkamp, dabei beobachtet werden können? Wie sollte er erklären, warum er im Alleingang die Grube öffnet? Nein, auf gar keinen Fall kann er den Köpner aus der Grube holen. Und selbst wenn es ihm gelänge, wohin sollte er dann mit dem Toten? Irgendwo musste Köpner ja hin. Ob er ihn den Tieren zum Fraß vorwerfen könnte? Allein der Gedanke lässt ihn schaudern.

»Geben Sie mir von Ihren edlen Tropfen ein paar Flaschen mit«, reißt Engerling Ferdinand Overkamp aus seinen Gedanken. »Und Geld! Wie viele Reichstaler haben Sie? Ach, geben Sie mir einfach alles!«, fordert Engerling. »Früher oder später bekomme ich es ohnehin!«

Ich bringe ihn um!, flucht Overkamp in Gedanken. Diese Missgeburt, diese … Aber Mord … schon wieder … Ihm wird flau bei dem Gedanken. Er muss Engerling zur Vernunft bringen. So geht das doch nicht.

Als Ferdinand Overkamp Caspar Engerling sämtliche Reichstaler in ein Säckchen füllt, betritt Bernhard Buersmeyer das Kontor. Schnell steckt Overkamp das Geld in den Hosenbund und befiehlt seinem Diener, Berta, der alten Magd, zu sagen, dass er gleich eine Tasse Kaffee zu trinken wünsche. »Stark soll er sein. Sehr stark«, sagt Overkamp, als Buersmeyer die Tür schon wieder fast zugezogen hat.

»Hier, Engerling, nehmen und verschwinden Sie. Sie können sich auf etwas gefasst machen!«, droht Overkamp und schiebt seinen Erpresser in die Kirchgasse hinaus. Von innen legt er den Riegel um und geht in die gute Stube zu seiner Gemahlin Johanna.

»Meine Liebe, in gut acht Wochen ist Jahrmarkt. Dann kaufe ich uns neues Porzellan und alles, was wir brauchen. Die Pachtzahlungen sind dann fällig«, beginnt Ferdinand bei einer Tasse Kaffee ein Gespräch mit seiner Gemahlin. Mit diesen beiläufigen Worten versucht er, sich selbst über das hinwegzubringen, was soeben geschehen ist.

»Ja, schon so weit ist das Jahr fortgeschritten, dass der

Bartholomäus-Tag vor der Tür steht«, hängt Johanna Overkamp ihren Gedanken nach. »Was war das für ein Jahr! Da sollte man meinen, mit dem Frieden von Hubertusburg käme nicht nur der Friede für Preußen, sondern auch für uns. Aber nein, ich fühle Unruhe im Haus«, sorgt sie sich und zupft an ihren neuen Röcken. »Dieses Unheil betrifft sogar schon unsere Bediensteten. Am Tag der Explosion verliert Agnes ihren jüngeren Bruder. Stellen Sie sich vor, Ferdinand, noch kurz vorher sei der Johann hier gewesen und habe Agnes berichtet, dass deren Frau Mutter schwer erkrankt sei. Erst vorgestern hat Agnes es mir erzählt, als sie mich darum gebeten hat, am Nachmittag nach Hause gehen zu dürfen, weil ihre Frau Mutter im Sterben liege. Am Abend ist die Mutter dann gestorben. Nun hat die arme Agnes niemanden mehr. Bruder und Mutter binnen weniger Tage verstorben.«

»Johann?«, fragt Overkamp mit wachsender Aufregung. Irgendetwas passt hier nicht zusammen. Johann ist einer der beiden toten Kuhjungen. Wie heißt der andere? Ach ja, Hermann aus Bockenforde. Overkamps Gedanken rasen. Johann. Johann war hier. Dann wird es Johann gewesen sein, den er am Morgen gesehen hat, als er von der Apotheke zurück kam und glaubte, der Bursche vor seinem Hause sei der Vater des ungeborenen Kindes. Dabei scheint dieser Bursche gar nichts mit Elisabeth zu schaffen gehabt zu haben, sondern mit Agnes, der jungen Magd. Bruder und Schwester.

Overkamp springt auf, sagt, er habe noch etwas wichtiges zu erledigen und geht in sein Kontor. Er muss denken; er muss seine Gedanken ordnen.

Hinter seinem Schreibtisch sitzend wird Ferdinand Overkamp bewusst, dass er den falschen Mann – Jungen – der Vaterschaft bezichtigt hat. Er hat den falschen zur Rede stellen wollen und zu guter Letzt auch noch den Falschen in die Luft fliegen lassen. Dann war auch noch der andere, der zweite, Bursche irgendwie dazugekommen – ob er dem Johann helfen wollte?

»Herr Christ, steh mir bei«, flüstert Ferdinand Overkamp. Ich habe den Tod zweier unschuldiger Burschen zu verantworten: Agnes' Bruder und seinen Freund habe ich auf dem Gewissen. Und Köpner. Und den gewaltigen Sachschaden, der viele Lippstädter ruiniert hat.

29. MAI 2010

Annika und Oliver sitzen – wie viele andere Schaulustige auch – im Ufergras der Lippe an der Burgmühle und warten auf den Start des ersten Lippstädter Pappbootrennens.*

Das soll ein ganz großes Spektakel werden, hat Oliver ihr vorgeschwärmt, das hat es noch nie gegeben, sie dürfe es nicht verpassen und müsse unbedingt kommen. Nur zu gerne hat Annika seinem Bitten nachgegeben. Sie mag es, mit Oliver zusammen zu sein.

Gestern Abend haben die angemeldeten Teams, alles erwachsene Menschen, aus Kartons, Klebeband und Folie vermeintlich fahrtaugliche Boote gebastelt, mit denen sie heute ihr Können im Fluss zeigen wollen. Der Moderator steht am gegenüberliegenden Ufer und begrüßt die Zuschauer ebenso wie die Teilnehmer. Anschließend setzt Disco-Musik ein, während die ersten Boote zum Start gebracht werden.

»Ich wollte dir noch erklären, warum diese Lippstädter Familie so wichtig für mich ist«, beginnt Oliver ein klärendes Gespräch. Wegen des Streits mit Annika während des Altstadtfestes ist er ihr immer noch eine Erklärung schuldig. »Ich glaube, dass ich mit den Overkamps verwandt bin«, beginnt Oliver. Ausführlich erzählt er Annika von dem Brief aus dem Sekretär seiner Oma, die eine geborene Overkamp war, von den beiden Tagebuchseiten, die er im Lübecker Archiv als Abschrift erhalten hat, und von sei-

* Vgl.: *Tollkühne Typen in schwimmenden Kartons.* In: Der Patriot, 31. Mai 2010.

ner Vermutung, dass noch irgendetwas Schlimmes hier in Lippstadt geschehen ist, sodass Ferdinand Overkamp alles verloren hat. Er, Oliver, wisse nur nicht, was, wolle es aber unbedingt herausfinden. All diese Ereignisse lenkten ihn von seinem normalen Leben ab – und das sei auch gut so, denn mit seinem Studium sei er unzufrieden, der Studiengang sei nicht der richtige. Wenn er in Lippstadt sei, habe er Heimweh nach Lübeck. Fahre er allerdings nach Lübeck, könne er nur an Lippstadt und an die Overkamps – und natürlich an sie, Annika, denken. Schon allein deshalb müsse er das Geheimnis der Overkamps lüften, um sich dann wieder auf sein eigenes gegenwärtiges Leben konzentrieren zu können. Er hoffe, dass sie, Annika, dies verstehe und dass sie … Die Zuschauer jubeln und klatschen, als Bürgermeister Christof Sommer in seinem Pappboot namens ›Wappen von Lippstadt‹ über die Lippe paddelt.

»Ach, Oliver«, seufzt Annika, »warum hast du mir das denn nicht schon vorher erzählt? Ich finde Geschichte doch auch spannend, ich studiere sie sogar. Vieles lässt sich durch gründliche Recherche und wissenschaftliche Forschung aufdecken und erklären. Aber manches schafft es aus der Vergangenheit nicht zu uns. Es gibt vieles, was niemand weiß und auch niemand in Erfahrung bringen kann«, gibt Annika zu bedenken und klatscht mit den anderen Zuschauern mit, ohne zu wissen, warum. Sie hat gar nicht gesehen, was auf der Lippe geschehen ist.

»Weißt du, Oliver, mir ist immer noch nicht klar, was du bei der LTZ eigentlich machst.«

»Um ehrlich zu sein, habe ich einfach irgendetwas gesucht, um hier nach Lippstadt kommen zu können. Wie vorteilhaft dieses Praktikum bei der Zeitung ist, ist mir erst hier klar geworden. Stell dir vor, das an der Lippe gefundene Skelett hätte etwas mit dem Geheimnis von 1764 zu tun! Zeitlich passt das ja«, überlegt Oliver.

»Wie wahrscheinlich ist das denn? Hier war Krieg. Hier hat es Tote gegeben. Grassierte hier nicht auch eine Seuche?« Annika erinnert sich dunkel, dass Oliver das mal erwähnt hat.

»Fleckfieberseuche? Das war 100 Jahre vorher. Aber stell dir vor, hier wäre ein Mord begangen worden! Wie spannend!«

»Ich glaube, du guckst zu viel ›Tatort‹«, vermutet Annika. »In Lippstadt war es bestimmt ziemlich langweilig. Komm, wir trinken dort oben an der Bierbude etwas.«

7TER AUGUST 1764

»Peter, wir müssen uns unterhalten. So geht es doch nicht weiter«, sagt Stadt-Physicus Dr. Buddeus zu seinem Stiefbruder Clüsener, den er aufgesucht hat, um Frieden zu schließen. »Wir sind doch gescheite Leute und streiten trotzdem seit Jahren. Wir sollten uns endlich einigen.«

»Einigen? Aufgeben sollst du«, schlägt Stadt-Syndicus Clüsener grinsend vor. »Du hast kein Anrecht auf das Erbe unseres gemeinsamen Halbbruders Carl. Niemals werde ich es mit dir teilen. Niemals!« Er regt sich auf, wie er sich immer aufregt. »Niemals!«, ruft er laut. »Niemals! Es steht nur mir zu!«

»Aber dein Vater und meine Mutter hätten es so gewollt. – Sie mögen in Frieden ruhen! – Meine Frau Mutter hat immer gesagt, wir sollen uns an einen Tisch setzen, du, Carl und ich. Carl ist nicht mehr unter uns. Möge auch er in Frieden ruhen! Nur wir beide sind noch da. Lass uns Frieden schließen«, bittet Dr. Buddeus.

»Frieden? Niemals. Ich verklage dich bis zum Sankt Nimmerleinstag. Alles wirst du verlieren!«, tobt Clüsener. »Alles! Bis du kein Haar mehr auf dem Kopf hast!« Rot angelaufen rauft er sich sein Haar. »Verschwinde aus meinem Haus. Ich will dich nicht mehr sehen, du … du … Erbschleicher!«, schreit Clüsener. »Raus, sage ich! Raus! Ich kann dich Missgeburt nicht ertragen, eine Schande für die Familie bist du. Gut, dass du wenigstens nicht unseren Namen trägst. Dass du es wagst, hierherzukommen. Eine Unverschämtheit. Ich werde dich ruinieren! Darauf kannst du dich verlassen. Du …«

Dr. Buddeus verlässt eiligst das Clüsener'sche Haus in der Marktstraße. Seit 1749 gehen diese Erbstreitigkeiten nun schon, und er, Buddeus, dachte, es sei an der Zeit, Frieden zu schließen. In Preußen ist wieder Friede eingekehrt, bei den Stiefbrüdern Clüsener-Buddeus nicht. »Wie kann Peter so mit mir sprechen? Was denkt er eigentlich, wer er ist? Nur weil er zum Magistrat gehört? Er glaubt wohl, etwas Besseres zu sein. Zutiefst beleidigt hat er mich. Verklagen will er mich, bis ich alles verliere. Er hat doch jetzt schon viel mehr Geld als ich. Was will er eigentlich? Ich brauche das Geld dringender als er«, schimpft Dr. Buddeus vor sich hin. »So viele Lippstädter haben die Rechnungen für meine medizinischen Dienste noch nicht bezahlt. Ich habe kaum noch einen Pfennig in der Tasche.«

»Guten Tag, Dr. Buddeus«, reißt der Kaufmannsdiener Bernhard Buersmeyer den Doktor aus seinen Gedanken. »Mein Herr schickt mich, um Sie an die Bezahlung der noch offenen Rechnung zu erinnern. 1 Reichstaler und 23 Mariengroschen. Sie, werter Herr Dr. Buddeus, sollen sie bitte unverzüglich begleichen, sonst muss Herr Overkamp rechtliche Schritte gegen Sie einleiten. Ich wünsche Ihnen noch einen angenehmen Tag.« Mit einer leichten Verbeugung will Bernhard Buersmeyer zurück zur Kirchgasse eilen. Doch es kommt anders.

»Sie wagen es, mich wegen so einer Lappalie auf offener Straße anzusprechen? Ihr glaubt wohl alle, mit mir könnt ihr machen, was ihr wollt. Aber so nicht! Ich weiß mich zu wehren!«, ruft Dr. Buddeus und schlägt zu.

Der Fausthieb kommt so schnell und unerwartet, dass Buersmeyer ihn nicht abwehren kann, doch er schlägt zurück. Dr. Buddeus läuft Blut aus der Nase. Woher die Wut kommt, die Buersmeyer auf Dr. Buddeus einschlagen lässt, könnte er selbst nicht sagen. Auch als Dr. Buddeus bereits auf dem Boden liegt, tritt Buersmeyer auf ihn ein. Immer wieder holt er aus, bis Ferdinand Overkamp ihn von hinten packt und festhält. Der herbeigeeilte Amtmann Möller hilft Dr. Buddeus wieder auf die Beine. Dieser kann kaum stehen und fasst sich vor Schmerz vorne zwischen die Beine. Sein Gesicht ist geschwollen und blutverschmiert. Amtmann Möller begleitet Dr. Buddeus in dessen Behandlungszimmer in der Soeststraße.

Im Kontor in der Kirchgasse stellt Ferdinand Overkamp seinen Diener Buersmeyer zur Rede, während dieser sich ein nasses Linnentuch an die Stirn drückt.

»Sie sollten Dr. Buddeus lediglich an die Begleichung seiner Rechnung erinnern und nicht jeden Mariengroschen einzeln aus ihm herausprügeln. Was denken Sie sich? Dr. Buddeus genießt hohes Ansehen in Lippstadt. Er sitzt im Rat für den Kloster Hofen! Er ist ein Herr! Nicht so ein kleiner Kaufmannsdiener wie Sie. Sie bringen noch Schande über ...«

Da springt Bernhard Buersmeyer auf und schneidet Overkamp das Wort ab. »Ich bin vielleicht ein kleiner Kaufmannsdiener, ja, aber Schande haben Sie über Ihre Familie gebracht!«, brüllt er. »Glauben Sie, ich höre und sehe nichts? Erst trifft sich Ihr Fräulein Tochter zwei oder drei Mal mit Kerkmanns Stephan und muss einige Wochen später nach Lübeck reisen. Dann erpresst Sie der Köpner mit irgendetwas – ich kann mir schon denken, womit, und kurz drauf verschwindet er. Bestimmt kein Zufall. Und dann kommt der Engerling. Der stellt doch auch Forderungen, nicht wahr? Was hat er gesehen? Wie Sie für Köpners Verschwinden gesorgt haben? Ich habe beobachtet, wie Sie wie besessen Ihren Spaten gescheuert haben.

Klebte Schande daran?«, fragt Buersmeyer hämisch. – Da kommt ihm ein guter Gedanke … und er kann sich ein durchtriebenes Lächeln nicht verkneifen. Bevor Overkamp etwas erwidern kann, verlässt Buersmeyer das Kontor. Draußen in der Kirchgasse hört er Overkamp wüten: »Ich bin noch nicht fertig mit dir! Warte! Du gehst erst, wenn ich es dir erlaubt habe! Komm zurück! Ich habe mit dir zu sprechen!«

Als Bernhard Buersmeyer nicht zurück kommt, lässt Ferdinand Overkamp sich auf den Stuhl vor seinem Schreibtisch fallen, die Ellenbogen auf die mit Papieren übersäte Tischplatte gestützt und die Hände vor sein Gesicht gelegt. Was ist hier nur los? Ja macht denn hier jeder, was er will? Und was wollte Buersmeyer ihm zu verstehen geben, als er sagte, Elisabeth habe sich mit Kerkmanns Stephan getroffen? Warum sollte sie das tun? Zugegeben, er ist ein gut aussehender Bursche, groß, muskulös, strohblondes Haar und strahlend blaue Augen. Das macht bestimmt Eindruck bei den jungen Damen. Aber Elisabeth weiß, welch rauer Ton im Hause des Nachbarn Kerkmann herrscht. Als kleines Mädchen hat sie immer geweint, wenn sie hörte, wie der alte Kerkmann Frau und Kinder verdrosch. ›Sie tun mir so leid‹, hat sie immer gesagt. ›Sie sind doch so nett.‹ Wenn Elisabeth dann das peitschende Geräusch des Gürtels hörte, ist sie schreiend ins Haus gelaufen. Manche Dinge hören nie auf, denkt Overkamp und erinnert sich an den Morgen des Tages, der dann alles veränderte. Er hatte im Kräutergarten gesessen als zuerst der Gürtel und anschließend nur noch die Schreie der gnädigen Frau zu hören waren. Das kann man nicht aushalten. Frau und Kinder, wenn auch schon fast erwachsen, tun ihm leid. Gerade der Stephan ist ein prächtiger Bursche, aus dem etwas Ordentliches werden wird. Er grüßt immer freundlich, hat eine gute Bildung und stets einen akkuraten Haarschnitt. Doch erst im vergangenen Winter hatte Ferdinand Overkamp erlebt, dass Stephan Kerkmann seinem Vater in Bezug auf Wutausbrüche in nichts nachsteht. Er sollte den Schnee beiseiteschieben und als dabei der Stiel abbrach, schlug er mit dem Stück, das er in Händen hielt, auf eine Katze ein, die laut fauchend das Weite suchte. Stephan fluchte und schlug wüst um sich. Es dauerte recht lange, bis er sich beruhigt hatte. Am Abend hatte Ferdinand Overkamp seiner Familie von dieser Beobachtung berichtet und erinnert sich, dass schon damals Elisabeth Stephan verteidigt hat. Er sei nicht wie sein Vater, hatte sie gesagt. Overkamp hatte dem keine Bedeutung beigemessen, denn die beiden sind mehr oder weniger zusammen aufgewachsen und kannten sich gut. Jetzt sieht er Elisabeths Äußerung in einem anderen Licht. Was ist, wenn Kerkmanns Stephan der Vater des ungeborenen Kindes ist? Einem jungen Mädchen den Kopf zu verdrehen ist für ihn bestimmt ein leichtes. Wenn er der Vater ist, hätte man doch eine Hochzeit feiern können. Kerkmanns sind eine angesehene Familie, wenn man von der Gewalt absieht. Allen Lippstädtern ist bekannt, was im Hause Kerkmann zuweilen geschieht, doch es ist eine private Angelegenheit, da kann sich niemand einmischen. Andererseits nimmt es Ausmaße an, die niemand gut heißen kann. Ob Elisabeth davor Angst hatte? Wenn ich sie mit Stephan verheiratet hätte, blühte ihr womöglich ein Schicksal, wie der alten Frau Kerkmann. Sie wäre vielleicht von Stephan so verdroschen worden, wie dessen Mutter von seinem Vater. Seine Elisabeth wäre mit einem Gürtel verdroschen worden. Diese Vorstellung lässt ihn schaudern. Nein, niemand darf an seine Elisabeth Hand anlegen. Niemand. Unter diesen Umständen kann er Elisabeths Schweigen sogar verstehen. Ja, er ist sogar dankbar für ihr Schweigen, weil sie ihm so erspart hat, zwischen einer – dieser – Hochzeit und der Schande wählen zu müssen. Eine Entscheidung, die vielleicht die schwerste seines Lebens gewesen wäre. Er hätte damit leben müssen, wie er jetzt damit leben muss, drei Menschen getötet zu haben. Ihretwegen. Sie ist Schuld an allem, sie hat sich in einer schwachen Minute dem Stephan hingegeben. Ein Gedanke, den er sofort beiseiteschieben muss. Wie er es auch dreht und wendet, es bleibt alles unerträglich.

11TER AUGUST 1764

Wie jeden Samstagabend treffen sich viele der Lippstädter Männer im ›Goldenen Hahn‹. Caspar Engerling sitzt mit Freunden an der Theke und hat schon mehrere Runden Bier bester Sorte ausgegeben. Sie unterhalten sich hitzig und werden von Stunde zu Stunde lauter. Jeder von ihnen hat eine Heldentat zu berichten, jeder von ihnen ist der Beste. Engerling verkündet, er wolle es sich auf dem bevorstehenden Jahrmarkt so richtig gut gehen lassen, er könne es sich leisten. Er habe Geld. Seine Geschäfte laufen gut, sehr gut sogar, lässt er die Männer wissen. Dem Schuhmacheramt werde er vorstehen und vieles, ach, alles verbessern. In Zukunft werde er in Lippstadt noch viel Aufhebens machen, sie würden es schon sehen. Er werde ein Mann, den jeder in der Stadt mit Respekt behandelt. Hohes Ansehen werde er erlangen. In den Rat wolle er, ach, Bürgermeister werde er. »Ich werde Bürgermeister Engerling!«, ruft er laut und hebt sein Glas. »Auf unseren Bürgermeister!«, prosten seine Saufkumpane ihm zu.

Abseits, in einer dunklen Ecke, sitzt Bernhard Buersmeyer und beobachtet das Geschehen an der Theke. Es wundert ihn nicht, dass Engerling Geld hat; das bestätigt nur seine Vermutung, dass dieser den Overkamp erpresst, denn eigentlich sind Schuster arme Leute. Eine Kanne Bier bester Sorte kostet allein schon einen Mariengroschen. Und wie viel Bier haben die Männer schon getrunken? Mehrere Reichstaler wird Engerling bezahlen müssen. Für einen Schuster eine hohe Summe. Eine zu hohe Summe. Das kann nicht mit rechten Dingen zugehen.

Die Glocke an der Großen Marienkirche hat schon lange Mitternacht geschlagen, als Franz, der Wirt, auch den letzten Gast verabschiedet. Caspar Engerling und einige Männer, mit denen er getrunken hat, gehen in Richtung Große Marienkirche. Auf dem Marktplatz verabschieden sie sich, und jeder schlägt eine andere Richtung ein.

Bernhard Buersmeyer wartet an der Ecke Kirchgasse/ Judenstraße. »Heda, Herr Engerling, ich muss mit Ihnen reden!«, flüstert Buersmeyer.

»Was wollen Sie? Lauern Sie mir auf?«, sagt Engerling überrascht.

»Ich mache es kurz: Ich verlange die Hälfte von dem, was Ihnen mein Herr, der Overkamp, gibt. Wenn Sie sich weigern, werde ich Gerüchte über Sie und Ihr Fräulein Tochter in Lippstadt verbreiten. Ist Ihr Ruf ruiniert, läuft auch Ihr Geschäft schlecht oder gar nicht mehr. Und Ihr Fräulein Tochter werden Sie nicht mehr unter die Haube bringen. Also, die Hälfte!«, zischt Buersmeyer. »Ich könnte sagen, Ihr Fräulein Tochter hätte schon mit so einem Halunken … – Sie verstehen? Eine Liebschaft.«

»Du Hurensohn, du machst mir keine Angst. Verschwinde!«, schimpft Caspar Engerling. »Geh mir aus dem Weg. Mein Weib wartet.« Ohne ein weiteres Wort zu sagen, schiebt Caspar Engerling Bernhard Buersmeyer zur Seite und geht nach Hause.

In Gedanken malt sich Buersmeyer aus, was er der Schusterstochter so alles andichten könnte. Sie könnte eine heimliche Liebschaft haben, vielleicht mit einem verheirateten Mann, könnte mit diesem sogar schon das Bett geteilt haben. In den frühen Morgenstunden träfen sie sich, weit draußen Richtung Cappel, in einem Schuppen hätten sie ihr heimliches Nest, in dem sie sich schon eingerichtet hätten. Innigste Liebesschwüre gäben sie sich, sie dichteten und sängen, sie seien verliebt wie zwei … Er ein gestandener Mann, viel älter als sie, wolle noch mal was Junges und Frisches in den Händen halten. Fest sei ihr Körper, mit weiblichen Rundungen, ihre Haut zart und geschmeidig. Ihm stets zu Willen, mache, was er verlange, fordere nichts, erwarte nichts außer schöne Stunden. Leidenschaft und Hingabe, die Hitze beider Körper, eng aneinander, Haut auf Haut …

»Was lungerst du des Nachts vor dem Hause herum?«, ruft Overkamp von oben hinunter in die Kirchgasse und reißt Bernhard Buersmeyer aus seinen überaus angenehmen Gedanken.

»Nichts. Es ist nichts«, sagt Buersmeyer und betritt das Haus. Später, im Bett liegend, versucht er, die Begebenheit mit der Schusterstochter vor seinem inneren Auge nochmals heraufzubeschwören. Eine schöne junge Frau, dunkles Haar, grünliche Augen, schlank … Aber ihr Ruf ist so gut wie ruiniert. Beinahe findet Buersmeyer es schade, seine Drohung unter Umständen in die Tat umsetzen zu müssen. Andernfalls wäre sie etwas für ihn. Doch verwandtschaftliche Bindungen zum Hause Engerling, nein, das geht wahrlich nicht. Wohl aber eine unverbindliche Liebelei …

23TER AUGUST 1764

»SEIT WOCHEN GEHT das nun schon so«, schimpft Ferdinand Overkamp. »Seit Wochen besaufen Sie sich jeden Tag mit meinem Alkohol. So werde ich das nicht mehr zulassen. Sie ruinieren mein Geschäft und meinen Ruf dazu. Lungern in der Gasse herum und erzählen den Leuten Geschichten. Sie sind so ein verlogener …«

»Was?«, schreit Bernhard Buersmeyer. »Was bin ich?« Seit er nach der Schlägerei mit Dr. Buddeus Overkamp vor den Kopf gesagt hat, dass er von der Erpressung, ja, von der doppelten sogar, wisse, ist dieser ganz entgegenkommend. Ferdinand Overkamp sieht nicht, wenn Buersmeyer in die Kasse greift. Er schimpft nicht, wenn sich Buersmeyer Agnes, der jungen Magd, unschicklich nähert. Overkamp nimmt es hin, wenn Buersmeyer mitten am Tag die Füße hochlegt und vor sich hindöst. Overkamp sagt nichts, wenn Buersmeyer eine Flasche mit kostbarem Destillat leert. All diese Annehmlichkeiten gefallen Buersmeyer, sie sollen nicht aufhören.

»Soll ich Ihnen sagen, was ich nicht bin? Ein Mörder! Sie sind ein Mörder. Mörder! Mörder! – Ich kann das noch lauter rufen, sehen Sie nur aus dem Fenster, es sind viele Menschen in der Stadt unterwegs. Morgen ist Jahrmarkt. Mör…«

»Halt's Maul!«, poltert Overkamp.

Diese leidige Angelegenheit ist völlig außer Kontrolle geraten. Der Engerling stellt immer mehr Forderungen. Der Buersmeyer hat jede Achtung vor ihm, seinem Herrn, verloren und bedient sich an allem. Jede Nacht liegt Ferdinand Overkamp still neben seiner Gemahlin und findet kaum Schlaf. Sobald er seine Augen schließt, sieht er Köpners Blut aus dessen Hals spritzen und hört das dumpfe Geräusch des Aufschlags, als er, Overkamp, den leblosen Körper auf eine Granatenkiste wirft. Und zwei unschuldige junge Burschen hat er auf dem Gewissen. Jede Nacht quält ihn all das – wieder und wieder. Was hat er nur getan? Was ist nur aus ihm geworden? Gestern ist Caspar Engerling schon wieder in sein Kontor gekommen, um etwas ›abzuholen‹. Immer mehr Geld verlangt er. An der Eingangstür ist es zu einer merkwürdigen Begegnung gekommen. Gerade als Engerling gehen wollte, betrat Buersmeyer das Kontor, sah Engerling mit erwartungsfrohem Blick an und grüßte. Doch Engerling ging ohne ein Wort an ihm vorbei. Das machte Buersmeyer anscheinend wütend. Er schaute grimmig drein und sagte kaum etwas. Auch heute hat er den ganzen Tag geschwiegen und die letzte Flasche Danziger Goldwasser gesoffen. Aber seit sich Buersmeyer eben in der Kirchgasse vor dem Hause übergeben hat, kann Ferdinand Overkamp das Fehlverhalten beim besten Willen nicht mehr übersehen. Was sollen die Leute denken?

»Ferdinand, was schleichen Sie durch das Haus?«, reißt Johanna Overkamp ihren Gemahl aus seinen Gedanken, als er die gute Stube betritt. »Dieser Lärm in den Straßen. Das mag ich an den Jahrmärkten nicht.«

»Ich dachte, Sie freuen sich?«, wundert sich Ferdinand Overkamp. »Morgen kaufe ich uns Porzellan und Gläser. Wir schauen mal, was angeboten wird.«

»Agnes sagt, wir brauchen Gewürze – vor allem Zimt. Aber auch Gewürznelken, Pfeffer und gute Lorbeerblätter.«

»Zimt – den mag ich gerne. Aber achten Sie darauf, dass Agnes nicht zu viel kauft. Diese jungen Dinger können doch mit Geld nicht umgehen. An Dionysius, am 9. Oktober, ist der nächste Jahrmarkt. – Sagen Sie ihr, ich möchte eine Apfelnachspeise mit Zimt. Heute noch«, sagt Overkamp fordernd.

»Aber es ist doch schon beinahe Abend. Vielleicht …«

»Ich sagte, *heute* noch!« Ferdinand Overkamp verlässt die gute Stube und setzt sich ins Kontor. Sein Gesicht vergräbt er in den Händen, und noch immer glaubt er, Köpners Blut an ihnen riechen zu können. Ekel steigt in ihm auf, und er schüttelt sich. »Herr Christ, erbarme dich meiner«, flüstert er. »Herr Christ, erbarme dich meiner. Herr Christ, erbarme dich meiner.« Wieder und wieder spricht er das Stoßgebet. Den Buersmeyer könnte er noch aus seinem Dienste entlassen, aber den Engerling wird er nicht los. Immer größer werden seine Forderungen. Anfangs hat er zwar *alles* gefordert, sich dann aber mit ein paar Reichstalern und hie und da einem Fläschchen begnügt. Aber seit gestern ist der Engerling anscheinend größenwahnsinnig. ›Früher oder später bekomme ich ohnehin alles‹, erinnerte er Overkamp. ›Alles!‹ Sage und schreibe 100 Reichstaler hat er verlangt, er wolle es sich auf dem Jahrmarkt gut gehen lassen, und sein Hausstand müsse aufgebessert werden. Diese Unverschämtheit hat Overkamp auflachen lassen, doch Engerlings eiskalter Blick hat ihm das Blut in den Adern gefrieren lassen. 100 Reichstaler, denkt Overkamp jetzt. 100 Reichstaler. Der arme Schuster kann sich wohl von einer solch großen Summe kein Bild machen. Auch er, der erfolgreiche Kaufmann Ferdinand Overkamp, kann nicht so ohne Weiteres 100 Reichstaler berappen. Gut, dass am Bartholomäus-Tag wie immer die Pachtzahlungen fällig sind, dann kommt wieder Geld in die Kasse. Doch auch diese Einnahmen lösen Overkamps Problem nicht dauerhaft. Es kleben ohnehin Blut und Schande an ihm. Der Engerling muss auch noch weg. Auf einen mehr oder weniger kommt es nicht an. Vielleicht hänge ich ihn an das Soest Tor? Dann fällt sein Blick immer Richtung Helfmanns Land, wo er gesehen hat, was er nicht hat sehen sollen. Oder sollte ich ihm die Augen verbinden? Oder ausstech–, nein, das wäre zu viel. Ein Lächeln huscht über sein Gesicht. Für einen Augenblick stimmt ihn diese Vorstellung friedlich. In Gedanken sieht er schon, wie sich der Strick in den Hals drückt und der leblose Körper leicht im Wind schaukelt. Wie gut, dass nicht mehr nur die fünf Tore den Weg in die Stadt und wieder hinaus ermöglichen. An vielen Stellen ist es seit Schleifung der Festung möglich, die Stadt zu verlassen. Auch am Soest Tor. So könnte auch er, Overkamp, vermutlich ungestört und ungesehen den Engerling an die nicht mehr genutzte Wallpoterne hängen. Verdient hätte der Engerling, dort tagelang zu hängen. Die Krähen sollen ihm die Augen aushacken … Doch es würde schnell gehen – zu schnell –, bis Engerling gefunden und abgenommen werden würde. Die Krähen hätten keine Möglichkeit, ihrer Natur zu entsprechen.

Der Messingklopfer ertönt, und Caspar Engerling betritt das Kontor. Overkamp erschrickt, doch sein soeben geschmiedeter Plan gibt ihm die Kraft, seinem Erpresser erhobenen Hauptes entgegenzutreten.

»Guten Abend, werter Herr Overkamp. 100 Reichstaler hatte ich gesagt«, erinnert Engerling an das gestrige Gespräch.

»Heute kann ich Ihnen nur 24 Reichsthaler und 8 Mariengroschen geben. Das ist viel, viel mehr, als manch einer im Jahr bekommt. Die Pacht ist noch nicht gezahlt«, erklärt Overkamp. Ich muss mir Zeit verschaffen, um zu planen, denn eines ist wichtig: Ich darf von niemandem beobachtet werden, sonst …

»Gut, heute geben Sie mir die 24 Thaler. Die restlichen 66 hole ich in ein paar Tagen. Sorgen Sie dafür, dass Sie dann das Geld haben. Einen freundlichen Gruß an Ihre Frau Gemahlin.« Caspar Engerling nickt Overkamp zu und geht.

Overkamp kann sich kaum ein Grinsen verkneifen. Der Engerling ist höflich, aber dumm. Rechnen müsste man können!, denkt Overkamp. 24 + 66 = 100? Von den Mariengroschen ganz zu schweigen.

4. JUNI 2010

Eng beieinander sitzen Annika und Oliver im Stadtpark Grüner Winkel auf einer Bank und genießen die Eröffnung der Familientage ›Parkzauber‹. Ein weiteres Event der 825-Jahr-Feier Lippstadts. Am Eingang am Mattenklodt-Steg haben sie zwei Fackeln gekauft, die sie bei Anbruch der Dunkelheit mit den vielen anderen Besuchern anzünden werden. Laut Programmheft verwandelt sich dann der Grüne Winkel in einen Lichter- und Klanggarten mit Dudelsack und Trommeln.* Viele verschiedene Music-Acts sind für diesen Abend vorgesehen und finden über den Park verteilt statt.

»Ich freue mich, dass mit uns beiden wieder alles im Reinen ist«, sagt Annika und legt ihren Kopf an Olivers Schulter.

»Ja, finde ich auch«, bestätigt Oliver. »Ich mag gar nicht daran denken, Lippstadt wieder verlassen zu müssen.«

»Warum?«

»Na ja, ich muss doch mein Studium fortsetzen. Ich habe nur ein Urlaubssemester, das heißt, ich muss im Oktober, pünktlich zum Wintersemester, wieder in Lübeck sein.«

»Wie schade. Aber uns bleibt noch der ganze Sommer. Bei dieser Hitze könnten wir mal schwimmen gehen«, überlegt Annika. »Kann man eigentlich in der Lippe schwimmen?«

»Ja. Ungefähr dort, wo die Granaten und das Skelett gefunden wurden. Und weiter Richtung Cappel. Irgendwo

---

* Programmheft: *Parkzauber. Familientage in Lippstadts Grünem Winkel.* 4. - 6. Juni 2010.

da soll ein Lippe-Strandbad hinkommen«, sagt Oliver und ist mit seinen Gedanken wieder bei seinem Lieblingsthema. »Weißt du, was vorgestern war?«

»Hm.« Annika überlegt und rechnet. »Ich weiß es nicht. Wir kennen uns so und so lange?«, rät sie.

»Falsch. Vorgestern vor 246 Jahren war diese große Explosion in Lippstadt, wo im Bereich des Südertores …«

»Ich weiß. 246 Jahre, und nur die wenigsten wissen davon«, sagt Annika etwas gelangweilt.

»Du hast recht, das weiß kaum jemand. Man sollte in vier Jahren, also am 2. Juni 2014, eine Gedenkminute in Lippstadt abhalten. Und dann können die Lippstädter froh sein, dass sie ihre Stadt noch haben. Vielleicht wäre das Datum besser für ein Stadtjubiläum geeignet als die 825 Jahre. Es gibt ja Theorien, die besagen, dass Lippstadt nicht schon 1185, sondern später gegründet wurde«, referiert Oliver. »Soll ich dir das mal genauer erzählen?«

»Nein, jetzt nicht. Sei doch froh, dass es in diesem Jahr so viele Events wegen des Jubiläums gibt. Wir säßen jetzt nicht hier im Grünen Winkel bei Fackellicht, wenn das in Lippstadt nicht gefeiert würde.«

»Wenn ich nur wüsste, wem ich den Vorschlag mit der Gedenkminute zum 250. … Was eigentlich? Zur 250-jährigen Explosion? Das klingt nicht gut. Mal überlegen. Vielleicht sollte ich richtig recherchieren und zum entsprechenden Jahrestag etwas veröffentlichen«, plant Oliver. »Ein Buch oder so?«

24TER AUGUST 1764

»CASPAR ENGERLING. DAS nenne ich eine göttliche Fügung«, begrüßt ihn Bernhard Buersmeyer. »Wie gut, dass ich Sie treffe. Haben Sie es sich überlegt? Geben Sie mir die Hälfte von dem, was der Overkamp Ihnen gibt?«

»Nein, niemals«, entgegnet Engerling.

»Gut, dann weiß ich, was ich zu tun habe. Ich habe mir viele Gedanken bezüglich Ihres Fräulein Tochter gemacht, sie hat wohl eine Liebelei mit einem verheirateten Mann und hat schon mit ihm …«, droht Buersmeyer und will zurück in die Judenstraße. Doch nahe am Rathaus sind Stadt-Syndicus Clüsener und Dr. Buddeus aufeinandergetroffen. Seit ihrem Streit um das Erbe ihres Halbbruders waren sie sich aus dem Weg gegangen, aber heute, an Bartholomäus, ist Jahrmarkt, da bleibt niemand zu Hause.

»Heda, Erbschleicher!«, ruft Clüsener. »Hast du es dir überlegt, lässt du von dem Erbe ab, oder soll ich in Revision gehen?«

»Lass mich in Ruhe«, entgegnet Dr. Buddeus. Er möchte einen erneuten Streit mit seinem Stiefbruder Peter Henrich Clüsener vermeiden.

»Ich will wissen, woran ich bin. Carls Erbe nenne ich mein Eigen!« Bei jedem Wort tippt Clüsener mit dem Finger auf Dr. Buddeus' Brust.

»Fass mich nicht an«, verteidigt sich dieser. »Du mic ser, kleiner …«

»Doktor, brauchen Sie Hilfe? Soll ich diesen Herrn von Ihnen fernhalten?«, mischt sich Caspar Engerling ein und zeigt auf Clüsener.

»Was geht Sie das an?«, tobt Clüsener. »Verschwinden Sie … Sie …« Bevor Clüsener die Beleidung aussprechen kann, schlägt Engerling ihm ins Gesicht.

Dr. Buddeus weicht sofort mehrere Schritte zurück. Der Schrecken der Schlägerei mit Buersmeyer sitzt ihm noch im Nacken. Dr. Buddeus ist hin- und hergerissen. Solch einen Dämpfer hat sein Stiefbruder zwar verdient, aber richtig ist es trotzdem nicht.

Clüsener wehrt sich gegen Engerling, gibt aber ein erbärmliches Bild ab. Mit Worten ist der Clüsener schnell dabei, aber sein Faustschlag ist eher der einer schwachen Frau. Buersmeyer scheint ihm zu Hilfe zu kommen und schlägt auf Engerling ein. Binnen kürzester Zeit bilden Schaulustige einen Kreis um die sich Prügelnden. Einige feuern Engerling an, andere Buersmeyer. »Ich wette ein Bier, dass Buersmeyer gewinnt!«, ruft einer aus der Menge. »Zwei auf Engerling!«, ruft ein anderer. In Windeseile kommt auch Ferdinand Overkamp zum Rathaus gelaufen und drängt sich durch die Zuschauer, um Buersmeyer wieder einmal aus einer Schlägerei zu holen. Ehe er sich's versieht, trifft ihn Engerlings Faustschlag ins Gesicht. Overkamp holt aus und schlägt zurück. Die ganze Wut und Verzweiflung der letzten Wochen prasseln auf Engerling ein. Wie im Wahn schlägt Overkamp wieder und wieder zu. Bernhard Buersmeyer steht da und freut sich, dass Overkamp für ihn erledigt, was getan werden muss.

Zwei kräftigen Männern gelingt es, Caspar Engerling und Ferdinand Overkamp zu trennen. »Holt Dr. Buddeus, den Stadt-Physicus. Der Clüsener braucht einen Arzt«, ruft einer der Menge zu.

»Dr. Buddeus war doch gerade noch hier«, bemerkt

jemand. »Wo ist er denn jetzt?« Alle schauen sich um, doch Dr. Buddeus ist wie vom Erdboden verschluckt.

Als die Schaulustigen nach und nach wieder ihren Angelegenheiten nachgehen, raunt Buersmeyer im Vorbeigehen Caspar Engerling zu: »Heute Abend bringe ich in Umlauf, dass Ihre Tochter ihre Unschuld verloren hat. Vielleicht sollte ich mich sogar selbst darum kümmern, dann entspricht es der Wahrheit. Ich bin schließlich kein Lügner.«

Diese Drohung trifft Caspar Engerling mehr als die Schläge von Ferdinand Overkamp. »Kommen Sie später vorbei, dann besprechen wir alles«, sagt Engerling mit letzter Kraft und ringt um Fassung. Es wird ihm alles zu viel, so kann es nicht weitergehen. Er braucht einen Plan!

Auf dem Marktplatz stehen die Stadtdiener Pape und Küchenmeier beieinander, die einst wegen der Ursache der Explosion vom Magistrat befragt worden sind.

»Haben Sie gehört, dass der Buersmeyer das Gerücht weitergetragen haben soll, dass unsere toten Burschen – Gott möge ihrer Seele gnädig sein – dem Thiemeyer das Pulver angeboten hätten?«

»Buersmeyer? Bernhard Buersmeyer? Wo der sich überall einmischt! Haben Sie gehört, dass er vorhin schon wieder in eine Schlägerei verwickelt war? Und der Overkamp selbst auch«, berichtet Pape.

»Irgendetwas ist da faul. Mit dem Buersmeyer und dem Overkamp. Der Overkamp soll am Tag der Explosion mehrmals die Lange Straße entlang gelaufen sein, als sei der Teufel hinter ihm her«, berichtet Küchenmeier und fügt hinzu, dass er gar nicht mehr wisse, wer ihm das erzählt habe.

»Was wollen Sie damit sagen?«, hakt Pape nach und

sieht in dem Augenblick den jungen Thiemeyer vorübergehen. »Heda, Thiemeyer, komm her! Stimmt es, dass unsere Burschen dir Pulver angeboten haben? Sag schon!«, fordert Pape.

»Ja. Woher wissen Sie das?«, erkundigt sich Thiemeyer. »Ich habe es nur Meister Buddeberg erzählt.«

»Hast du das nicht gehört? Der Buersmeyer hat das in der Stadt erzählt. Nur ihm haben wir die unangenehme Befragung durch Bürgermeister Dr. Rose und Stadt-Syndicus Clüsener zu verdanken.«

»Bernhard Buersmeyer? Woher weiß der denn von dem merkwürdigen Gespräch am Cappel Tor?«, fragt Thiemeyer und bekommt von seinem sichtlich verärgerten Meister einen Schlag in den Nacken.

»Bursche!«, schimpft Bäckermeister Buddeberg. »Ich habe dich nicht zum Plaudern mitgenommen. Hier, trag das und komm mit. Das süße Gebäck muss noch fertig werden«, befiehlt er. »Du bist zu nichts zu gebrauchen. Wie ein Weib stehst du auf dem Jahrmarkt und schwatzt. Geh einen Schritt schneller!«, schreit Buddeberg. »Schneller!«

Jedes Mal, wenn es um das vermaledeite Pulver geht, gibt's Ärger mit Buddeberg. Und wer ist an allem schuld? Nicht der Plange, sondern der Buersmeyer. Dem sollte man sein Maul stopfen, geht es Thiemeyer durch den Kopf.

»Schneller!«, schreit Buddeberg. »Wir haben noch zu tun!«

»Ja, Meister«, antwortet Thiemeyer kleinlaut.

»Meine Liebe, gefällt es Ihnen? Jetzt haben Sie das schönste Porzellan in ganz Lippstadt«, besänftigt Ferdinand Overkamp seine Gemahlin. »Zürnen Sie nicht«, bittet er, doch

Johanna ist wegen der Schlägerei am heutigen Vormittag sehr verärgert. Es schicke sich nicht für einen angesehenen Kaufmann, der auch noch im Rat sei. Das wirklich Schlimme daran ist, dass sie recht hat. Es ist unangebracht für jemanden wie mich, denkt Overkamp und schüttelt über sich selbst den Kopf. Sein Auge ist blau und geschwollen, sein Kiefer schmerzt, und ein Zahn ist sogar abgebrochen.

»Ja, edles Porzellan aus Meißen. Sehen Sie nur die gekreuzten Schwerter mit dem Punkt auf der Rückseite eines jeden Teils. Ich glaube auch, dass hier in Lippstadt sonst niemand Zwiebelmuster hat. Kobaldblau. Es ist wunderschön. Auf den ersten Kaffee aus diesen edlen Tassen freue ich mich schon. Oder wäre Ihnen Tee lieber?«, fragt Johanna.

»Nein, nein. Kaffee ist eine vorzügliche Wahl.« Um des lieben Friedens willen widerspricht er ihr nicht. Und ob Kaffee oder Tee – er hatte wahrlich andere Sorgen.

»Geschliffene Gläser und Karaffen brauchen wir auch noch«, fordert Johanna Overkamp. »Und eine neue Haubenschachtel. Sehen Sie nur, dort gibt es hübsch bemalte. Einen Fächer zu besitzen, wäre wundervoll. Sie sind jetzt so modern, aus Frankreich.«

»Madame«, sagt der Händler, »schauen Sie sich dieses Motiv an: Es zeigt das Urteil des Paris. Neben Paris, dem trojanischen Königssohn, sehen Sie noch die Göttinnen Hera, Aphrodite und Athene, hier links sehen Sie Ares, geflügelte Genien, Amor und Nymphen. Auf der Rückseite sehen Sie eine Dame mit Amor.* Paris soll ja

* Vgl.: Ulrich Becker: *Ein Hauch von Luxus. Fächer und Fächerentwürfe aus vier Jahrhunderten. Die Sammlung des Heimatmuseums der Stadt Lippstadt*. Hg. v. Kulturring Lippstadt e.V. 1987. Nr. 10. S. 24/49.

von Zeus beauftragt gewesen sein, zu urteilen, für welche der streitenden Göttinnen der goldene Apfel mit der Aufschrift ›Für die Schönste‹ bestimmt war. Diesen Zankapfel hatte die Göttin der Zwietracht – Eris – in eine Hochzeitsgesellschaft geworfen, aus Ärger, weil sie nicht eingeladen war. Hera bot Paris die Herrschaft über die Welt, Athene bot ihm Weisheit an, aber gewählt hat Paris die Liebe der schönsten Frau, wie Aphrodite sie ihm versprochen hat. Doch die schönste Frau – Helena – war bereits verheiratet mit Menelaos, dem König von Sparta. Und so wurde Helena geraubt, und der Trojanische Krieg brach aus.«

»Was für eine reizende Geschichte«, freut sich Johanna Overkamp. »Die Farben sind so kräftig, und das Gold, einfach entzückend! Was meinen Sie?«, fragt sie ihren Gemahl.

»Hm«, macht dieser.

»Madame, dieses hübsche und aussagestarke Motiv ist auf Schwanenhaut gemalt«, erklärt der Händler. »Die Stäbe sind aus Elfenbein, teils mit Perlmutt hinterlegt. Sehen Sie, wie fein sie geschnitzt sind!«*

»Ganz wundervoll!«, schwärmt Johanna. »Lieber Ferdi, bitte kaufen Sie mir diesen Faltfächer. Bitte!«

Ferdinand Overkamp erwirbt für seine Gemahlin nicht nur die gewünschte Haubenschachtel und den Faltfächer, sondern auch noch einen silbernen Handspiegel, zwei neue Flohfallen und zwölf Perlmuttkämmchen, damit sie sich immer hübsch putzen kann. Johanna Overkamp ist unersättlich. Das reiche Angebot an Waren weckt bei ihr, wie bei allen Lippstädtern, Begehrlichkeiten.

---

* Vgl.: Becker: *Ein Hauch von Luxus*. 1987. Nr. 10. S. 24/49.

»Für den Winter brauche ich noch eine Enveloppe, einen Überwurf, damit ich nicht friere«, ergänzt sie ihre Wünsche.

Bei jedem Kauf graust es Ferdinand Overkamp mehr. Sein Geldbeutel wird immer leichter. Sein Herz immer schwerer. Das nimmt kein gutes Ende!, befürchtet er. Auch seinen Plan, Caspar Engerling zu hängen, hat er noch nicht weiterverfolgt. Das Problem muss ich dringend lösen, schießt es ihm immer wieder durch den Kopf.

»Ferdinand!«, ruft Johanna freudig aus. »Sehen Sie nur, dieser Kronleuchter. Wie wundervoll. Bitte kaufen Sie ihn für uns. Er würde in unsere gute Stube auf das Vorzüglichste passen. Der alte wirkt so ärmlich.«

»Nein, jetzt ist es genug. Ich begleite Sie nach Hause«, beendet Ferdinand Overkamp den Jahrmarktsbesuch seiner Gemahlin.

»Ferdinand! Bitte. Oder lassen Sie uns wenigstens noch einen Moment dem Tanzbären zuschauen. Er ist so possierlich«, fleht Johanna. »Ich würde auch so gerne noch einmal am Glücksrad drehen. Dort drüben, bei diesem zahnlosen Weib.«

»Herr Christ, erbarme dich meiner!«, fleht Overkamp ganz leise, als er die Tür seines Kontors hinter sich geschlossen hat. »Jetzt habe ich keinen einzigen Taler mehr. Allein das Meißener Porzellan hat ein Vermögen gekostet.« Ein paar Lippstädter schulden ihm noch Geld, die offenen Rechnungen liegen in seiner Schublade. Insgesamt 8 Reichstaler und 19 Mariengroschen. Mit Wucht knallt Overkamp die Lade zu – Köpners toter Körper schlägt auf die Granatenkiste. 8 Reichstaler. Acht! Und Ferdinand Overkamp muss die Rechnung des Schneiders für die neuen Kleider noch bezahlen: ein vollständiges Manns-Kleid mit Silberbesatz: 2 Reichstaler und 27 Mariengroschen, ein ordinäres Manns-Kleid mit Weste und Beinkleidern: 2 Reichstaler, eine vollständige Livree: 1 Reichstaler und 24 Mariengroschen und noch viel mehr. Die große vollständige Schnürbrust mit Zubehör für sein Weib kostet allein 6 Reichstaler! Hinzu kommen die Kinderkleidung und das Reisekleid für Elisabeth: 19 Reichstaler und 24 Mariengroschen will der Schneider haben. Der Schuster – selbstredend nicht Engerling – verlangt für die neuen Manns-Stiefel von Englischem Leder 6 Reichstaler.*

Um seinem Besucher Hinrich Jost Matthiesen zu imponieren, hatte Overkamp für die ganze Familie neue Kleider und Schuhe anfertigen lassen. Das waren noch bessere Zeiten gewesen, als es Ferdinand Overkamp nicht in den Sinn gekommen war, die Waren nicht bezahlen zu können. Doch nun? Overkamp kann es nicht glauben. Wie schnell auch ein erfolgreicher Kaufmann wie er zahlungsunfähig werden kann. Für heute gibt er Johanna die Schuld. Sie hatte sich dem Kaufrausch hingegeben und verlangte immer mehr. Handspiegel. Haubenschachtel. Dieser Faltfächer mit den mythologischen Darstellungen. Und erst der Leuchter. »Der alte wirkt so ärmlich«, ahmt er ihre affektierte Art nach. »Ärmlich«, sagt er zu sich selbst. Ja, so würde es in Zukunft sein, wenn es ihm nicht gelänge, den Engerling zu beseitigen. Am besten gleich heute Abend. Wenn alle im Krugzelt betrunken sind und niemand auf irgendetwas achtet, dann würde er zuschlagen. Ein erlösendes Lächeln macht sich breit. Bald ist nicht nur Frieden in Preußen, sondern auch im Hause Overkamp.

* Vgl.: St.R. B 2925 (Preisfeststellungen für Korn, Lebensmittel und Gebrauchsgegenstände sowie Lohnfestsetzungen. 1764 Jan. 7.)

Ohne anzuklopfen betritt Bernhard Buersmeyer das Kontor. »Geben Sie mir ein paar Reichstaler für den Jahrmarkt«, fordert er. »Gutes hat seinen Preis, das wissen Sie ja.« Nach einer kurzen Pause fügt er hinzu: »Schweigen auch!«

»Verschwinde!«, schreit Overkamp. »Verschwinde und komm nie wieder. Du stehst nicht mehr in meinem Dienst! Du kannst mir nichts anhaben. Ich werde sagen, du lügst. Und wem wird wohl eher geglaubt? Dem ehrenwerten Kaufmann Overkamp oder seinem kleinen, erbärmlichen Diener? Raus aus meinem Kontor!«, brüllt Overkamp in Rage.

Bernhard Buersmeyer steht in der Kirchgasse und hört den Trubel des Jahrmarktes auf dem Marktplatz. Doch ohne einen einzigen Reichstaler in der Tasche zu haben, braucht er sich dort nicht blicken zu lassen. Ohne lange zu überlegen, geht er zu Caspar Engerling in die Cappelstraße.

»Treten Sie ein«, bittet Engerling mit einem fiesen Grinsen im Gesicht.

»Wie gut, dass Sie zu Hause sind«, begrüßt ihn Buersmeyer erleichtert und glaubt, seinem Ziel ganz nahe zu sein.

»Ja, meine Familie ist bereits vorgegangen. Hat Sie jemand herkommen sehen?«, erkundigt sich Engerling, auch zu seiner eigenen Sicherheit.

»Nein, natürlich nicht.« Bernhard Buersmeyer ist stolz auf sich, dass er so umsichtig gewesen ist und nicht auf direktem Wege zu Engerling gegangen ist. Er wollte besser sein als Ferdinand Overkamp und sich nicht beobachten lassen. Schließlich muss er von nun an seinen ganzen Lebensunterhalt von dem Geld bestreiten, das der Engerling ihm gibt. Zum Glück weiß noch niemand, dass ich nicht mehr Overkamps Kaufmannsdiener bin, und der Overkamp wird es auch heute, an Bartholomäus, nicht herausposaunen, denkt Buersmeyer. Jetzt heißt es, sich ganz geschickt anzustellen. Die Drohung, den Ruf der Schusterstochter zu ruinieren, ist ausgezeichnet. Doch er muss aufpassen. Der Engerling ist ihm nicht ganz geheuer. Ein seltsamer und undurchsichtiger Zeitgenosse.

Bernhard Buersmeyer sieht sich um; er möchte sich ein Bild davon machen, wie die Familie Engerling lebt, und wie viel Geld hier wohl zu holen ist. Als Buersmeyer nur für einen kleinen Augenblick Caspar Engerling den Rücken zukehrt, nimmt dieser den bereitgelegten Hammer und schlägt zu. Einmal, zweimal. Dann fällt Buersmeyer zu Boden. Engerling dreht ihn auf den Rücken und öffnet dessen Mund. Das ist leichter, als er angenommen hatte. Doch die Zunge, auf die er es abgesehen hat, lässt sich nicht greifen. Sie ist weich und warm und glitschig und gleitet ihm immer zwischen seinen Fingern hindurch. Die Zunge fällt tief in den Rachen hinein. Er hat Spucke an seinen Fingern. Abscheulich, findet er und schüttelt sich. Dann zieht er Buersmeyer in seine Werkstatt und nimmt die breite Zwickzange; damit kann er die Zunge gut halten. Mit der Klinge schneidet er sie ab. Buersmeyer röchelt und kommt zu sich; er schreit vor Schmerz. Engerling greift ihm ins Haar, hebt Buersmeyers Kopf an und schmettert diesen mit voller Wucht auf den Boden. Stille. Doch er muss sich beeilen. Was ist, wenn jemand die Schreie gehört hat? Was ist, wenn jemand kommt?

Buersmeyers Wunde blutet stark. Schnell sind Mund und Rachen vollgelaufen. Das Blut läuft über Wangen und Kinn auf den Boden. Was soll er tun? Das Blut wird ihn verraten! Das Maul muss man ihm stopfen!, schießt es Engerling durch den Kopf. Für einen Augenblick freut ihn die Doppeldeutigkeit. Doch er muss sich beeilen. Das Blut fließt. Buersmeyer würgt und röchelt wieder. Vom Polieren liegt noch ein Lappen auf der Werkbank; diesen steckt er Buersmeyer in den Mund. Buersmeyer gibt abstoßende und furchterregende Geräusche von sich. Was soll ich jetzt machen?, überlegt Engerling. Das Blut muss weg. Alles ist rot. Er kann das Blut riechen. Buersmeyer hustet den voll Blut gesogenen Lappen aus dem Mund. Er schreit vor Schmerz, holt tief Luft und schreit weiter. Schnell nimmt Engerling einen Rest Sämischleder und stopft es Buersmeyer weit in den Rachen. Stille. Doch nur für einen kurzen Augenblick. Dann würgt Buersmeyer, und seine Augen quellen hervor. Er erstickt langsam. Buersmeyer liegt zwischen Lederresten und abgeschnittenen Fäden. Das Sämischleder saugt das Blut nicht auf, es quillt daneben heraus. Verzweifelt hält Engerling dem Kaufmannsdiener den Mund zu. Wie warm doch Blut ist, wundert er sich. War er je mit Blut in Berührung gekommen, welches nicht sein eigenes war? Nein, sicher nicht. Er hatte sich seine Hände nie schmutzig gemacht, wie sie es immer nennen. Aber jetzt? Wohin mit dem Blut? Das hatte er nicht gut überlegt. Nur gedacht: Ich schlage ihn nieder und trenne ihm die Zunge heraus, dann kann er nichts mehr über meine Tochter sagen. Allein bei diesem Gedanken ist ihm mulmig geworden. Doch dass ihm dieser Gedanke gekommen war, erfüllt ihn mit Stolz: Zur rechten Zeit ein Zeichen setzen … Das Blut quillt aus Mund und Nase. Was soll er nur machen? Ein Ledereimer ist nicht zur Hand. Ein neuer saugfähiger Lappen muss her. Unter der Werkbank befindet sich eine

Kiste voller alter Tücher. Die holt er hervor und tauscht Sämischleder gegen Lappen aus. Wie er aussieht! Alles voll Blut, seine Hände, sein Hemd und seine Hose. Über den Boden seiner Werkstatt läuft bereits ein kleines Rinnsal Blut. Es beginnt zu gerinnen. Wie entsetzlich. Auf der Holzkiste haben seine Finger blutige Abdrücke hinterlassen. Das muss alles gereinigt werden. Schnell, sonst trocknet es. Doch Buersmeyer hört nicht auf zu bluten. Er zuckt und würgt wieder. Ein Aufbäumen, dann sackt der Kaufmannsdiener erneut in sich zusammen. Er tauscht nochmals die Lappen aus. Buersmeyer würgt. Als Engerling nach dem Hammer greift, um den Kaufmannsdiener länger ruhigzustellen, fällt sein Blick auf die Ahle. Er schlägt mit dem runden Kopf des Hammers seitlich gegen Buersmeyers Schläfe. Reglos bleibt dieser liegen. Er muss schnell den Mund zunähen, denkt Engerling, dann fallen die Lappen nicht immer wieder heraus. Mit der Ahle sticht er Löcher in die Lippen, nimmt einen gewachsten Faden aus dem Kästchen und zieht von beiden Seiten Nadeln auf. Diese sticht er immer von oben und unten durch dasselbe Loch … Der Mund ist zu, doch das Blut drückt von innen dagegen. Es sickert durch. Er kann es beobachten. Mit so viel Blut hat er nicht gerechnet. Buersmeyer muss fort. Später, in den frühen Morgenstunden, wird er den Kaufmannsdiener in die Lippe werfen oder besser, ihn irgendwo zwischen Lippe und dem Cappeler Bruch vergraben, denn die Sattlerstiche würden ihn verraten. Der Bäumer Wortmeier soll gestorben sein und seine Witwe wird sich in tiefer Nacht nicht hinaus wagen.*

---

* Vgl.: *Der Rüsinghof. Eine Hof- und Familiengeschichte (Teil 2).* In: Heimatblätter 2003, 83. Jahrgang.

Später am Abend, eigentlich ist schon Nacht, versucht sich Engerling im Riemenstechen auf dem Jahrmarkt. Die Lederriemen werden zusammengerollt, und der Jahrmarktspieler hält Engerling eine Klinge hin. »Ich als Schuster werde wohl ein Messer durch die Lagen des Leders stechen können! Zwei Mariengroschen wette ich darauf«, ruft Caspar Engerling zuversichtlich in die Runde. Schließlich hat am heutigen Abend alles in allem gut geklappt. Ein paar Unwägbarkeiten, die aber nicht mehr von Bedeutung sind. Engerling hat erledigt, was er erledigen wollte. Seine ganze Aufmerksamkeit gilt nun dem Jahrmarktbesuch. Er hat es sich verdient, sich dem kurzweiligen Vergnügen hinzugeben. Jetzt ist Riemchenstechen an der Reihe. Er sticht zu und rutscht ab. Die Schaulustigen schreien auf. »Zwei Groschen«, verlangt der Jahrmarktspieler und hält seine schmutzige Hand auf. Die Umstehenden lachen über Engerlings große Worte, denen dann keine Taten folgen.

»Ich mache es noch mal. Wieder zwei Mariengroschen«, verkündet Engerling. Bei jedem seiner unzähligen Versuche hat er weder das Geschick noch das Glück. Die Männer lachen, doch als Engerling sie auffordert, doch auch einmal ihr Glück zu versuchen, wollen sie nicht recht. Sie fürchten, sich ebenso bloßzustellen, wie Engerling es selbst soeben getan hat. »Lass uns lieber einen trinken«, schlägt einer vor. Die anderen nicken. Trinken, das können sie alle.

Neben dem Krugzelt vor dem Rathaus wird das Scheffelspiel angeboten. Auch hier verlässt Engerling das Glück. Wie viele Taler er verloren hat, weiß er nicht. Ich kann mir aber mehr von Overkamp holen, tröstet er sich, es gehört ohnehin bald alles mir. Wenn er mit seinem Plan fertig ist, ist auch Overkamp fertig. Wie einen räudigen Hund wird er den Overkamp aus der Stadt jagen. Das wird der schönste Augenblick in seinem Leben, wenn er, Engerling, endlich den ihm zustehenden Platz einnimmt. Auch die Kirchensitze in der Großen Marienkirche werden an ihn übergehen. Er wird dann der erfolgreichste Kaufmann in Lippstadt. Das wird schon nicht so schwer sein, Waren zu kaufen und zu verkaufen. Das macht er bisher auch so, schließlich kauft er Leder und fertigt Schuhe an, die er dann verkauft. »Ich verstehe etwas vom Geschäft«, verspricht sich Caspar Engerling selbst.

Das Lottospiel ist zum ersten Mal auf einem Lippstädter Jahrmarkt. Eine Weile schaut Engerling zu, dann versucht er auch hier vergebens sein Glück. Selten passt eine Zahl, und wenn, dann auch nur eine! Einen ganzen Reichstaler verliert er. Zum Trost gönnt er sich eine Kanne Bier bester Sorte für einen Mariengroschen. Und noch eine Kanne für den Weg nach Hause.

25TER AUGUST 1764

Mit den ersten Sonnenstrahlen am Morgen schleppen sich die letzten Gäste des ›Goldenen Hahns‹ über den Marktplatz nach Hause. Die Stimmung auf dem Jahrmarkt und später in der Schänke ist aufgeheizt gewesen. Alkohol ist in großen Mengen getrunken worden. Die Glasermeister Strenger und Steinbicker schlurfen müde und mit hängenden Köpfen über das Kieselsteinpflaster. Das Sonnenlicht schmerzt in den Augen.

»Komm, hier lang. Is' kürzer«, sagt Steinbicker.

»Hm. Was häng' denn da?«, nuschelt Strenger.

»Wo?«

»Rathaustür.« Für einen ganzen Satz ist Strenger zu erschöpft.

»Weiß nich'«, antwortet Steinbicker. »Lass uns gucken geh'n.«

»Iiih! Was is' das denn? Das blutet ja«, stellt Strenger entsetzt fest.

»Das is 'ne Zunge, oder?« Steinbicker übergibt sich augenblicklich direkt vor die Rathaustür, was den Bürgermeistern Dr. Rose und Herrn Schmitz nicht gefallen wird.

Mit letzter Kraft schleppen sich die beiden zum Stadt-Physicus Dr. Buddeus in die Soeststraße und trommeln an die Tür.

»Dr. Buddeus, kommen Sie schnell! Da hängt eine Zunge an der Rathaustür!«, rufen sie. »Dr. Bu-dde-us! Dr. Buuu-ddeee-usss! Schnell!!!«

»Ihr seid ja nicht gescheit. Wohl zu viel gesoffen!«, schimpft Dr. Buddeus, als er seine Eingangstür öffnet.

»Dr. Buddeus, da ist eine Zunge an die Rathaustür genagelt worden«, berichtet Strenger.

»Mensch oder Tier?«, erkundigt sich Dr. Buddeus.

»Zun-ge«, sagt Strenger überdeutlich.

»Ist die Zunge von einem Menschen oder einem Tier?«, versucht Dr. Buddeus es noch einmal.

»Weiß nich'«, antwortet Steinbicker und übergibt sich erneut.

Dr. Buddeus greift nach seiner Tasche und folgt den beiden Männern zum Rathaus.

Dort angekommen erschrickt Dr. Buddeus. Der Anblick ist abscheulicher als erwartet. »Ruft die Bürgermeister Dr. Rose und Herrn Schmitz und Stadt-Syndicus Clüsener. Die müssen das sehen!«, befiehlt Dr. Buddeus den beiden Glasern.

Dr. Rose ist früh aufgestanden – ›Morgenstund hat Gold im Mund‹, pflegt er stets zu sagen – und ist schnell zur Stelle; von seinem Wohnhaus zum Rathaus sind es nur wenige Schritte.

»Der Herr steh uns bei!«, ruft Dr. Rose. »Was ist hier los?«

Dr. Buddeus erläutert, dass es sich um eine menschliche Zunge handle, die erst vor wenigen Stunden aus einem menschlichen Körper entfernt worden sei. Es sei ein sehr scharfes Messer gewesen, er könne es am Schnitt erkennen. »Sehen Sie hier«, fordert Dr. Buddeus die Umstehenden auf. »Hier sehen Sie, wie die Fasern des Muskels glatt durchtrennt sind. Sie wissen, dass die Zunge ein Muskel ist?«

Der Glasermeister Strenger tritt einen Schritt zurück und erwischt eines der vielen Schlaglöcher auf dem Marktplatz. Er stürzt und bleibt auf dem Rücken liegen. Dieser

Fund ist zu viel für seinen alkoholgereizten Magen. Am liebsten würde er an Ort und Stelle einschlafen, doch die Männer stellen ihn wieder auf seine Beine.

»Sie sind ja ganz blass! Ist Ihnen nicht wohl?«, erkundigt sich Dr. Buddeus. »Ja, ja, so ein Anblick ist nicht jedermanns Sache. Dieser Fund teilt uns etwas mit«, beginnt er zu referieren. »Die herausgetrennte Zunge ist nicht …«

»Was ist geschehen?«, ruft Stadt-Syndicus Clüsener, als er über den Marktplatz läuft. Sein Haar steht wüst in alle Richtungen, und auf der Wange sieht man noch den Abdruck von Kissenfalten. »Warum warten Sie nicht auf mich?«

»Ich bin doch da«, erklärt Dr. Rose. »Es ist eine Zunge, eine menschliche.«

»Herr Christ, erbarme dich«, ruft Clüsener gen Himmel.

»Diese Zunge soll uns etwas sagen«, setzt Dr. Buddeus neuerlich an. »Das war schon im Mittelalter so, dass beispielsweise Gotteslästerer, Verleumder und Meineidige mit dem Herausreißen ihrer Zunge bestraft wurden. Bedenken Sie nur, auch mit einer Zunge kann man ein Verbrechen begehen.«

Bürgermeister Dr. Rose, Stadt-Syndicus Clüsener und die beiden Glaser sehen sich an und zucken mit ihren Schultern.

»Rufmord«, fügt Dr. Buddeus zur Erklärung an.

»Wem gehört denn die Zunge?«, erkundigt sich Dr. Rose mit Grausen. Allein die Vorstellung, einen Ermordeten in seiner Stadt zu haben, bereitet ihm Unbehagen. »Stadt-Syndicus Clüsener und Stadt-Physicus Dr. Buddeus, finden Sie die Leiche!«, fordert er. »So-fort!«

»Dr. Rose, Sie wissen doch – wie soll ich sagen? Sie wissen doch, dass ich mit meinem Stiefbruder nur noch … Also: Johann Philipp Buddeus und ich können auf gar keinen Fall zusammenarbeiten«, stammelt Clüsener.

»Sie müssen! Wo bleibt eigentlich Herr Schmitz? Nun gut, dann ordne ich es allein obrigkeitlich an!«, sagt Dr. Rose streng. »Geben Sie mir Bescheid, wenn es etwas Neues gibt.«

»Das können Sie doch nicht machen! Das geht doch nicht!«, schreit Clüsener Dr. Rose hinterher. »Das dürfen Sie nicht!«

»Was ist passiert?«, erkundigt sich Ferdinand Overkamp, der von dem Geschrei aufgewacht und umgehend zum Rathaus gelaufen ist. Dr. Buddeus berichtet von dem Fund und von dessen Bedeutung, während er die Zunge von der Tür entfernt.

»Wie entsetzlich. Was ist nur aus unserer Stadt geworden?«, überlegt Overkamp laut. »Immer diese Toten.«

»Tote hatten wir schon immer. Aber die mit einer unnatürlichen Todesursache häufen sich «, gibt Dr. Buddeus zu bedenken. »Naja, die Explosion wird ein Unfall gewesen sein, kein Mord, aber dieser Fund hier, spricht eine ganz andere Sprache.«

Für einen kurzen Augenblick sieht Overkamp den erschlagenen Anton Köpner auf der Wiese zwischen Lippe und Munitionsgrube liegen. Wie gut, dass Dr. Buddeus nichts von Köpners Schicksal weiß. Und von Engerlings, denkt Overkamp und sieht den Schuster schon am Soest Tor baumeln. Der Gedanke an die Erleichterung, die eintreten wird, wenn der Engerling hängt, legt ein zartes Lächeln über Overkamps schlechtes Gewissen.

10. JULI 2010

05251-74258

»Austerschmidt«, meldet sich Annika am Telefon.

»Hi, hier ist Oliver. Ich wollte hören, ob du heute Abend zum WM-Spiel nach Lippstadt kommst. Wir könnten es auf dem Rathausplatz gucken. Public Viewing.«

»Mir geht es heute nicht gut. Diese Hitze macht mich fertig. So extremes Wetter hatten wir lange nicht. Sei mir nicht böse, aber ich bleibe heute zu Hause«, beschließt Annika.

»Schade. Echt schade. Aber wie du meinst. Heute steht übrigens in der Zeitung*, dass Lippstadt zu Recht das 825-jährige Jubiläum feiert. Da war eine Veranstaltung des Heimatbundes und ein Historiker der Uni Münster habe gesagt, zwischen 1185 und 1187 habe Graf Bernhard die Stadt Lippe gegründet.«

Sie unterhalten sich noch eine ganze Weile über dies und das, bis Oliver eine sms von einem Kollegen der LTZ-Redaktion bekommt: ›Heute um 8 auf rathauspl. Kommst du? Vg andy.‹

Um 20:30 Uhr ist Anpfiff. Oliver steht mit Andy, noch einem anderen Kollegen von der LTZ und vielen Fußball-Fans auf dem Lippstädter Rathausplatz und drückt der deutschen Nationalmannschaft die Daumen, dass sie gegen Uruguay gewinnen und somit den 3. WM-Platz ergattern. Schon nach dem zweiten Bier merkt Oliver, dass ihm der Alkohol nach diesem extrem heißen Tag rasch zu

* Vgl.: *Lippstadt kann ruhig feiern*. In: Der Patriot, 10. Juli 2010.

Kopfe steigt. Doch sein Durst lässt ihn noch mehr trinken. Und als Thomas Müller sein fünftes WM-Tor schießt, holt sein Kollege drei kleine Jägermeister-Fläschchen aus der Tasche. Eins davon reicht er Oliver. »Hier, auf Müller!«, sagt der Mann.

»Prost, auf Müller!« Oliver stößt mit ihm an. Irgendwo in Lippstadt heulen Vuvuzelas.

Deutschland gewinnt 3:2. »Drei gute Gründe, zu dritt noch drei zu trinken«, lallt Olivers Kollege und lacht über seine tolle Formulierung. Zusammen bahnen sie sich einen Weg durch die feiernden Fans zum Bierstand und bestellen. »Noch drei!«, ruft Olivers Kollege. Hier auf dem Rathausplatz feiern die Lippstädter die deutsche Nationalmannschaft und sich selbst, als hätten sie persönlich in Südafrika Großes geleistet. Die drei Männer stoßen an. »Prost, auf Deutschland!«

»Auf Deutschland«, sagt Oliver und trinkt sein Glas in einem Zug leer. Ein paar Minuten versucht er noch, dem Gespräch von Andy und dem anderen zu folgen. Entweder versteht er nicht, worüber sie sprechen, oder es gibt da nichts zu verstehen, weil sie betrunken aneinander vorbeireden.

»Ey, macht's gut. Ich kann nicht mehr«, verabschiedet sich Oliver schließlich von seinen Kollegen und verlässt den Rathausplatz wie viele andere auch. Vor ihm geht ein Paar Arm in Arm und biegt in die Kirchgasse ein. Als sie vor dem Overkamp'schen Haus – wie Oliver es immer nennt – stehen bleiben und den Haustürschlüssel suchen, bleibt auch Oliver stehen. Wie oft hat er schon vor diesem Haus gestanden und sich vorgestellt, wie es früher gewesen sein muss.

»'n Abend«, beginnt Oliver das Gespräch, ohne jedoch einen Plan zu haben. »Ich kenne den, der früher hier gelebt hat. Den Herrn Overkamp.«

»Ah, Sie kommen aus dem 17. Jahrhundert?«, stellt der Mann schlagfertig fest. »Ich hoffe, Sie hatten eine angenehme Reise«, erkundigt er sich mit nicht zu überhörender Ironie.

»Wieso 17. Jahrhundert? 18. Jahrhundert!«, sagt Oliver irritiert. Er kann nicht mehr klar denken.

»Sehen Sie, dort oben im Querbalken, da hat Ihr Bekannter Caspar Theodor Overkamp 1657 hineinschnitzen lassen. Jetzt entschuldigen Sie uns bitte. Es ist spät.« Die beiden verschwinden im Haus.

»Arschloch«, sagt Oliver lauter als beabsichtigt und ärgert sich über die Arroganz des Mannes. So ein Blödmann. Sein Blick bleibt für einen Moment an der Aufschrift der Klingel hängen: ›Wolfgang und Barbara Engerling‹.

12. JULI 2010

DEN GESTRIGEN SONNTAG hat Oliver mit Kopfschmerzen zu Hause verbracht. Es war wohl doch zu viel Bier. Und der Jägermeister hat ihm den Rest gegeben. Wie schlecht ihm auf dem Nachhauseweg gewesen ist. Erst recht nach dem doch zu blöd verlaufenen Gespräch mit diesem Mann. Wenn man es überhaupt Gespräch nennen kann. Wie peinlich, denkt Oliver und ist heilfroh, dass Annika nicht dabei gewesen ist. Aber der Name sagt ihm etwas. Engerling. Wieso hat er nie gelesen, was auf der Klingel steht? Er war wohl mit seinen Gedanken so sehr in der Vergangenheit, dass ihm die Gegenwart zumindest in Bezug auf das Overkamp'sche Haus unwichtig erschien. Wolfgang und Barbara Engerling wohnen jetzt dort. Immer wieder hat er über diesen Namen nachgedacht, bis ihm endlich eingefallen ist, dass er in Möllers ›Alte Nachrichten von Lippstadt‹ eben diesen Namen gelesen hat.

*Funfzehntes Capitel: Von Vermächtnissen, Schenkungen und Stiftungen**: Caspar Engerling, Schuster, schenkte 1773 die großzügige Summe von 75 Rthlr. der Stadt für den Neubau des Rathauses und 20 Rthlr. an die Hausarmen.

Nachdem Oliver das wieder eingefallen ist, hat er den Rest des Sonntages vor sich hingedöst. Die Hitze und der brummende Kopf haben mehr nicht zugelassen.

* Möller: *Alte Nachrichten von Lippstadt*. 1788. [1973]. S. 308.

Heute, nach dem vielleicht heißesten Wochenende des Jahres, schleppt sich Oliver um halb neun ins Lippstädter Archiv, um dort die ganzen Ereignisse durchzusprechen. Er möchte unter anderem von Frau Dr. Becker erfahren, ob das alles so Sinn macht, wie er sich die Geschichte zusammengereimt hat.

»Guten Morgen, mein Name ist Oliver Thielsen. Ich würde gerne Frau Dr. Becker sprechen«, stellt er sich im Erdgeschoss vor. Nach kurzer telefonischer Rücksprache wird er in die erste Etage in das Büro der Archivleiterin begleitet. Dort sitzen sie an einem runden Tisch, und Oliver berichtet, er wolle nochmals nach Overkamps Spuren forschen und auch Informationen über die Familie Engerling einholen.

»Da habe ich genau das Richtige für Sie«, freut sich Frau Dr. Becker. »Es hat mich jemand aus dem Lübecker Archiv angerufen und erzählt, dass ein junger Mann bei ihm gewesen sei, der etwas über die Overkamps in Lippstadt und später in Lübeck wissen wollte. Nachdem Sie gegangen seien, hätte er sich dunkel an einen Brief erinnert, der weder Namen noch Orte verrät und kein Datum trägt, aber das Papier und die Schrift eine ungefähre Datierung erlaube. Er gehöre ins 18. Jahrhundert. Er habe die Handschrift verglichen, sie sei der Schrift der Tagebucheinträge zum Verwechseln ähnlich, aber er sei kein Grafologe. Er hat mir eine Abschrift gemailt. Ich drucke sie Ihnen aus, wenn Sie möchten.«

»Ja natürlich. Gerne. Aber woher wusste der Lübecker Archivar, dass ich hierherkomme?«, überlegt Oliver.

»Er hatte Ihnen doch empfohlen, sich noch einmal an das Lippstädter Archiv zu wenden, so sagte er zumindest«, erklärt Frau Dr. Becker. Einen Augenblick später reicht sie ihm den Brief:

Meine liebe Nichte,

verzage nicht, wenn ich dir nun schreibe, was mir dein Herr Vater auf dem Sterbebette anvertraut hat. Er schickte dich einst fort, und du glaubtest, damit sei für ihn die Angelegenheit aus der Welt geschafft. Doch die Misere hat ihn ins Grabe gebracht. An gebrochenem Herzen ist dein Herr Vater verschieden.

Die große Explosion kurz vor deiner Abreise sei kein Unfall gewesen. Dein Herr Vater habe sie herbeigeführt, in dem Glauben, so den Vater deines ungeborenen Kindes aus der Welt zu schaffen, damit dein Geheimnis ein Geheimnis bleibe. Zwei Hirten starben unschuldig, wie er später erfahren habe.

Dein Herr Vater wurde dabei beobachtet und wenig später deswegen erpreßt. Der Teufel habe eine günstige Gelegenheit geschaffen, und er habe sie genutzt: Er hat den Mitwisser erschlagen und verscharrt. Gott habe ihm in diesen Stunden wenig beigestanden, denn auch dabei sei dein Herr Vater beobachtet worden. Dieser Mann habe ihn wieder erpreßt. Immer wieder sei er in das Kontor deines Vaters gekommen und habe Forderungen gestellt. Erst Waren und Geld, später Land und am Ende mußte dein Herr Vater diesem Mann sogar das Haus der Familie überschreiben.

›Ich bin ein Mörder, aber kein Spieler‹, waren seine letzten Worte, die er gerne zu dir gesprochen hätte.

Liebe Nichte, bitte denke stets daran, er hat alles nur aus Liebe zu dir und zum Schutze der Familie getan. Verurteile ihn nicht.

Die Deinige

›Ich bin ein Mörder, aber kein Spieler.‹ Mit diesem Satz im Kopf geht Oliver vom Archiv direkt zur Stadtbücherei und leiht sich noch einmal Hagemanns ›Festung‹* aus. Im Café Nölke neben der Bücherei bestellt er sich einen Cappuccino und liest, dass der preußische König Friedrich II die Demolierung der Festung Lippstadt angeordnet habe, diese aber nicht vor Ende des Jahres 1763 begonnen habe.** Diese Schleifung sei dann allerdings *so gründlich vorgenommen* [worden], *daß auch verkehrswichtige Brücken am Cappel Tor und am Süder Tor sowie zwei Schleusen am Lipper Tor und Kluse Tor zerstört**** worden waren. Dort, wo zuvor die Festungswerke gestanden haben, seien nach der Schleifung ca. 300 Morgen Land frei geworden.**** *Es wäre nur ein Akt der Gerechtigkeit gewesen, der durch den Krieg verarmten Stadt dieses Gelände zu überlassen und diejenigen Bürger zu entschädigen, denen Grundstücke für den Ausbau der Festung weggenommen waren.****** Lediglich das Land, welches im letzten Kriegsjahr, also 1763, in die Fes-

* Hagemann: *Die Festung Lippstadt*. 1985.
** Vgl.: Hagemann: *Die Festung Lippstadt*. 1985. S. 121.
*** Hagemann: *Die Festung Lippstadt*. 1985. S. 121.
**** Vgl.: Hagemann: *Die Festung Lippstadt*. 1985. S. 122.
***** Hagemann: *Die Festung Lippstadt*. 1985. S. 122.

tungsanlage einbezogen worden sei, gehe an die früheren Eigentümer zurück. Der Rest werde verkauft.*

Die dazugehörige Abbildung** der ›Eigentumsverhältnisse im ehemaligen Festungsgürtel 1764‹ studiert Oliver genau und trifft auf Namen, die auch heute noch in Lippstadt bekannt sind: Familie Rose und Familie Zurhelle gehörten die weitaus größten Flächen im ehemaligen Festungsgürtel. Ein etwas kleineres Areal gehörte F. Overkamp. Das zeigt, wie wohlhabend die Familie Overkamp gewesen war.

Oliver liest bei Hagemann, wie viel ein Morgen Land des Festungsgürtels gekostet habe: je nach Lage zwischen 25 und 50 Reichstaler***, wer gekauft habe und wo. Hagemann führt sogar einen Bericht des Generalmajors de Salenmon an, aus dem hervorgehe, bei wem noch Geldzahlungen ausstehen.****

Auf der nächsten Seite geht es um … *Neue Eigentumsverhältnisse im ehemaligen Festungsgürtel. Aufgrund ihrer finanziellen Lage war es nur wenigen begüterten Familien der Stadt möglich gewesen, Flächen des ehemaligen Festungsgeländes zu erwerben.******

Die Abbildung****** zeigt zu Olivers großer Verwunderung, dass das Land, welches 1764 noch – oder besser wieder – in Overkamps Besitz war, im Jahre 1766 C. Engerling gehörte. Hatte nicht Frau Dr. Becker gesagt, Schuster seien eher arme Schlucker gewesen? Wie konnte es sein, dass die Engerlings

---

* Vgl.: Hagemann: *Die Festung Lippstadt*. 1985. S. 122.
** Diese Abbildung ist fiktiv und den Karten 26 und 27 in Hagemann: *Die Festung Lippstadt*, 1985, nachempfunden!
*** Vgl.: Hagemann: *Die Festung Lippstadt*.1985. S. 124.
**** Vgl.: Hagemann: *Die Festung Lippstadt*. 1985. S. 124.
***** Hagemann: *Die Festung Lippstadt*. 1985. S. 125.
****** Diese Abbildung ist fiktiv und den Karten 26 und 27 in Hagemann: *Die Festung Lippstadt*, 1985, nachempfunden!

sowohl die Fläche im ehemaligen Festungsgürtel wie auch das Haus in der Kirchgasse bekommen haben?

Oliver bestellt ein Mineralwasser und ruft Annika an. Er berichtet ihr von dem Brief und den letzten Worten, die der Overkamp gesprochen haben soll. ›Ich bin ein Mörder, aber kein Spieler.‹ Es sei ja mehr als merkwürdig, dass ein Mann namens Engerling alles bekommen habe, was einst dem Overkamp gehört habe. Und ebenfalls ein Mann namens Engerling ihn am Samstagabend so blöd habe stehen lassen. Wie könne das sein?

»Ich glaube, die Engerlings verfolgen mich«, meint Oliver. »Überall Engerlings!«

»Jetzt entspann dich mal«, fordert Annika. »Der aus dem 18. Jahrhundert wird bereits verstorben sein; der tut dir nichts mehr. Und der andere …, zugegeben, der scheint ein Choleriker zu sein.«

»Ich weiß gar nicht, was ich schlimmer finde und was mir nun mehr Rätsel aufgibt: Overkamp als Mörder? Overkamp als ›Nicht-Spieler‹? Was soll das alles bedeuten?«, fragt Oliver.

»Tja«, meint Annika, »du wolltest ein Geheimnis lüften. Jetzt hast du es: Dein Overkamp hat jemanden umgebracht. Ermordet. Das scheint soweit klar zu sein. Aber was er mit ›er sei kein Spieler‹ meint, weiß ich auch nicht.«

»Vielleicht hat er Haus und Hof verspielt?«, überlegt Oliver.

»Dann wäre er ein Spieler.«

»Ja, stimmt«, gibt Oliver ihr recht. »Ich weiß auch nicht …«

7TER NOVEMBER 1764

FERDINAND OVERKAMP IST von Caspar Engerling in den ›Goldenen Hahn‹ bestellt worden. Overkamp weiß nicht, was Engerling von ihm will, und so betritt er mit einem mulmigen Gefühl in der Magengegend den Schankraum. In der hintersten Ecke wartet Engerling bereits an einem Tisch. Wortlos setzt sich Overkamp zu ihm. Engerling mischt Karten und teilt sie aus.

»Wir spielen?«, fragt Overkamp ungläubig.

»Ja, das machen wir jetzt häufiger«, sagt Engerling mit listigem Grinsen.

»Was spielen wir?«

»21«, antwortet Engerling knapp.

»Ich bin kein Spieler. Wie geht das?«, hakt Overkamp nach.

»17 und 4. Kennen Sie nicht? Ich dachte, Sie seien ein gebildeter Mann. Dieses Spiel haben die Franzosen im Siebenjährigen Krieg in die Stadt gebracht«, erklärt Engerling wichtigtuerisch. »Ich habe hier französische Karten.«

Sie spielen dieses Spiel nach den ganz eigenen Regeln des Caspar Engerling, mal lauten sie so, dann wieder anders. Aber immer so, dass der Engerling gewinnt. Mit kindlicher Freude klatscht er in die Hände, wenn er die Regeln zu seinen Gunsten umgebogen hat. Bereits nach wenigen Spielen hat Overkamp aufgehört mitzudenken; er hat ohnehin keine Möglichkeit, zu gewinnen. Nach gut zwei Stunden hat Engerling freudig im ›Goldenen Hahn‹ verkündet, dass er 50 Reichstaler gewonnen hat. Einige beglückwünschen ihn zu seinem Gewinn, andere schauen

Ferdinand Overkamp an und fragen sich, was da geschehen sein mag. »Das sieht ihm gar nicht ähnlich«, tuscheln sie, »und dann noch eine solch hohe Summe.« Gesenkten Hauptes geht Ferdinand Overkamp nach Hause. Der Teufel hat das Glücksspiel erfunden, um die Guten vom Pfad der Tugend abzubringen, denkt er traurig. Gott, warum hast du mich verlassen?

8TER NOVEMBER 1764

Beschämt ist Overkamp in der Nacht nach Hause gegangen, hat sich neben seine Gemahlin gelegt und keinen Schlaf gefunden. In Gedanken ist der Mord an Engerling ganz einfach, geht es ihm durch den Kopf, doch ein so schneller Tod durch Genickbruch ist viel zu harmlos. Overkamp überlegt Qualvolleres; in den schillerndsten Farben malt er sich Lösungen aus, die ihn von Engerling und seinem *Spiel* befreien. Mord ist endgültig, alles andere kann nicht infrage kommen, beschließt Overkamp. Aber allein beim Gedanken, nochmals mit fremdem, noch warmem Blut in Berührung zu kommen, schaudert ihn so, dass er erst recht keinen Schlaf findet. Blutgeruch steigt ihm in die Nase, glaubt Overkamp. Nein, er muss einen Weg finden, weder Blut noch Körper berühren zu müssen. Eine Art Sicherheitsabstand will er einhalten, denn allein Köpners Tod hat sich in seinem Hirn so festgefressen. Mehr grässliche Bilder in sich kann ein Mensch nicht aushalten. Wie elendig muss Köpner auf der Wiese zwischen Lippe und Munitionsgrube verschieden sein. Verreckt. Wie ein Tier. Welche Schmerzen muss er erlitten haben. Unermesslich. Aber Köpner hätte ihn, Overkamp, auch nicht erpressen dürfen. Da ist Köpner selbst schuld, rechtfertigt sich Overkamp vor sich selbst.

Heute Vormittag, so hat der Magistrat auf Geheiß des englischen Commissaire de Wyer verlauten lassen, will man die letzten Granatenreste aus dem Turm unweit des Hasenfangs, also zwischen Süder und Soest Tor, entfernen lassen.* Vier starke hiesige Männer sind ausgewählt worden, dieses zu tun. Einer von ihnen ist Caspar Engerling. Voller Stolz hat er in Lippstadt verkündet, dass ihn Dr. Johann Conrad Rose höchst selbst darum gebeten habe. Natürlich habe er, Engerling, dem werten Herrn Bürgermeister diese Bitte nicht abgeschlagen. Als heldenhaften Mann werden mich die Lippstädter feiern, weil ich die Stadt vor Gefahr bewahrt habe, malt sich Engerling aus.

Commissaire de Wyer fordert, dass die Granaten aufgeschraubt und ausgeschüttet werden. »Viel kann es ja nicht mehr sein«, sagt einer der Lippstädter. »Schließlich haben wir das meiste schon in Helfmanns Land vergraben.«

Und doch sind die vier Männer überrascht, wie viele Granaten sie noch aus dem Turm holen müssen und wie sehr das leidige Aufschrauben aufhält. Die Mittagsstunde ist schon vorüber, als Ferdinand Overkamp an dem Ort vorbeispaziert, an dem die Männer das Pulver auf einen Haufen draußen vor dem Turm schütten. Niemand blickt zu ihm, niemand grüßt ihn, und doch haben die Männer den hageren Overkamp vorbei gehen sehen.

»Was der hier rumschleicht?«, fragt einer der Männer.

»Was hat der hier zu schaffen? Man sagt, er sitze nur noch in seinem Kontor und tue nichts«, weiß ein anderer.

Mein Kontor, verbessert Engerling in Gedanken.

»Wusstet ihr, dass der Overkamp etwas mit der großen Explosion im Juni zu tun gehabt haben soll?«, fragt einer der Männer.

»Ach, das ist ja was! Erzählen Sie mal!«, fordert Engerling den Mann auf.

»Man weiß nichts Genaues. Aber er soll sich am Vor-

* Vgl.: Möller: *Alte Nachrichten von Lippstadt. 1788. [1973].* S. 261.

mittag dort zu schaffen gemacht haben«, erinnert sich der Mann.

»Einer will sogar gesehen haben, dass er mehrmals vor der Explosion die Lange Straße zwischen Schuppen und Kirchgasse hin und her gelaufen sei, als sei der Teufel hinter ihm her«, ergänzt ein anderer. »Wussten Sie das nicht?«, fragt er Engerling.

»Nein, aber es ist gut, dass ich das jetzt weiß. – Männer, ich bin gleich zurück.« Caspar Engerling lehnt sich ein wenig abseits an einen Baum, um seine Gedanken zu ordnen. Jetzt sieht er alles deutlich vor sich. Es wird so gewesen sein, dass der Köpner den Overkamp beobachtet hat – wobei auch immer. Und der Halunke Köpner hat dann den Overkamp erpresst, und den Ausgang dessen hat er, Engerling, beobachtet. Mit viel Schwung war der Spaten in den Hals gekracht. Auch jetzt, Wochen später, läuft ihm, Engerling, ein Schauer über den Rücken. Das hätte er dem Overkamp gar nicht zugetraut. Reden konnte der Overkamp, lesen und schreiben, ja und natürlich große Geschäfte machen. Aber mit solcher Kraft einen Mann töten und ihn zum Lippeufer schleppen. Hinter dem Busch hatte er, Engerling, gehockt und beobachtet, wie sich der Overkamp an der Grube zu schaffen machte. Dann plötzlich hatte Overkamp innegehalten und in seine Richtung geblickt. Er glaubte schon, entdeckt worden zu sein, doch nein, Overkamp machte weiter. Und dann hatte er mehr erahnt als gesehen, wie der Köpner aus dem Wasser kroch. Mit letzter Kraft, sich über den Boden ziehend, um dann doch elendig zu verrecken.

Plötzlich fängt das ausgeschüttete Pulver Feuer. Es brennt lichterloh, und in Windeseile springt ein Funke auf den großen Vorrat im Turm über. *Der ganze, aus einem* *dicken Mauerwerck bestehende Thurm* [wird] *dadurch unter fürchterlichem Krachen auseinandergesprengt.** Ein Getöse, welches die Lippstädter unmittelbar an die Ereignisse des 2. Juni erinnert.

Am Ende des Tages fasst Dr. Buddeus die Folgen der erneuten Explosion zusammen: *Die 3 Arbeiter büßten dabei ihr Leben ein und einer davon war durch die Luft auf 40 Schritt in einen daran liegenden Baumgarten geschleudert.*** Dr. Rose ergänzt: »*Um nun fernern Unglücksfällen dieser Art vorzubeugen,* [...] werde *der hiesige Magistrat dem englischen Commissair das noch übrige Magazin gefüllter Granaden ab**** kaufen [...] und die *8000 Stück* wolle man *in einen nahen Wassergraben werfen, der gleich darauf bei der Demolition der Festung völlig mit Erde aufgefüllet* [...]**** werde.«

Caspar Engerling reißt die Tür des Kontors auf und schreit Ferdinand Overkamp ohne Umschweife an, das könne ihm, Overkamp, so passen, dass er, Engerling, bei der Explosion des Turmes draufgehe. Doch so leicht gehe er nicht von der Welt. Ob Overkamp denn glaube, so seiner Schwierigkeiten ledig zu werden. Aber Overkamp sei ein solch schlechter Verbrecher, dass die ganze Stadt nur lachen werde. Das täten sie ohnehin schon. Ob Overkamp denn nicht bemerke, dass ihn alle schnitten?

»Die guten Verbrecher werden nicht erwischt«, zwinkert Engerling Ferdinand Overkamp zu.

»Werden wir ja sehen«, sagt Overkamp tonlos und ärgert sich, dass er so erbärmlich und hilflos klingt. Er ist

* Möller: *Alte Nachrichten von Lippstadt. 1788. [1973].* S. 262.
** Möller: *Alte Nachrichten von Lippstadt. 1788. [1973].* S. 262.
*** Möller: *Alte Nachrichten von Lippstadt. 1788. [1973].* S. 262.
**** Möller: *Alte Nachrichten von Lippstadt. 1788. [1973].* S. 262.

sich nicht mehr sicher, ob er gegen jemanden wie Engerling ankommen kann. Früher wäre es ein leichtes gewesen. Ja, früher ist wirklich alles besser gewesen.

»Wie hast du das gemacht? Wie hast du den Turm in die Luft gehen lassen?«, fragt Engerling aufgebracht, denn er kann sich nicht erklären, auf welchem Wege der Overkamp die Funken hat sprühen lassen, wo doch schon geraume Zeit vergangen war zwischen Overkamps Erscheinen und der erneuten Explosion. »Die Lippstädter werden mir noch dankbar sein, dass ich deinen Angriff überlebt habe!«, brüllt Engerling weiter. Overkamp lacht kurz auf ob dieser bodenlosen Übertreibung. Eine Frechheit. Eine Unverschämtheit.

»Ich weiß nicht, wovon Sie sprechen«, antwortet Overkamp ohne viel Regung. Es ist ohnehin alles zu spät. Ob jetzt der Engerling auch noch glaubt, er, Overkamp, habe etwas mit der Explosion zu tun oder nicht, ist ihm gänzlich einerlei. Doch allein der Gedanke, dass Engerling ihm ein solches Vorgehen noch zutraut, tröstet Overkamp für einen kleinen Augenblick, in dem er wünscht, dass er es tatsächlich wäre, der die Explosion ausgelöst hätte. Doch wenn er es gewesen wäre, hätte er sein Ziel – Engerling töten – verfehlt. Engerling ringt um Fassung; die Explosion hat ihm wohl einen gehörigen Schrecken eingejagt. Er hat um sein Leben gefürchtet und nur Overkamp allein weiß, wie gut Engerling daran tut. Das alles geschieht ihm ganz recht, denkt Overkamp. Ja, er schöpft sogar für einen Augenblick Mut, dass es doch auf irgendeinem Wege möglich sei, den Engerling zu hängen. Allein dass der Engerling noch lebt, zeigt nur, wie gottverlassen er, Overkamp, ist. Engerling hätte in den Baumgarten geschleudert und dort von den Ästen einer Baumkrone durchbohrt werden sollen, doch an seiner statt haben drei unbescholtene Bürger nun ihr Leben verloren.

Engerling schlägt mit der Hand auf den Schreibtisch. ›Köpner schlägt auf die Granatenkiste auf‹, erinnert sich Overkamp und zuckt zusammen.

»Schlechtes Gewissen?«, spottet Engerling. »Kann es sein, dass der Herr Köpner gesehen hat, wie Sie, mein lieber Herr Overkamp, dafür gesorgt haben, dass das Pulvermagazin nahe Bastion III in die Luft fliegt? Ja, da liegt es doch auf der Hand, dass Sie letztendlich auch den Pulverturm auf dem Gewissen haben. Soll ich nun Dr. Rose davon in Kenntnis setzen, oder wollen Sie sich als großzügig erweisen und mir einen Griff in Ihre Kasse gestatten?«, erkundigt sich Engerling vermeintlich formvollendet.

Mit einer müden Geste weist Overkamp auf seine Kasse. Engerling öffnet sie und weicht erschrocken zurück. »Leer!«, stellt er entrüstet fest. »Sie müssen mehr arbeiten. Machen Sie Geschäfte! Kümmern Sie sich!«, befiehlt er und fügt mit einem Grinsen hinzu: »Oder ist es schon so weit, dass ich hier alles übernehmen kann?« Ohne eine Antwort abzuwarten, verlässt Engerling das Kontor, von dem er hofft, dass es in Kürze seines werden wird. Allein die prächtige Ausstattung des Raumes selbst wird übrig sein, denn alles andere wird Overkamp verloren haben, wenn Engerling das Kontor sein Eigen nennen wird. Zuweilen malt sich Engerling aus, wie er sein Kontor einrichten wird. Noch geschmackvoller als zu Overkamps glanzvollsten Zeiten wird es werden, da ist er sich sicher.

27TER NOVEMBER 1764

Nach dem Frühstück hat sich Ferdinand Overkamp unverzüglich in sein Kontor begeben. Verdrießlich blickt er nun auf seine Unterlagen und überlegt, welches Vorgehen das richtige sei. Seit gestern weiß nun ganz Lippstadt, dass ihm, dem angesehenen und erfolgreichen Kaufmann, das Geld ausgegangen ist. Pedell Strenger hat es in der ganzen Stadt herumposaunt; auf Geheiß des Magistrats ist er wie üblich durch die Straßen und Gassen Lippstadts gegangen, hat hie und da an Türen geklopft und die Lippstädter davon in Kenntnis gesetzt, dass Ferdinand Overkamp sein Land am Wein Garten verkaufe, verkaufen müsse, um seine Schulden zu begleichen. Es sind für Ferdinand Overkamp ganz unangenehme Nachmittagsstunden gewesen, von denen noch zwei folgen werden, denn solcherlei Angelegenheiten werden immer drei Mal verkündet. So hat auch seine Gemahlin Johanna von den wirtschaftlichen Schwierigkeiten ihres Mannes erfahren. Heute Morgen steht es nun zum ersten Mal in der ›*Lippstädtischen Zeitung*‹. Auch hier werden noch zwei Benachrichtigungen folgen.

Avertiſſement.

Zur Bezalung der Gläubiger wird Ferdinand Overkamp unter Aſſiſtenz deſ Magiſtratſ einen Morgen Land im Wein Garten den 11ten December, 17ten und 21ten December feil bieten und in letzteren Termin zuſchlagen. Creditoreſ müſſen ſich längſtenſ den 11ten melden, und ihre Bezalung gewärtigen. Lippstadt am Rathause den 10ten December 1764.

Migistratus regens.*

Ferdinand Overkamp ahnt bereits, dass der Verkauf des Wein Gartens nicht ausreichen wird. Engerling stellt immer mehr Forderungen und macht keinen Hehl daraus, alles, wahrhaft alles zu wollen. Overkamp fragte vor ein paar Tagen, wie er, Engerling, in Lippstadt erklären wolle, warum er immer mehr Geld und Waren von ihm, Overkamp, bekomme, ohne selbst ins Gerede zu geraten. Natürlich sei ein Mord strafbar, und falsch sei es auch gewesen, das wäre ihm, Overkamp, bewusst. Doch Erpressung sei ebenfalls ein Delikt, welches geahndet würde. Beide würden sie untergehen.

Engerling ist zwar nur ein armer Schuster, doch er ist weder dumm noch auf den Mund gefallen. »Sie werden Spielschulden bei mir haben. Und damit sich das in Lippstadt herumspricht, werden wir von Zeit zu Zeit im ›Goldenen Hahn‹ beisammensitzen und Karten spielen. Ich gewinne, Sie verlieren. Niemand wird es wagen, an Ihrem Worte zu zweifeln. Sie sagen, Sie spielen zu viel und zu schlecht. Sie können mein Spiel gar nicht gewinnen. Entweder Sie verraten meinen Plan, dann lasse ich Sie als Köpners Mörder auffliegen, Sie werden verurteilt und verlieren alles. Auch Ihr Leben, Ihren Kopf, zack und ab.« Mit einer Handbewegung deutet Engerling das Köpfen an, denn Mörder werden immer geköpft. »Das ist dann ähnlich dem, was Sie dem Köpner angetan haben. Köpners Kopf muss auch bei-

* In Anlehnung an: St.R. B 1670. Lippstädtische Zeitung. Mit Königl. Preuß. auch Hochgräfl. Lipp. Allergnad. u. Gnad. Freiheit. Anno 1777, No. 109, Donnerstags, den 10ten Julii.

nahe abgeschlagen gewesen sein. Also: Entweder Sie werden als Spatenmörder in der Stadt bekannt, oder Sie geben mir die Summen, die ich beim Spiel gegen Sie gewinne. Dann verlieren Sie ebenfalls alles, werden aber nicht als Mörder angeklagt.« Auf Engerlings Gesicht mischen sich Verachtung für Ferdinand Overkamp und Freude über seine eigene Gerissenheit. Er, Engerling, wird alles bekommen und es zu Ansehen und Ehre in Lippstadt bringen.

Ferdinand Overkamp fragt sich immer öfter, wie er sich so hat verstricken können. Im Eifer des Gefechtes war ihm das Explodieren des Pulverschuppens als gute Lösung erschienen, um seiner Sorgen ledig zu werden – und abgesehen von den Verwüstungen in der Stadt schien es anfangs so, als ginge diese Rechnung auf. Doch dann kam Köpner und stellte Forderungen. Geringe nur im Vergleich zu Engerling, der ihm nun das Leben schwer macht. Ich bin kein gerissener Mörder, denkt Overkamp oft voller Gram. Diese Erkenntnis stimmt ihn verzweifelt und dennoch freudig. Segen und Fluch zugleich. Zu wenig umsichtig und zu dünnhäutig ist er. Bei geschlossenen Lidern sieht er den Spaten in Köpners Hals stecken. An den Händen, so glaubt er, könne er noch das durch die Finger rinnende warme Blut fühlen. Des Nächtens wacht er schweißgebadet auf, weil er im Traum den Aufschlag von Köpner auf die Granatenkiste gehört zu haben glaubt. Er hat einem Mann seinen Spaten in den Hals gejagt, weil dieser vorgab, gesehen zu haben, was sich Overkamp am Munitionsschuppen hat zuschulden kommen lassen. Dann hat der Engerling vorgesprochen, er habe gesehen, wie sich Overkamp des Köpners entledigt habe. Als sei das alles nicht schon schlimm genug, ist ihm auch noch klar geworden, dass er einen unschuldigen Burschen erwischt hat – und dessen Freund auf unerklärliche Weise noch dazu. Den Sachschaden lässt Overkamp bei seiner grausamen Auflistung dessen, was geschehen ist, außen vor. Hier geht es um Menschen. Der Buersmeyer wollte auch einen Teil haben und machte allerlei Andeutungen, Elisabeth habe sich mit Kerkmanns Stephan getroffen – darum muss er sich noch kümmern, erinnert sich Overkamp selbst. Buersmeyer hat er aus seinem Dienste entlassen müssen, die ganze Sache ist so nicht mehr tragbar gewesen. Seitdem fehlt von dem Kaufmannsdiener allerdings jede Spur. Jetzt muss noch der Engerling hängen. Am Soest Tor. Da fällt Ferdinand Overkamp das Buch ein, welches Matthiesen ihm mitgebracht hat, als er im Juni nach Lippstadt gekommen ist. Anfangs hat sich Overkamp gefragt, wozu er hier in Westfalen so ein Buch braucht, welches zeigt, wie welcher Knoten gelegt wird. Doch jetzt blättert er, beinahe wie auf glühenden Kohlen sitzend, von Seite zu Seite. Overkamp ist eine Eingebung gekommen, die er nun prüfen will. Wie viele verschiedene Knoten es gibt, staunt er. Und sie halten am besten, wenn sie unter Zug stehen. Ah, da ist er ja, der Henkersknoten!, freut sich Overkamp. Dabei muss man mehrere Rundtörns um die Schlinge legen. Ziehen. Das will geübt werden, denkt Overkamp und sucht das alte Seil seines Lastenaufzuges, welches er vorsichtshalber im Sommer hat auswechseln lassen, damit er seine Waren sicher auf den Dachboden ziehen konnte. Dass es so weit nicht kommt, hat er nicht geahnt.

Ferdinand Overkamp wickelt den fünften Rundtörn um die Schlinge. Es lässt sich bereits erkennen, was es werden soll, doch das Seil gleitet ihm aus den Händen. Nächster Versuch. Neun Mal liegt nun der Rundtörn um die Schlinge, und wenn er am langen Ende des Seiles zieht, schließt sich diese. Jetzt muss noch Engerlings Kopf drinstecken, und ich bin aller Sorgen ledig, denkt Overkamp. Vor seinem inneren Auge baumelt Engerling bereits am Soest Tor.

Als sei er bestellt, klopft Engerling mit dem Messingklopfer an die Tür und betritt das Kontor, ohne auf eine Aufforderung zu warten. Mehr und mehr betrachtet er das Kontor als seines und sieht sich schon wichtige Dokumente am Schreibtisch bearbeiten.

Hektisch wirft Ferdinand Overkamp die Schlinge unter den Tisch und schlägt das Buch zu. ›Köpner schlägt auf die Granatenkiste auf.‹ Overkamp schüttelt kaum merklich den Kopf, um die scheußlichen Bilder zu vertreiben, und schließt dabei die Augen. ›Köpners Blut spritzt.‹

»Was wollen Sie dieses Mal?«, fragt Ferdinand Overkamp gottergeben. Die Pein der Zeitungsmeldung und der Kartenspiele steckt ihm noch in den Knochen. Ansehen hat er kaum noch zu verlieren.

»Heute nehme ich …« Engerling blickt sich um. »Heute nehme ich etwas zu lesen. Ein Knoten-Buch. Womit Sie sich so beschäftigen!«, wundert sich Engerling. »Eigentlich wollte ich nur hören, wie es Ihnen ergeht, jetzt, wo alle in Lippstadt von Ihrer üblen Lage wissen. Es tut mir unbeschreiblich gut, zu sehen, wie Sie immer tiefer sinken«, freut er sich und verlässt pfeifend mit dem Buch unter dem Arm das Kontor.

Verzweifelt schlägt Ferdinand Overkamp die Hände vor sein Gesicht und reibt sich die Augen. Sofort sieht er, wie das Blut aus Köpners Hals spritzt und sich auch nicht aufhalten lässt …

»Heute Abend wieder im ›Goldenen Hahn‹«, fordert Engerling, der noch einmal zurückgekommen ist, um

Overkamp dieses mitzuteilen. »Sie wissen schon …« Mit einem fiesen und durchtriebenen Grinsen deutet er an, was Overkamp am Abend zu erwarten hat.

Ferdinand Overkamp zuckt zusammen. Gut, dass niemand sieht, welche Bilder sich in seinem Kopf festgebissen haben. Er nickt kurz, und Engerling zieht laut die Kontortür zu. ›Köpner schlägt auf die Kiste auf.‹

»Herr Christ, erbarme dich meiner. Was soll ich nur machen?«, fragt Overkamp sich selbst. »Wie bekomme ich bloß den Engerling ans Soest Tor?« Den Nachmittag verbringt Overkamp damit, eine Antwort auf diese Frage zu suchen. »Was soll ich nur machen«, sagt er immer wieder zu sich selbst. Um sich einen Überblick zu verschaffen, fertigt er eine Liste an, in der er Einnahmen und Ausgaben verzeichnet:

Einnahmen:
Pacht
Verkauf Weingarten ?
Rechnungen Buddeus 1 Rthlr 23 Mgr.
Zu verkaufende Waaren: wenig

Ausgaben:
Köpner 5 Rthlr Wein
Engerling 395 Rthlr 17 Mgr. Waaren Buch, fordert mehr, alles
Schneider 19 Rthlr 10 Mgr.
Schuster 11 Rthlr 34 Mgr.
Jahrmarkt (ein Vermögen)
Bediensteten Buersmeyer Agnes Berta
Schulgeld Michaelis bis Ostern Elementarschule 24 Mgr. Holzgeld 6 Mgr. Gymnasium 2 ½ Rthlr

Wortzins 4 Pfennig
Steuern 3 Rthlr 4 Mgr. 6 Pfennig
Kopf und Professionssteuer 2 Rthlr
Schornsteinfeger 4 ½ Mgr.
Victualien
Offene Rechnungen 17 Rthlr 10 Mgr 9 Pfennig
Auf Ehrenwort erhaltene Waaren knapp 25 Rthlr

Besitz
Haus und Meubles
Land am Judenfriedhof an E übertragen
Land auf Festungsgürtel

Stunde um Stunde sitzt er bewegungslos an seinem Schreibtisch, starrt auf die Liste und grübelt. Erst als Berta, die alte Magd, zum Abendbrot ruft, merkt er, wie die Zeit vergangen ist.

Mit Messer und Gabel zerlegt er sein Brot in kleinste Teile, ohne auch nur einen Happen davon zu essen. Dass seine Familie mit ihm am großen Eichentisch in der guten Stube sitzt und speist, nimmt er kaum wahr. Noch bevor die Mahlzeit beendet ist, legt er sein Mundtuch auf den Teller, steht auf und verlässt erst den Raum, dann das Haus.

Unangenehme Stunden stehen Overkamp im ›Goldenen Hahn‹ mit Engerling bevor. Die Demütigungen nagen an ihm. Sie ist entsetzlich, diese Schmach. Sie zehrt.

20TER DECEMBER 1764

In der letzten Nacht hat Ferdinand Overkamp kein Auge zugetan. Immer wieder sind seine Gedanken zu Anton Köpner abgeschweift. Overkamp hat überlegt, in welchem Zustand der Leichnam ist, ob er verwest, ob er von Maden durchfressen ist oder ob die Maden nach einem halben Jahr schon nichts mehr zu fressen haben und ob Maden überhaupt so tief im Erdreich leben können. Sobald Overkamp die Augen schließt, sieht er die kriechenden und wimmelnden weißen Tierchen. Im letzten Winter hat Berta, die alte Magd, einen Braten nicht richtig eingelegt, sodass Maden daran Gefallen fanden. Das Kreischen der Magd, als diese den Befall entdeckte, hat er noch so im Ohr, dass er selbst jetzt, mitten in der Nacht, davon aufschreckt. Er hat seine Gedanken nicht mehr im Griff, ständig entgleiten sie ihm. Ich bin nicht mehr Herr meiner Sinne, muss er sich selbst gestehen.

Overkamp laufen Tränen der Verzweiflung über sein Gesicht und tropfen auf die Bettdecke. Bisher ist es ihm nicht möglich gewesen, das Problem mit dem Engerling zufriedenstellend zu lösen. Dessen Dreistigkeit und Selbstverständlichkeit muss er, Overkamp, ohnmächtig über sich ergehen lassen. Immer wieder und wieder kommt Engerling mit Forderungen ins Overkamp'sche Kontor. Als wäre Engerling nicht ganz gescheit, nennt er das Kontor und zuweilen auch das ganze Haus sein Eigen. »Werter Herr Overkamp, bitte räumen Sie in meinem Kontor auf. Ich dulde diese Unordnung nicht«, hat Engerling bei seinem letzten Erscheinen gefordert. Es fehlt mir an Worten, denkt

Overkamp dann und schweigt. Und so langsam schwindet seine Kraft. Einst war er der hart verhandelnde Kaufmann Ferdinand Overkamp, und er war es, der Forderungen stellte, die andere zu erfüllen hatten. So hat er es in Lippstadt zu viel Ansehen und Wohlstand gebracht. Seiner Gemahlin Johanna hat er bisher jeden Wunsch erfüllen können, sodass sie sich stets wie die Damen von Welt nach französischer Mode putzen und zieren konnte, und auch sein Haus macht bei seinen Besuchern einen prächtigen Eindruck. Selbst sein Kontor hat er mit Stuck und kräftiger Farbe geschmückt, jeder sollte sehen, wie vermögend er ist. Das Land am Wein Garten hat sein Vater – Gott sei seiner Seele gnädig – kurz vor seinem Tode erworben. Nur noch wenige Stunden wird dieses Stück Land der Familie Overkamp gehören. Zur Mittagsstunde des 21. Dezembers wird sein Land versteigert. Der Stadt-Syndicus Clüsener hat verlauten lassen, dass er das Land haben wolle. Er könne es sich leisten, er sei schließlich nicht so ein armer Schlucker wie sein Stiefbruder Buddeus, hat er vor ein paar Tagen vor dem Rathaus angegeben. Wenn er, Clüsener, mit dem Buddeus fertig sei, könne dieser nicht einmal mehr seine Barbier-Rechnung oder gar seinen Perückenmacher bezahlen. Wie hässlich hatte er gelacht und gerufen, aus dem Buddeus würde … Es rumpelt. ›Köpner schlägt auf die Granaten-Kiste auf.‹

»Was war das?«, fragt Johanna Overkamp, die aus dem Schlaf aufgeschreckt ist. Sie hört ihren Sohn weinen und husten. »Das Kind ist aus dem Bette gefallen. Ferdinand, tun Sie etwas!«

Der Blick vom Grubenrand auf den leblosen Köpner lähmt Overkamp. Er kann sich nicht aus dem Bett bewegen. Schweiß bricht ihm aus. Herr Christ, erbarme dich meiner!, denkt Ferdinand Overkamp. Er blickt auf seine Hände. Sie fühlen sich feucht an. Hat er noch Köpners Blut an den Händen? Nein, das kann nicht sein, versucht er sich selbst zu beruhigen. Im Dunkel der Schlafstube kann er es nicht erkennen.

Mit einer schwungvollen Bewegung schlägt Johanna Overkamp ihre Bettdecke zur Seite und springt aus dem Bett. In ihrem Schwung sieht Overkamp sich selbst den Spaten auf Köpners Kehle schwingen. Sie läuft aus der Stube zu ihrem Sohn. »Ferdinand, kommen Sie schnell. Bringen Sie die Kerze mit!«, ruft sie.

Als Overkamp die Schlafstube seines Sohnes betritt, sitzt Johanna mit dem 13-jährigen Caspar auf dem Boden und wiegt ihn hin und her. »Er glüht. Wir müssen Wadenwickel machen. Wecken Sie Berta!«, ruft sie aufgeregt. »Und machen Sie die Fenster auf. Wir müssen ihn kühlen.«

Als Ferdinand Overkamp das Geforderte erledigt hat, läuft er höchst selbst zur Soeststraße, um Dr. Buddeus zu holen. Er rennt, als sei der Teufel hinter ihm her. Einmal stolpert er über ein Schlagloch, stürzt beinahe und rennt weiter. Tränen laufen ihm über sein Gesicht, doch das stört ihn nicht. Sein Ansehen ist ohnehin ruiniert.

Keine zehn Minuten später erreichen Overkamp und Dr. Buddeus die Kirchgasse und hören Johanna im Obergeschoss laut klagen. Der Tod haftet an mir und meiner Familie, denkt Overkamp. Ich reiße alle meine Lieben ins Verderben. Auch Dr. Buddeus kann nur noch den Tod des Kindes feststellen. 13 Jahre ist der Junge alt geworden. Am großen Fieber ist er gestorben. Einen Augenblick verweilt Dr. Buddeus noch bei Johanna und ihrem Kind, dann geht er zu Overkamp, der sich in sein Kontor zurückgezogen hat. »Mein Beileid, Herr Overkamp. Leider bin ich zu spät gekommen«, beginnt Dr. Buddeus. »Es ist eine schwere Stunde für Sie und Ihre Gemahlin. Wenn ich Ihnen behilflich sein kann, bitte sagen Sie es mir.«

»Danke. Mir und meiner Familie kann man nicht helfen. Nicht einmal Gott hilft uns«, antwortet Overkamp.

Auf dem Nachhauseweg erinnert sich Dr. Buddeus, dass Overkamps erstgeborener Sohn, der kleine Ferdi, nur wenige Tage alt geworden ist. Wann mag das gewesen sein? 1750? Und dann zwei oder drei Jahre später starb auch der kleine Theodor im Alter von vielleicht vier Monaten. Oder war er doch ein halbes Jahr geworden? So genau weiß Dr. Buddeus es nicht mehr. Und jetzt ist wieder ein Sohn verstorben. Der dritte. Im Hause Overkamp leben jetzt nur noch der kleine Friedrich und die kleine Theresia. Wie alt mögen die beiden sein? Der Junge geht zur Elementarschule, und das Mädchen ist um die drei Jahre alt. Dr. Buddeus schüttelt den Kopf. Wie kann eine Familie allein so viel durchmachen müssen? Die Elisabeth ist ja auch Hals über Kopf nach Lübeck abgereist, das lässt nur einen Schluss zu. »Diese jungen Mädchen haben keinen Anstand mehr!«, schimpft Dr. Buddeus vor sich hin.

21TER DECEMBER 1764

Der Magistrat im Rathaus überlegt an diesem Morgen aus gegebenem Anlass, ob der Termin der Versteigerung von Overkamps Land nun wegen des verstorbenen Sohnes verschoben werden sollte. Doch Stadt-Syndicus Clüsener besteht darauf, am Termin festzuhalten, angeblich, um nicht wieder die Versteigerung drei Mal in der Stadt bekanntgeben zu müssen.

»Heute Mittag, wenn die Stadtuhr 12 Uhr anzeigt, beginnen wir die Versteigerung«, wiederholt Amtmann Johann Anton Arnold Möller, ohne von der Richtigkeit seiner Entscheidung überzeugt zu sein. Aber in ganz Lippstadt ist der Termin nebst Uhrzeit bekannt.

»Ich werde pünktlich sein«, sagt Stadt-Syndicus Clüsener und geht heim. Bereits im Morgengrauen ist sein Stiefbruder Dr. Buddeus zu ihm in die Marktstraße gekommen und hat berichtet, dass Overkamps Sohn am großen Fieber gestorben sei und er, Buddeus, hoffe, dass die Versteigerung verschoben werde. Aus Gründen der Menschlichkeit. Mit einem überheblichen Lächeln hatte Clüsener seinem Stiefbruder die Tür vor der Nase zugeschlagen und sich gefragt, mit welchem Recht sich Buddeus in anderer Leute Angelegenheiten mische. Heute soll *sein* Tag werden! Einen Morgen Land besitzt er bereits am Wein Garten, und das Overkamp'sche Land grenzt direkt daran. Ein Morgen plus noch ein Morgen gleich zwei Morgen, rechnet er sich selbst vor und kann kaum erwarten, dass das Land seines wird.

Häufig zieht Clüsener seine Uhr aus der Tasche, aber wie immer, wenn man sich auf etwas freut, schreitet die Zeit nicht voran. Als seine Uhr endlich kurz vor zwölf zeigt, geht er zum Rathaus.

»Die Versteigerung ist bereits vorbei«, empfängt ihn Amtmann Möller. »Ich dachte, Sie hätten auch bieten wollen?«

Wutschnaubend ringt Clüsener nach Luft. Das muss ein böser Traum sein. »Wie können Sie es wagen!«, brüllt er Amtmann Möller an. »Warum warten Sie nicht auf mich?«

»Wer nicht kommt zur rechten Zeit ... Sie wissen schon. Wir richten uns nach der Stadtuhr, auch wenn sie falsch geht. Sie ist das städtische Hoheitszeichen, das wissen Sie doch, mein lieber Clüsener«, gibt Amtmann Möller spitz zurück und wendet sich zum Gehen.

»Was? Wer? Wer hat es ersteigert?«, fragt Clüsener und rauft sich sein Haar. »Sagen Sie es mir! Wer?«

»Ihr Stiefbruder, Dr. Buddeus«, antwortet Amtmann Möller betont ernst.

»Was? Das darf nicht wahr sein! Der hat kein Geld! Das wissen Sie!«, schreit Clüsener und atmet schwer. »Das ist eine Unverschämtheit. Herr Möller, Sie enttäuschen mich.« Clüsener verliert vollends die Fassung. »Wie können Sie es wagen, Sie ... Sie ...«

»Herr Clüsener, bitte beruhigen Sie sich. Das war nur ein Jux. Dr. Buddeus hat das Land nicht gekauft. Es ist doch in der ganzen Stadt bekannt, dass Ihr werter Stiefbruder kein Geld hat.«

»Was, Sie spaßen? Sie spaßen?«, schreit Clüsener. »Wie können Sie nur? Sie wissen doch ...«, Clüsener fehlen die Worte. »Warum ...?«

»Niemand in ganz Lippstadt regt sich so herrlich auf wie Sie, werter Herr Clüsener«, erklärt Amtmann Möller und freut sich, dass seine Rechnung aufgegangen ist.

»Ist die Versteigerung wirklich vorbei?«, erkundigt sich Stadt-Syndicus Clüsener vorsichtig bei Bürgermeister Dr. Rose. Er weiß nicht mehr, was er glauben kann und was nicht.

»Ja, sie ist vorbei. Es ging ganz schnell. Es hat nur Caspar Engerling geboten«, berichtet Dr. Rose und kann sich ein herzliches Lachen nicht verkneifen. Die Verhohnepipelung ist vorzüglich gelungen. Sonst müssen immer alle unter Clüseners harten und zu oft auch verletzenden Worten leiden, heute sollte es einmal andersherum sein.

»Engerling? Hat der etwa das Land bekommen?«, hakt Clüsener nach und kann sich kaum im Zaum halten. »Der hat sich nicht gemeldet und seine Kreditwürdigkeit beantragt. Das geht so nicht. Das ist nicht rechtens! Herr Amtmann Möller, ich werde Sie verklagen!«

Amtmann Möller und Dr. Rose biegen sich vor Lachen. Sie können kaum sprechen. Dr. Rose wischt sich sogar mit einem edel bestickten Tuch Tränen aus den Augenwinkeln.

»Herr Clüsener, selbstverständlich hat sich Caspar Engerling als Creditor gemeldet. Am selben Tag wie Sie. Wussten Sie das nicht?« Dr. Rose reißt sich zusammen und schnappt nach Luft. Er bemüht sich, so sachlich wie möglich zu bleiben, doch es gelingt ihm kaum. »Und weil Sie nicht gekommen sind, hat er das Land für nur 25 ½ Reichstaler* bekommen. Jetzt denken Sie mal nicht an sich, sondern an den Herrn Overkamp! Da ersteigert der Schuster Engerling von unserem Ratsherrn Overkamp das Land und bezahlt – wenn Sie so wollen – mit Overkamps eigenem Geld, welches dieser beim Glücksspiel an Engerling

* Die Summe orientiert sich an: St.R. B 1618. Verkauf von Buddeus'schen Ländereien zur Tilgung der Schatzungsrückstände sowie Pfändung von Hausrat. 1780.

verloren hat. Wie mag es dem Overkamp nur zumute sein? Er tut mir richtig leid. Was ist da nur geschehen?«, überlegt Dr. Rose und findet seine Haltung wieder. Das Schicksal Overkamps ist zu furchtbar, um auch nur ein leises Lächeln zu dulden. Ein menschliches Unglück sondergleichen. Wenn man doch nur helfen könnte, wünscht sich Dr. Rose.

30. AUGUST 2010

Heute Morgen ist die Gründungsveranstaltung der neuen Städtischen Gesamtschule Lippstadt. Die Turnhalle ist gefüllt mit Eltern und ihren Kindern, die als erster Jahrgang eingeschult werden. Oliver steht am Rand der Halle, macht Fotos für die LTZ und hört die freundlichen und lobenden Worte von offizieller Seite ebenso wie die der Elternsprecherin, die in ihrer Rede die Schule mit einem Abenteuerschiff vergleicht, das heute vom Stapel laufe, mit den Schülerinnen und Schülern als Besatzung, der Schulleiter sei der Kapitän.

»Unser Kapitän …«, sagt die Elternsprecherin, und Oliver schweift mit seinen Gedanken zu seiner Oma und ihrer Geschichte vom Kapitän, der den Lübecker Hafen nicht mehr verlassen wollte. – Lübeck. Ja, da hatte diese merkwürdige Geschichte begonnen, die ihn, Oliver, nach Lippstadt geführt hat. Oder besser, dort hat die Geschichte – das Leben Overkamps – geendet. Es deutet alles darauf hin, dass der Overkamp hier in Lippstadt jemanden umgebracht und dann die Stadt verlassen hat, überlegt Oliver. Vielleicht ist Overkamp nach Lübeck geflohen. Es gefällt Oliver gar nicht, dass Ferdinand Overkamp, sein Urur…großvater, ein Mörder gewesen sein soll. Wäre er ein Spieler gewesen, okay, das wäre nicht so schlimm. Aber ein Mörder!

Auf dem Weg von der Gesamtschule zurück zur Redaktion der LTZ fährt Oliver mit dem Fahrrad an der Lippe entlang. Der Weg ist ein Teil der Römer-Lippe-Route. Die Renaturierungsarbeiten sind weit vorangeschritten, und die Überflutungswiesen erfüllen ihren Zweck. Am Donnerstagabend ist das Tief Cathleen* über die Region hinweggezogen und hat so viel Regen gebracht, dass die Lippe deutlich über ihren Normalstand gestiegen ist, aber der Pegel fällt bereits wieder. An einer Stelle ist von der Uferböschung ein Stück Erde abgebrochen und vom Hochwasser fortgetragen worden. Die Wurzeln einer großen Weide liegen nun an einer Seite frei und sehen aus, als wollten sie wie Finger ins Wasser greifen. Trotz des trüben Wetters entschließt sich Oliver, ein Foto davon zu machen. So etwas sieht man nicht alle Tage. Er zoomt die Wurzeln näher heran und …

»Oaahhh, nein, bitte nicht!«, entfährt es Oliver. Im Fokus der Kamera kann er nur zu deutlich erkennen, wie ein Schädelknochen in den Wurzeln hängt. Er tritt näher heran. Jetzt ist es unwichtig, dass seine Schuhe und seine Hose nass werden. Von Bedeutung ist jetzt einzig, ein richtig gutes Foto für die morgige Ausgabe der LTZ zu schießen. Hoffentlich kommt nicht der Typ von der Tageszeitung *Der Patriot* auf seinem Rückweg von der Gesamtschule hier vorbei, denkt Oliver. Ich will der Erste sein, der hierüber schreibt.

Während Oliver auf die Polizei wartet, kommt ihm der Gedanke, dass dies die Leiche zu Overkamps Mord sein könnte. Ja, so könnte das gewesen sein. Overkamp bringt jemanden um und verscharrt ihn zwischen Lippstadt und Cappel mitten im Nirgendwo. Vielleicht steckt er noch einen Weidenast in die Erde, um aus irgendeinem Grund die Stelle zu markieren, an der der Tote begraben ist. Und aus diesem Ast könnte diese Weide geworden sein. Jeder Weidenast treibt aus, wenn er nur ein wenig Wasser hat.

Sein Handy klingelt die Titelmelodie vom ›Tatort‹.

»Hi, Annika, gut, dass du anrufst. Stell dir vor …« Oli-

* Vgl.: *»Cathleen« im Kreis gnädig*. In: Der Patriot, 28. August 2010.

ver berichtet ihr sowohl die Tatsachen wie auch seine Deutung, dass es *die* Leiche sein könnte. »Wenn doch nur die Pathologie herausfinden würde, *wie* dieser Mensch ums Leben gekommen ist«, wünscht sich Oliver. »Dann wüssten wir, wie der Overkamp jemanden umgebracht hat.«

»Oliver, langsam, du weißt doch gar nicht sicher, ob es diese Leiche ist. Vielleicht hat sie gar nichts mit damals zu tun. Vielleicht ist sie erst ... Vielleicht ... Vielleicht ist sie erst bei der Begradigung der Lippe zu Tode gekommen. Was weiß ich, wann das war«, sagt Annika.

»Das kann ich dir sagen: Die Lippe war schon immer eine wichtige Wasserstraße. Preußen hat dann ab 1815 ermöglicht, dass auch Schiffe auf der Lippe fahren, bis die Eisenbahn an Bedeutung gewann und der Fluss immer weniger genutzt wurde. Als die Renaturierung 1990 begann, war ...«, referiert Oliver.

»Woher weißt du das denn schon wieder?«, fällt Annika ihm ins Wort.

»Ich habe eine Broschüre vom Staatlichen Umweltamt Lippstadt* gelesen, da stand das drin. Auf jeden Fall ist der Verlauf der Lippe immer wieder verändert worden. Man hat sie begradigt und befestigt, vertieft und was weiß ich ... Es könnte also sein, dass der Schädel zu Overkamps Opfer gehört.«

»Es könnte genauso gut sein, dass er nicht in diese Zeit gehört. Oliver, du musst abwarten. Alles andere hilft nicht weiter«, beendet Annika das Telefonat, und Oliver überlegt, was sie gewollt haben konnte. Gesagt hat sie nichts, aber angerufen.

---

* Staatliches Umweltamt Lippstadt (Hg.): *Lippeauenprogramm. Die Klostermersch. Ein Fluss erobert seine Aue zurück*. Juni 2002.

9TER JANUAR 1765

Der eisige Nordostwind pfeift durch jede Ritze des Hauses, sodass Ferdinand Overkamp die Wolldecke enger um seine Beine zieht. Die anhaltende Kälte macht ihm zu schaffen; seine Glieder schmerzen. Seit dem Tod seines Sohnes im Dezember ist ihm nicht mehr warm geworden. Das sei die innere Kälte, meint Johanna. Die Herzenskälte sei viel, viel schlimmer als der Wind. Auch die Eisblumen an den Fenstern stören Johanna nicht. Wenn das helle Licht der Sonne durch die Kristalle scheine, werde ihr, Johanna, die glanzvolle Schönheit bewusst. Gottes Schöpfung, in die sich der Mensch nicht einmischen dürfe. So sei einst auch die Familie Overkamp gewesen. Glanzvoll, erfolgreich, mit hohem Ansehen nicht nur in Lippstadt. Gottes Schöpfung eben.

Johanna Overkamp geht zum Fenster der guten Stube und blickt durch die Eisblumen hindurch. Verzerrt steht der Turm der Großen Marienkirche imposant im Licht der Sonne. Mit dem Daumennagel zerkratzt sie die Eisblumen an der dünnen Scheibe. Immer heftiger fährt sie mit dem Daumen hin und her und zerstört das eindrucksvolle Gebilde. Abgeschabtes Eis fällt auf die Dielen. Durch ein kleines Guckloch hat Johanna nun einen klaren Blick auf den blauen Himmel. Wenn Gott doch nur helfen würde und alle Sorgen und Nöte dieses Winters ein wenig lindern würde. Wie wundervoll wäre es, wenn sie, Johanna, nach Lübeck reisen könnte, um ihre Tochter Elisabeth zu besuchen. Wie wundervoll wäre es, all das Geschehene vergessen zu können. Alles zurückzulassen und neu zu beginnen. Ein sorgenfreies Leben an der Seite eines Mannes, der nicht jeden Stolz und jeden Lebensmut verloren hat. Ausgedehnte Spaziergänge an Lippe oder Trave könnte man unternehmen und dabei die Sonne genießen. Man könnte miteinander sprechen, statt immer zu schweigen. Wie sehr sehnt sich Johanna nach den Gesprächen, die sie einst mit ihrem Gemahl geführt hat. Über so vieles haben sie sprechen und auch lachen können. Sie sind froh und glücklich gewesen. Ja, sie hatten Gott in sich. Johanna drückt die Tücher wieder fest an die Fensterritzen. Es zieht und es ist kalt. Sie fröstelt in der guten Stube. Ihr Gemahl hat die beiden Mägde angewiesen, mit dem Holz sparsam umzugehen. Nur die gute Stube dürfe ein wenig geheizt werden. Im Ofen solle immer nur ein einzelnes Buchenholzscheit glühen, das reiche aus, um nicht zu sehr zu frieren. Selbst im Kontor, in welchem er, Overkamp, beinahe den ganzen Tag zubringt, ist es bitterkalt. Vor wenigen Jahren hat er noch einen Kaminofen einbauen lassen, doch jetzt ist es an der Zeit, umzudenken. Der Ofen bleibt aus, hat Overkamp aus der Not heraus beschlossen.

Es klopft an der Tür zum Kontor. Ferdinand Overkamp zuckt zusammen. Seit Wochen oder gar seit Monaten bedeutet es nichts Gutes mehr, wenn bei ihm angeklopft wird. Früher, als die Zeiten noch besser waren, war Anklopfen stets ein Zeichen für laufende Geschäfte. Das war auch der Grund, warum er zu Beginn des vergangenen Jahres einen prächtigen Messingklopfer an seiner Türe anbringen ließ. Ein wahres Meisterwerk, welches jeden Besucher beeindruckt und darüber hinaus ein angenehm klingendes Klopfen hervorruft. Eine Anschaffung, die sich lohnen würde, da war sich Overkamp sicher gewesen. Heute hingegen ist alles anders; heute kommen nur noch schlechte Nachrichten. Der Messingklopfer ertönt ein zweites Mal. Hastig zieht er sich seine Mütze vom Kopf und wirft diese zusammen mit der Wolldecke unter seinen Schreibtisch.

»So treten Sie ein!«, ruft Ferdinand Overkamp und steht auf. »Ah, Dr. Rose. Was verschafft mir die Ehre?«

»Herr Overkamp, guten Tag«, beginnt Dr. Rose. »Kalt haben Sie es hier. Das ist nicht gut. Sie werden noch krank. Ein Lungenleiden.«

»Aber nicht doch. Mit dem Abzug stimmt etwas nicht, sodass ich meine Geschäfte aus der guten Stube erledige. Da haben wir es angenehm warm«, lügt Ferdinand Overkamp. »Was führt Sie zu mir?«, erkundigt er sich.

»Es geht um Ihren Kaufmannsdiener Buersmeyer. Wie ich hörte, hat er die Stadt verlassen. Und das schon im August.«

»Wohl wahr. Es war Jahrmarkt, Bartholomäus, da erwischte ich ihn auf frischer Tat, wie er lange Finger machte und in meine Kasse griff. Das konnte ich nicht dulden und habe ihn umgehend aus meinem Dienste entlassen. Er ging und ward nicht mehr gesehen«, berichtet Overkamp.

»Ungewöhnlich. Wo mag er hingegangen sein?«, überlegt Dr. Rose. »Könnte es sein, dass ihm die Zunge gehört? Sie erinnern sich? Die Zunge, die jemand an die Rathaustür genagelt hat? Dr. Buddeus glaubt, dass der Mensch an dieser Verletzung gestorben sein muss, wenn er nicht schon vor dem Heraustrennen der Zunge tot war. Aber wir haben keine Leiche.«

»Was soll ich sagen? Ich … ich habe auch keine Leiche …«, stammelt Overkamp und denkt an Köpner – und Engerling, dessen Tod nur noch eine Frage der Zeit ist. Overkamps Gesicht beginnt zu glühen. Hoffentlich bin ich nicht rot geworden und habe dadurch etwas verraten, befürchtet Overkamp.

»Überlegen Sie mal in Ruhe. Gehen Sie in Ihre warme Stube – die ist doch wirklich warm? – und ich gehe ins Rathaus«, sagte Dr. Rose und wendet sich zum Gehen. »Ob Ihr Diener wohl Ärger mit dem jungen Thiemeyer hatte? Sie wissen, dass Bernhard Buersmeyer zufällig an der offenen Türe der Backstube stand, als der Bursche Thiemeyer seinem Meister, dem Buddeberg, von dem Pulverangebot am Cappel Tor erzählte? Ohne Buersmeyer wäre dem jungen Bäckerburschen einiges erspart geblieben. Auch dem Kaufmannsdiener Plange, dem Clusepförtner Küchenmeier und dem Stadtdiener Pape. Das hat vielen nicht gefallen, dass der Buersmeyer gelauscht und die Angelegenheit in Umlauf gebracht hat.« Die Klinke in der Hand dreht er sich noch einmal um. »Werter Herr Overkamp. Ich mache mir Sorgen um Sie. Was geschieht mit Ihnen? Früher waren Sie eine stattliche Erscheinung, ein Mann von Größe und Stärke. Und nun? Sie sind hager und beinahe ausgemergelt. Im Gesicht hat Ihre Haut tiefe Sorgenfalten. Ringe unter Ihren Augen, die bei Weitem nicht mehr so strahlen wie einst. Sie sitzen in Ihrem kalten Kontor und verlieren alles. Wieso lassen Sie das zu? Das scheint mir nicht mit rechten Dingen zuzugehen. Wenn Sie wünschen, vertrauen Sie sich mir an. Sie wissen, wo Sie mich finden.«

Ohne eine Antwort abzuwarten, verlässt Dr. Rose das Kontor. Draußen in der Kirchgasse wird der Schnee vom Wind aufgewirbelt. Er schlägt seinen Kragen hoch und eilt in die warme Amtsstube im Rathaus.

»Herr Clüsener, was machen wir nur mit unserem werten Herrn Overkamp? Man muss dem Mann doch helfen. Und der gnädigen Frau natürlich. Und den beiden Kindern. Nicht auszudenken, was im Hause Overkamp geschieht«, klagt der Bürgermeister.

»Dr. Rose, Sie sind zu hilfsbereit. Der Overkamp ist selbst schuld. Ich hoffe, er verliert noch mehr. Am liebsten würde ich sein Haus ersteigern. Das wäre was!«, freut sich der Stadt-Syndicus.

»Clüsener! So etwas sagt man nicht!«, schimpft Bürgermeister Dr. Rose und beendet das Gespräch mit Clüsener.

Die Eheleute Overkamp stehen in der guten Stube vor dem Kaminofen und wärmen ihre Hände, als Agnes, die junge Magd, mit einer Meldung den Raum betritt. Diese sei aus Lübeck und soeben erst angekommen. Mit einem leichten Knicks überreicht sie die Nachricht Herrn Overkamp.

Verehrter Herr Vater, verehrte Frau Mutter,

am 1. Januar habe ich einen Jungen zur Welt gebracht. Ferdinand Caspar Theodor Overkamp heißt er. Noch schwächeln wir ein klein wenig, aber wir werden schon noch zu Kräften kommen.

Aufrichtige Grüße
Ihre Elisabeth

»Einen Jungen, wie zauberhaft«, freut sich Johanna. »Und gesund sind die beiden. So viel Sorgen habe ich mir gemacht, jetzt bin ich erleichtert. Ferdinand, ich wünschte, wir könnten zu ihr fahren. Der Junge heißt wie die Männer unserer Familie; das macht Sie stolz, nicht wahr? Bitte, bitte, lassen Sie uns hinreisen«, fleht Johanna überglücklich.

»Nein, ich habe keinen Enkel«, sagt Overkamp knapp.

»Was? Sie brauchen es doch in Lippstadt niemandem zu sagen. Ich bitte Sie«, sagt Johanna unter Tränen. »Wir könnten sagen, wir besuchen Katharina, Ihre Schwester, oder Matthiesen. Das wird Ihnen geglaubt, da er doch noch vor einem halben Jahr hier unser Gast war«, sucht Johanna händeringend nach einer Lösung.

»Ich habe keine Tochter namens Elisabeth und einen Enkel schon gar nicht«, beendet Ferdinand Overkamp das Gespräch und verlässt die warme Stube. Die Kälte im Kontor setzt ihm nicht so zu wie die Gefühlsduselei seiner Gemahlin. Als sei dieses Kind ein ehrenhaftes, auf das er stolz sein könnte! Nein, wahrlich nicht. Dieses Kind hat schließlich sein Leben und das seiner anderen Kinder auf dem Gewissen. Gottlos. Wer wird so ein Kind schon taufen? Wie friedlich wäre doch sein Leben verlaufen, wäre dieses Kind nicht. Dieses vermaledeite … Aber es ist sein eigen Fleisch und Blut. Und trägt seinen Namen: Ferdinand Overkamp.

Die vielen Schicksalsschläge, die er seit dem letzten Sommer hat einstecken müssen, haben einzig Elisabeth und dieses Kind zu verantworten, findet Ferdinand Overkamp. Wie stolz ist er vor vielen Jahren – vor gut 17 Jahren, um genau zu sein – auf die Geburt seines ersten Kindes gewesen, obwohl es nur ein Mädchen war. Elisabeth. Und dann ist seinem einstmals kleinen Wonneproppen dieses verfluchte Missgeschick zugestoßen. So weit ist es schon gekommen, dass er sich im eigenen Kontor von Bürgermeister Dr. Rose bemitleiden lassen muss. Und es wird noch weitergehen. Der Engerling stellt ohne Unterlass Forderungen, die er, Overkamp, schon lange nicht mehr erfüllen kann. Mal fordert er 50, mal 100 Reichstaler. Nachdem der Engerling sein Land im Wein Garten ersteigert hat, ist er des Öfteren ins Kontor gekommen und hat ihn, Overkamp, an seinem Triumph teilhaben lassen. Bei jedem Besuch Engerlings frisst sich der Gram tiefer in seine Brust und schwächt Overkamp so sehr, dass es ihm bisher nicht möglich gewesen ist, einen Weg zu finden, den Engerling endlich zum Soest Tor zu locken. Bald wird es geschleift, und dann hat er jede Möglichkeit vertan, den Engerling so eindrucksvoll außer Gefecht zu setzen. In Lippstadt munkelt man, dass Justizrat Rose dort am Soest Tor ein Haus bauen wolle, doch es sei unklar, wie mit der Wallpoterne zu verfahren sei. Möglich sei, dass der Justizrat sein Haus um das Tunnelgewölbe herum baue.

Jeden Tag hängt Ferdinand Overkamp diesen und anderen Gedanken nach, vernachlässigt seine Geschäfte, macht mit niemandem neue Abschlüsse, lädt keine Gäste mehr ein, er könne sie nicht angemessen beköstigen, erklärt er kurz und schweigt wieder.

So wiederholt es sich von Tag zu Tag, von Woche zu Woche und sogar von Monat zu Monat.

24TER FEBRUAR 1765

»Heute geht die Overkamp'sche Ratsherrenwürde zu Ende. Über mehrere Generationen hinweg war immer ein Overkamp im Rat. Mein Vater und mein Großvater hatten dieses Amt inne. Früher, als ich noch kinderlos war, habe ich mir immer gewünscht, dass eines Tages mein erstgeborener Sohn – Gott möge seiner Seele gnädig sein – mich als Ratsmitglied ablösen wird. Aber heute wird nun meine Mitgliedschaft enden. Niemand wird mich wählen, und das kann ich sogar verstehen«, resümiert Ferdinand Overkamp.

»Ich weiß nicht, was ich sagen soll.« Dr. Rose ringt um die richtigen Worte. »Wenn heute, wie immer am Sonntag kurz vor oder nach St. Peter Stuhlfest, der neue Rat gewählt wird*, sind meine Tage als Bürgermeister auch gezählt, denn ›[u]*m Ende des Monats Merz legt der alte Magistrat sein Amt nieder, und der neue tritt an dessen Stelle*‹.** Aber Sie wissen, ich kann im kommenden Jahr wieder gewählt werden. Wer allerdings erst einmal aus dem Rat ausgeschieden ist, dem gelingt es so gut wie nie, wieder hineingewählt zu werden. *Die Ratsherrenwürde* [ist] [...] *in einigen Familien fast erblich.**** Es tut mir sehr leid für Sie, werter Herr Overkamp«, beteuert Dr. Rose.

»Guten Tag, die Herren«, grüßt Stadt-Syndicus Peter Henrich Clüsener die beiden vor dem Rathaus stehenden

---

* Vgl.: Klockow: *Stadt Lippe – Lippstadt.*. 1964. S. 94.
** Möller: *Alte Nachrichten von Lippstadt.* 1788 [1973]. S.328.
*** Klockow: *Stadt Lippe – Lippstadt.* 1964. S. 95.

Männer. »Overkamp, Ihr letztes Stündchen hat geschlagen, nicht wahr?«, stichelt Clüsener. »Niemand wird Sie wählen. Niemand legt Wert auf Ihre Gegenwart.«

»Clüsener, können Sie nicht einmal Ihr loses Mundwerk im Zaum halten? Es ist wahrlich schlimm genug für unseren Overkamp«, weist ihn Dr. Rose zurecht.

»Bald haben Sie mir gar nichts mehr zu sagen«, freut sich Clüsener. »Abgewählt und auf Wiedersehen.«

»Sie können sich diese Unverschämtheiten nur leisten, weil Sie auf Lebenszeit im Amt sind*«, kontert Dr. Rose. »Man sollte das ändern. Sie können ja nicht einmal richtig schreiben. Ist Ihnen mal aufgefallen, wie viele verschiedene Schreibweisen Sie allein bei dem Wort ›Eid‹ anwenden**? An einem ruhigen Nachmittag im Winter erlaubte ich mir den Spaß und schrieb sie heraus: *A-y-d, A-y-d-t, E-y-d, E-y-d-t*«***, buchstabiert Dr. Rose. »Und ›Feuereimer‹ schreiben Sie zuweilen mit y. E-y-mer. Da muss man erst mal drauf kommen!«, lacht Dr. Rose herzlich. »Zugegeben, das ist noch normal. Aber manche Wörter kann man gar nicht entziffern, was nicht nur an Ihrer unmöglichen Handschrift liegt. Clüsener, manche, oder soll ich sagen, viele Buchstaben machen gar keinen Sinn. Sie ergeben nie und nimmer ein Wort! Und wenn Sie ›*die im Text vorkommenden Namen der Neubürger jeweils noch einmal am linken, von Eintragungen freien Rand jeder Seite*‹**** aufführen, dann ›*erscheinen gelegentlich andere Vornamen als die im Text genannten*‹.***** Das soll übersichtlicher

* Vgl.: *Bürgerbuch der Stadt Lippe/Lippstadt 1576 – 1810*. Bearbeitet von Erich Thurmann. Lippstadt, 1983. S. XVI.
** Vgl.: *Bürgerbuch der Stadt Lippe/Lippstadt. 1576 – 1810*. 1983. S. XIV.
****Bürgerbuch der Stadt Lippe/Lippstadt*. 1983, S. XIV.
**** *Bürgerbuch der Stadt Lippe/Lippstadt. 1576 – 1810*. 1983. S. XIII.
***** *Bürgerbuch der Stadt Lippe/Lippstadt. 1576 – 1810*. 1983.S. XIII.

sein? Sie verwirren nur alle. Auch die, die nach uns kommen und dann nicht wissen, warum das so ist. Dass Sie einfach zu fahrig oder soll ich sagen, unfähig sind, können unsere Nachfahren ja nicht wissen«, ereifert sich Dr. Rose. »Kann ja niemand ahnen, dass sich so jemand wie Sie in diesem Amt festgebissen hat. Eine Zumutung ohnegleichen. In fernen Zeiten werden die Lippstädter über Sie lachen. So herzlich wie ich jetzt schon.«

Clüsener schnaubt vor Wut, ringt um Worte und rennt laut fluchend in die Amtsstube.

»Das ist einer, unser Clüsener«, sagt Dr. Rose zu Overkamp und sieht sogleich, dass diesem nicht zum Lachen zumute ist. »Ein unangenehmer Zeitgenosse.«

Es dauert gar nicht lange, da wird der Bürgerschaft wie immer seit der Einführung des Ratswahlgesetzes von 1341* das Zeichen gegeben: Trompeten ertönen, und die Bürger versammeln sich alsbald im Rathaussaal**, um zu erfahren, wer ab Ende März nun der neue Bürgermeister, wer sein Stellvertreter und wer die Amtmänner sein werden.

Vom März 1765 bis März 1766 übernimmt Johann Conrad Kellerhaus das Amt des Ersten Bürgermeisters von seinem Vorgänger Dr. Johann Conrad Rose.

»Dann bleibt wenigstens der Vorname gleich!«, ruft Clüsener mitten in die feierliche Verkündung. »Dann müssen sich die Herren nicht so viel Neues merken!«

Die Anwesenden schütteln nur den Kopf. Solcherlei Benehmen von Clüsener kennen alle – nicht nur die Ratsmitglieder – zur Genüge. Sie denken sich ihren Teil und übergehen die mündlichen Fehltritte des Stadt-Syndicus.

---

* Vgl.: Klockow: *Stadt Lippe – Lippstadt*. 1964. S. 94.
** Vgl.: Möller: *Alte Nachrichten von Lippstadt. 1788.* [1973].S. 328.

Sie alle erinnern sich an keinen einzigen Tag, an dem Clüsener nicht mit wüsten Worten um sich geworfen hat.

Der Zweite Bürgermeister, der Stellvertreter, wird Arnold Curtius. Als Amtmänner werden Johann Christian Claudius und Franz Conrad Leonhard Sinnemann eingetragen.

7TER APRIL 1765

In den späten Nachmittagsstunden des Gründonnerstags ist Pedell Strenger mit Stadt-Syndicus Clüsener und vier Gehilfen zu Overkamp gekommen.

»Wir pfänden heute noch Ihre Mobilien«, hat Clüsener mit einem freudigen Lächeln im Gesicht erklärt. »Sie, werter Herr Overkamp, haben so viele Schulden in der Stadt, dass uns, dem Magistrat, leider nichts anderes übrig bleibt, als zur Sicherheit Ihre Mobilien zu arrestieren. Das heißt, wir nehmen sie direkt mit.«

Overkamps Kraft hat nur für ein zaghaftes »Ja, aber …« gereicht, mit mehr konnte er sich nicht zur Wehr setzen, zumal er wusste, dass es sich um das übliche Procedere handelte, welches auch bei ihm nicht außer Kraft gesetzt werden konnte. Er ist ja nicht einmal mehr Ratsmitglied, verfügt nicht mehr über einen guten Ruf oder ein hohes Ansehen, hat keine Gelder und nun auch keine Mobilien mehr. Die gute Stube ist zur Gänze ausgeräumt worden. Johanna, seine Gemahlin, hat am Fenster gestanden und mit Tränen in den Augen immerzu geflüstert: »Dass ich das noch erleben muss!«

Schon am Mittwoch hat die gnädige Frau zu weinen begonnen, als in Lippstadt wieder einmal Jahrmarkt war und weder sie noch sonst jemand der Familie Overkamp hat hingehen dürfen. Die Zeiten seien vorbei, hat ihr Gemahl gesagt. Sie hätten kein Geld, das wisse sie, Johanna, und es sei ohnehin besser, sich nicht zum Gespött der Leute zu machen. Es werde schon genug über die Familie getuschelt. Das könne und wolle er nicht ertragen.

Am Abend haben sich die beiden Mägde erst aus dem Hause hinaus- und später wieder hineingeschlichen, damit der Herr Overkamp es nicht bemerkt. »Streng ist er geworden, herrisch, ja, gebieterisch und auch ungerecht«, sagt die eine. »Herzlos ist er«, sagt die andere.

Heute nun ist Ostersonntag. Vor Jahren hat die Familie diesen hohen Feiertag würdig begangen, hat den Gottesdienst der Großen Marienkirche besucht und anschließend gespeist. Der Tisch war mit einer weißen Damasttischdecke gedeckt und das Sonntagsgeschirr hervorgeholt. Wenn das Wetter es zuließ, sind die Eheleute Ferdinand Overkamp mit ihren Kindern durch die Stadt spaziert. Overkamp hat seinen Söhnen Caspar und Friedrich gezeigt, wie er die Steine über das Wasser der Lippe hüpfen lassen kann, während Elisabeth gemeinsam mit Johanna einen Wildblumenstrauß pflückte.

Agnes hat zum dritten Mal in Folge für die ganze Familie Overkamp den Küchentisch decken müssen. Groß genug ist er, aber die gnädige Frau weigert sich, in der Küche Platz zu nehmen. Dass sie letzten Sommer nach der großen Explosion vom Emaille-Geschirr hat essen müssen, sei schlimm genug gewesen. Aber jetzt in der Küche zu sitzen und zu speisen, das gehe zu weit. Das werde sie nicht machen, komme, was wolle, hat sie ihren Gemahl wissen lassen. Er soll die beiden Kleinen mit in die Küche nehmen, sie müssten schließlich essen, um bei Kräften zu bleiben. Sie selbst werde nicht mehr essen. So nicht!

In der Küche ist es trotz allem gemütlich, und die Tür zu dem kleinen Kräutergarten ist weit geöffnet. Die Vögel zwitschern, und helles Grün sprießt. Ferdinand Overkamp sitzt schweigend mit seinen lachenden Kindern am Tisch. Sie spielen: ›Ich sehe was, was du nicht siehst‹. »Es ist rot«, ruft die kleine Theresia. »Wo, ich kann es nicht sehen!«, fragt der kleine Friedrich und springt im selben Augenblick auf, in dem Agnes den großen Topf mit kochender Brühe vom Herd nimmt. Friedrich stößt mit dem Kopf darunter und wird von der brodelnden Brühe übergossen. Der Kleine schreit nur kurz, die anderen lang anhaltend. Es dauert nur einen Moment, bis Johanna hastig die Küchentür aufreißt. Als sie die verbrühte Haut ihres Sohnes sieht, sinkt sie, ohne einen Laut von sich zu geben, zu Boden.

Als Dr. Buddeus nach nur wenigen Monaten wieder einen Todesfall im Hause Overkamp feststellen muss, fehlen ihm die Worte, obwohl ihm Kondolenzen vertraut sind.

»Gehen Sie zu Tilemann in die ›Einhorn-Apotheke‹. Er wird Ihnen geben, was Sie brauchen«, empfiehlt Dr. Buddeus. »Ich stelle Ihnen ein Rezept über ein stärkendes Pulver aus, und lassen Sie sich Baldrian und Riechsalz geben. Das Kind, welches Ihre Gemahlin zu erwarten schien, hat sie verloren. Der entsetzliche Schreck und der Sturz auf den harten Boden haben zur Folge, dass sie stark blutet«, erklärt Dr. Buddeus. »Da kann nur Gott mit einem Wunder helfen.«

Auf dem Weg zurück in die Soeststraße schüttelt der Physicus unentwegt den Kopf.

Nur acht Jahre alt ist der kleine Friedrich geworden. Ein Kind sollte gar nicht erst geboren werden. Jetzt haben die Eheleute Overkamp nur noch ihre älteste Tochter Elisabeth in Lübeck und ihre jüngste, die dreijährige Theresia. Wen wundert es, dass Overkamp immerzu klagt und sich fragt, warum Gott ihm seine Söhne nimmt. Jetzt hat Gott alle vier Söhne. Alle vier Söhne des Overkamps tot. Tot!, denkt Dr. Buddeus und schüttelt erneut den Kopf. Unfassbar. Welche Schicksalsschläge!

11. SEPTEMBER 2010

Nachdem Oliver Annika am Lippstädter Bahnhof abgeholt hat, schlendern sie die Lange Straße entlang, Richtung Rathaus.

»Was ist das denn?«, ruft Annika.

»Das sind die ›Lippstädter Holzschweine‹. Die hat der Verein ›Für unsere Kinder‹ vor Jahren gespendet. Komm, ich ziehe dich ein Stück!«

Annika setzt sich auf das größte der drei braunen Holzschweine, die durch Seile miteinander verbunden sind. Oliver nimmt das vordere Seil und zieht gewaltig. Die schweren Steinräder setzen sich langsam, quietschend und laut rumpelnd in Bewegung.

»Die Schweine stehen hier immer in der Langen Straße. Oft sieht man Papas ihre Kinder ein Stückchen ziehen. Aber lange Strecken legt niemand damit zurück. Die sind sauschwer – im wahrsten Sinne des Wortes.« Oliver lacht und ist außer Atem. Seine Arme sind schon lahm. »Vor Jahren war das kleine Schwein entführt worden, hat mir ein Kollege erzählt. Einfach weg. Und dann, irgendwann, tauchte es wieder auf. Ich meine sogar, dass es in Paderborn gewesen sein soll. Da bin ich aber nicht sicher«, berichtet Oliver. »Diese drei sind die inoffiziellen Maskottchen Lippstadts. Quasi Personen des öffentlichen Lebens«, erklärt er laut. Er muss fast schreien, damit Annika ihn trotz rumpelnder Schweine versteht.

»Die sind echt süß. Dass das den Kindern gefällt, glaube ich sofort!«, meint Annika und steigt vom vorderen Schwein ab.

Auf dem Rathaus-Platz findet an diesem Wochenende ein Gourmet-Fest statt: Lippstadt Culinaire. Köche aus Lippstädter Restaurants bieten in dem großen Zelt leckere Gerichte an. Für jeden ist etwas dabei.

»Wir könnten mit dem mediterranen Antipasti-Teller starten. Was meinst du?«, fragt Oliver.

»Nicht so gerne. Ich mag's lieber deftig. Westfälisch. Die Schweinelendchen mit Kohlrabi und Kartoffeln nehme ich«, beschließt Annika, nachdem sie verschiedene Angebote studiert hat.

»Dass du jetzt noch Schwein essen kannst, nachdem du auf ihnen gezogen worden bist«, lacht Oliver und bestellt sich Wildgulasch ›Mentzelsfelder Art‹. »Trinkst du auch ein Glas Wein dazu? Dann hole ich da vorne welchen.«

»Ja, einen Weißwein, halbtrocken bitte. Ich warte hier auf unser Essen. Hoffentlich finden wir zwei freie Plätze im Zelt«, überlegt Annika.

»Du bist so richtig westfälisch, oder?«, fragt Oliver, als sie zwei freie Stühle an einem Tisch besetzt haben.

»Na ja, was heißt schon ›westfälisch‹? Aber es stimmt schon. Irgendwie kamen alle meine Vorfahren aus Paderborn und Umgebung. Mein Opa stammte aus Wewer, meine Oma aus Borchen. Ich finde es aber auch gut. Und das typisch westfälische Essen mag ich auch gerne. Grünkohl mit Mettenden. Bohnen. Bratkartoffeln, Salzkartoffeln, Kartoffelpüree. Also Kartoffeln gehen immer. Die machen schön lange satt«, erzählt Annika.

»Wusstet du, dass Friedrich II. die Kartoffel in Preußen und somit auch in Westfalen eingeführt hat? Der hat ja so allerlei Reformen auf den Weg gebracht. Das hat auch Lippstadt …«

»Jetzt bist du wieder bei deinem Lieblingsthema angelangt. Was macht denn eigentlich der Schädel aus der Weide?«, erkundigt sich Annika.

»Ja, das ist ganz spannend. Dieser Schädel soll tatsächlich aus der zweiten Hälfte des 18. Jahrhunderts stammen, hieß es bei der Pressekonferenz«, berichtet Oliver. »Der Rest des Skeletts ist vermutlich vom Wasser weggespült worden, oder es hat jemand tatsächlich nur einen Kopf begraben. Ob es sich um einen Mord handelte, oder ob es einfach nur ein Unfall war, scheint man nicht mehr feststellen zu können. Und selbst wenn man wüsste, dass dieser Mensch umgebracht worden wäre, wüsste man noch lange nicht, ob es ein privates Motiv war, oder ob der Krieg schuld war. Der Siebenjährige Krieg hat ja zu jener Zeit auch in dieser Gegend gewütet, sodass der Mensch auch im Gefecht erschossen oder sonst wie getötet worden sein könnte.«

»Hm …«, macht Annika.

»Jetzt stell dir mal vor, dass unser Overkamp …«

»*Dein* Overkamp«, unterbricht ihn Annika.

»Gut. Stell dir also vor, dass *mein* Overkamp jemanden erschossen hat. Peng – tot. Dann musste er ihn wegschaffen, begraben. Wie auch immer. Der Schädel könnte also direkt etwas mit unse… *meinem* Overkamp zu tun haben«, freut sich Oliver.

»Könnte, könnte, ja, aber es könnte genauso gut ganz anders gewesen sein. Die beiden Toten, also der bei den Baggerarbeiten gefundene und der Schädel aus der Weide, die beiden könnten etwas miteinander zu tun haben. Die geografische Nähe lässt eine solche Vermutung zu«, spekuliert Annika.

»Ja, vielleicht hat der Overkamp auch zwei Menschen

oder noch mehr umgebracht. Warum bloß?«, überlegt Oliver.

»Vielleicht wirst du das nie erfahren. Es gibt einfach Dinge, Begebenheiten meine ich, Gründe für irgendein Verhalten, die du einfach nie herausfinden wirst. Wenn jemand eine Straftat begeht, schreibt er natürlich keinen Bericht darüber, den du dann Jahrhunderte später in irgendeinem Archiv ausgraben kannst. Freunde dich mal mit dem Gedanken an, dass du ein Geheimnis gefunden hast, es aber nicht wirst lüften können. So etwas gibt es immer wieder«, referiert Annika. »Ich hole noch mal Wein. Nimmst du noch einen Roten?«

»Ja gerne.« Oliver hängt seinen Gedanken nach. Es gefällt ihm nicht, aber vielleicht hat Annika recht. Es sind so viele ›Vielleichts‹ in seinen Überlegungen, alles so vage, zusammengereimt, zurechtgelegt, gebogen, wie es gerade passt. Vielleicht habe ich mich auch völlig verrannt, überlegt Oliver. – Noch ein ›Vielleicht‹, fällt ihm auf.

»Weißt du, was mir eingefallen ist?«, beginnt Annika, als sie wieder an den Tisch herantritt. »Der Overkamp kann gar nicht …« Jemand stößt sie an, stolpert, und so begießt Annika sich selbst und Oliver mit Rotwein. »Oh, Mann!«, schreit Annika. »Haben Sie keine Augen im Kopf? Stoffel!«

»Oh, guten Abend, Herr Overkamp«, begrüßt Wolfgang Engerling Oliver. »Immer noch zu Gast in Lippstadt? Sie erinnern sich doch?«, erkundigt sich Engerling herablassend. »Mir gehört das Haus Ihres Freundes Ferdinand Caspar Theodor Overkamp.«

»Was reden Sie denn für einen Stuss?« Annika kann der Unterhaltung nicht folgen.

»Ich heiße nicht Overkamp! Was bilden Sie sich eigentlich ein?«, ruft Oliver. »Schauen Sie mal, wie wir jetzt aussehen. Alles ist nass und voller Flecken.«

Engerling grinst, ohne ein Wort zu sagen.

»Sie … Sie …«, Oliver ringt nach Worten. »Sie arrogantes Schwein! Wie sind Sie denn überhaupt zu diesem Haus gekommen? Das ging bestimmt nicht mit rechten Dingen zu!«, empört er sich.

»Lieber Herr Overkamp«, beginnt Engerling belehrend. »Ich habe das Haus von meinem Vater geerbt. Und der hat es von seinem Vater. Alles ganz legal, Overkamp.« Engerling grinst, holt tief Luft und will anscheinend noch mehr sagen.

»Komm, Wolfgang, lass es gut sein«, versucht Barbara Engerling ihren Mann zu beschwichtigen und fasst ihn am Arm.

»Misch dich nicht ein!«, ranzt Engerling seine Frau an. »Dieser aufgeblasene Möchtegern, der … der … Das muss ich mir nicht gefallen lassen. Was bilden Sie sich eigentlich ein? Lassen Sie mich in Frieden. Und mein Haus. Sagen Sie nichts über mein Haus. Verstehen Sie? *Mein* Haus!«

Barbara Engerling nimmt ihren Mann an der Hand und zieht ihn aus dem Zelt. Er schwankt leicht. »*Mein* Haus!«, schreit er immer noch. »Das ist mein Haus!«

»Was ist das denn für ein Typ? Lass mich raten. Das ist der, den du nach dem WM-Spiel getroffen hast. Der in Overkamps Haus lebt?«

»Hm. Ja. Der tickt doch nicht richtig. Schau mal, wie wir aussehen. Voller Rotweinflecken. Wir sollten die Sachen zu Heckmanns in die Reinigung bringen. Und die Rechnung zu dem da. Dem Engerling«, ärgert sich Oliver.

»Ach lass, es wird schon gehen. Wenn du dem Engerling jetzt noch mit einer Rechnung kommst, dann dreht der doch ganz ab. Scheint ein Choleriker zu sein. Und gut getankt hat er auch«, beschwichtigt Annika. »Komm, wir müssen noch unser Geschirr wegbringen. Da ist Pfand drauf, mein lieber Herr Overkamp. Wieso sagt der eigentlich Overkamp zu dir?«

»Ich erinnere mich dunkel, dass ich zu ihm sagte, der Overkamp sei ein Freund. Oder Bekannter. Vielleicht habe ich Verwandter gesagt? Ich weiß es nicht mehr. Das war ohnehin ein saublödes Gespräch.«

»Nun lass mal die armen Schweine in Ruhe«, sagt Annika lachend und denkt an die Holzschweine.

An der Rückgabestelle für das Geschirr treffen sie Andy aus der Anzeigenredaktion der LTZ.

»Mensch, Oliver, was hast du denn mit dem Engerling zu tun?«, erkundigt sich Andy, der das Zusammentreffen beobachtet hat.

»Eigentlich gar nichts. Ich habe ihn mal auf sein Haus angesprochen – das ist Wochen her. Und jetzt eben ist er in Annika reingelaufen und hat uns beschüttet. Hier, siehst du.« Oliver zeigt auf die Flecken auf seiner Kleidung. »Woher kennst du den Engerling denn?«, erkundigt sich Oliver.

»Der ist ganz bekannt in Lippstadt. Früher in den 1980er und 90er Jahren hat er immer in Spielhallen rumgehangen. Der ist so ’n Zocker, weißt du. Dann erzählte man über ihn, er spiele gerne in Hinterzimmern, dann hieß es wieder, er spiele in Bad Oeynhausen Blackjack. Ich weiß noch, einmal saßen wir mit ein paar Leuten in der Kneipe am Güterbahnhof, da kam der Engerling rein, ganz chic im Anzug, und erzählte allen, er habe heute auf Super-Jack gesetzt, und die Bank habe Herz vorgelegt. Sein Einsatz sei ihm 300-fach ausgezahlt worden. Sofort zückte er sein

Portemonnaie und gab für alle – echt für alle, das musst du dir mal vorstellen! – ein Bier aus.«

»Aha«, sagt Oliver.

»Man sah ihn immer öfter betrunken in Kneipen. Dann erzählte mir jemand, er, also der Engerling, sei arbeitslos und pleite, alles verspielt. Aber man muss ja vorsichtig sein, was man so glaubt. Die Leute erzählen viel. Letzten Mittwoch allerdings hatten wir in der LTZ eine amtliche Bekanntmachung: Zwangsversteigerung eines denkmalgeschützten Wohn- und Geschäftshauses in Lippstadt, Kirchgasse 2.« Andy macht eine Pause, als erwarte er Beifall für seine Verkündung, doch als Oliver nicht reagiert, fährt Andy fort: »Kirchgasse 2, das ist doch Engerlings Haus«, erklärt er. »Das wird versteigert. Er ist anscheinend wirklich pleite! Was sagst du jetzt?«

»Ach …, äh … also…«, stammelt Oliver. »Das ist ja was …«

2TER JUNIJ 1765

Alle Glocken Lippstadts läuten, denn es ist kein gewöhnlicher Sonntag. Heute genau vor einem Jahr geschah die große Explosion, und zwei Burschen hatten ihr Leben gelassen. Die entstandenen Schäden waren längst beseitigt, die Dächer wieder dicht, die Munition war fortgeschafft und der Festungsgürtel verschwand nach und nach. In Lippstadt war seit Langem der Alltag zurückgekehrt.

In den Messen aller Lippstädter Kirchen wird heute der beiden Hirten gedacht und Gott gedankt, dass nicht noch größeres Unheil über die Stadt hereingebrochen ist. Man ist froh, die Schrecken des Siebenjährigen Krieges und der beiden Explosionen, der des 2. Juni und der des 8. November, nun hinter sich lassen zu können.

Die Gläubigen in der Großen Marienkirche singen ›*Verleih uns Frieden, gnädiglich, Herr Gott, zu unsern Zeiten. Es ist doch ja kein ander nicht, der für uns künnte streiten. Denn du, unser Gott, alleine*‹.*

Anschließend versucht Johanna Overkamp zu Hause in der guten Stube mit ihrem Mann ein Gespräch zu beginnen. Doch in den letzten Wochen oder gar Monaten ist er immer wortkarger geworden. Nur noch das Allernötigste spricht er.

»Ferdinand, bitte! Seit einem Jahr geht das nun schon so. Seit einem Jahr klebt Unglück an unserer Familie. Überlegen Sie, was alles geschehen ist. Die Explosion, der Fortgang Elisabeths, Theodor und Friedrich sind tot. Hinzu

* Rauschersches Gesangbuch, 1531.

kommen noch die wirtschaftlichen Schwierigkeiten, die zum Verlust des Wein Gartens führten. Unsere Möbel sind arrestiert und werden morgen verkauft. Warum machen Sie keine Geschäfte mehr? Früher waren Sie der Beste in Ihrem Metier. Und heute?«

Overkamp schweigt als hörte er sie nicht.

»Wenn Sie keine Geschäfte mehr machen, kommen Sie von Ihren Schulden nie los. Denken Sie an die tapferen Soldaten, die an der Seite Friedrichs alles gegeben haben. Sie haben ihr Leben für die Macht und das Wohl Preußens eingesetzt. Und Sie? Nehmen Sie sich ein Beispiel an Friedrich II. Der hat sich nie unterkriegen lassen. Hat immer gekämpft wie ein Mann. Viele werden ihn zum Vorbild nehmen. Kämpfen Sie wie Friedrich II. und Sie werden siegen«, fordert sie hitzig und öffnet ihren Fächer, um sich Abkühlung zu verschaffen. »Kämpfen Sie, Ferdinand. Es ist Ihre Pflicht! Denken Sie an die preußischen Tugenden! Sparsamkeit, Zuverlässigkeit, Bescheidenheit, Pflichtbewusstsein und Unbestechlichkeit.«

»Unbestechlichkeit!« Ferdinand Overkamp lacht bitter auf.

»Ferdinand, Sie tragen die Schuld am Untergang unserer Familie! Sie allein! Seien Sie ein …«

»Ich? *Ich* trage die Schuld?«, schreit Overkamp aufgebracht. »Ich trage die Schuld? Bestimmt nicht. Elisabeth trägt die Schuld. Sie hat sich unschicklich benommen. Es sind immer die Frauen schuld. Friedrich II. hatte schon recht mit seinem Frauenhass. Sie sehen doch, was Frauen anrichten können. Sie zerstören Familien. Sie beginnen Kriege. Maria Theresia von Österreich und die Zarin von Russland, E-li-sa-beth heißt sie auch noch«, lacht Overkamp bitter, »die beiden haben sich zusammengetan; sie haben sich verbündet. Die Französin, wie heißt sie doch gleich?, Madame de Pompadour – war auch dabei. Die drei haben den Siebenjährigen Krieg zu verantworten. Sie sind schuld!«

»Aber ich dachte, Friedrich II. hat erst die österreichische Provinz Schlesien eingenommen und dann später auch noch Sachsen. Das konnte sich Maria Theresia doch nicht gefallen lassen«, verteidigt Johanna die Frauen und wedelt sich immer schneller Luft mit ihrem Faltfächer zu. »Sie verdrehen alles!«

»Ach, dieser ganze österreichische Erbfolgekrieg hat alles durcheinandergebracht. Das Weib hätte gar nicht erst den Thron besteigen dürfen«, ruft Overkamp. »Aber Sie sehen, Väter tun für ihre Töchter alles ihnen mögliche und sei es nur aus der Not heraus: Der eine, Kaiser Karl VI., hat keine Söhne und erlässt eine pragmatische Sanktion, damit seine älteste Tochter, Maria Theresia, den Thron besteigen kann. Der andere wird zum Mörder, um das Ansehen seiner ältesten Tochter Elisabeth und der Familie Overkamp zu wahren, und verliert beide Söhne. Wenn da keine Ähnlichkeit vorhanden ist … Macht, Einfluss und Ansehen soll erhalten bleiben! – Und, Johanna, sprechen Sie nie, nie wieder so mit mir!«, fordert Ferdinand Overkamp mit eiskaltem Blick und knallt die Tür hinter sich zu. ›Köpner schlägt auf die Granatenkiste auf.‹

»… wird zum Mörder …«, flüstert Johanna und fächelt. »Mörder. Mörder?« Tränen rinnen ihr über das Gesicht. Die Hände zittern. Hat er ›Mörder‹ gesagt? Sie traut ihren eigenen Ohren nicht. Sagte Ferdinand, er sei ein Mörder? Wen kann er nur getötet haben?, überlegt Johanna und kommt schnell zu dem Schluss, dass es nur Bernhard Buersmeyer gewesen sein kann. Warum nur? Ach, das hat

Ferdinand ja gesagt: um das Ansehen Lieschens und der Familie zu wahren. Johannas Herz rast, ihr Leib zittert. Sie schwitzt und fächelt sich Luft zu. Was war nur mit Buersmeyer, was hat er getan? Hat er gestohlen? Ja, hat er das ganze Geld gestohlen, sodass Ferdinand in die Verlegenheit kam, das Land am Wein Garten zu verkaufen? Aber so viel Geld? Was soll der Buersmeyer damit gemacht haben? Und wenn Ferdinand ihn schon des Geldes, des eigenen Geldes wegen umbringt, warum holt er sich nicht zurück, was ihm gehört? Plötzlich kommt ihr ein Gedanke: Ob Buersmeyer der Vater des kleinen Ferdi, wie sie ihren Enkel Ferdinand in Gedanken liebevoll nennt, ist – war? Und wenn ja, warum hatte Lieschen nur geschwiegen? Sie hätte doch etwas sagen können. Vielleicht hätte man etwas tun können? Eine Hochzeit? – Mit einem Diener? Undenkbar! Was sollten die Leute denken?!

»Ach, Lieschen, wenn ich nur zu euch könnte!« Allein der Gedanke bricht Johanna fast das Herz. Die Knie sacken ihr weg, und sie sinkt ohnmächtig auf die Dielen. Der Fächer liegt ausgebreitet neben ihr: das Urteil des Paris. Auch in der griechischen Mythologie sind angeblich die Frauen schuld, dass Paris und Menelaos den Trojanischen Krieg begonnen haben. Immer scheinen die Frauen an allem schuld zu sein.

3TER JUNIJ 1765

Es klopft an der Tür des Overkamp'schen Kontors.

»Ja!«, ruft Overkamp und ahnt nichts Gutes.

»Guten Tag. Heute verkaufen wir Ihre Mobilien, die wir kurz vor Ostern zur Sicherheit mitgenommen haben«, berichtet Pedell Strenger. »Sie wissen das! Und Sie wissen auch, dass Sie die Möbelstücke hätten auslösen können. Sie hätten nur Ihre Schulden bezahlen müssen – aber so? Dr. Rose hat ein gutes Wort für Sie bei seinem Nachfolger Bürgermeister Kellerhaus eingelegt und hat darauf bestanden, dass Ihnen länger Zeit als üblich gegeben wird! Aber nun? Es tut uns leid«, sagt Stadt-Syndicus Clüsener, doch sein Gesichtsausdruck und sein fieses Grinsen verraten, dass es ihm gar nicht leidtut. Im Gegenteil, es handelt sich schließlich um gediegene Mobilien, die ganz ausgezeichnet in die gute Stube der Clüseners passen werden. Dieses Mal wird ihm kein so dummer Fehler unterlaufen. Dieses Mal wird er rechtzeitig vor Ort sein und sich nicht so demütigen lassen, wie Möller und Dr. Rose es bei der Versteigerung des Grundstücks getan haben. Doch mit den neuen Mitgliedern des Magistrats kommt Clüsener ohnehin besser zurecht als mit Möller und Dr. Rose.

»Seien Sie gegrüßt, werter Herr Overkamp«, beginnt Bürgermeister Johann Conrad Kellerhaus noch vor dem Rathaus das Gespräch. »Warum muten Sie sich die Versteigerung zu?«

»Ich muss, ich muss«, sagt Overkamp kraftlos. Er sieht müde aus.

»Ja, aber warum müssen Sie denn?«, hakt Amtmann Claudius besorgt nach. Er wird die Auktion im Rathaus leiten und kann gut verstehen, dass normalerweise die Schuldner zu Hause bleiben und sich so die Schmach und die mit der Auktion einhergehende Peinlichkeit ersparen. Die Leute tratschen auch so schon genug; in einer solch kleinen Stadt wie Lippstadt – man könnte auch von einem großen Dorf sprechen, aber das wagt niemand! – kennt beinahe jeder jeden. Und da bleibt das Gerede nicht aus.

»Ich muss dem Engerling ins Gesicht sehen können, wenn er auf meine Mobilien bietet. Der hat mehr Dreck am Stecken, als Sie denken …«, sagt Overkamp und bereut sofort seine Andeutung. Wenn Engerling herausbekommt, dass er Bürgermeister Kellerhaus und Amtmann Claudius ins Vertrauen gezogen hat, dann klärt dieser womöglich kurzerhand die beiden Mitglieder des Magistrats über den Verbleib des Köpners auf und dann … Aber nein, versucht sich Overkamp zu beruhigen, ich habe ja gar nichts gesagt. Nur eine kleine Andeutung. Wenn überhaupt.

»Herr Overkamp, Sie meinen, Herr Engerling hat Bernhard Buersmeyer auf dem Gewissen?«, hakt Kellerhaus nach.

Auf den Gedanken ist Overkamp noch gar nicht gekommen, doch wo Kellerhaus es so sagt, erinnert er sich an die merkwürdige Begegnung von Engerling und Buersmeyer in seinem Kontor. Ja, irgendetwas stimmte da nicht. Aber warum sollte Engerling Buersmeyer töten? Was sollte er für einen Grund gehabt haben?, überlegt Ferdinand Overkamp. Allerdings ist es höchst merkwürdig, dass der Buersmeyer derart schnell verschwunden ist. Er hat nicht einmal seine wenige Kleidung mitgenommen, nichts. Es liegt alles noch bei Overkamp in der Kammer, in der Buersmeyer einst geschlafen hat. Es ist durchaus verdächtig, denkt Ferdinand Overkamp.

»Ah, Stadt-Syndicus Clüsener, wie schön! Ich bin hoch erfreut, dass Sie es rechtzeitig zur Auktion geschafft haben. Wir beginnen in nur wenigen Minuten«, sagt Amtmann Claudius spitz.

»Was wollen Sie damit sagen? Nur weil ich einmal zu spät gekommen bin?«, regt sich Clüsener sofort auf. »Das haben Möller und Dr. Rose veranlasst, dass Sie mich hier so behandeln, nicht wahr?«

»Nein, nein, natürlich nicht«, empört sich Amtmann Claudius. »Man weiß ja nie, welch Charakterzug sich bei Ihnen dahinter verbirgt«, sagt er überfreundlich und grinst. »Ich bin ja nicht zum ersten Mal Amtmann, und nach einer Weile kennt man seine Pappenheimer, nicht wahr, Bürgermeister Kellerhaus? Sie sind ja auch nicht zum ersten Mal dabei.« Kellerhaus nickt.

»Eben, Sie kennen mich. Ich bin zuverlässig und verfolge meine Ziele«, gibt Clüsener zurück und denkt, dass es ihm heute und in Zukunft gelingen wird, mehr und mehr aus dem Overkamp'schen Besitz an sich zu bringen.

»Herr Engerling, guten Tag«, begrüßt Amtmann Claudius den Schuster. Es ist ungewöhnlich, einen Bieter aus so niederem Stand bei einer Versteigerung zu haben. Genau genommen kommt es nie vor. Umso mehr sind die Anwesenden verwundert und sogar ein wenig verunsichert. Ob das mit rechten Dingen zugeht?, überlegt Bürgermeister Kellerhaus und hat ein flaues Gefühl in der Magengegend. Am Vormittag hatte er eigens deswegen ein langes Gespräch mit Amtmann Claudius geführt, wie bei einer solchen Angelegenheit zu verfahren sei. Dr. Rose hatte ihn darum gebeten. Beide, Claudius und Kellerhaus, waren sich darin einig, dass etwas mit Caspar Engerling nicht stimme, und beide vermuten, dass Engerling der Grund für Overkamps Ruin ist. Doch man könne nicht verhindern, dass der Engerling an der Auktion teilnimmt. Er habe sich zur rechten Zeit als Creditor gemeldet, alles läuft korrekt nach den Regeln. Nein, leider könne man Ferdinand Overkamp nicht helfen, es sei denn, er vertraue sich jemandem vom Magistrat an – was er allerdings nicht getan hat.

»Dann sind wohl alle anwesend, die bieten möchten«, sagt Clüsener mit hasserfülltem Blick auf Engerling. Clüseners Haare stehen ihm wild vom Kopf ab. Er ist schon jetzt so in Rage, dass sein Gesicht rot glüht und auf seiner Stirn erste Tröpfchen sichtbar werden. »Zweikampf!«, brüllt er an Engerling gewandt.

»Wir werden sehen, wer den längeren Atem hat«, gibt Engerling ruhig zurück. Er hat sich vorgenommen, sich nicht provozieren zu lassen. Schließlich bin ich ein Mann von Format, mit Stil, der sich in jeder Situation sicher zu bewegen weiß, beruhigt und versichert er sich selbst immer wieder.

»Das werden wir! Das werden wir!«, wird Clüsener noch lauter.

»Nein, nein, meine Herren. Zwei fehlen noch«, wirft Amtmann Claudius ein.

»Wer?«, fragt Clüsener erschrocken.

»Zurhelle und Johann Conrad Rose«, antwortet Claudius knapp.

»Zurhelle? Welcher? Der Alte?« Clüsener wird immer lauter. Seine Worte überschlagen sich beinahe.

»Nein, der junge Zurhelle. Herr Diedrich Heinrich Andreas Zurhelle«, erklärt Amtmann Claudius.

Clüsener sieht schon seine Felle davonschwimmen. Mit

dem Engerling kann er es aufnehmen, hat er sich ausgerechnet. Aber mit den Zurhelles und Roses? Beides sehr einflussreiche Familien, so wie die Overkamps auch einst eine waren. Oder beinahe. Zurhelles und Roses haben Geld. Allesamt.

»Herr Zurhelle, seien Sie gegrü…«, beginnt Amtmann Claudius.

»Was wollen Sie hier?«, brüllt Clüsener sofort.

»Ich habe meine Gründe«, antwortet Zurhelle und wundert sich über das Verhalten seines Mitbieters, obwohl jeder in der Stadt weiß, dass Clüsener schnell, sehr schnell in Rage gerät und auch mit Worten schnell dabei ist.

»Sie haben Ihre Gründe? Wollen Sie etwa heiraten?«, entfährt es Clüsener. »Wen denn?«

»Clüsener, jetzt seien Sie nicht so taktlos!«, fordert Bürgermeister Kellerhaus.

»Sagen Sie!«, fordert Clüsener, als hätte Kellerhaus nicht gesprochen.

»Wie ich bereits sagte, Herr Clüsener, ich habe meine Gründe«, antwortet Zurhelle ruhig und findet das Verhalten des Stadt-Syndicus untragbar. Dass sich Kellerhaus so etwas bieten lässt?

»Geht es denn den Zurhelles so schlecht, dass sie schon gebrauchte Mobilien kaufen müssen?«, tobt Clüsener und gerät immer weiter in Wut.

»Herr Clüsener, Sie werden es nie so weit bringen, wie die Familie Zurhelle es gebracht hat. Und selbst wenn für Sie das Geld vom Himmel fallen würde, würde Ihnen der Stil fehlen. Die Overkamps haben Stil, wie Sie gleich an den Mobilien sehen können. Ach nein, Sie werden es nicht erkennen können, Sie haben keinen Sinn für so etwas.«

»Meine Herren, bitte!«, versucht Amtmann Claudius

die Lage zu entschärfen. Die Situation droht außer Kontrolle zu geraten.

»Es war schon immer so, wenn sich zwei streiten, freut sich der Dritte«, mischt sich nun auch Engerling ein.

»Das wollen wir ja mal sehen!«, tobt Clüsener weiter. »Schuster, bleib bei deinen Leisten! Sie werden mit Ihrer Wichtigtuerei nicht durchkommen. Mit Ihnen stimmt doch etwas nicht, und ich werde dafür sorgen, dass Sie dahin kommen, wo Sie hingehören!«, droht Clüsener.

Ans Soest Tor, schießt es Ferdinand Overkamp durch den Kopf und lässt ihn zusammenzucken. Weiß Clüsener etwas? Was hat er da gerade angedeutet? Oh bitte, fleht Overkamp in Gedanken, nicht noch ein Mitwisser. Buersmeyer ist wie vom Erdboden verschluckt, Köpner tot und den Engerling, diesen aalglatten Blender, den wird er auch noch ans Soest Tor bekommen, hängt Ferdinand Overkamp seinen Gedanken nach und sieht ihn schon baumeln.

»… Soest Tor?«, fragt Zurhelle.

Overkamp erschrickt. Sprechen sie offen über meinen Plan? Nein, das können sie nicht. Sie wissen nichts davon. Können es nicht wissen. Wirklich nicht. Was geht hier vor?, überlegt Ferdinand Overkamp und wird zunehmend unruhig. Ihm wird heiß und übel vor Angst.

»Nein, nein, nicht ich«, antwortet der ehemalige Bürgermeister Dr. Johann Conrad Rose, der soeben angekommen ist. »Es wird dort gebaut, ja, aber es ist mein Cousin, Justizrat Johann Conrad Rose. Was er sich davon verspricht, dieses alte Gemäuer mit einzubringen? Ich weiß es nicht. Ich habe ihm geraten, das Tor abzureißen; die anderen Tore werden ja auch alle dem Erdboden gleichgemacht. Aber er sagt, das Soest Tor müsse nicht abgerissen werden, weil man ja künftig wieder über die Soeststraße durch das alte

Soest Tor die Stadt verlassen könne«, regt sich Dr. Rose auf, weil sein Cousin immer alles besser zu wissen glaubt. »Nur weil weder dieses Tor selbst noch der hindurchführende Weg genutzt werden, könne dort überhaupt gebaut werden. Nicht so wie am Süder Tor – man munkelt, es soll abgerissen werden, wenn es nicht verkauft wird.«

»Es soll tatsächlich verkauft werden?«, erkundigt sich Overkamp und ringt innerlich um Fassung. »Ich dachte, es sei ein Gerücht.«

»Nein, nein, das Portal des Süder Tores soll nach Möglichkeit verkauft werden.* Aber noch interessiert sich niemand dafür«, erklärt Dr. Rose.

»Hand aufs Herz. Wer kauft schon Stadttore außer Ihrem Herrn Cousin, Justizrat Rose? Niemand!«, sagt Zurhelle. »Ich kann verstehen, dass niemand das Süder Tor haben möchte. Man sollte es abreißen, fertig!«

Overkamp ist erleichtert. Es geht nicht um ihn und seinen Plan. Seine Angst schwindet etwas, doch die Übelkeit bleibt.

»Ein repräsentables Haus mit einbezogener Wallpoterne** würde mir auch gefallen«, sagt Johann Conrad Kellerhaus. »Das würde zu unserer Familie passen.«

»Meine Herren, wir sind doch nicht zum Plaudern

---

* Vgl.: Hagemann: *Die Festung Lippstadt*. 1985. S. 124.

** Und tatsächlich wurde diese Wallpoterne, der gemauerte Durchgang durch die Festungsanlagen, in ein Gebäude integriert. Am 23. Januar 2011 war das heutige Schauroth'sche Palais geöffnet und Dr. Gunter Hagemann referierte u. a. über die gewaltige Größe der Wallpoterne: Innen 5,50 Meter hoch, 5 Meter breit und 13 Meter lang, Mauerstärke 1,35 Meter. »Für 95 Jahre war dieser Raum das Soesttor«, so Dr. Hagemann, dann wurde die Festung geschleift. Durch Heirat und Erbschaft sei das Palais von Justizrat Rose [über Kellerhaus] schließlich Eigentum von Freiherr Friedrich von Schauroth geworden. Vgl.: *„Für 95 Jahre war dieser Raum das Soesttor"*. Der unansehnlichste Teil im Denkmal des Monats ist der interessanteste: Das Schaurothsche Palais schließt den alten Durchgang des Festungswalls ein. In: Der Patriot, 24. Januar 2011.

gekommen. Ich habe ein Ziel!«, verkündet Stadt-Syndicus Clüsener, der langsam wieder ruhiger wird und endlich die Mobilien sein Eigen nennen möchte.

»Glauben Sie nicht, dass ich Ihnen hier viel überlasse. Ich verfolge einen Plan, der mich noch in den Rat bringen wird!«, lässt Engerling verlauten. Wenn hier jemand provoziert, dann er selbst.

Engerling in den Rat, das fehlte noch, denkt Kellerhaus. Wie tief kann eine Stadt noch sinken? Früher hätte es so etwas nicht gegeben. Da galt noch das aristokratische Prinzip, man blieb unter sich. Das ungeschriebene Gesetz verlangte nach Gegenseitigkeit. Eine Hand wäscht die andere.* Da wusste man, worauf man sich verlassen konnte. Und heute?

Amtmann Claudius eröffnet die Auktion mit dem üblichen Procedere.

»Das erste Stück des heutigen Tages ist ein Nussbaumschrank, ein wunderschönes Stück. Sehen Sie? Mit Einlegearbeiten aus Nussbaumwurzel. Leider ist seine Oberfläche seit der Explosion im letzten Jahr sehr zerkratzt. Herr Overkamp war so freundlich, mir mitzuteilen, dass seinerzeit Tischlermeister Sittrig das edle Stück begutachtet hat. Sittrig habe gesagt, wenn er mit den Fronten fertig sei, sei der Schrank so gut wie neu. Leider hat Herr Overkamp Sittrig nicht mehr damit beauftragen können«, erläutert Amtmann Claudius und nennt das Mindestgebot.

»Für so einen zerkratzten Schrank? Der ist höchstens halb so viel wert«, redet Clüsener das Möbelstück schlecht, wohl in der Hoffnung, so den Preis niedrig halten zu können.

---

* Klockow: *Stadt Lippe – Lippstadt*. 1964. S. 95.

Diedrich Zurhelle macht per Handzeichen auf sein Gebot aufmerksam.

»Wenn Sittrig im letzten Jahr meinte, den Schrank wieder hinzukriegen, kann er das jetzt bestimmt auch noch«, sagt Engerling und bietet.

Ein paar Mal überbieten sich Clüsener und Engerling, dann erhält Clüsener den Zuschlag.

»Glückwunsch«, sagt Amtmann Claudius und überlegt, welche Ziele der junge Zurhelle und Dr. Rose verfolgen. Ihnen scheint es nicht ernst zu sein mit dem Bieten. Ob sie nur die Preise in die Höhe treiben wollen? Ob sie mit Ferdinand Overkamp freundschaftlich verbunden sind? Die Auktion zieht sich über Stunden hin. Mit jedem Zuschlag wird Clüsener überheblicher. Am Ende hat er fast alle Mobilien in seinen Besitz gebracht. Nicht nur den Nussbaumschrank, sondern auch den glänzenden Eichentisch, zwölf barocke Sitzmeubles, dunkelblau und wundervoll bestickt, einen großen Spiegel und sogar das beinahe neue Meißener Porzellan mit kobaldblauem Zwiebelmuster und die geschliffenen Gläser.

»Wenn Ihr Weib erfährt, dass Sie selbst bei einer Auktion ein Schlappschwanz sind, lacht sie noch mehr über Sie, als sie ohnehin schon tut«, stichelt Clüsener, an Engerling gewandt.

»Clüsener!«, warnt Amtmann Claudius.

»Ach, ist doch wahr, da kommt so ein armer Schuster und glaubt, sich hier aufspielen zu können. Als ob er dazugehören würde«, empört sich Clüsener.

»Und Sie gehören dazu?«, hakt Diedrich Zurhelle spitz nach.

Vor Wut ob dieser Unverschämtheit läuft Clüsener wieder rot an, holt tief Luft und will ein Donnerwetter über die Anwesenden niedergehen lassen, als Engerling sich zu Wort meldet.

»Wissen Sie, Herr Stadt-Syndicus Clüsener, es ist ja so, in Kürze wird bestimmt das Overkamp'sche Haus zwangsversteigert. Ich werde dann genügend Geld gespart haben, um mir dieses Haus zu gönnen. Verdient habe ich es ohnehin. Und Sie? Sie sind jetzt pleite und haben kaum noch einen Reichstaler in der Tasche. Jetzt werden diese wunderschönen Mobilien in Ihrer schäbigen Behausung stehen«, provoziert Engerling.

»Sie ..., Sie ...!«, brüllt Clüsener und weiß vor Zorn nicht, wohin mit sich. Wie konnte ein kleiner Schuster so durchtrieben sein? Das Schlimmste daran ist, dass Engerling recht hat; wenn das Overkamp'sche Haus versteigert wird, dann ohne Clüsener als Bieter. So leid es ihm tut, es wird nicht gehen. Woher soll er so schnell so viel Geld nehmen?

»Meine Herren, bitte, so benehmen Sie sich doch. Wir sind hier nicht auf dem Viehmarkt«, versucht Amtmann Claudius die Anwesenden zu beruhigen.

»Amtmann Claudius, Bürgermeister Kellerhaus, darf ich Sie auf ein Wort unter uns Ehrenmännern bitten?«, fragt Ferdinand Overkamp und weist mit der Hand auf den Nebenraum. Dass er sich selbst als Ehrenmann bezeichnet, kommt ihm falsch vor, nach allem, was geschehen ist.

»Mein lieber Herr Overkamp«, beginnt Bürgermeister Kellerhaus, als er die Tür geschlossen hat. »Was können wir für Sie tun?«

»Ich bitte Sie untertänigst und in aller Form, mir den Erlös aus der heutigen Versteigerung meiner Möbel auszuhändigen. Ich weiß, es ist nicht üblich, aber ich gebe Ihnen mein Wort als Ehrenmann; es ist mir ein großes

Anliegen, meine Schulden bei meinen Gläubigern höchst selbst zu begleichen und ein Wort der Entschuldigung zu sprechen. – Bitte!«, fleht Overkamp.

»Amtmann Claudius? Was sagen Sie?«, fragt Kellerhaus. Claudius nickt.

»Gut. Auf Ihr Wort. Sobald wir das Geld haben, komme ich in Ihr Kontor und übergebe Ihnen die Summe. Es ist ja leider nicht so viel, wie ich mir für Sie erhofft habe«, erklärt Kellerhaus beinahe entschuldigend. Es tut ihm so leid, dieses Elend, dessen Ursprung er nicht kennt, mit ansehen zu müssen. Beinahe bricht es ihm das Herz aus Respekt vor den Verdiensten der Familie Overkamp für diese Stadt. Seit Generationen haben die Overkamps in Lippstadt tadellos gelebt. Und jetzt dieser Absturz. Verfall einer Familie.

Ohne ein weiteres Wort der Erklärung oder des Dankes für das ihm entgegengebrachte Vertrauen steht Ferdinand Overkamp auf und verlässt das Rathaus. Seine Kehle fühlt sich an, als schnüre sie sich selbst vor Scham zu, und seine Augen füllen sich mit Tränen. Schleunigst musste er die Amtsstube verlassen, um nicht vor den Anwesenden aus Demütigung und Scham heraus zu weinen. Diesen Triumph gönnt er Caspar Engerling nicht; obwohl er es natürlich weiß, so soll er es doch nicht sehen. Die Möbel sind nicht mehr sein Eigen. Verloren für immer. Wenn Kellerhaus ihm die Summe – diese lächerlich niedrige Summe – überreicht, bleibt ihm nichts anderes übrig, als auch dieses Geld dem Engerling zu geben. Dieser wird zusehends ungeduldiger. Nichts geht ihm schnell genug. Und Engerling hat ja eben selbst verkündet, welchen Plan er verfolgt. Overkamp weiß nicht, was ihn mehr schmerzt: dass der Hitzkopf Clüsener beinahe alle Zuschläge erhalten hat oder die Worte Engerlings, der nur darauf wartet, dass das Haus zwangsversteigert wird. Bestimmt wird es Engerling trotz der Kürze der Zeit gelingen, von Overkamp genügend Geld zu erpressen, um damit wiederum Overkamps Haus bezahlen zu können. Engerling hat bereits viele Hundert Reichstaler von ihm erhalten. Viele. Zu viele. Es wird nicht mehr viel Zeit vergehen, bis es so weit kommt, dass sein Haus versteigert wird. Und dann? Allein der Gedanke, Engerling Haus und Kontor zu überlassen, zehrt sehr an ihm. Wie hat es so weit kommen können? Engerling bekommt alles. Die Gläubiger werden leer ausgehen, sie werden weiter Forderungen stellen wie der Engerling auch, und so wird der Tag kommen, an dem … Ferdinand Overkamp kann es nicht einmal denken … Wie das Jüngste Gericht wird es werden. Und anschließend schmort Overkamp als Mörder in der Hölle. Und jetzt hat er auch noch sein Wort als Ehrenmann missbraucht und Bürgermeister Kellerhaus und Amtmann Claudius angelogen. Ins Gesicht gelogen. So weit ist es mit ihm schon gekommen. Aus einer ehrlichen Haut wurde ein Lügner. Aus einem erfolgreichen Kaufmann wurde ein Versager, ein Feigling, ein gebrochener Mann, der wahrlich alles verliert.

12. SEPTEMBER 2010

IN DER NACHT hat Oliver beschlossen, kurzerhand nach Lübeck zu fahren. Er hat nicht einmal seine Eltern oder seinen Bruder Daniel angerufen, um Bescheid zu sagen und sich mit ihnen zu verabreden.

In seiner dortigen Wohnung angekommen, zieht er die Vorhänge auf und lüftet. Frischer, kühler Wind weht durch das kleine Wohnzimmer, in dem er vor dem Sekretär seiner Oma sitzt. Seine Hand streicht über das glatte Holz. Nussbaum? »Oma, was soll ich nur machen? Ich habe da so eine Idee …«, flüstert Oliver und blättert gedankenverloren durch seine Kontoauszüge und seine Wertpapiere. Private Rentenvorsorge soll das werden. Irgendetwas muss ich machen, sonst sieht es im Alter mau aus, denkt Oliver. Aber bei den vielen Angeboten muss man sich beraten lassen, Riester, Rürup, Fonds … Immobilien versprechen mietfreies Wohnen. Zum Glück ist Oliver noch jung; es bleibt ihm Zeit, sich um seine Rente zu kümmern und irgendwo lange genug einzuzahlen.

Als es ihm zu kalt wird, packt er sämtliche Unterlagen in seinen Rucksack, verschließt die Fenster, zieht die Vorhänge wieder vor und verlässt keine Stunde später mit kalten Füßen seine Wohnung. Er fährt in Richtung Lippstadt. Niemand hat bemerkt, dass er überhaupt in Lübeck gewesen ist.

Auf dem langen Stück der Autobahn A7 überfällt Oliver ein mulmiges Gefühl. Er hat sein gesamtes Vermögen im Rucksack. Alles, was er besitzt, kann er mit den Dokumenten nachweisen. Wertpapiere, Konto- und Depotauszüge. Wenn er jetzt überfallen würde oder bei einem Unfall sein Auto in Flammen aufgehen würde, wenn … wenn plötzlich alles weg wäre? Was dann? Bisher ist er immer vernünftig mit seinem Geld umgegangen, aber ist das, was er jetzt vorhat, auch vernünftig? Ist es richtig? Es birgt in gewisser Weise ein hohes Risiko. Allein, dass Oliver niemanden, nicht einmal Annika, ins Vertrauen gezogen hat, zeigt, wie unsicher er selbst ist. Ob es richtig ist, was er plant? Um sich selbst zu beruhigen, versichert er sich, dass er es niemandem erzählt, damit es ihm keiner ausredet. Er will es unbedingt. Und wie groß mag die Überraschung aller sein, wenn er berichten kann, dass sein Plan funktioniert hat?

Oliver verlässt die A7 Richtung Bad Oeynhausen. Das Schild auf der Autobahn hat ihn schon auf dem Hinweg auf die Idee gebracht, einen Abstecher zum Casino zu machen. Er folgt den Wegweisern bis zum Parkplatz. Hoffentlich lassen sie mich in Jeans und Oberhemd überhaupt rein, sorgt er sich. Doch noch bevor er sich an der Kasse ausweist und Eintritt zahlt, sieht er, wie im vorderen Casino-Bereich ein junger Mann mit weißem Kapuzen-Sweat-Shirt und Jeans steht, deren Schritt so tief hängt, dass Oliver sich wundert, dass der Mann seine Hose noch nicht verloren hat. Eine schief sitzende Baseball-Kappe macht das lässige Outfit komplett. So hat sich Oliver die Kleidung der Gäste nicht vorgestellt, sondern eher, dass die Herren dunkle Anzüge und die Damen schicke bodenlange Kleider tragen. Aber er ist schließlich nicht in Baden-Baden.

Eine Weile sieht Oliver am Roulettetisch zu. Die Spieler bedienen. »Nichts geht mehr«, sagt der Croupier. Die Kugel rollt. Die Jetons werden eingesammelt; sie verschwinden unter dem Tisch und werden sortiert. 50-Euro-

Scheine werden gewechselt. Auch sie verschwinden unter dem Tisch in einer Lade. Ein Mann in einem weißen Anzug und mit einem auffällig großen Goldring zieht gleich einen Packen Scheine aus der Tasche und legt sie vor sich auf den Tisch. Jeder soll sehen, wie viel er hat. Eine Zurschaustellung, die Oliver nicht glauben würde, wenn es ihm jemand erzählte. Eine solariumgebräunte Frau im Minirock setzt sich auf den Schoß des Mannes und sonnt sich in seinem Geld. Oliver wendet sich ab; das, was er für ein Klischee hielt, wird ihm hier vorgeführt. Allerdings ist es die Ausnahme. Die meisten Casinobesucher sind unauffällig.

An der Diamant-Bar trinkt Oliver eine Tasse Cappuccino und denkt über seinen Plan nach. Ob das alles so richtig ist, was ich vorhabe?, grübelt er und stellt sich vor, Wolfgang Engerling hier zu treffen und ihn dabei zu beobachten, wie er sein Geld verliert. Ob der Engerling auch einen weißen Anzug getragen hat, wenn er hier gewesen ist? Oliver sucht nach einem Wort, mit dem er diesen Stil beschreiben kann, aber es fällt ihm nichts ein. Weiße Anzüge aus den Siebzigern – Saturday Night Fever mit John Travolta – kommt ihm in den Sinn. Nein, so sehen weder der Mann am Roulettetisch noch Engerling aus. Engerling. Der ist eher Kategorie ›schmierig und fies‹. Der kommt hier nicht mehr her. Er hat ja bereits alles verloren. Alles weg, auch bald sein Haus – Overkamps Haus. Neben Oliver stoßen zwei ältere Damen in vermeintlich edlen Glitzerkleidern mit Champagner an und strahlen. Sie scheinen etwas zu feiern zu haben.

Oliver sieht, wie am Blackjack-Tisch ein Platz frei wird, und stellt sich hinter den Stuhl, um zu sehen, wie ein Gast auf das Feld des Super Jack setzt. Die Karten werden ausgegeben. Mit einem dezenten Fingertipp auf das Spielfeld gibt der Spieler zu verstehen, dass er noch eine Karte nehmen möchte.

»Sie sind ein Glücksjunge«, flüstert eine der beiden Champagner-Trinkerinnen Oliver ins Ohr. »Setzen Sie! – Zehn Euro – oder trauen Sie sich mehr?« Die ältere Dame blickt ihm tief in die Augen und lacht dann heiser auf.

»Ich bin kein Spieler. Wie geht das eigentlich?«, hakt Oliver nach und fühlt sich sichtlich unwohl in Gegenwart dieser Dame.

»Das ist wie 17 und 4. Kennst du das nicht?« Die Dame schüttelt den Kopf. »Ach, Jüngelchen. Du musst noch viel lernen«, sagt sie, grinst verschmitzt und geht.

Als Oliver später wieder in seinem Auto sitzt, ist er froh, nicht gespielt zu haben. Für einen Moment hat er darüber nachgedacht, sein nicht unbeträchtliches Vermögen durch Spielen aufzubessern. Geld kann man schließlich immer gebrauchen, erst recht, bei dem, was er vorhat. Aber ich bin kein Spieler, denkt Oliver und erinnert sich an Overkamps Worte: *›Ich bin ein Mörder, aber kein Spieler‹*. Ich bin beides nicht, freut sich Oliver.

13. SEPTEMBER 2010

Oliver stellt sein Fahrrad am Rathaus ab und geht in die Kirchgasse. Lange steht er vor dem Overkamp'schen Haus und blickt auf das Schaufenster, das in neuerer Zeit zwischen das Holzfachwerk gesetzt wurde. Wie gerne hätte Oliver einen Blick in den Raum geworfen, doch Lamellen versperren den Blick in das ungenutzte Ladenlokal, das früher das Kontor des Overkamps gewesen sein muss. An diesem Ort hat Ferdinand Overkamp gelebt, gearbeitet und sich eines Verbrechens schuldig gemacht. Seine Kinder wurden in diesem Haus geboren, und nach und nach hat Overkamp seine Söhne auf dem Kirchhof der Großen Marienkirche begraben müssen. Woran waren sie gestorben? Der älteste Sohn ist an Fieber gestorben, wie einer der Grabsteine im Stadtmuseum verrät. Dort stehen neben dem Grabstein der Familie Rose auch die Grabsteine der Kinder Overkamp.* Alles Anröchter Sandstein. Oliver hat die Steine mit seinem Smartphone fotografiert, um die Inschriften in Ruhe zu Hause übersetzen zu können. Endlich ist sein Latinum für etwas gut, freut er sich, als er zu Hause die lateinischen Inschriften übersetzt:

* Diese fiktiven Grabsteine orientieren sich an: Hans Christoph Fennenkötter: *Der Kindergrabstein in St. Jakobi. Vater, Mutter und Tochter fanden ihre letzte Ruhestätte in der Kirche.* In: Heimatblätter 87, 2007, S. 1-5.

D.O.M.S.
FERDINAND
OVERKAMP
FILIUS
HUIUSMERCATORIS
FERD. CASP. THEOD.
OVERKAMPI
POSTQUAMPERPAUCOS
MENES
VIXIT CUM
FEBRICONFLIXIT
XDCCL

GOTT DEM BESTEN UND GRÖSSTEN ZUM OPFER
/ FERDINAND OVERKAMP / SOHN / DES KAUFMANNS FERDINAND CASPAR THEODOR OVERKAMP / IST / IM ALTER VON WENIGEN MONATEN / DEM FIEBER ERLEGEN / 1750

D.O.M.S.
THEODOR OVERKAMP
FILIUS
HUIUSMERCATORIS
FERD. CASP. THEOD.
OVERKAMPI
OBIIT

XDCCLIII

GOTT DEM BESTEN UND GRÖSSTEN ZUM OPFER
/ THEODOR OVERKAMP / SOHN / DES KAUFMANNS / FERDINAND CASPAR THEODOR OVERKAMP / STARB / 1753

D.O.M.S. Caspar Overkamp XDCCLIV et Friedrich Overkamp XDCCLV filii huiusmercatoris Ferd. Casp. Theod. Overkampi animassuasdeo corpora sua terrae reddiderunt	***Gott dem Besten und Grössten zum Opfer*** */ Caspar Overkamp /* *1764 /* *und / Friedrich Overkamp /* *1765 / Söhne / des Kaufmanns Ferdinand Caspar Theodor Overkamp / haben Gott ihre Seelen, der Erde ihre Leiber zurückgegeben*

Durch die neben dem Schaufenster liegende Eingangstür war Ferdinand Overkamp als erfolgreicher Geschäftsmann, als stolzer Ehrenmann, als Ratsherr und später als Mörder ein und aus gegangen. So sehr Olivers Gedanken auch die Ereignisse von 1764 und '65 umkreisen, egal, wie schuldig sich Overkamp gemacht haben mag, es gelingt Oliver nicht, Overkamp als einen Verbrecher zu sehen, sondern er betrachtet ihn als einen Mann, der alles für seine Kinder und seine Familie getan zu haben scheint und dabei vermutlich Grenzen überschritten hat. Es war eine andere Zeit und es waren andere Lebensverhältnisse. Natürlich ist es unentschuldbar, einen oder gar mehrere Morde zu begehen, ganz klar. Aber hätte Overkamp das nicht gemacht, wäre die Geschichte der Familie vergessen, und es stünde lediglich der Name ›Overkamp‹ im Querbalken. Nein, das ist unlogisch, ruft sich Oliver zur Vernunft. Oder es gäbe vielleicht noch Overkamps in Lippstadt, die hier in der Kirchgasse seit 1657 lebten; vielleicht hieße heute der Bürgermeister nicht Christof Sommer, sondern Overkamp. Wer kann das schon wissen? ›Caspar Theodor Overkamp – Maria Theresia Upschulte – Anno 1657 – soli deo gloria‹, liest Oliver im Querbalken. ›Wer Godt Vertrauet Fest Auf Ihn Bawt den will er nicht verlassen. Renovatum 1985‹.

Oliver kann sich ein Lächeln nicht verkneifen. 1985 wurde er geboren. Wenn das kein Zeichen ist …

Kurze Zeit später betritt Oliver das Immobilienhaus der Sparkasse in der Spielplatzstraße.

»Guten Tag. Danke, dass ich so schnell einen Termin bekommen habe«, begrüßt Oliver die Dame.

»Gerne. Es muss ja zügig gehen, wenn Sie am Mittwoch mitbieten möchten. Es geht doch um die Zwangsversteigerung?«, vergewissert sie sich.

»Ja genau. Kirchgasse 2«, bestätigt Oliver.

»Gut, dann zeigen Sie mir mal Ihre Unterlagen. Die Nachweise über Ihr Vermögen haben Sie doch dabei?«, fragt die Dame.

»Ja, alles hier drin«, sagt Oliver und klopft mit der Hand auf seinen Rucksack. »Meine Großmutter ist Anfang des Jahres gestorben, und ich habe einiges geerbt.«

Die Dame sichtet die Papiere, macht sich Notizen, rechnet, schreibt, fragt ein paar Dinge und kommt dann zu dem Schluss, dass Oliver bis zu einem bestimmten Betrag bieten darf.

»Danke. Ganz herzlichen Dank. Sie glauben gar nicht, was Sie mir damit möglich machen!«, sagt Oliver und verabschiedet sich. Sein Herz klopft vor Freude ganz doll.

Als Oliver auf die Spielplatzstraße hinaustritt, hält er

eine Bietungsbürgschaft in seinen Händen. Büttenpapier, Wasserzeichen der Sparkasse, unterzeichnet vom Vorstand. Sein Name, das entsprechende Aktenzeichen, Versteigerung am 15. September 2010, Amtsgericht Lippstadt und – für Oliver das Schönste – die Anschrift des Hauses: Kirchgasse 2, 59555 Lippstadt.

In der Marktstraße hält Oliver an und lässt die Bietungsbürgschaft im Copy-Shop kopieren. Sicher ist sicher. Diese Bürgschaft ist für ihn der Anfang von etwas Neuem. Jetzt gelingt es mir, in Lippstadt mein Leben nicht nur neu zu ordnen, sondern auch Lippstadt zum Dreh- und Angelpunkt meines Lebens zu machen, freut sich Oliver. Das ist echt krass.

15. SEPTEMBER 2010

SEIT KURZ VOR vier ist Oliver wach. Niemandem hat er erzählt, dass er das Overkamp'sche Haus ersteigern will. Es soll zurück in den Familienbesitz. Seine Eltern und sein Bruder werden ihn für verrückt erklären, wenn sie davon erfahren. ›Lippstadt, da ist doch nichts los‹, werden sie sagen. ›Was willst du da?‹ Nur zu gut erinnert sich Oliver an das Gespräch mit seinem Bruder im ›Brauberger‹ in Lübeck. Daniel hat nicht verstehen können oder wollen, dass für Oliver die Familie und deren Geschichte von großer Bedeutung sind. Und Lippstadt gehört nun mal untrennbar mit den Overkamps zusammen. Und er selbst auch. Oliver Thielsen. Oliver Overkamp, denkt er und muss lachen. Klingt auch gut.

Immer wieder hat er den Beschluss des Amtsgerichts Lippstadt gelesen, den er von www.zvg-portal.de ausgedruckt hatte:

›Im Wege der Zwangsvollstreckung soll am Mittwoch, 15. September 2010, 9.00 Uhr, im Amtsgericht Lippstadt, Lipperoder Straße 8, 59555 Lippstadt, 1. Stock, Saal V, das im Grundbuch von Lippstadt Blatt … eingetragene Eigentum versteigert werden.‹ Die Grundbuchbezeichnung kannte er auswendig. ›Der Verkehrswert wurde gemäß § 74 a Absatz 5 ZVG auf 215.500 € festgesetzt. Lippstadt, den …‹

Leider ist es auch in diesem Fall so, dass das Gebäude nicht besichtigt werden darf. Der Schuldner hat dem nicht zugestimmt. Es gilt jetzt also, die Katze im Sack zu ersteigern. Das kann ein Glücksgriff sein oder sich als ein Desaster entpuppen. Es ist ein hohes Risiko, das Bieter eingehen.

Oliver stellt sein Rad am Fahrradständer im Innenhof des Amtsgerichts ab. Frisch ist es, er hat kalte Hände und Füße. Er schaut sich um. 70er-Jahre-Bau. Nicht schön. Rechts liegt der Haupteingang. Das Gebäude kann man nur durch eine Sicherheitsschleuse mit Metalldetektor betreten. Wie auf Flughäfen. Mit so etwas hat Oliver hier im beschaulichen Lippstadt nicht gerechnet. Er will doch nicht das Pentagon besichtigen. Er geht durch die Schleuse. Es piept und kleine rote Lämpchen blinken. »Ist okay«, sagt der Wachmann. »Gehen Sie weiter.«

Oben in Saal V beginnt die Zwangsversteigerung. Der Rechtspfleger gibt das Objekt bekannt: Kirchgasse 2, 59555 Lippstadt. »Die Eigentümer sind Barbara und Wolfgang Engerling«, sagt er. Bei dem Namen Engerling läuft Oliver ein Schauer über den Rücken. Er muss das Overkamp'sche Haus unbedingt haben. Aber hier sind mehr Menschen, als er gedacht hat. Ob die alle bieten wollen? Sie wollen. Schließlich liegt die Kirchgasse in bester Lage, und die sich dort befindenden Geschäfte sind allesamt inhabergeführte, kleine, stilvolle Fachgeschäfte. Direkt neben dem Overkamp'schen Haus ist ein wundervolles edles Juweliergeschäft. Man muss sogar klingeln, um hineingelassen zu werden. Das Overkamp'sche Haus selbst ist, von außen betrachtet, in gutem Zustand. Das lässt hoffen, dass es auch innen einigermaßen in Ordnung ist.

Nach exakt 30 Minuten beendet der Rechtspfleger das gegenseitige Überbieten und ruft: »Das Gebot von 197.500 € zum Ersten! 197.500 € zum Zweiten. Bietet jemand mehr?« Er hält kurz inne. »Nein? 197.500 € zum Dritten. Gut. Dann erhält Herr, ähm …«, der Rechtspfleger wirft einen Blick auf die Bietungsbürgschaft, »… Thielsen, Herr Thielsen erhält den Zuschlag. Gratuliere!«

Mit rasendem Herzklopfen findet sich Oliver auf der breiten 70er-Jahre-Treppe des Amtsgerichts wieder. Er hat das Haus ersteigert. Das Overkamp'sche Haus gehört jetzt ihm! Wieder im Familienbesitz. Nach … nach … 245 Jahren. Unfassbar! Sollte er jetzt Annika anrufen? Oder seine Eltern? Er besitzt ein Haus. *Das* Haus! »*Mein* Haus«, flüstert Oliver, als er das Gerichtsgebäude verlässt. »Jetzt ist es mein Haus!« Er strahlt über das ganze Gesicht. Seine Hände zittern, seine Füße sind kalt wie nie. Er kann sogar seine Bauchschlagader spüren. »Mein Haus«, sagt er zu sich selbst. Plötzlich springt Wolfgang Engerling aus dem Gebüsch. Der große Lebensbaum im Innenhof des Amtsgerichtes hat ihm Sichtschutz geboten. »Du Schwein!«, schreit Engerling. »Es ist mein Haus. Ich sehe es an deinem scheiß Grinsen. Du hast den scheiß Zuschlag erhalten.« Ehe Oliver sich's versieht, rammt ihm Engerling sein Knie zwischen die Beine, und ein rechter Haken trifft seine Augenbraue. Vor Schmerz geht Oliver zu Boden und krümmt sich. Blut läuft ihm über sein Gesicht und verklebt das Auge. Es scheint anzuschwellen. Der Wachmann kommt gerannt und hilft Oliver wieder auf die Beine. »Das wird dir noch leidtun! Dich mache ich fertig!«, schreit Engerling und verschwindet in Richtung Stadtpark Grüner Winkel.

»Kennen Sie den?«, fragt der Wachmann.

»Hm, ja, kann man so sagen«, nuschelt Oliver und wischt sich übers Gesicht. Das kann ja heiter werden, denkt er und schaut auf seine blutverschmierten Hände. Wie das aussieht!

»Kommen Sie mit rein. Ich rufe Ihnen einen Krankenwagen. Das muss genäht werden«, beschließt der Wachmann und greift drinnen zum Telefon. »Sie müssen den

Mann anzeigen. Das geht doch so nicht!«, fordert er weiter. »Sieht übel aus über Ihrem Auge. Das ist Körperverletzung. Das dürfen Sie sich nicht gefallen lassen!«

Es ist bereits Mittag geworden, als Oliver das Dreifaltigkeitshospital an der Soeststraße verlässt. Mit fünf Stichen ist die Wunde genäht worden.

»Da bleibt Ihnen bestimmt ein Andenken zurück«, hat der Arzt gemeint.

»Tja. Ich fürchte, das ist erst der Anfang. Dieser Mann wird mir noch viel Ärger machen«, hat Oliver mehr zu sich als zu dem Arzt gesagt.

Vor dem Haupteingang des Krankenhauses bleibt Oliver stehen, um Annika anzurufen.

»Hi«, begrüßt er sie, »ich muss dir unbedingt etwas erzählen. Ich habe Overkamps Haus gekauft und mich von Engerling niederschlagen lassen. Erinnerst du dich an ihn?«

»Spinnst du? Was erzählst du denn da?«, fragt Annika irritiert. »Ich kann dir nicht folgen.«

Oliver erzählt ihr die ganze Geschichte von vorne; das von der Oma geerbte Geld, die Zwangsversteigerung, der Zuschlag an ihn und dass Engerling ihm aufgelauert und ihn niedergeschlagen hat.

»Jetzt habe ich ein blau-lila Veilchen. Alles ist geschwollen. Die Platzwunde musste genäht werden. Wenn es dir nicht zu peinlich ist, mit mir in diesem Zustand irgendwo hinzugehen, würde ich gerne mit dir heute Abend feiern. Wir könnten irgendwo essen gehen«, schlägt Oliver vor. »Man ersteigert schließlich nicht jeden Tag ein Haus, das dann nach 245 Jahren quasi wieder in Familienbesitz zurückkommt. Hast du Zeit?«

»Ich komme gerne. Man muss die Feste feiern, wie sie fallen; heißt es nicht so?«, lacht Annika. »Aber geht es dir wirklich gut genug? Solltest du dich nicht besser ausruhen?«, fragt sie besorgt. »Ich könnte dich pflegen.«

»Hey, gute Idee. Erst gehen wir essen, und dann pflegst du mich. Ich bin wirklich richtig bedürftig!«, versichert Oliver mit einem Lachen.

»Okay, so machen wir es. Aber ich muss dich nicht füttern, oder? Soll ich noch schnell eine Schnabeltasse besorgen?«, erkundigt sich Annika.

»Nein danke. Sehr freundlich. Essen kann ich noch selbst. Aber dann muss ich gepflegt werden. Eine Massage wäre gut. Verwöhn' mich einfach«, freut sich Oliver.

Nach dem Telefonat mit Annika wählt Oliver die Nummer eines Taxidienstes. Schließlich muss er sein Fahrrad am Amtsgericht abholen. Während er auf das Taxi wartet, fällt sein Blick auf ein altes Gebäude, das irgendwie zum Krankenhaus gehört: ›Palais Schauroth – Informationszentrum für Gesundheit und Pflege‹ steht auf dem Schild davor. Auf einer bronzenen Tafel an der Hauswand liest er:

> PALAIS SCHAUROTH
> PALAIS ERRICHTET ZWISCHEN 1763 UND 1776 FÜR FREIHERRN VON SCHAUROTH. IM INNEREN AUSSTATTUNG DER ERBAUUNGSZEIT SOWIE TEILE DER NEUZEITLICHEN STADTBEFESTIGUNG (WALLPOTERNE DES EHEMALIGEN SOESTTORES) ERHALTEN.

Als er endlich nach Stunden wieder zu Hause ankommt, nimmt Oliver eine Schmerztablette und legt sich hin. Am liebsten würde er schlafen, aber seine Gedanken kreisen um das neu ersteigerte Haus, sein Haus. Sein eigenes Haus!

Was muss er jetzt bedenken? Viel Papierkram wird auf ihn zukommen, ganz klar, aber das ist machbar. Er muss sich nur aufraffen, dann klappt das schon. Schwieriger wird es vermutlich, den Engerling aus seinem Haus zu werfen. Das ist ein Choleriker, ein Querulant, ein überheblicher Loser. Unberechenbar. Ich muss echt aufpassen, dass er mich nicht fertigmacht, denkt Oliver.

Um sich nicht noch schlimmere Szenarien auszudenken, steht Oliver wieder auf und blättert in Hagemanns ›Festung‹. Irgendwo hat er etwas über das Schauroth'sche Palais gelesen. Da ist er ganz sicher. Dann endlich findet er die Stelle: ›Neue Tore und Straßen‹, lautet die Überschrift. *›Die Wallpoterne des Soest Tores auf dem Grundstück des Justizrats Rose blieb erhalten und wurde in einen Neubau einbezogen, der später der Familie Kellerhaus gehörte und 1857 durch den Kammerherrn von Schauroth an die katholische Kirchengemeinde als Hospital zum Verkauf gelangte. Der Erhalt der Wallpoterne war möglich, da der im Rahmen des 1669 erfolgten Festungsausbaues geschaffene Stadtausgang nach der Niederlegung des Hauptwalles wieder aufgegeben worden war und die Soeststraße ihre ursprüngliche Funktion als Torstraße zurückerhalten hatte.‹* *

Wie muss er sich das vorstellen? Die Erdmassen des Festungswalls wurden rechts und links des gemauerten Durchgangs – der Poterne – entfernt, bis alles ebenerdig war? Und dann wurde ein Haus quasi um die Poterne drum herum gebaut? Cool, das würde mir auch gefallen. ›Luxuriöse Wohnung im historischen Tor der Stadt‹ könnte ein Werbeslogan eines Immobilienmaklers lauten, denkt Oliver im Einschlafen. ›Leben Sie im Wandel der Zeit‹.

---

* Hagemann: *Die Festung Lippstadt*. 1985. S. 129.

Im Traum sieht Oliver Ferdinand Overkamp als schneidige Erscheinung durch die Poterne schreiten. Ein Pferdegespann zieht einen Flachwagen mit Heu. Ein Ackerbürger treibt Kühe vor sich her. Zwei Frauen in traditioneller Kleidung sprechen miteinander und tragen Körbe am Arm. Kinder spielen. Normales, reges und geschäftiges Treiben der Lippstädter am Soest Tor. Dann zieht ein Gewitter auf. Der Wind peitscht den Regen direkt in die Poterne. Das große, schwere zweiflügelige Tor zeigt zur Wetterseite, nach Westen. Ferdinand Overkamp wird vom Blitz getroffen und verwandelt sich in einen Werwolf, der seine Feinde genüsslich zerfleischt. Blut spritzt. Donnergrollen begleitet Overkamps Tat. Nassgeschwitzt und mit Herzrasen schreckt Oliver auf. Was ist nur mit Overkamp geschehen, überlegt er. Ich muss es herausfinden!

Am Abend holt Oliver Annika vom Bahnhof ab. Arm in Arm schlendern sie durch die Lange Straße.

»Wo gehen wir hin?«, fragt Annika.

»Ins ›Alte Brauhaus‹«, antwortet Oliver. »Das liegt quasi bei mir um die Ecke. Ganz nah. Rathausstraße.«

»Aha. – Was hast du denn jetzt vor?«, erkundigt sich Annika, als beide kurz vor dem Overkamp'schen Haus stehen bleiben. Ohne auf eine Antwort zu warten, liest sie die Inschrift: ›Wer Godt Vertrauet Fest Auf Ihn Bawt den will er nicht verlassen‹.

»Dieselbe Inschrift steht auch noch mal an dem Haus da vorne in der Rathausstraße 10. Das Haus ist aus demselben Jahr wie dieses. 1657. Scheint damals *in* gewesen zu sein, dieser Spruch«, vermutet Oliver.

»Gott spielte damals im Leben der Menschen eine weit wichtigere Rolle als heute. Da fällt mir ein: Warst du eigentlich irgendwann in Bielefeld im Archiv des westfälischen Landeskirchenamtes? Das hatte man dir im Generalvikariat Paderborn doch empfohlen«, erinnert sich Annika.

»Nein, war ich nicht. Aber ich werde das noch irgendwann machen. Wenn du magst, kannst du mitkommen«, schlägt Oliver vor.

»Nach Bielefeld? Bielefeld gibt es doch gar nicht«, lacht Annika.

»Was? Ich kann dir nicht folgen«, entgegnet Oliver.

»Kennst du nicht die Bielefeld-Verschwörung? Google das mal«, empfiehlt Annika, »sonst hast du eine Bildungslücke!«

»Ja, mache ich«, sagt Oliver gedankenverloren mit Blick auf sein Haus.

Drinnen ist alles dunkel. Oliver stellt sich die gute Stube – wo auch immer sie im Haus sein mag, bestimmt wie damals üblich, in der ersten, der Bel Etage – so edel und schön vor, wie der Vier-Jahreszeiten-Raum im heutigen Stadtmuseum ist. Prächtige Stuckornamente an der Decke: Blüten- und Feigenranken mit Schlössern, Burgen und Kirchen. Ein beeindruckender Kronleuchter mit zwölf Kerzen. Kristallglastropfen brechen das Licht. Es ist gemütlich und warm. Das dunkle Holz der Kommode glänzt. Es duftet nach Essen. Etwas mit Äpfeln, Zimt …

»Oliver, träumst du?«, reißt ihn Annika in die Gegenwart zurück.

»Äh, ja. Hast du etwas gesagt?«, fragt Oliver, der noch nicht ganz aus seiner Fantasiewelt zurückgekehrt ist. Was für ein Tag, denkt er.

»Was du jetzt vorhast, wollte ich wissen«, fragt Annika erneut.

»Erzähle ich dir gleich in Ruhe.«

Nachdem sie Essen und Getränke im ›Alten Brauhaus‹ bestellt haben, kommt Oliver auf ihre Frage zurück.

»Also, ich bin jetzt Eigentümer des Overkamp'schen Hauses, Kirchgasse 2. Das fühlt sich noch total irreal an. Ich kann es selbst kaum glauben. Und weißt du, was mich am allermeisten erstaunt?«

Annika schüttelt den Kopf.

»Dass ich mir wirklich vorstellen kann, nach meinem Studium nach Lippstadt zu ziehen. Ich liebe Lippstadt – und dich«, sagt Oliver und blickt Annika in die Augen.

»Ich dich auch«, erwidert sie leise und nimmt seine Hand. »Wie geht das denn jetzt mit dem Engerling weiter? Den musst du doch loswerden!«

»Du, vielleicht ist es dem Overkamp damals genauso ergangen. Vielleicht wollte oder musste er den Engerling seinerzeit loswerden wie ich den jetzigen, und Overkamp hat den Engerling umgebracht«, überlegt Oliver. »Aber keine Sorge, ich bringe niemanden um!«

»Overkamp kann den Engerling nicht ermordet haben, denn es hat doch auch noch später einen Engerling gegeben. Ich meine den, der in diesem Buch steht. Diese ›Alten Geschichten‹.* Der irgendetwas gespendet hat. Und die Sache mit den Ländereien. Die gehörten doch einem Engerling. Das steht meines Wissens in dem Festungsbuch**, oder irre ich mich jetzt? Ich glaube nicht, dass dein Overkamp einen Engerling umgebracht hat«, meint Annika. »Geht ja auch gar nicht. Er hat ja länger gelebt, als dein Overkamp in Lippstadt war.«

»Dann hat er irgendjemand anderen umgebracht. ›Ich

* Annika meint: Möller: *Alte Nachrichten von Lippstadt*. 1788. [1973]
** Annika meint: Hagemann: *Die Festung Lippstadt*. 1985.

bin ein Mörder, aber kein Spieler‹, hat er ja selbst gesagt«, zitiert Oliver Overkamp.

»Wahrscheinlich wirst du es nie erfahren. Also, was hast du jetzt vor – du hier in der Gegenwart, 2010?«, fragt Annika noch einmal.

»Okay, Spaß beiseite: Seit heute Morgen, genau genommen, seit dem Augenblick, als ich den Zuschlag bekommen habe, bin ich der Eigentümer des Overkamp'schen Hauses. Acht Wochen haben Engerling und seine Frau nun Zeit, sich eine neue Wohnung oder so zu besorgen. Am 10. November müssen sie raus sein. Für diese acht Wochen müssen sie so eine Art Miete an mich zahlen. ›Nutzungsentschädigung‹ nannte der Rechtspfleger das. Cool, oder?«, findet Oliver.

»Und dann?«

»Ich werde wohl vermieten. Das Haus liegt in Top-Lage, da wird sich schon jemand finden. Vielleicht muss ich erst renovieren. Keine Ahnung, ich war ja noch nicht drin«, erklärt Oliver.

»Wie? Du warst nicht drin?«, fragt Annika ungläubig.

»Nein, das geht nur, wenn der Engerling das erlaubt. Hat er aber nicht. Der Engerling hat dem vor der Versteigerung nicht zugestimmt, und jetzt, wo es mein Haus ist, wird er es erst recht nicht zulassen. Er hat mich zu seinem Feindbild erkoren, dabei müsste es eigentlich andersherum sein. Es war schließlich ein Engerling, der dem Overkamp alles abgenommen hat. Aber das weiß ja dieser Blödmann nicht.«

»Und du weißt immer noch nicht, wie es zu dieser ›Übernahme‹ gekommen ist, oder?«, hakt Annika nach.

»Nein, es wurde alles versteigert, das habe ich dir ja erzählt, aber warum der Overkamp alles verloren hat, weiß ich nicht. ›Ich bin ein Mörder, aber kein Spieler‹, hat er gesagt. Ein Mörder. Mein Gott! Vielleicht wurde er erpresst?«, überlegt Oliver.

»Ja, vielleicht. Aber der Engerling war ein Spieler. Der hat Haus und Hof verzockt.«

»Du meinst den heutigen Engerling? Ja, zum Glück. Mir scheint, das hier ist etwas ganz Großes. Nicht nur, dass ich ein Haus habe, nein, ich habe *das* Haus. Das Overkamp'sche Haus«, freut sich Oliver und kann es noch immer nicht fassen.

Während des Essens hängen beide ein bisschen ihren Gedanken nach. Oliver malt sich aus, wie das Leben in Lippstadt werden könnte, wie er aus dem Fenster der Bel Etage immer auf die Große Marienkirche schauen würde, welche Art Geschäft gut in das Ladenlokal im Erdgeschoss passe und wovon er überhaupt leben solle. Wenn er sich sputen würde, könnte er in zwei Semestern an der Uni Lübeck seinen Bachelor machen, und wenn es gut läuft, könnte er in Lippstadt an der HSHL* vielleicht seinen Master in Biomedizinischer Informatik machen. Er musste sich da unbedingt drum kümmern. Gibt es das überhaupt in Lippstadt? ... Wie er je darauf gekommen war, medizinische Ingenieurswissenschaften zu studieren, kann er sich selbst nicht mehr erklären. Es kommt ihm alles so fremd vor. So weit weg. Okay, den Bachelor müsste er noch machen; das Studium abbrechen bzw. nicht wieder aufnehmen, kommt nicht infrage. Aber dann? Das muss ich mir gut überlegen!, empfiehlt sich Oliver selbst. Warum habe ich nicht Geschichte oder so studiert, ärgert er sich und findet, Annika hat mit ihrem Studium die richtige Wahl getroffen. Annikas Überlegungen während des Essens sind

* Hochschule Hamm-Lippstadt

eher privater Natur. Ob und wenn ja, wie es mit ihr und Oliver weitergehen könnte, fragt sie sich. Fernbeziehung zwischen Lübeck und Paderborn? Das wird schwierig.

»Wann genau musst du nach Lübeck zurück?«, reißt sie Oliver aus seinen Gedanken.

»Mein Mietvertrag läuft bis zum 31. Oktober. Aber ich werde schon vorher nach Lübeck zurück müssen, weil die Vorlesungen am 18. beginnen«, erklärt Oliver.

»Dann bist du gar nicht mehr in Lippstadt, wenn dein Haus frei wird?«, stellt Annika fest.

»Ach, ich werde es irgendwie einrichten können, dann zu kommen. Ich möchte nicht einen Tag länger warten als nötig. Ich! Will! Da! Rein!«, ruft Oliver und lacht. »Wie es im Overkamp'schen Haus wohl aussieht? In meiner Vorstellung ist alles originalgetreu, 18. Jahrhundert. Aber ich weiß, dass das so nicht sein wird. Schließlich ist es 1985 renoviert worden. Womöglich 80er-Jahre-Chic. – Huuhaa«, lacht Oliver und schüttelt sich. »Alles braun-beige.«

»Lach nicht. Das ist jetzt wieder *in*. Retro!«, findet Annika.

15TER SEPTEMBER 1765

Die gnädige Frau gedenkt nicht, einen Sonntagsspaziergang zu machen. Seit der demütigenden Zwangsversteigerung der Möbel im Juni hat sie das Haus nicht verlassen. Es vergingen zuweilen Tage, an denen sie nicht einmal ihr Schlafgemach verließ. Oder nur, um eine Notdurft zu verrichten. Weder Ferdinand Overkamp noch Berta, die alte Magd, können Johanna Overkamp davon überzeugen, ein wenig Nahrung zu sich zu nehmen. Dr. Buddeus' Visitation lehnt sie ab. »Ich wünsche keine Menschenseele zu sehen«, sagt Johanna Overkamp immer wieder.

Ferdinand Overkamp nutzt – ganz im Gegensatz zur Gemahlin – jede Gelegenheit, aus dem Haus zu fliehen. Es ist leer geräumt, unrespektabel und ungemütlich. Zwar steht in seinem Kontor noch der Schreibtisch, doch immer, wenn er an diesem sitzt, denkt er an Engerling, der schon alles als das Seinige bezeichnet. Wie oft spielt Overkamp mit dem Seil, mit dem er Caspar Engerling ans Soest Tor zu hängen gedenkt. Die Zeit drängt, denn Justizrat Rose hat längst mit dem Bauen beginnen lassen. Die schweren Flügeltüren des Soest Tors sind bereits ausgehängt – nur der Himmel weiß, wo sie hingekommen sind – und man kann an vielen Stellen am ehemaligen Festungsgürtel aus der Stadt heraus, nicht nur durch die Tore wie bisher.

Overkamp verlässt bei seinem Spaziergang die Stadt am Cappel Tor. Auch hier ist kein wirkliches Tor mehr, doch der Festungswall ist noch da. Die Ländereien, die im letzten Kriegsjahr enteignet wurden, sind längst an ihre Besitzer zurückgegeben worden. Mehrere Morgen Land hat er dort besessen, aber nur der weit kleinere Teil ist ihm zurückgegeben worden. Der größere Teil war nach und nach in den Ausbau der Festung einbezogen worden. Im April hat es noch geheißen, dass auch die ehemaligen Besitzer der anderen Flächen entschädigt würden, sobald die Zeiten wieder besser seien. Doch nun werden auch diese Flächen durch Generalmajor de Salenmon zum Verkauf angeboten, und die Gelder sollen in die Clevesche Kriegs- und Domänenkasse eingezahlt werden.* Overkamp wird leer ausgehen. Er wird nicht entschädigt werden. Das passt zu seinem Pech, das unabänderlich an ihm zu kleben scheint. Wie gut wäre ein Geldsegen! Wie gut hätte er die Ländereien dort gebrauchen können! Er hätte sie gewinnbringend verkaufen können. So wie Justizrat Rose. Der macht dort ein Vermögen mit dem An- und Verkauf von Land. Wenn Rose etwas macht, dann richtig, dann wird es etwas. Warum gelingt mir so etwas nicht mehr?, fragt sich Overkamp, wenn er von solchen Plänen erfährt. Früher wurde alles zu Gold, was Overkamp begann. Ja, früher ... Früher war alles besser gewesen. Es ist nur noch eine Frage von Tagen – wenn es gut läuft, Wochen – bis er auch sein Haus verliert. Er kann keine Rechnung mehr bezahlen. Die Gläubiger werden immer ungeduldiger. Chirurg Hoffmann hat ihm doch in der letzten Woche tatsächlich das Rasieren verweigert, weil er die letzten drei Rechnungen noch nicht bezahlt hat! Wie es ihm nach langem Reden dann doch noch gelungen ist, Hoffmann zum Rasieren zu bringen, weiß er, Overkamp, selbst nicht. An Haare schneiden war kaum zu denken, aber hinten berührten seine Haare bereits den Kragen! Seine Tochter, das kleine Thereschen, wird ausgelacht und gehänselt. »Ihr

* Vgl.: Hagemann: *Die Festung Lippstadt*. 1985. S. 122.

gehört ins Armenhaus!«, hat ein älterer Junge hinter ihr hergerufen. Wenn es nicht so bitter wäre, könnte er sich glücklich schätzen, kein Schulgeld mehr bezahlen zu müssen. Thereschen geht noch nicht zur Schule. Seine Söhne ruhen nahe der Großen Marienkirche und Elisabeth – ja, Elisabeth. Sie hat einen Sohn! Er, Overkamp, ist Großvater. Wie gerne wäre er ein guter Großvater, der den Kleinen auf seinen Knien reiten lässt und ihm Geschichten erzählt. Aber so? Nein, er hat alles getan, was in seiner Macht stand, doch er, der einst einflussreichste Kaufmann Lippstadts, hat den Untergang seiner Familie nicht verhindern können. Es ist ihm zwar gelungen, dass niemand in der Stadt von Elisabeths Fehltritt erfahren hat, doch der Schmerz und die Pein sind stets in ihm. Ganz zu schweigen, was in Folge dieser Angelegenheit alles geschehen ist! Er hat alles verloren! Das Wenige, was er noch sein Eigen nennen darf, ist auch so gut wie weg.

»Heda, Overkamp, was machen Sie denn hier draußen auf dem Festungsgürtel bei diesem Wetter? Der Wind verheißt nichts Gutes, der Himmel zieht sich zu und wird ganz dunkel. Gehen Sie lieber nach Hause, solange Sie noch eines haben«, sagt Caspar Engerling dreist.

»Sie …«, Overkamp holt tief Luft, doch es fehlen ihm die Worte. »Sie!«, brüllt er und greift Engerling am Schlafittchen. Er schüttelt ihn, als wäre er vom Teufel besessen. Dicke Regentropfen prasseln auf beide nieder. In der Ferne hört man Donnergrollen. Engerling stürzt zu Boden und reißt Overkamp mit sich. Die beiden rangeln und schlagen aufeinander ein, bis Overkamp einen Stein greifen kann. Ohne nachzudenken, schlägt er ihn an Engerlings Stirn, der wie leblos auf dem Festungswall liegen bleibt. Entsetzt ob seiner Tat blickt Overkamp sich um. Es ist ziemlich dunkel, und als ein Blitz einen Augenblick lang alles in ein gespenstisches Licht taucht, erkennt Overkamp, dass er sich vor dem Soest Tor befindet. Dann ist alles wieder dunkel. In Windeseile fertigt er den Henkersknoten an, der ihm dank seiner unzähligen Versuche sofort gelingt. Die Schlinge legt sich beinahe von selbst um Engerlings Hals, so leicht geht Overkamp all das von der Hand. Wie in früheren Zeiten, als ihm auch alles gelang. Schlinge zuziehen – fertig. Doch halt! Wo genau will er das andere Ende des Seils befestigen? Wie passend wäre es, wenn der Gehängte mitten unter dem gemauerten Bogen der Wallpoterne baumeln würde. Es regnet immer heftiger. Blitz und Donner wechseln sich ab. Unheimlich sieht es aus, wenn für einen kleinen Augenblick im Blitzlicht Engerlings Hals in der Schlinge sichtbar wird. Schauderhaft. Aber Overkamp hat mittlerweile so viel erlebt, hat zwei unschuldige Burschen auf dem Gewissen und den Köpner getötet und verscharrt. Hat sich diesen Augenblick am Soest Tor immer wieder ausgemalt, sodass es ihm beinahe so vorkommt, als hätte er diesen bereits erlebt. Oder erlebte ihn ein zweites Mal. Nein, er muss sich zusammenreißen. Halte die Gedanken beieinander, ermahnt er sich immer wieder. Mache keinen Fehler. Nicht den geringsten! Nass bis auf die Knochen läuft er nun zur Wallpoterne, um zu schauen, ob sich nicht zufällig ein Haken dort oben befindet. Es gibt nur auf der rechten Seite den Rest eines Beschlages oder eines … Overkamp kann es im Dunklen nicht erkennen. Aber selbst wenn es eine geeignete Befestigung für das Seil in dieser großen Höhe geben würde, wie sollte er es dort oben befestigen können? Er hat natürlich keine Leiter dabei, und doch es scheint, als sei Gott wieder ganz bei ihm, denn er hat das Seil in der Tasche gehabt. Der Wind peitscht den Regen beinahe waagerecht in die Poterne hinein. Es ist empfindlich kalt geworden. Und so dunkel, dabei kann es kaum später als etwa fünf Uhr am Nachmittag sein. Overkamp muss weitersuchen. Jetzt ist er so weit gekommen, hat schon den Engerling in der Schlinge, jetzt muss er auch hängen! Ein Blitz erhellt für einen kurzen Augenblick das Innere des Durchgangs. Vor dem gemauerten Steinwerk steht – Dr. Johann Conrad Rose.

»Overkamp! Was machen Sie denn bei dem Wetter hier?«, erkundigt sich dieser. »Sind Sie auch vom Wetter überrascht worden?«

»Ja, also, ja. Das kann man so sagen«, stammelt Ferdinand Overkamp und überlegt beinahe fiebrig, ob und was Dr. Rose gesehen haben könnte. Wie fahrig muss man eigentlich sein, dass einem immer wieder derselbe Fehler unterläuft? Selbst wenn der Engerling jetzt tot ist, er kann schlecht auch noch Dr. Rose umbringen, damit dieser nichts verraten kann. Das geht nun wirklich nicht. Einen Dr. Rose bringt man nicht um. Das ist noch jemand von Format. Ein Ehrenmann mit Einfluss, der im kommenden Jahr erneut Bürgermeister zu werden gedenkt.

»Wie sehen Sie denn aus?«, fragt Dr. Rose erschrocken. »Sie sind ja voller Matsch. Sind Sie gestürzt?«

»Gestürzt? Ja. Ja! Genau. Ich bin gestürzt. Auf dem Festungswall ist es vom Regen rutschig, und dann …«

»Ja, ja. Das verstehe ich. Das kann schnell passieren. Und Ihre Augenbraue? Sie bluten. Bestimmt sind Sie auf einen Stein aufgeschlagen«, vermutet Dr. Rose.

»Stein aufgeschlagen … ja«, stammelt Overkamp weiter.

»Gehen Sie gleich zu Dr. Buddeus. Das ist ja nicht weit!«, empfiehlt Dr. Rose.

»Ja. Ist nicht weit. Soeststraße«, sagt Ferdinand Overkamp. Ihm ist nicht klar, ob Dr. Rose etwas beobachtet hat und ihm jetzt bewusst alle Antworten vorgibt, um der Wahrheit nicht ins Gesicht sehen zu müssen.

»Kommen Sie, werter Herr Overkamp. Ich begleite Sie zu Dr. Buddeus«, sagt Dr. Rose und scheint keinen Widerspruch zu dulden. »Das Unwetter scheint Richtung Bockenforde zu ziehen.«

Vor der Tür des Behandlungszimmers in der Soeststraße verabschiedet sich Dr. Rose und kündigt für die nächsten Tage seinen Besuch im Hause Overkamp an. »Ich glaube, wir sollten uns einmal unterhalten«, sagt er und geht. Sofort läuft Overkamp ein Schauer über den Rücken. Solche Unterhaltungen kennt er zur Genüge. Aber er kann sich beim besten Willen nicht vorstellen, dass Dr. Rose ihn erpressen will. Nein, wahrlich nicht.

»Legen Sie sich mal hier hin«, fordert Dr. Buddeus. »Das ist halb so schlimm. Aber ich werde es nähen müssen. – Eigentlich müsste ich Sie verbluten lassen. Sie schulden mir mittlerweile so viel Geld. Ich schaue gleich erst einmal, wie viel Reichstaler es schon sind.«

»Uuuuuaahhh!«, entfährt es Overkamp, als Dr. Buddeus den ersten Stich durch die Haut macht.

»Stellen Sie sich nicht so an. Das ist ja weibisch«, schimpft Dr. Buddeus.

Keine halbe Stunde später steht Ferdinand Overkamp wieder auf der Soeststraße. Seine Augenbraue ist mit fünf Stichen genäht worden. Was soll er nun machen? Schleunigst nach Hause gehen und die Begegnung mit dem Engerling vergessen? Oder zurück zum Festungswall? Vielleicht kann er seinen Plan doch noch zu Ende bringen. Oder ist der Engerling schon tot? Er hat sich ja nicht mehr bewegt.

Overkamp entschließt sich, nach Hause zu gehen, und kommt sich wie ein Feigling vor. Aber als ob nicht schon alles schlimm genug wäre, was ist, wenn der Engerling nicht tot ist? Noch nicht, berichtigt er sich selbst. Dann wird Engerling früher oder später zu ihm ins Kontor kommen, und dann wird es wirklich unschön. Schließlich weiß Engerling, dass sie sich auf dem Festungswall begegnet sind. Wieso gelingt ihm, Overkamp, wirklich gar nichts mehr? Früher konnte er machen, was er wollte, es klappte immer alles. Alles ging ihm leicht von der Hand. Und jetzt? Jetzt ist er von Gott verlassen.

19TER SEPTEMBER 1765

MEHRERE TAGE LANG geschieht nichts. Aber auch gar nichts. Ferdinand Overkamp sitzt im Kontor und rechnet jeden Augenblick mit dem Erscheinen Engerlings. Doch Engerling kommt nicht. Sollte er ihn doch getötet haben? Und wenn ja, dann muss ihn doch jemand gefunden haben. Gerade am Soest Tor ist viel los. Dort wird gebaut. Und wenn den Engerling jemand gefunden hätte, hätte doch Dr. Rose eins und eins zusammenzählen können; es wäre ein Leichtes, auf ihn als Mörder zu kommen. *Mörder.* Jetzt hatte er schon vier Menschen auf dem Gewissen. Die beiden unschuldigen Hirten, Köpner und Engerling. Weitere zwei – seine Söhne! – waren gestorben, weil er großes Unglück über die Familie gebracht hat. Und wie mag es wohl Elisabeth und dem kleinen Ferdi gehen? Nein, an Elisabeth darf er keinen Gedanken verschwenden. Das ist sie nicht wert. Nach all dem … Vielleicht wäre es doch besser gewesen, wenn er Elisabeth mit Kerkmanns Stephan verheiratet hätte. Dann hätten nicht so viele Menschen ihr Leben lassen müssen und er, Overkamp, wäre noch ein Mann von Format. Sein Ansehen und sein Ruf in Lippstadt wären tadellos, wie eh und je. Er würde große Geschäfte machen, und es hätte nicht mehr allzu lange gedauert, bis er sich ein Haus aus Stein hätte leisten können. Ja, das wäre nach seinem Geschmack gewesen, wenn alle Lippstädter – vor allem die Familien Rose und Zurhelle – voller Anerkennung und auch Neid auf ihn und sein Haus geblickt hätten. Aber heute? Erst am Vormittag, als Overkamp mit der Alt-Weiber-Sonne die innere Kälte zu vertreiben versuchte, hat ihn sein Nachbar, der alte Kerkmann verspottet. Er sei so froh, seinem Sohn verboten zu haben, um die Hand Elisabeths anzuhalten. »Ich habe zu Stephan gesagt, wenn du zu diesem überheblichen Overkamp gehst und um die Hand Elisabeths anhältst, dann schlage ich dich tot«, hat Kerkmann lauthals lachend erzählt. »Und zu der Zeit war ihr Fräulein Tochter noch eine gute Partie. Jetzt werden Sie sie nicht mehr unter die Haube bringen können: völlig verarmt mit einem unehelichen Kind.«

»Ihr Stephan ist doch an allem Schuld«, weiß Overkamp nun endlich mit Gewissheit.

»Und wenn schon. Es war schließlich Ihr Fräulein Tochter, die sich unschicklich verhalten hat. Burschen wie meinem Stephan kann man keinen Vorwurf machen. Sie sind jung und wild; sie wollen sich ihre Hörner abstoßen, und wenn ein williges Mädchen des Weges kommt, dann ...«

»Halten Sie den Mund«, hat Overkamp gefordert und ist in sein Kontor gegangen.

Stephan Kerkmann ist der Vater des kleinen Ferdi. Ausgerechnet dieser Bursche, der von seinem gewalttätigen Vater zu viel geerbt zu haben scheint. Da die Kerkmanns die vielen Schicksalschläge und den schleichenden Ruin des Overkamps Tür an Tür mitbekommen haben, werden sie schon von sich aus dafür sorgen, dass niemand in Lippstadt erfährt, dass Kerkmanns Stephan ein Kind mit Elisabeth hat. Es wäre ihnen höchst unangenehm und die Verbindung zu mir würde ihrem Ansehen schaden, denkt Overkamp bitter. Ja, er muss sich sogar eingestehen, dass Kerkmann gut daran tun, ihn und seine Familie zu meiden, denn das Unglück scheint auf andere übergreifen zu können, wenn er nur an das Schicksal des Johann, Agnes

Bruder, und deren Mutter denkt. Und Buersmeyer. Wo der abgeblieben ist, ist nach wie vor unklar.

In den späten Nachmittagsstunden kommt Dr. Rose und scheint einen Augenblick beim Gespräch verweilen zu wollen.

»Wenn Sie möchten, nehmen Sie doch Platz«, bietet ihm Overkamp einen Stuhl an, ohne es wirklich zu wünschen.

»Danke, gerne. Mein lieber Herr Overkamp, Sie erinnern sich bestimmt. Ich war schon einmal hier und habe mich nach Ihrem Befinden erkundigt. Ich …«

»Danke, danke. Die Augenbraue wird verheilen. Sie schmerzt mich nicht«, fällt Overkamp ihm ins Wort und versteht Dr. Rose bewusst falsch.

»Das freut mich, aber es ist nicht das, was ich meine – und Sie wissen das. Overkamp, was ist los mit Ihnen?«

»Ich bin gestürzt, das habe ich Ihnen doch berichtet«, windet sich Overkamp.

»Verkaufen Sie mich nicht für dumm! Was ist passiert, dass Sie alles verlieren? Man hört nur noch von Gläubigern, deren Forderungen Sie nicht erfüllen.«

»Das stimmt. Ich werde mein Haus verkaufen und zu meinen Verwandten nach Lübeck ziehen«, sagt Overkamp und erschrickt über seine eigenen Worte. Das hat er so nicht geplant. Nein, der Gedanke war ihm nicht einmal gekommen, denn er hatte sich stets verboten, sich auszumalen, wie es weiter gehen sollte, wenn er das Haus verlöre. Auf Johanna würde er keine Rücksicht nehmen können. Sie war ohnehin mehr tot als lebendig. Bei diesem Gedanken wird Overkamp ganz bleich. Hat er auch seine Frau auf dem Gewissen? Wenn er ehrlich zu sich selbst ist, muss er gestehen: ja. Er hat das Leben seiner geliebten Johanna auf dem Gewissen. Noch schlägt ihr Herz, aber … aber nicht mehr für mich und die Familie, denkt Overkamp. Es schlägt nur noch, weil es immer geschlagen hat. Aber wie lange noch?

»Overkamp! Wo sind Sie mit Ihren Gedanken?«, holt ihn Dr. Rose zurück. »Sie können doch nicht einfach verkaufen! An wen denn?«

»An Sie? Möchten Sie es haben?«, bietet Overkamp sein Haus halbherzig an.

»Aber Sie sind ja nicht bei sich. So geht das nicht«, stellt Dr. Rose fest.

»Ach nein? Wie denn?«, fragt Overkamp scheinheilig.

»Sie brauchen einen tatsächlichen Käufer, wenn es Ihnen wirklich ernst ist. Einen Käufer, der Ihr Haus haben möchte und der zahlungsfähig ist. Sie brauchen doch das Geld, nicht wahr?«

Overkamp nickt verzweifelt.

»Ich habe ja den Caspar Engerling in Verdacht. Der hat Sie in der Hand, oder? Was ist hier los?«

»Ich weiß nicht, wovon Sie sprechen«, lügt Overkamp und ringt um Fassung.

»Wollen Sie wirklich verkaufen? Denken Sie noch mal darüber nach«, empfiehlt Dr. Rose. Er wird Bürgermeister Kellerhaus und Amtmann Claudius von diesem Gespräch berichten müssen, denn so geht es einfach nicht weiter.

Noch in der Kirchgasse kommt Dr. Rose Caspar Engerling entgegen. Dr. Rose will am Schuster vorbeigehen; er ahnt nichts Gutes, als er den Engerling sieht, doch dieser versperrt ihm den Weg.

»Waren Sie etwa bei Overkamp?«, fragt Engerling sehr interessiert und baut sich vor Dr. Rose auf.

»Ich bin Ihnen keine Antwort schuldig. Wie sprechen Sie eigentlich mit mir? Ich bin im Rat!«

»Noch. Wenn ich erst einmal im Rat bin und Einfluss in der Stadt habe, werden Sie sich an neue Gesetze gewöhnen müssen. Dann mache ich die Regeln!«, prophezeit Engerling.

»Sie sind ja nicht gescheit!«, ruft Dr. Rose empört. »Wenn Sie so mit unserem ehrenwerten Overkamp umgehen, wundert es mich nicht, dass er verkaufen will«, entfährt es Dr. Rose ungewollt.

»Sieh an, sieh an. Overkamp will verkaufen?«, sagt Engerling mehr zu sich selbst.

Das hätte ich nicht sagen sollen. Das war gar nicht gut. Ich muss es sofort Overkamp berichten. Er muss Bescheid wissen. Wer weiß, was der Engerling für ein Spiel spielt, denkt Dr. Rose und ahnt nicht, wie nah er damit an der Wahrheit liegt. Für einen Moment sieht es so aus, als wollten beide Männer – Dr. Rose und Engerling – gemeinsam zu Overkamp ins Kontor. Doch am Ende der Kirchgasse, an der Ecke zur Judenstraße, tauchen plötzlich Bürgermeister Kellerhaus und Amtmann Claudius auf.

»Dr. Rose! Wir haben vielleicht Bernhard Buersmeyer gefunden. Kommen Sie schnell!«, ruft Kellerhaus.

»Sagen Sie nur! Wo denn? Tot oder lebendig?«, ruft Dr. Rose überrascht und bemerkt nicht das kurze, erschrockene Zucken des Caspar Engerlings. »Ich komme«, sagt Dr. Rose und wendet sich zum Gehen.

Wie selbstverständlich läuft Engerling hinter Kellerhaus, Claudius und Dr. Rose her. Wenn jetzt, kurz bevor er, Engerling, alles von Overkamp übernimmt, herauskommt, dass er … Nein, das darf nicht wahr sein! Sie dürfen den Buersmeyer nicht gefunden haben. Der liegt so weit draußen vor den Toren der Stadt; Richtung Stift Cappel wurde er auf Nimmerwiedersehen verscharrt; sie können ihn nicht gefunden haben. So kurz vor seinem Ziel darf jetzt nichts dazwischenkommen. In der Kirchgasse, als Dr. Rose sagte, dass Overkamp verkaufen wolle, dachte Engerling, es sei zu schön, um wahr zu sein. Verkauf! Nichts leichter als das. Er zahlt dem Overkamp einen kleinen Betrag, einen ganz kleinen, versteht sich, aus dessen eigener Kasse, und schon gehört das Haus ihm. »Schließlich lernt ein Caspar Engerling stets dazu«, sagt er tonlos zu sich selbst. Versteigerungen bringen die Gefahr mit sich, dass jemand anderes mehr bietet. So ein Hitzkopf wie der Clüsener zum Beispiel. Oder Justizrat Rose oder Bürgermeister Kellerhaus selbst. Warum auch Dr. Rose und Diedrich Zurhelle bei der Versteigerung der Mobilien gewesen sind, weiß anscheinend niemand. Aber über Justizrat Rose sagt man, es sei seine Lieblingsbeschäftigung, zu kaufen und gewinnbringend zu verkaufen. Rose versteht etwas von seinem Geschäft. Und wenn ihm, Engerling, so jemand in die Quere käme … Nein, das darf nicht passieren. Zur Not würde er …, nein, das geht nicht. Er kann ja nicht alle töten. Aber wenn er nur so zu seinem Ziel, zu seinem Haus kommt? Jetzt geht es aber um Buersmeyer. Den Kaufmannsdiener des Overkamp hat seit dem Jahrmarkt an Bartholomäus niemand mehr gesehen. Die ganze Stadt fragt sich, wo Buersmeyer bloß steckt. Niemand weiß, dass sie ihn längst gefunden haben. Zum Teil: die Zunge! Aber nur er, Engerling, weiß, welch grausames Schicksal Bernhard Buersmeyer ereilt hat. Buersmeyer hat seiner Tochter etwas andichten wollen, das wäre einem Rufmord gleichgekommen. So hat er, Engerling, schnell und entschlossen handeln müssen.

Vor dem Behandlungszimmer des Dr. Buddeus in der Soeststraße wird Engerling gestoppt.

»Sie dürfen hier nicht hinein. Nicht jetzt. Nur der Magistrat darf eintreten: Amtmann Claudius und Amtmann Sinnemann, Bürgermeister Kellerhaus, Bürgermeister Arnold Curtius, ausnahmsweise auch Dr. Rose und mein Stiefbruder Stadt-Syndicus Clüsener. Schlimm genug, dass ich diesen Ausbund an … – ach, ich weiß auch nicht – reinlassen muss«, sagt Dr. Buddeus.

Engerling lauscht an der Tür des Behandlungszimmers, doch die Bauarbeiten an Justizrat Roses Soest-Tor-Gebäude machen so viel Lärm – ausgerechnet jetzt! –, dass er kein Wort verstehen kann. Ob sie beraten, wie sie ihn, Engerling, überführen können? Welche Strafe steht auf Mord? Der Tod! Dann habe ich mein Leben verwirkt und der Scharfrichter kommt und köpft mich. Am besten gehe ich nach Hause, beschließt Engerling. Die Arbeit macht sich auch nicht von alleine. Wenn ich erst mal meine Geschäfte vom Overkamp'schen Kontor aus erledige, dann … Ach, was sage ich? Das Engerling'sche Kontor werde ich es selbstredend nennen. Dann werde ich endlich den Erfolg verbuchen können, der mir ohnehin zusteht. Ich werde keine braunverfärbten Hände mehr vom Walken des Leders haben, sondern gepflegte Hände, die nur noch schreiben … Und meine Frau wird sich den ganzen lieben langen Tag putzen, das wird ihr Herz erfreuen. Meine Tochter werde ich gut verheiraten, eine Aussteuer wird sie erhalten, edel, stilvoll und teuer …

»Was stehen Sie hier herum?«, fragt Clüsener, der das Behandlungszimmer als Erster wieder verlässt.

»Ich? Ja, also … ja. Geschäfte. Ich mache Geschäfte«, stammelt Engerling.

»So? Wenn Sie glauben, dass Sie es durch Im-Wege-Stehen zu etwas bringen. Gehen Sie nach Hause und tun Sie, was Sie können. Flicken Sie Schuhe. Zu mehr reicht es ohnehin nicht.«

Engerling schluckt sofort seinen aufsteigenden Zorn auf Clüsener hinunter. So kurz vor dem Ziel angelangt, muss er sich beherrschen. Schnellen Schrittes geht er zur Cappelstraße und verharrt eine Weile von innen hinter der Eingangstür seines Hauses. Aber es geschieht nichts weiter. Sie kommen nicht, um ihn zu befragen oder gar abzuholen. Sie scheinen allesamt nichts zu wissen. Nein, sie ahnen nicht einmal, dass *er* Bernhard Buersmeyer die Zunge abgeschnitten hat. Und dass sie wirklich *dessen* Leiche gefunden haben, glaubt Engerling auch nicht. Zu gut hat er den Buersmeyer verscharrt und als Zeichen seines Triumpfes – Übermut könnte man es auch nennen – einen kleinen abgebrochenen Ast einer Weide in den sandigen Boden gerammt, der dort zufällig lag. Für einen kleinen Augenblick hat er, Engerling, innegehalten und überlegt, ob er nicht kurzerhand ein Kreuz für Buersmeyer binden sollte, wo er nun schon in nicht geweihter Erde liegt. Dann hat er schnell von dem Gedanken abgelassen, Buersmeyer war schließlich ein Rufmörder. … Wäre geworden, um genau zu sein. Und der Jahrmarkt wartete! Er wollte es sich doch richtig gut gehen lassen. Da störten solcherlei Gedanken nur. Auf dem Weg zurück in die Stadt sah er im Licht des Mondes den Turm der Großen Marienkirche.

20TER SEPTEMBER 1765

Auch in der Nacht ist es ruhig geblieben im Hause Engerling. Über Umwege geht Caspar Engerling im Verlauf des Vormittags zu Overkamp. Niemand in der Stadt verhält sich auffällig, niemand sieht ihn misstrauisch an. Und doch fühlt er sich äußerst unwohl in seiner Haut. Er ist ein Mörder, das macht ihm durchaus zu schaffen. Ohne anzuklopfen, betritt er das Kontor in der Kirchgasse.

»Guten Morgen, Overkamp. Wie ich hörte, möchten Sie mir Ihr Haus verkaufen. Das ist eine weise Entscheidung. Es erspart Ihnen weitere Schande in der Stadt. Erinnern Sie sich nur an die schrecklichen Stunden, als Pedell Strenger durch Lippstadt lief und die Versteigerung Ihrer Mobilien verkündete. Wenn Ihr Haus versteigert würde, ginge das ganze Procedere von vorne los. Das wissen Sie! Also verkaufen Sie an mich!«, fordert Engerling entschieden. »Ach, was sage ich, verkaufen, nein, überschreiben Sie es mir!«

»Überschreiben? An Sie?« Für einen Augenblick klingt es, als bäume sich in Overkamp noch einmal etwas auf. Der letzte Funke eines Überlebenswillens.

»Selbstverständlich! Sie erinnern sich bestimmt an unser Zusammentreffen nahe des Soest Tores. Sie können nicht einmal einen wehr- und bewusstlosen Mann töten. Sie können es einfach nicht. Sie sind zu nichts zu gebrauchen. Sie sind ein Taugenichts! Ein Verlierer. Und mal ehrlich, mein lieber Herr Overkamp, wer sollte schon Ihr Haus haben wollen, wenn nicht ich?«, fragt Engerling, ohne eine wirkliche Antwort zu erwarten. »Herr Clüsener hat kein Geld mehr. Es gibt niemanden, der Ihr Haus kaufen möchte.«

»Rose«, sagt Overkamp tonlos.

»Justizrat Rose?«, wiederholt Engerling abfällig. »Als ob der werte Herr Rose ein Haus wie dieses besitzen wollte! Der kauft so etwas nicht. Herr Rose baut ein höchst repräsentables und imposantes Gebäude am Soest Tor. So etwas hat die Welt noch nicht gesehen. Mit Poterne! Der Herr Rose hat wahrlich Stil.«

»Ich auch. Aber Sie haben keinen Stil!«, versucht Overkamp, sich und sein Haus zu verteidigen.

»*Sie* haben Stil? Helfen Sie mir! Wie nennt man es? Stilvoll getötet? Stilvoll verscharrt? Ein stilvoller Henkersknoten? Dass ich nicht lache. Zugegeben: Sie hatten mal Stil. Doch der ist Ihnen abhandengekommen. Ihr Fräulein Tochter war sich ja auch nicht zu schade, die Beine brei…«

Overkamp springt so schnell auf, dass Engerling nicht mehr ausweichen kann. Overkamps Faust trifft ihn mit voller Wucht am Kiefer. Ein lautes Krachen verrät, dass der Knochen gebrochen ist. Mit schmerzverzerrtem Gesicht nuschelt Engerling etwas und taumelt aus der Tür in die Kirchgasse. Overkamp bleibt allein in seinem Kontor zurück. »Herr Christ, erbarme dich meiner. Herr Christ, erbarme dich meiner«, betet Ferdinand Overkamp, in sich zusammengesunken. »Gott, du hast mich verlassen, so muss ich nun ohne deinen Beistand handeln!«, endet Overkamp, steht auf und verlässt sein Kontor.

»Dr. Rose«, beginnt Overkamp, der all seinen Mut zusammennimmt, als er im Behandlungszimmer des

Mediziners ankommt.* »Sie haben Einfluss in der Stadt, sie waren mehrmals Bürgermeister und wollen es wieder werden, wie Sie mir vor nicht allzu langer Zeit sagten.«

»Wenn es nach mir geht, werde ich Jahrzehnte lang jedes zweite Jahr Bürgermeister«, stellt Dr. Rose seinen Plan vor. »Ich bin froh, dass Sie gekommen sind, Herr Overkamp. Was kann ich für Sie tun?«

»Dr. Rose, Sie haben mir einst Ihre Hilfe angeboten. Bitte legen Sie ein gutes Wort für mich bei Bürgermeister Kellerhaus ein und sorgen so dafür, dass mein Haus versteigert wird. Und wenn ich frei sprechen darf?« Er schaut Dr. Rose an. Dieser nickt. »Ich wüsste es zu schätzen, wenn nicht Caspar Engerling den Zuschlag für mein Haus erhielte. Jeder andere, aber nicht er. Vielleicht können Sie mit Ihrem Cousin sprechen? Justizrat Rose ist ein kluger Mann, er wird den Wert meines Hauses erkennen und zahlen können. Ich möchte mich nicht bereichern, Sie wissen von meinen Gläubigern und deren Forderungen. Leider zu Recht. Wenn das Haus nicht mehr das Meinige ist, habe ich nichts mehr. Dann werde ich Lippstadt für immer verlassen. Ich habe Sie nie um etwas gebeten, werter Herr Dr. Rose, und werde es nie wieder tun müssen.«

Dr. Rose nickt.

»Ich werde mein Möglichstes tun«, verspricht er, »und werde mit den Bürgermeistern und Amtmännern darüber sprechen. Ich gehe davon aus, dass sie Ihnen wohlgesonnen sein werden.«

---

* Im *Bürgerbuch der Stadt Lippe/Lippstadt von 1576 bis 1810* wird ein Dr. Johann Conrad Rose als Mediziner ausgewiesen, (vgl. S. 118, Nr. 2877). Im Stadtarchiv Lippstadt waren bislang keine Archivalien (z. B. Rechnungen) zu ermitteln, die bestätigen, dass Dr. Rose tatsächlich als Arzt in Lippstadt tätig war. Dieses könne ein Überlieferungszufall sein, sagt Frau Dr. Becker, Leiterin des Stadtarchivs.

14TER OKTOBER 1765

DR. ROSE HAT Wort gehalten. Wie genau er das geschafft hat, bleibt sein Geheimnis. Der Verkauf des Hauses hat drei Mal in der *Lippstädtischen Zeitung* gestanden und ist drei Mal von Pedell Strenger in der Stadt verkündet worden. Morgen, am 15ten Oktober, wird Amtmann Johann Christian Claudius um 12 Uhr Mittag die Versteigerung des Overkamp'schen Hauses vollziehen.

Ferdinand Overkamp hat vor längerer Zeit die Burschen und Mägde aus seinem Dienst entlassen. Nicht nur, weil er sie nicht mehr hat bezahlen können, nein, schlimmer. Er hat deren mitleidige Blicke nicht mehr auf sich spüren wollen. Seine Gemahlin weint nur noch, seit Wochen, so scheint es ihm, doch nun hat er sie angewiesen, zwei Truhen zu packen. »Und nicht mehr!«, hat er barsch gesagt.

»Mehr besitzen wir ohnehin nicht mehr«, hat sie geschluchzt.

Wortlos ist er ins Kontor gegangen, hat den letzten Stapel seiner Geschäftspapiere geholt und ins Feuer geworfen, das draußen im zugewucherten Kräutergarten hinter der Küche lichterloh brennt. Der Ascheberg verrät, dass Overkamp schon viel verbrannt hat. Er will all seine Unterlagen vernichten, nichts soll von ihm zurückbleiben. Nichts soll an ihn erinnern. Die Menschen in dieser Stadt sollen ihn vergessen. Alle Menschen sollen ihn vergessen: den einstigen Kaufmann, der voller Stolz durch die stärkste Festung zwischen Rhein und Weser geschritten ist, der es durch harte und ehrenhafte Arbeit zu Ansehen in Lippstadt gebracht hat. Was ist aus ihm geworden? Ein

Mörder, ein Feigling, ein gebrochener Mann, der nicht nur sein Haus, sein Land und sein Geld verloren hat, nein, er hat auch die Menschen verloren, die ihm am nächsten standen. Seine große Liebe, Johanna, verachtet ihn und bleibt nur, weil sie nicht fort kann; seine Erstgeborene, Elisabeth, seinen Wonneproppen, hat er verstoßen. Seinen Enkel erkennt er nicht an. Seine vier Söhne, die sein Erbe in Lippstadt fortführen sollten, sind tot. Es gibt keinen männlichen Nachfahren in Lippstadt. Niemand wird kommen und sich seiner erinnern. Ich bin es ohnehin nicht wert, denkt Overkamp voller Gram.

Wenn das Feuer doch nur auf das Haus übergreifen würde, denkt Overkamp. Nie wieder wird ein Mensch, der mein Blut in sich trägt, in diesem Haus leben. Niemals.

15TER OKTOBER 1765

Als um 12 Uhr die Versteigerung des Overkamp'schen Hauses im Rathaus beginnt, steht die Kutsche fertig bepackt in der Kirchgasse.

Es ist kurz nach halb eins, als Dr. Rose, wie versprochen, in die Kirchgasse kommt, um Overkamp zu berichten, wem das Overkamp'sche Haus in Zukunft gehört. Bürgermeister Kellerhaus hat ihn darum gebeten. »Er vertraut Ihnen, Dr. Rose, bitte berichten Sie ihm vom Verlauf der Versteigerung«, hat Kellerhaus veranlasst. Dr. Roses Cousin, Justizrat Johann Conrad Rose, hat schon im Vorfeld angekündigt, das Haus nicht erwerben zu wollen. Er baut schließlich am Soest Tor und will – vielleicht in ein paar Jahren – noch das Gebäude an der Judenstraße gänzlich umbauen. Leider seien sogar seine Geldmittel beschränkt, er könne nicht alles kaufen. Diedrich Zurhelle wollte nicht kaufen, weil noch unverheiratet, und man wisse schließlich nicht, was die Zukunft bringe, hat er verlauten lassen. Sowohl von Familie Mattenklodt als auch von anderen wohlhabenden Familien Lippstadts fehlt jede Spur. Ob sie sich scheuen, um Overkamp nicht in Verlegenheit zu bringen? Am Haus selbst wird es nicht liegen.

»Stadt-Syndicus Clüsener hatte sein ganzes Geld bereits ausgegeben, und damit blieb nur noch Caspar Engerling. Er hat den Zuschlag bekommen. 976 Reichsthaler muss er für Ihr Haus berappen. Dabei ist doch der Wert Ihres Hauses auf 1900 Reichsthaler taxiert. Es ist lächerlich, was passiert ist. Das hätte nicht geschehen dürfen. Mein lieber, werter Herr Overkamp, ich versichere Ihnen, wir haben alles in unserer Macht stehende versucht, um zu verhindern, dass Engerling Ihr Haus bekommt. Es ist uns leider nicht gelungen. Bitte verzeihen Sie uns unsere Unzulänglichkeit«, windet sich Dr. Rose, der sich sichtlich unwohl in seiner Haut fühlt. Er hat das Gefühl, er habe etwas Unrechtes geschehen lassen. Daher fährt er fort: »Bitte erzählen Sie mir, was Ihnen in unserem schönen Lippstadt widerfahren ist. Erleichtern Sie Ihr Herz, mein lieber Herr Overkamp. Ich würde so gerne etwas für Sie tun! «

»Wir müssen jetzt fahren, Dr. Rose. Sie sind ein aufrichtiger Mann, Sie haben getan, was Sie konnten. Ähnliches sagte ich auch vor wenigen Tagen zu Dietrich Kellerhaus, der ja einst gemeinsam mit Ihnen bemüht war, die Preise für meine Mobilien in die Höhe zu treiben. Dafür danke ich Ihnen«, sagt Overkamp und nickt zum Gruß. »Bitte danken Sie in meinem Namen auch dem Magistrat für seine Bemühungen.«

»Gerne. Bitte gestatten Sie mir, Sie bis zum Lipper Tor zu begleiten. Das ist das Mindeste, was ich für Sie noch tun kann. Als ehemaliger und hoffentlich künftiger Bürgermeister von Lippstadt möchte ich Sie gebührend verabschieden, damit Sie unsere – ach, was sage ich – *Ihre* Stadt in wohlwollender Erinnerung behalten.«

Als Overkamp kurz nickt, steigt Dr. Rose kurzerhand ins Innere der Kutsche, was der gnädigen Frau sichtlich unangenehm ist. Sie ist nicht geputzt, schließlich hat sie schon gestern alles einpacken müssen. Sie fürchtet, mit ihren roten, verquollenen Augen auszusehen wie ein Weib aus dem Armenthal. Ja, da gehört sie nun auch eigentlich hin. Dr. Rose sieht taktvoll aus dem Fenster. An der Zugbrücke über dem Hauptgraben, an der einst der erfolgreiche Kaufmann Ferdinand Overkamp auf seinen Geschäftsfreund Hinrich Jost Matthiesen wartete, an dem Tag, an dem die unglückliche Verkettung der Umstände begann, dort hält Overkamp nun die Kutsche an. Dr. Rose wünscht der gnädigen Frau alles Gute in der Ferne und steigt aus. Wie aus dem Nichts gesellt sich Caspar Engerling zu ihm, sodass es aussieht, als stünden dort zwei Freunde, die den dritten verabschieden.

»Mein lieber Herr Overkamp, ich wünsche Ihnen alles, alles Gute. Bitte geben Sie uns Nachricht, wie Sie in Lübeck aufgenommen worden sind«, bittet Dr. Rose und nickt zum Abschied.

»Danke«, sagt Overkamp. Mehr Worte wollen ihm nicht über die Lippen, als er höchst selbst die Pferde antreibt.

»Er tut so, als ginge er aus freien Stücken. Ich kann es ihm nur nicht glauben«, sagt Dr. Rose mehr zu sich als zu Engerling.

»Wie der Alte Fritz schon sagte, jeder soll nach seiner Façon selig werden«, meint Caspar Engerling und lacht gehässig.

15. OKTOBER 2010

Oliver und Annika machen nach dem Mittagessen noch einen letzten Spaziergang durch Lippstadt. Sie stehen lange vor dem Overkamp'schen Haus und stellen sich vor, wie es werden könnte, wenn Oliver (mit Annika?) dort eingezogen sein würde.

»Hoffentlich ist dieser Raum dort oben das Wohnzimmer, die gute Stube, dann werde ich meinen Schreibtisch so ans Fenster stellen, dass ich immer den Turm der Großen Marienkirche sehe. Das finde ich so toll«, schmiedet Oliver Pläne. »Und unten eröffne ich einen Laden und nenne ihn ›Overkamps Kontor – seit 1657‹.«

»1657?« Annika kann Oliver nicht folgen.

»Ja, natürlich. Das steht doch oben am Querbalken«, sagt Oliver.

»Und was willst du in deinem Kontor verkaufen?«

»Ach, mal gucken. Da fällt mir noch etwas ein. Vielleicht Lübecker Marzipan und Lippstädter Pralinen? Kommt Zeit, kommt Rat. Lass uns noch ein letztes Mal das Rathaus umrunden, dann muss ich los. Meine Parkuhr läuft gleich ab«, erklärt Oliver.

»Okay«, sagt Annika und findet es schade, dass Oliver Lippstadt verlassen muss.

»Immer wenn ich hier in dieser Ecke Lippstadts bin, muss ich an Overkamp denken. Hier ist er herumgegangen, hier ist er gewesen. Hier hat er gelebt und gearbeitet. Komm, wir tun jetzt so, als wären wir Herr und Frau Overkamp, und betreten würdevoll das Rathaus. – Kommen Sie bitte, verehrte Frau Overkamp. Wollen Sie mir die Ehre erweisen und an meinem Arm in dieses historische Gebäude schreiten?«, fragt Oliver lachend und verbeugt sich.

»Du spinnst«, sagt Annika und muss ebenfalls lachen.

»Zur Erinnerung nehmen wir uns ein paar Prospekte aus der Stadtinfo hier unten im Rathaus mit«, überlegt Oliver.

Statt Prospekte mitzunehmen, kauft Oliver den neuen Denkmalkalender 2011*, der erst seit heute erhältlich ist. Das Schauroth'sche Palais ist auf dem Januarblatt.

»Den hänge ich mir in Lübeck über den Schreibtisch. Dann denke ich noch mehr an Lippstadt und Ferdinand Overkamp«, freut sich Oliver.

»Hoffentlich vergisst du mich nicht«, bringt sich Annika in Erinnerung.

»Niemals, werte Frau Overkamp«, antwortet Oliver mit Nachdruck und lacht. »Ich muss jetzt los, sonst komme ich heute nicht mehr in Lübeck an.«

»Schade. Aber ist okay. Mach du dich auf den Heimweg, ich gehe zum Bahnhof und …« Annika will noch mehr sagen, doch Oliver fällt ihr ins Wort.

»Fast denke ich, meine Heimat ist hier in Lippstadt. Die Wurzeln meiner Familie … Das ist jetzt wohl zu kitschig, oder?«, will Oliver wissen.

»Ja, ziemlich übertrieben. Aber wer weiß, vielleicht wird es ja mal deine Heimat. Jeder kann doch leben, wie er will und wo er will.«

Oliver fährt am Marktplatz los, hält aber nach wenigen Metern an der Ecke Rathausstraße/Kirchgasse noch ein-

---

* *Denkmalkalender 2011*. Hg. v.: Regionalgruppe Südliches Westfalen der Arbeitsgemeinschaft Historische Stadtkerne in NRW sowie drei angrenzende Städte aus der Regionalgruppe Münsterland.

mal an und wirft einen Blick auf sein Haus. Sein Overkamp'sches Haus. Dann verlässt er über die Brücken des Lipper Tores die Stadt in Richtung Lübeck.

9. NOVEMBER 2010

Es ist Abend, als Oliver in Paderborn ankommt. In Lippstadt hat er schließlich keine Bleibe mehr und so wird er bei Annika übernachten, um morgen früh rechtzeitig in Lippstadt zu sein. Sein Haus wird zwangsgeräumt, und dann kann Oliver zum ersten Mal hinein. Das will er auf keinen Fall verpassen.

Die Meinolfstraße, in der Annika wohnt, ist eine Einbahnstraße, und so kann er auf der linken Seite direkt vor ihrem Haus parken.

Kurz nach seiner Ankunft machen Annika und Oliver einen Spaziergang durch Paderborn, und Oliver berichtet das Neueste. Die frische Luft und die Bewegung tun ihm gut.

»Ich habe wahrscheinlich schon einen Mieter für das – mein! – Overkamp'sche Haus«, freut er sich.

»Ach, wie hast du das denn gemacht? Du warst ja noch nicht einmal drin«, wundert sich Annika.

»Nein, aber ich habe Anzeigen in der LTZ geschaltet: ›Verkaufsräume zu vermieten‹ und so weiter.«

»Und?«, fragt Annika.

» Herr Esser, ein Immobilienmakler, hat sich gemeldet und gesagt, dass ein zahlungskräftiger Apotheker Verkaufsräume sucht. Ein Herr ... Jetzt fällt mir der Name des Apothekers nicht ein, egal. – Auf jeden Fall möchte jemand dort eine Apotheke eröffnen«, berichtet Oliver.

»Aber es gibt doch schon so viele in Lippstadt. Die ›Rathaus-Apotheke‹ ist in der Nähe «, beginnt Annika eine Aufzählung.

»Und quasi gegenüber ist die ›Markt-Apotheke‹ und dann noch die beim ›Goldenen Hahn‹ gegenüber. Die ›Einhorn-Apotheke‹. Ich glaube, das ist die älteste in Lippstadt«, erinnert sich Oliver gelesen zu haben.

»Und jetzt noch eine? Was ist das denn für ein Geschäftsmodell?«, wundert sich Annika.

»Du hast ja recht, aber es kann uns – mir – egal sein. Für die Räume ist es besser, wenn sie nicht leer stehen, und auch für mich ist es besser, wenn ich Miete bekomme. Sonst wird das Overkamp'sche Haus schon wieder zwangsversteigert, wenn ich meinen Kredit nicht bedienen kann. Schließlich kann ich nicht von Luft und Liebe leben. Obwohl – von Liebe vielleicht schon«, lächelt Oliver.

»Spinner!«, schimpft Annika und freut sich über das Kompliment.

»Was ist denn dort los?«, fragt Oliver, als er sieht, dass sich viele Menschen auf einem Platz versammelt haben.

»Heute ist doch der 9. November. Da vorne steht das Mahnmal ›An der alten Synagoge‹. Es wird die Gedenkfeier sein«, sagt Annika. »Die findet jedes Jahr hier in Paderborn statt. Wie spät ist es denn?«

»20 nach sechs«, sagt Oliver mit einem Blick auf seine Uhr.

»Lass uns einen Moment zuhören, ja?«, bittet Annika.

»Kein Problem.«

Annika und Oliver hören, wie die Namen aller in Paderborn ermordeten Juden verlesen werden; sie hören, wie an das Paderborner Arbeitslager und an das Schicksal der Kinder des Waisenhauses erinnert wird. Ein jüdisches Gebet wird gesprochen, Kerzen werden angezündet, und ein Kranz wird niedergelegt. Verschiedene Redner sprechen.*

* Vgl.: *Gegen die Gedankenlosigkeit. Gedenkstunde an der Alten Synagoge mit aktuellen Bezügen.* In: Neue Westfälische, 10. November 2010.

»Uns allen ist es ein großes Anliegen, ein Zeichen zu setzen und sich gegen jede Form von Gewalt auszusprechen«*, sagt Bürgermeister Heinz Paus. Dann spricht er über die israelische Regierung und den Gazastreifen. »Israel kann sich auf Deutschland verlassen. Aber auch unter Freunden muss Kritik möglich sein.«**

»Da hat er recht«, flüstert Annika, während der Frauenchor singt. »Du kannst dich auch auf mich verlassen, aber ich werde dich auch kritisieren, wenn es sein muss.«

»Habe ich was falsch gemacht?«, fragt Oliver erschrocken.

»Heute noch nicht«, flüstert Annika. »Aber manchmal nervst du mich schon mit deinen alten Geschichten.«

»Alte Geschichten? ›*Wer nicht von dreitausend Jahren / sich weiß Rechenschaft zu geben / bleib im Dunkeln unerfahren / Mag von Tag zu Tage leben.*‹ Das wusste schon Goethe. Ein wahrlich kluger Mann«, gibt Oliver an, als die Gedenkfeier zu Ende ist.

»Klugscheißer!«, schimpft Annika lachend. »Lass uns etwas essen gehen. Ich habe Hunger.«

»Ich auch«, sagt Oliver und legt seinen Arm um Annika, als sie Richtung Dom gehen. »Ich bin richtig gerne mit dir zusammen.«

»Ich auch«, stimmt Annika ihm zu.

»Du bist auch gerne mit dir zusammen?«, foppt Oliver sie.

»Doofmann. Ich bin natürlich gerne mit *dir* zusammen«, lacht Annika und schubst ihn ein Stück zur Seite, um ihn dann wieder an sich zu ziehen. Sie gibt ihm einen Kuss.

»Na also, geht doch«, freut sich Oliver.

---

* *Gegen die Gedankenlosigkeit. Gedenkstunde an der Alten Synagoge mit aktuellen Bezügen.* In: Neue Westfälische, 10. November 2010.

** *Gegen die Gedankenlosigkeit. Gedenkstunde an der Alten Synagoge mit aktuellen Bezügen.* In: Neue Westfälische, 10. November 2010.

10. NOVEMBER 2010

FÜR HEUTE IST die Zwangsräumung des Overkamp'schen Hauses angesetzt. Soweit Oliver weiß, hat Wolfgang Engerling sich nicht einmal um eine andere Wohnung bemüht. Er scheint sich um nichts gekümmert zu haben. Wohl aber Barbara Engerling. Sie ist ausgezogen, wohin, weiß Oliver nicht, und hat sich zeitgleich von ihrem Mann getrennt. Sie ist ihrem Anteil der Forderung, der Nutzungsentschädigung, nachgekommen und hat mit der bevorstehenden leidigen Angelegenheit nichts mehr zu tun.

Wolfgang Engerling hat mehrfach, sogar vor Zeugen, lauthals verkündet, man müsse ihn schon aus seinem Haus heraustragen, freiwillig würde er nicht gehen. Auch bei dem ersten und einzigen Telefonat hat Engerling zu Oliver gesagt, dass er nicht zu glauben brauche, dass alles friedlich abliefe, nein, er, Engerling, werde so viel Ärger machen wie möglich. Das sei das Mindeste, was er noch tun könne, und Oliver habe es nicht besser verdient. Daraufhin hat Oliver nicht nur mit der Polizei und dem Ordnungsamt, sondern auch mit einem Gerichtsvollzieher gesprochen. Wer genau jetzt den Ablauf der heutigen Zwangsräumung geplant hat, weiß Oliver gar nicht. Ihm wurde lediglich mitgeteilt, dass es am 10. November um zehn Uhr losginge. Das ist jetzt.

Annika und Oliver sind rechtzeitig von Paderborn nach Lippstadt gefahren und stehen pünktlich in sintflutartigem Regen an der Ecke Rathausstraße/Kirchgasse. Aus einem Gefühl heraus halten sie lieber einen Sicherheitsabstand zum Haus ein. Wolfgang Engerling ist ein unberechenbarer Choleriker. Das scheint auch dem Gerichtsvollzieher bewusst zu sein, denn er rückt gleich mit dem Räumungsdienst, einem von der Stadt Lippstadt beauftragten Umzugsdienst, und der Polizei an.

Der Gerichtsvollzieher klingelt und bemerkt dabei, dass die Eingangstür nur angelehnt ist. »Herr Engerling? Sind Sie da?«, ruft der Mann. »Mein Name ist Michael Breker. Ich bin Gerichtsvollzieher. Wir kommen jetzt rein!« Breker wartet einen Augenblick, und als sich nichts rührt, betritt er mit zwei Polizisten das Haus.

Es dauert gar nicht lange, höchstens eine Minute, bis die drei Männer das Haus eilig wieder verlassen.

»Das ging ja schnell«, wundert sich Annika.

»Verstehe ich nicht«, sagt Oliver.

Dann hören sie kurz darauf das Martinshorn der Feuerwehr. Ein Löschzug kommt mit Blaulicht und hält mitten auf der Rathausstraße. Das macht die wenigen Wochenmarktbesucher neugierig. Schnell eilen sie mit ihren Schirmen herbei und bilden eine Menschentraube hinter Oliver und Annika.

»Mein Gott, der brennt mein Haus ab!«, ruft Oliver entsetzt, als er begreift, was geschehen sein muss. »Das kann er doch nicht machen. Das darf er nicht!« Oliver geht ein paar Schritte in die Kirchgasse und stellt sich und Annika vor.

»Breker. Michael Breker. Gerichtsvollzieher«, entgegnet dieser und stellt sich mit unter Olivers Schirm. »Es brennen nur die Mülltonnen in dem kleinen Hof hinter der ehemaligen Küche. Der Engerling hat sich dahinter verschanzt. Scheint alkoholisiert zu sein, der Mann«, erklärt Breker die Situation. »Bitte gehen Sie doch weiter«, fordert er die Schaulustigen auf, die sich dieses Spektakel aber nicht entgehen lassen wollen und stehen bleiben. »Es geht gleich weiter mit der Zwangsräumung«, erklärt Breker Oliver und Annika. »Das kriegen wir heute hin, machen Sie sich keine Gedanken. Gehen Sie doch einen Kaffee trinken, bei diesem Regen. Der scheint heute kein Ende nehmen zu wollen.«

»Nein, auf keinen Fall gehe ich Kaffee trinken. Ich bleibe«, beschließt Oliver.

»Ich auch«, sagt Annika. »Man geht doch nicht, wenn es am spannendsten ist.«

Als die Feuerwehr wieder abgerückt ist, verschwindet Michael Breker mit den beiden Polizisten erneut im Overkamp'schen Haus. Diesmal dauert es länger.

»Was machen die denn da drinnen?«, fragt Oliver. »Kaffee trinken?«

»Vielleicht ist Engerling zu betrunken und soll erst etwas nüchterner werden«, überlegt Annika, obwohl sie weiß, dass das Quatsch ist.

»Der wird nicht mehr nüchtern. Geld weg, Haus weg, Frau weg. Der hat nichts mehr. Engerling säuft sich zu Tode«, sagt einer der Schaulustigen.

»Schön wär's«, schließt sich ein anderer an. »Aber Totgesagte leben länger.«

»Den werden wir nicht los. Die Engerlings kleben seit Jahrhunderten an Lippstadt wie Pech … Sie sind immer Außenseiter gewesen. Schon der alte Engerling, der Vater von Wolfgang, war ein … ja, wie soll ich sagen – Kotzbrocken. Mehr noch als der Junge da drin, der ist ein armes Würstchen. Schreit nur laut und tut sonst keinem etwas«, sagt ein alter Mann.

»Das stimmt nicht«, berichtigt Oliver. »Der Engerling hat mir eine reingehauen, als ich sein Haus ersteigert habe. Noch vor dem Amtsgericht. Hier hatte ich eine Platzwunde.« Oliver zeigt mit dem Finger an seine Augenbraue. Die rosa Narbe ist deutlich zu sehen.

»Ihnen gehört das Haus jetzt? Schön. Glückwunsch. Willkommen in Lippstadt. Hier regnet es nicht immer so wie heute«, sagt jemand.

»Ihr Schweine!«, brüllt Wolfgang Engerling, als er in Handschellen aus dem Haus geführt wird. »Das werdet ihr noch alle bereuen! Ich mache euch fertig!«

»Oje, das kann ja heiter werden«, sagt Oliver mehr zu sich als zu den Schaulustigen.

»Keine Angst, das ist alles nur heiße Luft. Sie wissen doch, Hunde, die bellen, beißen nicht.«

»Thielsen, ich komme wieder und mache dich fertig!«, schreit Wolfgang Engerling. Dann wird die Tür des Polizeiwagens geschlossen.

»Sind Sie das?«, fragt jemand. »Thielsen?«

»Ja, ich bin Oliver Thielsen«, sagt Oliver und überlegt, was jetzt geschehen würde, wenn er sagen würde, dass er der Urur...enkel des letzten Overkamps ist. Aber er lässt es. Sicher ist sicher.

»Herr Thielsen«, ruft Michael Breker, »kommen Sie mal bitte!«

Oliver zieht Annika aus der Gruppe der Schaulustigen und geht in die Kirchgasse.

»Damit Sie Bescheid wissen«, beginnt Breker, »die Leute vom Umzugsdienst packen jetzt Engerlings Zeug in Kisten. Sie räumen das ganze Haus leer und verladen alles in den Umzugswagen. Dann ist das Ordnungsamt zuständig. Engerling bekommt eine Wohnung zugewiesen, die es extra für solche Fälle gibt. Oder, wenn alle Wohnungen belegt sind, werden die Möbel eingelagert, und Engerling muss zusehen, wo er bleibt. Und wenn es unter einer Brücke ist.«

»Darf ich jetzt schon rein?«, fragt Oliver, der es nicht mehr abwarten kann.

»Nein, warten Sie, bis das Haus komplett leer ist. Wenn die Umzugsfirma weg ist, dürfen Sie reingehen. Die Schlüssel gebe ich Ihnen jetzt schon. Ich habe noch einen anderen Termin«, erklärt Breker und drückt Oliver die Schlüssel in die Hand. »Wenn ich Ihnen einen Rat geben darf: Lassen Sie sofort die Schlösser austauschen. Wolfgang Engerling wird nicht lange in Polizeigewahrsam bleiben. Und wer weiß, ob er nicht noch einen Schlüssel in der Tasche hat. Herr Thielsen, leben Sie sich in Ihrer neuen Heimat gut ein«, sagt Breker und gibt erst Oliver die Hand, dann Annika. »Frau Thielsen, auch für Sie alles Gute im neuen Heim!«

»Danke«, sagt Annika mit einem Grinsen.

»Was war das denn jetzt?«, fragt sie Oliver, als der Gerichtsvollzieher außer Hörweite ist. »Hat der nicht zugehört? Du hast mich doch vorgestellt!«

»Der Breker ist ein kluger Mann, der kann in die Zukunft sehen!«, lacht Oliver.

»Schließ auf«, fordert Annika ungeduldig, als sie am späten Nachmittag in der Kirchgasse vor Olivers Haus stehen. »Mach schon!«

»Ich kann nicht. Mir ist ganz schlecht vor lauter Aufregung. Jetzt wird sich herausstellen, ob ich mein Geld richtig investiert habe oder ob ich es zum Fenster rausgeworfen habe«, erklärt Oliver sein Zögern.

»Komm, gib mir den Schlüssel, ich schließe auf«, bietet Annika an.

»Auf keinen Fall. Das mache ich selbst«, sagt Oliver bestimmt und steckt den Schlüssel ins Schloss. Zum ersten Mal schließt er sein Haus auf. Sein eigenes Haus. Die Tür quietscht beim Öffnen und schrammt an einer Stelle über den Boden. Alte Holzdielen. Eine Treppe mit dunkelgrünem Teppich führt nach oben. Sie knarzt, als Oliver in die erste Etage geht.

»Kommst du hoch? Ich muss wissen, welcher Raum nach vorne zur Rathausstraße liegt«, ruft Oliver.

»Ja. Nicht zu fassen, wie stark man den Rauch der brennenden Mülltonnen hier drinnen riechen kann. Hoffentlich ist das Feuer auch wirklich gelöscht. Rauch mit Engerling-Mief, das ist echt übel«, sagt Annika und schüttelt sich. »Du solltest als Erstes ordentlich lüften!«

»Anni, komm und sieh dir das an!«, ruft Oliver begeistert. »Das ist der Hammer!«

Als Annika den Raum betritt, steht Oliver am Fenster und blickt auf den Turm der Großen Marienkirche. Im Licht der Sonne strahlt er weiß und eindrucksvoll.

»Das ist die gute Stube. Die Bel Etage hat ihren Namen verdient. Das ist eindeutig. Allein dieser Ausblick ist das Geld wert«, freut sich Oliver.

»Knapp 200.000 Euro, um aus einem Fenster den Turm einer Kirche zu sehen? Wenn du meinst«, sagt Annika mit leicht ironischem Ton.

»Es ist nicht ein Haus und nicht ein Turm. Es ist mein Haus. Mein Overkamp'sches Haus und der Turm der Großen Marienkirche. Hier in meinem Haus hat mein Overkamp mit Familie gelebt, und auch er hatte damals schon den Blick auf diese Kirche«, ereifert sich Oliver.

»Du hast ja recht. Die Aussicht ist toll. Besser, man schaut nach draußen als nach oben. Kiefer-Vertäfelung an der Decke. Kein Stuck. Kein Kronleuchter, sondern abgeschnittene Kabel. Schau mal, wie kurz die sind. Da kann man doch keine Lampe mehr anbringen. Das war bestimmt Absicht«, ärgert sich Annika.

»Und schau dir die Tapete an. Der Engerling scheint wie ein Schlot zu rauchen. Hier ist alles Nikotin-Gelb. Oder besser: Nikotin-Braun«, ekelt sich Oliver. »Sogar der Teppich. Alles braun-gelb.«

»Hey, freu dich doch. Braun-gelb, das kann nur eines bedeuten: Wir haben das Bernstein-Zimmer gefunden. Da wartet die Welt drauf! Du hast nicht nur das Haus, du hast auch noch das verschwundene Zimmer. Du bist ein Glückspilz!«, lacht Annika.

»Ja, ich bin ein Glückspilz. Ich habe ja dich! Du bist mehr wert als das Bernsteinzimmer«, sagt Oliver ernst und drückt Annika an sich. Am liebsten würde er sie nicht wieder loslassen, doch ein schrilles Klingeln macht den Augenblick kaputt.

»Das wird der Mann vom Schlüsseldienst sein«, erklärt Oliver.

»Ja, ich weiß.«

Nach knapp zehn Minuten ist das Schloss ausgetauscht. Wie schnell so etwas geht!

»So, Herr Thielsen. Jetzt ist Ihr Haus wieder sicher. Wenn Sie mehr als diese zwei Schlüssel brauchen, kommen Sie in unseren Laden, dann machen wir noch welche nach«, sagt der Mann und drückt Oliver die Schlüssel in die Hand. »Schönen Tag noch«, verabschiedet er sich und geht.

»Zwei Schlüssel«, sagt Oliver. »Annika, bitte nimm auch einen.«

»Ich?«, fragt Annika erschrocken. Damit hat sie nicht gerechnet.

»Dann kannst du immer das wunderschöne Bernsteinzimmer besichtigen. Möchtest du Führungen anbieten?«, lacht Oliver, um den Ernst seines Angebotes etwas zu überspielen.

»Ja, immer zur vollen Stunde. So machen wir ein Vermögen!«, spinnt Annika den Faden weiter. »Experten aus aller Welt werden kommen, wir können die Exklusivrechte an Zeitungen und Fernsehen verkaufen; das bringt bestimmt viel Geld.«

»Das ist gut. Wir werden auch ein Vermögen brauchen, wenn wir hier renovieren. Das Haus hat es bitter nötig. Wir haben hier eine Menge zu tun!«, sagt Oliver.

»Wir?«, hakt Annika nach.

»Ja, wir«, hofft Oliver unsicher.

»Okay, wir«, sagt Annika mit einem Lächeln.

»Wir? Wirklich?«

»Wir! Wirklich!«

NACHWORT ZUM HISTORISCHEN TEIL

In den Jahren 1764 und ’65 änderte sich viel in Lippstadt. So wurde die Festung auf Befehl Friedrichs des Großen geschleift. Wann aber genau welche Arbeiten vorgenommen wurden, kann heute niemand mehr beantworten. So ist auch nicht exakt zu datieren, wann das Gebäude um das Soest Tor – das heutige Schauroth’sche Palais – entstand.

Alle Straßen, Gebäude und Orte sind real – mit einer Ausnahme: die Kirchgasse. Es gab nie eine Gasse oder gar Straße an beschriebener Stelle in Lippstadt. Ich habe sie in das Straßennetz der Stadt eingefügt, um Spekulationen vorzubeugen, um welches Gebäude es sich beim Overkamp’schen Haus handeln könnte, welcher vielleicht alteingesessenen Familie es gehörte und gehört …

Ebenso fiktiv wie die Kirchgasse ist die Familie Overkamp, ihr Schicksal und ihre Bediensteten, einschließlich Bernhard Buersmeyer. Auch die Erpresser Anton Köpner und Caspar Engerling mit seiner Familie sind meiner Fantasie entsprungen.

Alle anderen Personen lebten in dieser Zeit in Lippstadt und übten die genannten Berufe aus. Über die Charakterzüge dieser Menschen ist nichts überliefert, so auch nicht, ob der Stadt-Syndicus Clüsener tatsächlich so ein Choleriker war, wie von mir dargestellt. Allein seine wüste und ausladende Handschrift ließ in mir das Bild eines durchtriebenen Hitzkopfes entstehen. – Mögen sie alle in Frieden ruhen!

Die beiden Explosionen gab es tatsächlich – auch mit dem gewaltigen Sachschaden. Laut Quellenlage ging man damals davon aus, dass die beiden Hirten – Hermann aus Bockenforde und Johann Musculus – beim Stehlen des Pulvers unvorsichtig waren, die erste Explosion verursachten und starben. Die zweite Explosion scheint ein Unfall gewesen zu sein.

NACHWORT ZUR GEGENWART

Natürlich gibt es auch in der Gegenwart weder die Kirchgasse noch das Overkamp'sche Haus. Auch Oliver Thielsen samt seines bis ins 18. Jahrhundert zurückreichenden Stammbaumes ist frei erfunden. Damit er nicht allein in Lippstadt recherchieren musste, stellte ich ihm die fiktive Paderborner Geschichtsstudentin Annika Austerschmidt zur Seite.

Barbara und Wolfgang Engerling sind – wie ihre Lebensgeschichte – Fiktion.

Die Lippstädter Tages Zeitung LTZ erfand ich als Gegenpol zur lokalen Tageszeitung *›Der Patriot‹*. Der LTZ konnte ich alles *›andichten‹*, was in *›Der Patriot‹* nicht zu lesen war.

DANKE

DIE ZÜNDENDE IDEE zu einem Roman rund um die reale Explosion des 2. Juni 1764 in Lippstadt hatte Frau Dr. Claudia Becker, die Leiterin des Lippstädter Stadtarchivs. Sie erklärte mir, wie ich mir das Lippstadt des 18. Jahrhunderts vorstellen sollte, beantwortete meine vielen Fragen und hatte immer einen guten Tipp. Frau Dr. Becker sagte mir, was ich wo nachlesen konnte, und sie suchte mir allerlei Dokumente heraus, die sie mir als Kopie oder Abschrift zur Verfügung stellte. So entstand eine fiktive Geschichte, die sich sehr stark an realen historischen (und gegenwärtigen) Ereignissen, Orten und Personen Lippstadts orientiert, ohne dabei (Stadt-)Geschichtsbuch sein zu wollen oder zu können.

Liebe Frau Dr. Becker, ohne Sie hätte ich dieses Buch nicht schreiben können. Herzlichen Dank!

Wenn ich mit meiner Familie durch Lippstadt gehe, referiere ich gerne über vergangene Zeiten im Sinne von: Hier stand früher dies, das hieß früher so, schaut euch die Balken an und die Turmhaube … – Sie erhalten Informationen über das vergangene und gegenwärtige Lippstadt. Heimatkunde!

Danke, dass ihr drei so geduldig mit mir (gewesen) seid und mir das Schreiben dieses Buches ermöglicht habt.

Der KWL – Kultur und Werbung Lippstadt danke ich für die Genehmigung, das Logo der 825-Jahr-Feier nutzen und die Karte der Gegenwart umgestalten und ebenfalls nutzen zu dürfen. Mein Dank gilt Semper Graphik-Design für das Einzeichnen romanrelevanter Orte – allen voran der Kirchgasse und des Overkamp'schen Hauses.

Im Rahmen meiner Recherche sprach ich mit vielen Menschen, die mir kleinere und größere Einblicke in ihre Fachgebiete gaben. Allen gilt mein Dank für die Informationen, Beratungen und Ideen, die ich bei den Gesprächen erhalten habe.

Rita Maria Fust
Lippstadt, im Februar 2014

QUELLENANGABEN

Wenn nicht anders angegeben, beziehen sich alle Angaben auf Archivalien des Stadtarchivs Lippstadt, Soeststraße 8, 59555 Lippstadt.

St.R. A (Chalybaeus) A 505

Acta wegen aufgeflogenen Pulver Schoppens No. 1
1764 Juni 2

St.R. A (Chalybaeus) A 506

Designation des Schadens, so durch das den 2. hujus aufgeschlagene englische Pulvermagazin an den Kirchen und Gebäuden ... verursacht worden ist
1764 Juni 2

St.R. B 1232

Freiwilliger Verkauf von Grundstücken Lippstädter Bürger
1794-1796

St.R. B 1351

Vergleich der Witwe des Schneiders Stiens mit ihren Gläubigern
1781

St.R. B 1618

Verkauf von Buddeus'schen Ländereien zur Tilgung der Schatzungsrückstände sowie Pfändung von Hausrat
1780

St.R. B 1670

Lippstädtische Zeitung. Mit Königl. Preuß. Auch Hochgräfl. Lipp. Allergnad. u. Freiheit. Anno 1777, No. 109, Donnerstags, den 10ten Julii.

St.R. B 2925

Preisfeststellungen für Korn, Lebensmittel und Gebrauchsgegenständen sowie Lohnfestsetzungen

1764 Jan. 7

Landesarchiv NRW, Abteilung Ostwestfalen Lippe, L 36, E Section IV Nr. 2a. Der durch ein in Brand geratenes Pulvermagazin der Stadt Lippstadt zugefügte Schaden.

Für Hintergrundinformationen wurden zahlreiche weitere Dokumente aus anderen Lippstädter Stadtarchiv-Beständen hinzugezogen.

Die Karte auf Seite 8 / 9 stammt aus:

Gunter Hagemann: *Die Festung Lippstadt: Ihre Baugeschichte und ihr Einfluß auf die Stadtentwicklung*. Bonn: Habelt, 1985. (Denkmalpflege und Forschung in Westfalen, Bd. 8) [Cover]

Die Karte wurde mit Erlaubnis Dr. Hagemanns romanspezifisch beschriftet, und eine fiktive Straße wurde eingefügt.

LITERATURVERZEICHNIS

Aus tiefer Not schrei ich zu dir (EKG 299), Der 130. Psalm: ›De profundis clamavi‹

Becker, Ulrich: *Ein Hauch von Luxus. Fächer und Fächerentwürfe aus vier Jahrhunderten. Die Sammlung des Heimatmuseums der Stadt Lippstadt.* Hg. v. Kulturring Lippstadt e.V. 1987.

Bürgerbuch der Stadt Lippe/Lippstadt. 1576 – 1810. Bearbeitet von Erich Thurmann. Lippstadt, 1983.

Chalybaeus, Dr. Robert: *Lippstadt. Ein Beitrag zur Deutschen Städtegeschichte.* Verlag von Aug. Staats. Lippstadt 1876. [Faksimiledruck, Hg. v. Laumanns Druck- und Verlagsgesellschaft mbH, Lippstadt, 1990]

Denkmalkalender 2011. Hg. v.: Regionalgruppe Südliches Westfalen der Arbeitsgemeinschaft Historische Stadtkerne in NRW sowie drei angrenzende Städte aus der Regionalgruppe Münsterland.

Der Rüsinghof. Eine Hof- und Familiengeschichte (Teil 2). In: Heimatblätter 83, 2003.

Fennenkötter, Hans Christoph: *Der Kindergrabstein in St. Jakobi. Vater, Mutter und Tochter fanden ihre letzte Ruhestätte in der Kirche.* In: Heimatblätter 87, 2007.

Fennenkötter, Hans Christoph: *Die jüdischen Friedhöfe in Lippstadt. Tot ist nur, wer vergessen wird! Lippstädter Spuren.* Schriftenreihe des Heimatbundes Lippstadt, 4/1989.

Gegen die Gedankenlosigkeit. Gedenkstunde an der Alten Synagoge mit aktuellen Bezügen. In: Neue Westfälische, 10. November 2010.

Hagemann, Gunter: *Die Festung Lippstadt: Ihre Baugeschichte und ihr Einfluß auf die Stadtentwicklung.* Bonn: Habelt, 1985. (Denkmalpflege und Forschung in Westfalen, Bd. 8).

Hansestadt Lübeck. UNESCO Weltkulturerbe. Schöning Verlag.

Heimatblätter. Organ für heimatliche Belange von Lippstadt und Umgebung. Hg. v. C. Laumann. Nr. 1. Januar 1946.

http://de.wikipedia.org: *Lübecker Stadtbefestigung.* [gesehen am 03. Juni 2010]

Klose, Sybille: *Die Hanse. Kaufleute erobern Europa. Ein Heft für den Unterricht.* Hg. v. KWL Kultur und Werbung Lippstadt GmbH in Zusammenarbeit mit der Arbeitsgemeinschaft Historische Stadtkerne in NRW. Beiblatt: Lippstadt und die Hanse.

Klockow, Helmut, Sommerkamp, Adolf: *Zur Geschichte des Lippstädter Metzgeramtes.* Herausgegeben vom Lippstädter Metzgeramt aus Anlaß seines 400jährigen Bestehens. Lippstadt 1974.

Klockow, Helmut: *Stadt Lippe – Lippstadt. Aus der Geschichte einer Bürgerschaft. Festschrift zum 50jährigen Bestehen der Volksbank Lippstadt.* 1964.

Kröger, Willi: *Hans Jakob Christoffel von Grimmelshausen (1622-1676).* In: Lippstädter Spuren. Schriftenreihe des Heimatbundes Lippstadt. Literaten und Literatur aus Lippstadt. 14/1999.

Lippstadt. Beiträge zur Stadtgeschichte. Im Auftrage der Stadt. Hg. v. Wilfried Ehbrecht. Lippstadt, 2 Bände, 1985.

Lippstädter Stadtrundgänge. Das historische Lippstadt entdecken. Altstadt-Rundgang. Wasser-Rundgang. Hg. v. Stadt Lippstadt, Fachbereich Stadtentwicklung und Bauen. 2008.

Möller, Johann Anton Arnold: *Special Geschichte von Lippstadt eine nunmehro geschlossene periodische Schrift unter der Rubrik alte Nachrichten von Lippstadt und deren Gegenden.* 1788. [Faksimiledruck. Hg. v. Verlag C. Jos. Laumanns Lippstadt. Oktober 1973 zum 125jährigen Jubiläum der Heimatzeitung »Der Patriot«]

Programmheft: Parkzauber. Familientage in Lippstadts Grünem Winkel. 4.-6. Juni 2010.

Rauschersches Gesangbuch, 1531.

Scholand, Heinrich: *Lippstadt einst und jetzt.* Hg. v. Volksbank Lippstadt eG. Lippstadt 1985.

Staatliches Umweltamt Lippstadt (Hg.): *Lippeauenprogramm. Die Klostermersch. Ein Fluss erobert seine Aue zurück.* Juni 2002.

Überwiegend abgeschrieben, aber auch umformuliert: Lippstädtische Zeitung. Mit Königl. Preuß. auch Hochgräfl. Lipp. Allergnad. u. Gnad. Freiheit. Anno 1777, No. 109, Donnerstags, den 10ten Julii. St.R. 1670.

www.lippstadt.de/kultur [gesehen am 01.06.2010]

Artikel aus *Der Patriot. Lippstädter Zeitung*:

›Cathleen‹ im Kreis gnädig. In: Der Patriot, 28. August 2010.

Die Umfluten erlebbar machen. Stadt will einstigen Festungsgraben stärker in den Blick rücken und via Grüngürtel und Wegenetz miteinander verbinden. In: Der Patriot, 10. April 2010.

»Für 95 Jahre war dieser Raum das Soesttor«. Der unansehnliche Teil im Denkmal des Monats ist der interessante: Das Schaurothsche Palais schließt den alten Durchgang des Festungswalls ein. In: Der Patriot, 24. Januar 2011.

Güterbahnhof: Bagger kommen frühestens 2011. Bahnanlagen werden im Herbst abgebaut und eine europaweite Ausschreibung für das Güterbahnhof-Gelände wird nun doch noch geprüft. In: Der Patriot, 12. Mai 2010

Lippstadt, 1. Aug. Ein hochinteressanter Fund. In: Der Patriot, 02. August 1907.

Lippstadt kann ruhig feiern. In: Der Patriot, 10. Juli 2010.

Lokales und Provinzielles. In: Der Patriot, 2. August 1907.
Tollkühne Typen in schwimmenden Kartons. In: Der Patriot, 31. Mai 2010.
Unter Rigips versteckt. In: Der Patriot, 30. Januar 2010.
Vor den Toren der Stadt wartet ein Naturparadies. In: Der Patriot, 03. April 2010.

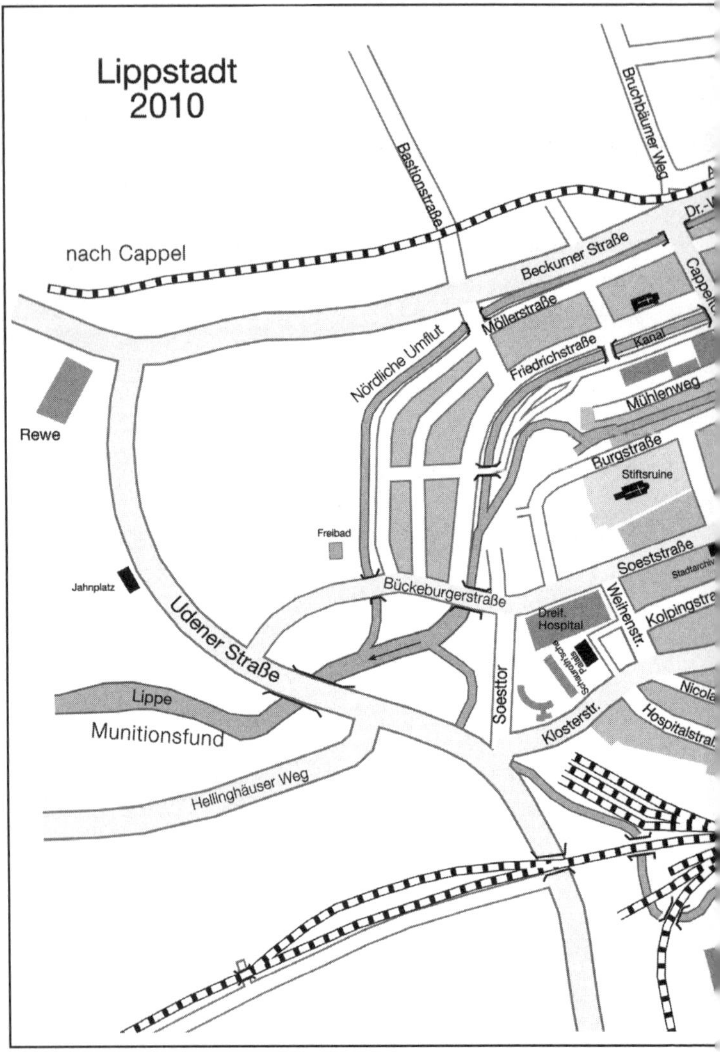
Lippstadt
2010
Bastionstraße
Bruchbäumer Weg
nach Cappel
Beckumer Straße
Möllerstraße
Friedrichstraße
Kanal
Mühlenweg
Nördliche Umflut
Rewe
Burgstraße
Stiftsruine
Freibad
Jahnplatz
Soeststraße
Bückeburgerstraße
Dreif.
Hospital
Weihenstr.
Udener Straße
Soesttor
Lippe
Munitionsfund
Klosterstr.
Hellinghäuser Weg

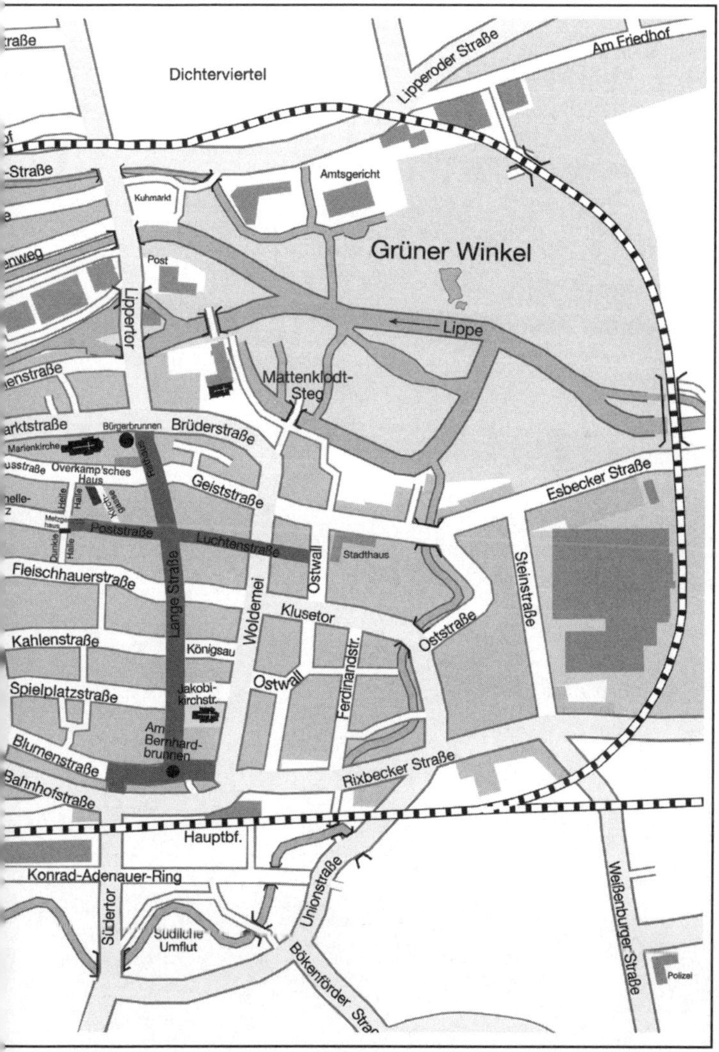
Dichterviertel
Lipperoder Straße
Am Friedhof
Amtsgericht
Kuhmarkt
Grüner Winkel
Post
Lippertor
Lippe
Mattenklodt-Steg
Bürgerbrunnen
Brüderstraße
Marienkirche
Overkamp'sches Haus
Geiststraße
Esbecker Straße
Poststraße
Luchtenstraße
Ostwall
Stadthaus
Steinstraße
Fleischhauerstraße
Lange Straße
Woldemei
Klusetor
Oststraße
Kahlenstraße
Königsau
Ferdinandstr.
Ostwall
Spielplatzstraße
Jakobi-kirchstr.
Am Bernhard-brunnen
Blumenstraße
Rixbecker Straße
Bahnhofstraße
Hauptbf.
Konrad-Adenauer-Ring
Unionstraße
Weißenburger Straße
Südertor
Südliche Umflut
Bökenförder Straße
Polizei

Weitere historische Romane finden Sie auf den folgenden Seiten und im Internet: www.gmeiner-verlag.de

Franziska Steinhauer
Die Stunde des Medicus
978 3-8392-1501-2

»Atemberaubende Spannung am Vorabend der Völkerschlacht!«

Im Herbst 1813 wird von Anglern eine geschundene Frauenleiche gefunden. Gerüchte über ein riesiges wildes Tier kursieren, das sein Unwesen in der Gegend treiben soll. Der Medicus Dr. Prätorius hingegen hält einen Menschen für den Schuldigen. Während sich in Leipzig eine Typhusepidemie ankündigt und Truppenbewegungen die Bevölkerung verängstigen, wird eine weitere Leiche entdeckt. Unruhe macht sich breit. Da wird Dr. Prätorius ins Lager der Franzosen gerufen, um einen Kranken zu behandeln …

GMEINER

Wir machen's spannend